1781

Wolfgang Herles

FUSION

Roman

Hoffmann und Campe

Die Personen dieses Romans sind frei erfunden.
Jede Ähnlichkeit mit lebenden Personen ist rein zufällig
und nicht beabsichtigt.

Die Deutsche Bibliothek – CIP-Einheitsaufnahme
Herles, Wolfgang:
Fusion: Roman / Wolfgang Herles.
1. Aufl. – Hamburg: Hoffmann und Campe, 1999
ISBN 3-455-02805-5

Schutzumschlaggestaltung: Werner Rebhuhn
Foto: Harald Theissen/Bavaria
Satz: Utesch GmbH, Hamburg
Druck und Bindung: Graphischer Großbetrieb Pößneck
Printed in Germany

1

Verschneite Gipfel spiegelten sich in Jacquelines Sonnenbrille. Mit einer energischen Handbewegung schob sie das Horngestell wie einen Haarreif auf ihr Haar. Das Licht konnte ihr jetzt nicht gleißend genug sein. Den Konturen der Berge gab es eine wunderbare Schärfe und Klarheit. Wie die Zacken einer Krone schienen Horn und Fluh. Gläsern und blau leuchtete darüber der Himmel, und alles schien wie frisch zusammengefügt.

Zwei Stunden hier oben würden genügen, um ihre verblassende Sonnenbankbräune nachhaltig aufzufrischen. Jacqueline hatte sich spontan entschlossen hinaufzufahren. Zuvor hatte sie im Kongreßzentrum erlebt, wie ein berühmter Spekulant und der Präsident des amerikanischen Gewerkschaftsbundes wortreich aneinander vorbeigeredet hatten. Das Kapital lasse sich nicht von Steuergesetzen aufhalten, hatte Soros festgestellt. Die Angst der Arbeitslosen werde an den Börsen nicht notiert, hatte Sweeney geantwortet. Beide hatten einander zugenickt – und Jacqueline war darüber eingenickt. Dann hatte sie überlegt, wovon sie im weiteren Verlauf des Vormittags mehr profitieren könnte: von *Revitalizing global institutions*, einer Diskussion mit dem Generalsekretär der Vereinten Nationen, oder *Getting it right: responding successfully to globalization*, einem Disput zwischen den Regierungschefs von Singapur und den Niederlanden. Sie hatte sich für *Breaking the deadlock: Germany's options for economic and social reform* entschieden, als sie jedoch in den ersten zwölf Minuten keinen einzigen neuen Gedanken gehört hatte, den Saal *Parsenn* verlassen und obendrein beschlossen, die bereits gebuchte *session over lunch: Global commodification – everything for sale?* auszulassen.

Der Liegestuhl auf der Sonnenterrasse des Weißfluhjochs bot ihr jedenfalls einen vergnüglicheren Blick über den *Gipfel der Gipfel*, zu dem das jährlich Ende Januar stattfindende Ereignis von den Zeitungen verklärt worden war. Wenn der Weltgeist eine Woche lang Quartier im Lungenkurort nahm und ihn verzauberte, wollte Jacqueline nicht fehlen. In dieser Höhenluft hatte das globale Zeitalter bereits begonnen. Und deshalb spürte Jacqueline auf ihrem Hochsitz, wie weit sie den Rest der Menschheit hinter sich gelassen hatte.

Sie atmete tief, schloß die Augen und genoß die Farbexplosion unter den Lidern. Sie hatte keine Lust, sich auf Brettern ins Tal zu stürzen wie die Menschenmasse, die aus der Bergstation drängte. Abgesehen davon, daß sie sich hätte ausrüsten müssen, hatte sie keine Lust auf Pistensport, weil sie sich nicht souverän genug auf Skiern fühlte. An halben Sachen konnte sie grundsätzlich kein Vergnügen finden.

Als sie die Augen wieder öffnete, sah Jacqueline, wie sich Robert Sulzer in den steilen Starthang der Abfahrt stieß. Er ließ sich den Wind um die blanken Ohren pfeifen. Schnell fuhr er, wenn auch nicht sehr elegant. Dazu verschwendete er zuviel Kraft. Halsbrecherisch sah es aus und zugleich ein wenig auftrumpfend, als wollte er der Schwerkraft sein eigenes Gesetz aufzwingen. Aber vielleicht kam es Jacqueline auch nur so vor, weil sie zuwenig vom Skifahren, dafür um so mehr, wie sie glaubte, von Robert Sulzer verstand. Geradezu berauscht vom eigenen Geschick schien er zu sein, oder auch bloß von der Geschwindigkeit, und Jacqueline stellte sich vor, wie er jauchzte. Ganz gewiß zitterten ihm Schenkel und Knie vor Anstrengung. Weniger als alles konnte Robert nicht geben, dachte Jacqueline, und sah Schneewölkchen an seinen Fersen aufstieben. Sie rechnete damit, daß er gleich stürzte, hoffte es sogar ein wenig, obwohl sie doch gleichzeitig ahnte, daß dieser Mann niemals stürzen würde. Denn Robert Sulzer verstand es, an seine Grenzen zu gehen, ohne sie jemals zu überschreiten. Dieser Fähigkeit schrieb es Jacqueline überhaupt zu, daß er zur Kaste der Weltbeweger zählen durfte. Beneidenswert traumwandlerisch setzte er Erfahrung, Talent und Mut in Tempo um. Tempo entschied heute fast alles auf der

Welt. Robert hetzte nicht hechelnd anderen hinterher; er war bei den Tempomachern unter den Global Players. Jacqueline ertappte sich bei ihrer Bewunderung für ihn. Sulzers Konzern waren zwar zwischen Djakarta und Tokio auch einige Milliarden Dollar abhanden gekommen, Jacqueline wußte aber, daß der Verlust nicht mehr an Robert nagte, hatten seine Gedanken doch die Welt seitdem schon einige Male mehr umrundet, und mit jeder Runde hatte sie sich weiter verändert. Sulzer tauchte in den tiefblauen Schatten einer Bergflanke und entschwand Jacquelines Blicken. Am Morgen war sie ihm schon einmal flüchtig in der Hotelhalle begegnet. Er sei auf dem Weg zum Frühstück mit dem mexikanischen Präsidenten, hatte er ihr zugeraunt und war auch schon wieder entschwunden. Und sie hatte gewußt, daß es kein angeberischer Vorwand Roberts war, um ihr zu entkommen.

Die Schatten näherten sich der Sonnenterrasse. Jacqueline wollte nun auch nicht länger bleiben und nahm die feuerrote Bahn hinab nach Davos. Sie logierte im Seehof, wenige Meter von der Talstation entfernt. Um das Hotel herum und auf den umliegenden Dächern sah sie Männer mit Maschinenpistolen, die aber trotzdem nicht sehr bedrohlich wirkten. Sie trugen eine Version blauer Trachtenhüte, die sie an eine modernistische Inszenierung des Guillaume Tell an der Scala erinnerte. Den Hoteleingang blockierte eine Gruppe athletischer junger Männer mit modischen Kurzhaarfrisuren, aus deren Ohren Kabel krochen, die unter den Krägen dunkler Wollmäntel verschwanden. Jetzt erst fiel ihr der Generalsekretär auf, der einer metallisch glänzenden Limousine entstieg, die ein deutscher Automobilkonzern zur Verfügung gestellt hatte, um Staatsmänner und Chairmen transnationaler Großkonzerne zwischen Kongreßzentrum und den großen Hotels hin und her zu kutschieren. Wenn sie nicht im Auto saßen, begegneten sie sich flanierend auf den vereisten Gehwegen, wo sie sich mit arglosen Skitouristen mischten und pelzumhüllten Frauen, die Tüten trugen, auf denen *World Economic Forum* stand.

Jacqueline ließ Wasser in die Wanne ein, das ihre ausgekühlten Muskeln wärmte, und genoß den raffinierten Duft des Badegels. Der

bevorstehenden Soiree wegen wählte sie einen körperbetont geschnittenen Smoking, blanke Haut unter dem Revers, darüber an einer Kette nur der Ausweis des *98 Annual Meetings.* Die blaue Grundfarbe wies sie als Participant aus. In gut leserlichen Versalien war neben einem Polaroidporträt ihr Familienname Gruber-Beretti gedruckt. McKinley & Co., Germany, stand darunter.
Am Kongreßzentrum, zu dem sie der World-Economic-Forum-Pendelbus brachte, durchquerte sie den Metalldetektor und schritt anschließend durch ein Spalier ungarischer Zigeunergeiger die breite Treppe hinab, an deren Fuß sie das Ehepaar Schwab mit einem Händedruck begrüßte. Der schwäbische Ökonomieprofessor Schwab hatte das Gipfeltreffen gegründet und ein florierendes Privatgeschäft daraus gemacht, wofür Jacqueline ihn bewunderte.
»Globalisierung«, sagte er zu ihr, »ischt äben au eine Kunschtform.«
Das größte Kunststück war, dachte Jacqueline, daß es gelang, das Klassentreffen der Weltmarktführer in Davos noch immer vollkommen harmlos erscheinen zu lassen. Gewiß lag das auch an der Gegend, die den Ernst jeder Lage milderte und noch die alarmierendste Währungskrise zum Après-ski-Plausch schrumpfen ließ. Dazu trug wesentlich bei, daß im Gegensatz zu den offiziellen Weltwirtschaftsgipfeln der größten Industriestaaten hier niemand Wert auf öffentliche Erklärungen legte, sei es zur Ermahnung, Beruhigung oder auch nur zur Unterhaltung des Publikums.
Sie genieße den Geist von Davos überaus, lobte Jacqueline. Es war jener legendäre Geist, der Jacqueline und all diejenigen erfüllte und miteinander verband, die die Welt in einen Supermarkt verwandelten.
Jacqueline hatte nach ihrem Gipfelausflug jetzt richtig Hunger. Das kalte Buffet war entlang der Wände des Plenarsaals aufgebaut, der eilig in ein Barocktheater verwandelt worden war. Der ganze Kongreßbereich war mit den daran anschließenden Gebäuden zu einer gastronomischen Flaniermeile zusammengefügt worden. Dort wurde Jacqueline im Lauf der nächsten eineinhalb Stunden ein knappes Dutzend Businesskarten los und sammelte ebenso viele in ihrer Jackentasche. Im Hallenbad bedauerte sie, daß sie sich zuviel

von der Entenleber genommen hatte und deshalb am Kaviarstand *(Hosted by the National Reserve Bank, Russia)* kaum noch essen mochte, aber wenigstens ein paar Sätze mit dem Präsidenten von British Petrol und dem stellvertretenden Generalsekretär des Weltwährungsfonds wechselte, während die Balalaikavirtuosen des *Russian Fantasy Ensembles* glänzten. Jacqueline zog weiter ins *Montreux Jazz Café*, an dessen Bar die Drinks nicht ganz so virtuos waren wie die Jongleurstücke, die die beiden Barkeeper mit ihren Shakern aufführten. Es gab keinen Whiskey, stellte Jacqueline bedauernd fest. Ein erstaunlich jugendlich wirkender Professor der Harvard Business School sprach sie an, langweilte sie aber rasch mit einer Theorie, die sie gar nicht erst verstehen wollte.
Auch der Pianist war besser als die Drinks. Jedenfalls fesselte er Robert Sulzer so, daß er vergessen zu haben schien, wo er sich befand. Offensichtlich wollte er seinen Blick nicht von den Tasten lassen, sonst hätte er Jacqueline gewiß nicht übersehen. Als sie sich gerade dazu durchringen wollte, ihn anzusprechen, kam Paeschke dazwischen. Der Elektrokonzernvorstand wollte es nicht versäumen, ihr seine Gattin vorzustellen. Und gleich darauf machte sie van Keulen (Deutsche Rück) mit seiner – er sagte es tatsächlich – »besseren Hälfte« bekannt. Und der multinationale Multimediaunternehmer Münster tat es ihm auch noch gleich. Alle mußten sie ihre adrett zurechtgemachten, angejahrten Gemahlinnen vorführen und ihnen umgekehrt den sehenswerten McKinley-Star vorstellen, wobei sie ein geschäftsmäßiges Gesicht machten, das sie vor eifersüchtigen Nachfragen schützte. Ein Gesicht, das Jacqueline aus der Arbeit mit den Herren so nicht kannte. Bald fühlte sie sich von den Herren belagert. Sie wollten nicht mehr von ihr lassen, so sehr brannte ihnen das brasilianische Währungsrisiko auf den Nägeln und so ausdauernd, daß die blendend in Schuß gehaltenen Ehefrauen kurzerhand ihr eigenes Damenkränzchen aufmachten. Die Top Executives sprachen Jacqueline jetzt mit ihrem Vornamen an und waren sehr interessiert an ihren Milleniumsplänen. Paeschke hatte sich für die Datumsgrenze entschieden, Münster für einen venezianischen Palazzo. Van Keulen hatte eine Zelle im Katharinenkloster

im Sinaigebirge gebucht. Es klang, als bewürben sie sich um Jacquelines Reisebegleitung. »Wir machen es uns zu Hause bequem«, behauptete Jacqueline.

In diesem Moment erlöste sie Melder, der erste Mann der schweizerischen Niederlassung von McKinley & Co., und entführte sie ins *Café Extra Blatt*, wo es zwar auch keinen Whiskey gab, aber mexikanische Mariachis, die wie ein Haufen echter Galgenvögel aussahen und mit stoischen Gesichtern Bestverdiener zu schweißtreibenden Zuckungen animierten. Jacqueline amüsierte sich mit Melder prächtig darüber, wie sich einige ihrer Klienten amüsierten. Jacqueline trank Corona und lehnte an einer Säule. Auf der Tanzfläche erkannte sie einen amerikanischen Oppositionspolitiker, der in einer Hand eine Bierflasche schwenkte und sich mit dem anderen Arm an eine Blondine klammerte. »Er trainiert für das Oral Office«, sagte Melder. Aber hier waren Staats- und Konzernlenker ja unter sich und damit in Sicherheit. Zu fortgeschrittener Stunde rückten Währungskrisen und Megafusionen in den Hintergrund ihrer Gier, und die übrigen niederen Instinkte, die die Welt gemeinhin in Atem hielten, richteten sich auf andere Dinge, vorzugsweise auf die hübschesten Kongreßhostessen, die aus aller Herren Länder kamen. Ob der Schwabe sie persönlich ausgesucht hatte? Das hätte Jacqueline interessiert. Sie gab Melders Drängen endlich nach und mischte sich mit ihm ausgelassen unter die tanzende Meute, und sie stampften und klatschten mit.

Als sie aber spürte, daß das Bier nicht nur ihre Blase, sondern auch ihren Kopf zu strapazieren begann, rief sich Jacqueline innerlich zur Ordnung. Aufs Trinken zu verzichten war kein Kunststück, das konnte jeder Angsthase. Aber ordentlich zu trinken und dabei die Selbstkontrolle zu bewahren, das war Souveränität. Wer seine Grenzen gar nicht erst antasten wollte, war nur ein blutleerer Schwächling. Da sie aber kein Glas zuviel und keines zuwenig in sich hatte, fühlte sich Jacqueline so großartig, daß sie keinen anderen Menschen mehr neben sich brauchte. Sie verabschiedete sich von Melder.

Auf dem Weg zurück zur Garderobe zog es sie noch einmal in das

Jazz Café. Robert saß noch immer wie selbstvergessen in der Nähe des Pianisten. Wie konnte er es nur so lange bei diesem Geklimper aushalten? Ein schlaksiger Mann mit schütterem rötlichem Haar hatte sich zu ihm gesellt. Verkehrt herum saß er auf einem Stuhl, die Arme auf der Lehne verschränkt.

Jacqueline stöckelte über das sich allmählich leerende Parkett und ließ sich vom Barmann noch zu einem grün-blauen, klebrigen Absacker überreden, nur um Robert ein paar Minuten lang zuzusehen, wie er dem Pianisten zusah und ab und zu ein paar Worte mit Winston Marshall wechselte. Jacqueline erkannte ihn jetzt wieder, aber die Erinnerungsschnipsel, die in ihr aufstiegen, wollten sich nicht mehr sinnvoll zu einem erkennbaren Bild fügen.

Ehe sie vor dem Kongreßzentrum in ein Taxi stieg, sah sie noch einmal hinauf in den sternklaren Nachthimmel. Die schneebedeckten Hänge reflektierten das Mondlicht. Wenn es wieder hell geworden sein würde zwischen den Bergen und in ihrem Kopf, wollte sie nach Hause fahren. Ihre Lieben hatten lange genug auf sie verzichten müssen. Sie hatten ein Recht auf sie. Sie wollte der Familie das Wochenende widmen. Auch wenn der Sonntag bereits angebrochen war.

2

Als Jacqueline am Dienstagmorgen die Augen aufschlug, wußte sie nicht gleich, wo sie war. Das war ihr in letzter Zeit einige Male passiert, aber es beunruhigte sie nicht. Wo auch immer sie zu sich kam, fühlte sie, wie nach wenigen Sekunden ihre Spannkraft erwachte, sie wieder auf dem Sprung war, und allein darauf kam es an. Sie war zu allem bereit, kaum hatte die jaulende Tonfolge des Handys sie aus traumloser Tiefe gerissen.
Kroll nahm sich nicht einmal Zeit für ein Buon giorno.
»Ich werde Sie heute abend in Frankfurt zum Essen ausführen, Jacqueline!«
Sie reagierte instinktiv: »Großartige Idee. Lassen Sie mich kurz checken ...«
»Ich werde keine Ausrede gelten lassen«, drohte Kroll.
»Um vier sehe ich einen Kunden in Genf, bin dann auf dem Sprung nach Wien. Ich nehme an, es brennt.«
»Ich brenne.«
»Wonach?«
»Nach Ihnen, Verehrteste. Und den Rest erzähle ich Ihnen unter vier Augen.«
Das klang nach etwas Ernstem. Einem Geschäft. Ein alter Kunde kehrte reumütig zu ihr zurück. An ihr hatte es nicht gelegen.
»Morgen abend in Wien«, schlug Jacqueline vor. »Ich verschiebe dafür den Flug nach Stockholm. Sie werden es mir dort nicht verzeihen, aber Sie sind nun einmal unwiderstehlich.«
Sie dachte: unausstehlich.
»Heute, Verehrteste, heute. Meine Sehnsucht ist unbezwingbar.«
Jacqueline sah auf die Armbanduhr, die sie nachts nur ablegte, wenn

Tonio Anlaß hatte, darauf zu bestehen. Es war das einzige, was sie trug. Es war kurz nach halb acht.
»Frankfurt ist ausgeschlossen. Ich komme aus Genf nicht rechtzeitig weg.«
»Ehe Sie mich unglücklich machen«, antwortete Kroll, »komme ich Ihnen entgegen. Zwanzig Uhr, Zürich, Kronenhalle.«
»Kann es kaum erwarten«, murmelte Jacqueline und gurrte eine Schamlosigkeit ins Telefon, die Kroll womöglich nur deshalb für frivol halten würde, weil er kein Italienisch verstand, und beendete das Gespräch, ehe ihr Klient anzüglich werden konnte. Den Mann, der die Nacht neben ihr im Bett verbracht hatte, traf sie im Badezimmer.
»Tonio, mio caro«, flötete sie.
»Schön, daß du dich an mich erinnerst, Bella.«
»Scheusal!« sagte sie, jetzt auf deutsch.
Mit den Fußspitzen stand sie auf den weißen Marmorfliesen und drückte ihm einen Kuß in den Dreitagebart.
»Wenn du dich beeilst, kannst du dich noch von unseren Kindern verabschieden«, sagte Tonio.
Alle vier vom *gleichen* Mann, pflegte Jacqueline zu prahlen. Sie meine hoffentlich vom *selben* Mann, hatte Kroll sie einmal korrigiert, und sie hatte daraufhin behauptet, es mit so ziemlich jedem Mann ein Leben lang aushalten zu können, weil alle Männer mehr oder weniger gleich seien, vorausgesetzt, die Klasse stimme. Diese praktische Lebensklugheit entzückte nicht nur Kroll. Wenn es ein Geschöpf gab, das alle Wünsche eines erwachsenen Mannes an eine moderne Frau in sich vereinte, dann war es Jacqueline. Und jedem Mann, außer Tonio vielleicht, mußte es ein Rätsel bleiben, wie sie das geschafft hatte. Die Kinder waren ihr während ihres unaufhaltsamen Aufstiegs vermutlich mehr oder weniger entfallen. Kinderkriegen dauere schließlich nur ein paar Stunden, pflegte sie entsprechende Fragen zu beantworten. Sie hatte nicht auch noch Zeit gefunden, darüber nachzudenken, ob sie sich von Tonio besser scheiden lassen solle. Es gab Wichtigeres im Leben. Und genau diese Einstellung war das Geheimnis ihres anhaltenden Eheglücks. Es

machte Jacqueline beinahe unverwundbar, daß sie sich von den gewöhnlichen Widerwärtigkeiten des Daseins niemals von ihren Zielen abbringen ließ.
Vier Kinder und keines weniger, hatte sie entschieden. Tonio hatte sie ihr nicht aufgedrängt. Im Gegenteil. Er hatte nach dem zweiten schon die Auffassung vertreten, seine Reproduktionspflichten erfüllt zu haben. Er hatte sich dann einfach Jacquelines Gebärdynamik ergeben, die Schritt hielt mit der Dynamik, mit der sie sich in drei Jahren vom Berater zum Juniorpartner, weitere dreieinhalb Jahre später zum Seniorpartner von McKinley & Co. emporgearbeitet hatte.
Wer Jacqueline allerdings für ein reines Vernunftwesen gehalten hätte, wäre ihr nicht gerecht geworden. Ihr Hunger nach Leben, so wie sie Leben verstand, schien unersättlich. Die Entscheidung zwischen Kinder und Karriere hatte sie erst gar nicht getroffen. Sie wollte beides zugleich. Das entsprach ihrem Lebensprinzip. Auf diese Weise berauschte sie sich an sich selbst. Sie ließ sich die Illusion nicht nehmen, das Leben wäre insgesamt ein Fest und siegreiches Abenteuer.
Vor dem Frühstück waren die Spuren dieses Lebens nicht zu übersehen. Wächsern und fahl blickte ihr ein schmales Gesicht aus dem Spiegel entgegen. Das Schminken dauerte länger als Ankleiden und Packen zusammen. Tiefe Furchen gruben sich von den schlanken Nasenflügeln hinab zu den energischen Lippen. Der schön geschwungene Mund war es, der ihr selbst an ihrem Gesicht am besten gefiel. Und die Nase. Eine Nase wie die einer klassischen Statue. Mund und Nase ließen sie die Furchen mühelos vergessen. Ihr dunkles Haar fiel beschwingt auf zerbrechlich wirkende Schultern und Brüste, die zu klein waren, um der Zeit deutlich nachzugeben. Sie hatte keines ihrer Kinder gestillt. Es gab, glaubte sie zu wissen, genügend Frauen, die mit vierzig abgearbeiteter aussahen, auch wenn sie nicht halb soviel geleistet hatten.
Sie war der Überzeugung, einige Intelligenz vorausgesetzt, lasse sich alles auf Erden organisieren, selbst mütterliche Liebe, komme es doch nicht auf die Dauer, sondern allein auf die Intensität der

Zuwendung an. Es gab keinen Jubelsturm, wenn sie eintraf, und keine dicken Tränen, wenn sie Tonios Mailänder Palazzo verließ. Beides hielt Jacqueline für einen Beweis, daß ihre Auffassung von mütterlicher Liebe in der Familie auf allgemeine Akzeptanz stieß. Die zweieinhalbjährige Cecilia, die Jüngste, war noch in der Obhut von Luisa, der Kinderfrau. Flavio besuchte den Kindergarten. Laura und Claudio, die Sieben- und Neunjährigen, brachte Luisa zur Schule. Allen verabreichte Jacqueline temperamentvolle Küsse und Umarmungen.

Um acht Uhr fünfunddreißig, kein Frühstück im Magen, nur einen doppelten Espresso macchiato und einen kraftspendenden Schluck Whiskey, saß Jacqueline im Taxi zum Flughafen. Sie trug einen graublauen Hosenanzug von Armani und als einzigen Schmuck eine goldene Herrenarmbanduhr. Die Mittagsstunden verbrachte sie in der Genfer Niederlassung der Suisse Commerce, Private Banking, in der nicht nur die Aktivitäten in der französischen Schweiz, sondern in allen westeuropäischen Ländern, von Luxemburg bis Portugal, sowie in den Staaten des Mittleren Ostens gemanagt wurden. Nach dem Skandal um die nachrichtenlosen Konten jüdischer Kunden mußte die Bank ihr Image aufpolieren. Das war Jacquelines Metier. Sie vertrat die Ansicht, der Bank dürfe es jetzt nicht mehr genügen, als diskret, dezent und pedantisch zu gelten. Jacqueline begann ihr französisches Referat vor den versammelten Länderchefs deshalb mit dem Satz: »Meine Herren, was gibt es Emotionaleres als Geld.« Und sie fand breite Zustimmung mit der These, die Bank dürfe ihre Macht nicht länger ebenso ängstlich wie unglaubwürdig verstecken, sondern müsse sie endlich als Stärke begreifen. »The power for you to do«, rief sie, nunmehr auf englisch, das sei die Devise. Schließlich profitiere der Kunde von der Macht der Bank.

Den Termin um vier hatte sie gegenüber Kroll nur erfunden. Zwar war es wichtig, für ihre zwei, drei größten Kunden stets verfügbar zu sein, aber nicht zu sehr, sonst kamen sie noch auf die Idee, sie sei auf sie angewiesen. Jacqueline hatte also bequem Zeit, mit einem Leihwagen über Lausanne nach Zürich zu fahren, wo sie in einigen

Galerien herumstöberte und ein mit wilden Pinselstrichen übermaltes Fremdenverkehrsplakat des Matterhorns erwarb, das in ihrem Münchner Firmenbüro seinen Platz finden sollte.
Als sie zehn Minuten zu spät in der Kronenhalle erschien, ahnte sie schon, was ihr blühte. Kroll beugte sich über ihre Hand wie über eine Pretiose und hauchte einen Kuß über den Handrücken. Sie fand das lächerlich. Dafür gab sie ihm ein Lächeln zurück, das der Alte interpretieren mochte, wie er wollte. Er hatte den Ecktisch am Fenster unter der sattblauen Zauberlandschaft Marc Chagalls reservieren lassen. Jacqueline spürte, wie stolz Kroll war, sich mit ihr sehen zu lassen. Er gab, wie sie beobachtet hatte, je nach Anlaß und Bedarf in der Öffentlichkeit den aufmerksamen Familienvorstand oder den großspurigen Charmeur. Jacqueline verband mit ihm mehr, als sie eine flüchtige Liebschaft hätte verbinden können. Sie war die einzige Frau, die er jemals gefragt hatte, ob sie in den Vorstand seiner Bank eintreten wolle, und das im jugendlichen Alter von siebenunddreißig Jahren. Und sie war der einzige Mensch (Männer eingeschlossen), der diese Frage jemals mit Nein beantwortet hatte. Zu ihrer eigenen Verblüffung hatte Kroll den Korb sportlich entgegengenommen.
»Ich hätte Sie zu meiner Nachfolgerin aufgebaut«, hatte er bloß geknurrt. »Weil Sie besser sind als jeder Mann, bloß sturer.«
Sie hatte das Beratungsgeschäft vorgezogen. Es war abwechslungsreicher. Lieber fegte sie durch verschiedene Unternehmen und scheuchte sie auf, ohne hinterher für die Bilanzen geradestehen zu müssen. Als Beraterin konnte sie ihre immerwährende Erfolgsstory mit minimalem Risiko spielen. Als McKinley-Star hatte sie mehr Bewunderer, als sie in einer einzigen Firma hätte finden können, und weniger Gegner, weil sie niemanden unmittelbar bedrohte. Und viel mehr als ein Seniorpartner von McKinley hätte sie nirgends verdienen können. Was machte schon der Unterschied zwischen einer knappen und einer guten Million Mark, wenn man darüber hinaus die Wahl hatte, ausschließlich von Tonios Vermögen zu leben?
»Tun Sie mir einen Gefallen«, begann Kroll. »Stecken Sie das Handy weg und stellen es ab.«

Sie gehorchte ohne Widerrede. Auf die Schrullen eines verdienten Firmenpatriarchen galt es Rücksicht zu nehmen.
»Wie gut kennen Sie Robert Sulzer?«
War Kroll so naiv, oder tat er nur so? Hatte er sie bestellt, damit er ihr, aus welchen Gründen auch immer, Roberts Kopf auf dem Tablett servieren konnte? Warum rückte er nicht gleich damit heraus, was er von ihr wollte?
»Sind Sie nicht glücklich mit ihm?« fragte sie zurück.
»Ganz im Gegenteil«, wehrte Kroll ab. Robert habe seine Erwartungen noch übertroffen. Das wisse sie so gut wie er.
»Worum geht es?«
»Trinken wir erst einen Schluck«, wich Kroll aus. »Wie schön, daß wir uns endlich einmal wiedersehen.«
Hatte er in Erinnerung behalten, daß der seidige Yvorne ihr Lieblingswein war? Zwischen Robert und ihr hatte es gewisse Probleme gegeben – auch das hatte Kroll garantiert nicht vergessen.
»Niemand kennt einen Menschen gut genug«, sagte sie.
»Roberts Stärken?«
»Er weiß alles, was er wissen muß in diesem Geschäft, und einiges mehr. Strategischer Kopf. Kapiert mit Lichtgeschwindigkeit. Ist überall zu Hause. Die personifizierte Globalisierung. Extremst belastbar.«
Ob Kroll dachte, jetzt spreche sie auch von sich selbst? In Gedanken hatte sich Jacqueline oft mit Robert verglichen. Vielleicht waren sie einander einfach nur zu ähnlich.
Sie waren beide mit dem gleichen Wasser getauft. Hatten beste Universitäten besucht. Sie anschließend Fontainebleau, er die Harvard Business School. Mit zwei Jahren Abstand waren sie in die Firma eingestiegen. Sie waren aus dem gleichen Stoff und hatten die gleichen Träume geträumt. Als Change Agents waren sie aufgebrochen, die Welt zu verändern. Und waren sie damit nicht weit gekommen? Aber es war jetzt nicht der passende Augenblick, sentimental oder selbstzufrieden zu werden. Alles andere hatte sie ohnehin verdrängt. Kroll ging es nichts an. Er sollte endlich auf den Punkt kommen. Doch erst einmal interessierte der sich nur für seine Sankt Gallener

Bratwurst mit Rösti, die er für eine Sensation hielt. Aus reiner Höflichkeit hatte sich Jacqueline der Bestellung angeschlossen. Sie beobachtete, mit welchem Heißhunger der große, schwere Mann aß. Das Geflecht roter Äderchen in seinem teigigen Gesicht glühte. Die kleinen Augen konnten einen eine Ewigkeit taxieren. Auch im Rentenalter schimmerte sein graues Haar noch gelblich, quer über den runden Schädel gekämmt. Er scheitelte es noch immer wie einst der Gymnasiast, der mit dem Rad bei Wind und Wetter in die Schule gestrampelt war, siebzehn Kilometer, besessen vom Wunsch, das deutsche Mittelgebirge so bald wie möglich hinter sich zu lassen, wie er ihr ein halbes dutzendmal geschildert hatte. Als Sohn eines Sparkassenkassierers war er einst in die Bank eingetreten und vom Lehrling zum Monarchen aufgestiegen. Das Studium der Betriebswirtschaft hatte er neben der Arbeit absolviert, die Bank hatte es ihm ermöglicht.

»Was bedeutet Robert Geld?« kam es aus vollem Mund.

Was für eine Frage! Sulzer managte eine der größten Banken Europas.

»Er hat kein erotisches Verhältnis zu Geld, wenn Sie das meinen. Geld ist für ihn, was Ziegel für Maurer sind, Mehl für Bäcker, Materie, aus der er formt, was zu formen ist.«

»Gibt es überhaupt etwas, zu dem Robert ein erotisches Verhältnis hat?«

Jetzt lachte Jacqueline hell auf. Der Alte traktierte sie doch nicht mit Würsten, um mehr über Roberts Liebesleben zu erfahren! Und wenn es so wäre, wäre es eine Unverschämtheit. Krolls Gesicht war nicht abzulesen, wieviel er wußte.

»Wollen Sie mir nicht endlich verraten ...?«

»Welche Eigenschaft schätzen Sie an Robert besonders?« fuhr er dazwischen.

»Als Banker?«

»Als Bankier. Und als Mann.«

Jacqueline ließ sich ein paar Sekunden Zeit. Von den Antworten, die sie in Erwägung zog, wählte sie die harmloseste. Ohne Bank sei Robert kein Mann.

Kroll machte ein Gesicht, als hätte er auf eine Nelke gebissen. Aber er wollte es nicht genauer wissen.
»Seine größte Schwäche?«
»Das Übliche. Hält sich für unersetzlich, möchte mit dem Kopf durch die Wand, am liebsten durch mehrere Wände zugleich. Zeigt Gefühle nur, wenn es ihn auf der Straße friert. Aber es friert ihn nie, weil er nicht auf die Straße geht.«
Schon wieder sprach sie von sich selbst, spürte Jacqueline.
»Wie meinen Sie das?«
»Er weiß alles über Geld, aber wenig über Menschen.«
Genau das unterschied sie dann doch von Robert.
»Aber Sie, Sie kennen sogar seine Abgründe.«
»Abgründe? Robert besitzt noch nicht einmal Abgründe. Das ist noch das Abgründigste an ihm.«
Die Antwort war ihr eine Spur zu gallig geraten, ärgerte sie sich. Kroll senkte den Kopf. Aber es sah nicht nach Zustimmung aus. Er widmete sich bloß wieder der Wurst. Nach einer Weile sagte er: »Er hat Sie verehrt, Jacqueline.«
»Ich hoffe natürlich, er tut es noch immer«, gab sie leichthin zurück. Aber etwas in ihr krampfte sich zusammen.
»Wer verehrt Sie nicht!«
»Sagen Sie endlich, was los ist!«
»Robert Sulzer ist seit Sonntag verschwunden. Finden Sie heraus, wo er steckt!«
Sie brachte jetzt keinen Bissen mehr hinunter. Nur noch flüssige Nahrung. Nicht so sehr aus Bestürzung als aus Erregung. Wenn sie es richtig sah, war sie eine der letzten gewesen, die Robert gesehen hatte. Sie verschwieg es Kroll und ließ ihn reden.
Die Einzelheiten, die er ihr servierte, waren beunruhigend, gaben aber nicht den geringsten Hinweis darauf, was geschehen sein konnte. Und was Kroll bewog, ausgerechnet sie mit der Suche nach seinem Vorstandsvorsitzenden zu beauftragen, war Jacqueline auch nicht klar. Offenbar wollte Kroll niemanden aus der Firma ins Vertrauen ziehen. Und eine Vermißtenmeldung bei der Polizei wäre zweifellos binnen kurzem an die Öffentlichkeit geraten. Ob Kroll

ahnte, daß es niemanden gab, der Robert besser kannte, als sie? Als Banker und als Mann.
»Ich bin Unternehmensberaterin, kein Detektivbüro«, sagte Jacqueline.
»Sehen Sie es als eine Art Headhunting.«
»Dafür gibt es Spezialisten.«
»Aber Sie waren doch schon einmal hinter Robert her.«
Es kostete sie einige Kraft, so zu tun, als hätte sie diese Unverschämtheit überhört. Im geschäftsmäßigsten Ton, der ihr zur Verfügung stand, sagte sie: »Das erledigt besser die Polizei.«
»Nicht so geräuschlos wie Sie.«
»Ausgeschlossen. Ich bin nicht frei.«
»Sagen Sie alles ab!«
»Es gibt nicht nur die Union Bank in meinem Leben.« Es hörte sich an wie: Es gibt nicht nur Robert Sulzer in meinem Leben.
»Es gibt nicht nur McKinley auf dem Markt.«
»Aber es ist nicht mein Metier. Ihr Geld wird sich nicht rentieren.«
Nichts haßte Jacqueline mehr, als etwas tun zu müssen, was sie nicht beherrschte.
»Ich bezahle Ihre intime Kenntnis der Person. Und zu niemandem ein Wort. Ich will Robert wiederhaben. Tot oder lebendig.«

3

Tot oder lebendig. Einer der Krollscherze, die nur er selbst witzig fand. Jacqueline hatte sich eine Nacht Bedenkzeit ausgebeten. Aber sie hatte keine Stunde zum Entscheiden gebraucht. Nach drei oder vier Gläsern an der Bar des Savoy hatte sie pastellfarbene Szenen, mit einem gewissen Robert Sulzer in der Hauptrolle, geträumt.

Gegen neun hatte sie Kroll angerufen, der schon wieder nach Frankfurt geflogen war. Ihre Hoffnung, Robert werde über Nacht auftauchen, hatte sich nicht erfüllt.

Zwei bis drei Tage kalkulierte sie ein für das Projekt; so lange konnte sie ihre anderen Klienten vertrösten. Sie hatte ein glänzendes Team ehrgeiziger, hochbegabter Leute zur Verfügung, das auch ohne sie zurechtkam. Ihre Hauptaufgabe war es, die Auftraggeber bei Laune und den Überblick zu behalten und neue Klienten zu akquirieren. Und jetzt hatte sie nichts anderes getan, als sich einem guten alten Kunden erfolgreich in Erinnerung gebracht. Dagegen konnte niemand in der Firma etwas haben.

Sie durfte nur niemandem verraten, worum es genau ging.

Kornsettel, dem geschäftsführenden Vice President in München, ließ sie ausrichten, sie sei auf einer überraschend angesetzten Change-Management-Klausur der Union Bank. Ganz falsch war das nicht. Sollte sie gleich wieder hinauffahren nach Davos? Sie hätte kaum zwei Stunden benötigt von Zürich. Bloß wozu? Um herauszufinden, daß der Vermißte seine Zimmerrechnung per Kreditkarte beglichen hatte und abgereist war? Dafür reichte ein Telefonat. Und alle Gipfelteilnehmer hatten den Ort längst wieder verlassen. Sie flog besser gleich nach Frankfurt.

Wie jedesmal, wenn sie sich der Frankfurter City näherte, genoß sie den Anblick der Türme. Ein Bündel Zuversicht sah sie am Horizont, eine Batterie schimmernder galaktischer Lippenstifte, stählerne Bergwände, um die der Geist von Davos wehte.
Auch der Union Tower war in ihren Augen ein auftrumpfendes Zeitzeichen. Im Augenblick krönte er sogar die Skyline, auch wenn ihn die nächsten emporschießenden Neubauten bald übertreffen würden. Als Jacqueline das letztemal für die Union Bank zu tun hatte, war auch dieser Turm noch nicht fertig gewesen.
Er entpuppte sich als ein riesiger Hohlkörper. Die Bürotrakte umstanden einen überdachten, dreieckigen Hof, und Jacqueline hob unwillkürlich den Kopf, um in die schwindelnde Höhe hinaufzustaunen. Am Empfangsdesk war ihre Ankunft avisiert worden. Sulzers Chefsekretärin holte sie selbst ab.
Schweigend stand sie ihr im Expresslift gegenüber. Ihre Augen wichen Jacqueline aus.
Jacqueline kannte sie flüchtig, aber seit der letzten Begegnung waren einige Jahre vergangen. Lisa Berg gab nicht zu erkennen, ob sie sich daran erinnern konnte oder wollte.
Sie trug keines dieser typischen Sekretärinnenkostüme, deren Rocksäume eine Männerhandbreit über den Knien endete. Mit dem anthrazitfarbenen Anzug, fand Jacqueline, hätte sie auch in den Handelsraum gepaßt, als eine der zwei oder drei Dutzend geldgierigen Frauen unter dreihundert geldhungrigen Männern. Robert mochte Mitarbeiterinnen, die so aussahen. Und die Berg wußte vermutlich, wie sie Robert gefallen konnte. Bestimmt gehörte sie zu der Sorte Frauen, die, unmittelbar bevor ihr Chef das Büro betrat, so pünktlich, daß man die Uhr danach stellen konnte, ihre Lippen nachzogen und den Lidschatten im Klappspiegel überprüften. Jacqueline lächelte aufmunternd und wissend. Diskrete Gier beherrschte das Gewerbe. Aber so, wie sie Robert einschätzte, war er auch im Umgang mit seinen Mitarbeitern so zurückhaltend wie ein Schweizer Privatbankier. Dabei verfügte Robert über Blicke, die Lisa auch spüren konnte, wenn sie ihm den Rücken zukehrte. Jacqueline hatte das am eigenen Leib erlebt. Sie wußte

auch, daß Robert mit Komplimenten geizte. Mit Lob verwöhnte er Lisa Berg gewiß nicht, was nur dazu führte, daß sie sich noch mehr verzehrte für ihn, um wenigstens gelegentlich eines seiner »Nicht übel« einzuheimsen. Vielleicht handelte es sich nicht so sehr um Roberts Mangel an Wärme und Herzlichkeit als um sein Streben nach einem Höchstmaß an Effizienz. Wie sonst konnte ein Mann mit noch nicht einmal vierundvierzig Jahren zum Vorstandsvorsitzenden der zweitgrößten deutschen Bank und demnächst wohl zum Boß einer der fünfzehn größten Bankengruppen der Welt aufsteigen?

Die Aufzugtüren öffneten sich.

»Wie lange sind Sie schon mit ihm zusammen?« begann Jacqueline.

Lisa Berg blieb stehen und sah sie überrascht an.

»Komisch, aber genau diese Frage hat er mir auch gestellt.«

Und dann berichtete sie, wie sich letzten Mittwoch geradezu Unerhörtes zugetragen hatte. Dr. Sulzer habe sich auf die Kante ihres Schreibtisches gesetzt und sie gefragt, wie lange sie schon bei ihm sei. Für seine Verhältnisse habe sich das fast wie der Anlauf zu einer Heiratserklärung angehört. Fünf Jahre, vier Monate und drei Wochen sei sie mit ihm zusammen.

Das könne Herr Dr. Sulzer gewiß nicht vergessen haben; denn Daten, die ihm etwas bedeuteten, vergesse er prinzipiell nicht. Auf den Tag sei sie genau so lange seine Assistentin wie er die Nummer eins in der Company.

Dr. Sulzer habe nur knapp genickt und gesagt: »Na gut. Sechs Prozent für jedes Jahr plus ein Prozent für jeden angebrochenen Monat macht insgesamt fünfunddreißig Prozent.« Und sie habe noch immer nicht kapiert. Bis Sulzer schließlich gesagt habe: »Meinetwegen rückwirkend zum ersten Ersten. Aber jetzt ist gut.«

Jetzt erst habe es Lisa Berg gedämmert, daß ihr Chef sie im Vorübergehen von nicht einmal achttausend Brutto auf über zehntausend angehoben hatte, was ihres Wissens nach noch niemals einer Vorstandssekretärin passiert sei. Sie habe ihm die Füße küssen mögen. Aber da sei er schon aus der Tür gewesen.

Jacqueline wunderte sich darüber, daß diese Frau nichts anderes zu

tun hatte, als ihre Einkommensverhältnisse vor ihr auszubreiten. Wenn es nicht bloß eine Prahlerei damit sein sollte, wie hoch Robert sie schätzte, was war es dann?
»Sie glauben also, es könne kein Zufall sein, daß Dr. Sulzer Sie unmittelbar vor seinem Verschwinden mit einer kräftigen Gehaltserhöhung belohnt hat? Wollen Sie damit sagen, daß er sich von Ihnen sozusagen auf besondere Weise habe verabschieden wollen?«
Sie waren an Roberts Büro angekommen. Lisa Berg öffnete die Tür zum Vorzimmer und ließ Jacqueline vorausgehen. Auch sie setzte sich jetzt wie Robert vor ein paar Tagen auf die Kante des Schreibtisches seiner Sekretärin. Und Jacqueline sah, daß sie erst einmal keine Antwort auf ihre Frage erwarten durfte, sondern tröstenden Beistand zu leisten hatte. Denn Lisa Berg schluchzte.
Sie sei sich sicher, sagte Jacqueline, die Angelegenheit werde bald eine harmlose Erklärung finden und Robert Sulzer gesund und munter zurückkehren.
»Erzählen Sie einfach einmal, was bisher alles vorgefallen ist.«
Robert, erfuhr Jacqueline, habe sich am Sonntagmorgen von einem der Kongreßchauffeure nach Kloten bringen lassen wollen, um mit der Lufthansamaschine LH 3789 nach Frankfurt zu fliegen, Ankunft 11 Uhr 50, wo er von einem Firmenwagen hätte abgeholt werden sollen. Als er dann am Montagmorgen nicht im Büro erschienen war, hatte Lisa Berg zunächst im Steigenberger Belvedere angerufen. Dr. Sulzer war tatsächlich am Sonntagmorgen abgereist.
Zuvor aber habe sie selbstverständlich bei Sulzers zu Hause angerufen. Seine Frau habe alles andere als beunruhigt gewirkt. Angefahren worden sei sie von ihr: »Wo mein Mann ist? Ich denke, das wissen Sie besser als ich. Ist er denn nicht mehr in Davos?«
Diese Frage habe sie in Verlegenheit gebracht, gestand Lisa. Schließlich habe sie die Gattin nicht unnötig aufregen und Dr. Sulzer unangenehme Verdächtigungen ersparen wollen. Vermutlich sei er gerade auf dem Weg von Davos zurück nach Frankfurt, habe sie einfach behauptet.

Die Nachfrage beim Fahrdienst habe dann ergeben, daß Charly Auer, Dr. Sulzers regulärer Fahrer, nicht wie vereinbart am Flughafen gewesen war. Dr. Sulzer habe Auer telefonisch abbestellt, und zwar schon am Samstag. Auch sei kein anderer Fahrer für die Abholung am Flughafen disponiert worden. Man sei davon ausgegangen, daß sich Dr. Sulzer von seiner Frau habe abholen lassen oder einfach in ein Taxi gestiegen sei, wenngleich gegen alle Gepflogenheiten.
Weiß der Himmel, wohin er sich hatte bringen lassen, jedenfalls nicht zurück zur treusorgenden Gattin. Wenn er überhaupt in Frankfurt angekommen war. Das würde sich gegebenenfalls rasch anhand der Passagierliste feststellen lassen.
»Aber das alles beantwortet nicht die Frage, weshalb Robert sich nicht gemeldet hat.«
Er habe das, meinte Lisa Berg, jeden Morgen um acht Uhr getan, gleichgültig, ob er gerade in Kuala Lumpur, Chicago oder, was selten geschah, auch nur in einem Stau steckte.
»Haben Sie dafür eine Erklärung?«
Lisa Berg schüttelte den Kopf.
»Haben Sie ihn auch auf seinem Mobilphone zu erreichen versucht?«
»Später schon. Aber erst einmal mußte ich davon ausgehen, daß er einen triftigen Grund hatte, sich nicht zu melden. Er wollte nicht gestört werden, wobei auch immer.«
»Darf ich sehen?« Ohne Lisa Bergs Einverständnis abzuwarten, griff Jacqueline den aufgeschlagenen, in schwarzes Leder gebundenen, großformatigen Terminkalender. Er war im Halbstundentakt gefüllt. Jacqueline blätterte auf Montag zurück. Um halb neun waren die Namen Duncan, Barkley, Frankson verzeichnet.
Jacqueline tippte mit dem Finger darauf. »Was war das für ein Meeting?«
»Eine Konferenzschaltung mit London und Zürich.«
»Sie fand dann ohne Dr. Sulzer statt?«
»Ich mußte sie absagen.« Dr. Sulzer stecke im Stau, habe sie gelogen. Um zehn war Schnabel von der *Rundschau* eingetragen. Das Inter-

view hatte Lisa ebenso verschoben wie das Gespräch mit den Personalräten, das Telefonat mit Wiechert von der Confida und die Besprechung mit Müller, dem Redenschreiber.
Eine Tragödie ganz anderer Dimension habe gedroht und Lisa Berg keine Ahnung gehabt, wie sie sie hätte verhindern sollen. Der Lunch mit Kroll. Kroll sage man nicht kurzfristig ab, nicht einmal Dr. Sulzer dürfe sich das leisten.
Jacqueline nickte zustimmend. Kroll hatte Sulzer entdeckt und zu dem gemacht, was er war. Er hatte ihm grünes Licht gegeben, die Firma auf den Kopf zu stellen, und er allein konnte Sulzer wieder in die Wüste schicken, wenn ihm danach war. Kroll, wußte Jacqueline, war ein Gott, der durchaus verzieh, solange man Fehler nicht wiederholte. Eines seiner Lieblingsworte war »Fehlerkultur«. Aber manchen Fehler machte man besser erst gar nicht. Zum Beispiel sagte man einen Termin mit Kroll nicht ohne wirklich triftigen Grund kurzfristig ab. Lisa Berg habe Zurmühl gebeten, es dem Aufsichtsratsvorsitzenden so schonend wie möglich beizubringen. Zurmühl habe daraufhin nichts Besseres zu tun gehabt, als dem Alten gleich den wahren Grund zu servieren.
»Es war in diesem Moment«, sagte sie, »als plötzlich diese Angst da war, ich könnte Dr. Sulzer niemals wiedersehen.«
Sie kämpfte wieder mit den Tränen.
»Wie hat Kroll reagiert?«
»Er kam. Er hat versucht, mich zu beruhigen.«
»Haben Sie noch nie in Ihrem Leben die Arbeit geschwänzt?« habe er sie gefragt. Und, ohne ihre Antwort abzuwarten, hinzugefügt: »Na, sehen Sie, Fräulein Berg.«
»Und das, das hat mich erst richtig erledigt. Denn ich habe wirklich noch keinen einzigen Tag geschwänzt. Und daß er sich das Fräulein immer noch nicht abgewöhnt hat, war fast so schlimm wie die Angst um Dr. Sulzer.«
Kroll habe nicht glauben wollen, daß Robert einfach nicht erreichbar sei.
»Er ist es gewohnt, jeden, den er zu sprechen wünscht, an den Apparat zu bekommen, und wenn es der Kanzler persönlich ist. Er

hatte dann auch nur Roberts Frau am Apparat. Sie sei nicht die Hüterin ihres Mannes, hat sie gesagt.«
Wie eine Ehefrau, die ihren geliebten Gatten schmerzlich vermißt, hörte sich das tatsächlich nicht an, fand Jacqueline.
»Wie können Sie überhaupt wissen, was Frau Sulzer zu Kroll gesagt hat?«
Kroll habe an Dr. Sulzers Schreibtisch gesessen und sie habe über die Anlage mitgehört, gestand Lisa Berg unumwunden. Er sei nicht Sulzers Eheberater, habe Kroll geknurrt. Dann habe er wissen wollen, wann sich Dr. Sulzer das letztemal gemeldet habe. Lisa konnte Amelies Antwort wörtlich wiederholen: »Er meldet sich nie, solange nichts Gräßliches passiert ist.«
Also nichts Gräßliches. Das wenigstens sei beruhigend, habe Kroll gesagt.
»Führte Robert irgendwelche Verhandlungen, von denen niemand etwas wissen sollte?«
Lisa verneinte entschieden. Was nicht einmal sie wußte, war nicht geheim, sondern bloß noch mysteriös.
In diesem Moment platzte Kroll zur Tür herein, im Schlepptau einen bulligen Mittvierziger mit grauen Haaren und grauem Gesicht.
»Ich sollte Sie mit Hodler bekannt machen«, sagte Kroll. »Unserem Schutzmann.«
Zu Jacquelines Begrüßung hob Hodler beide Hände wie beschwörend in die Höhe.
»Für meine Truppe lege ich die Hand ins Feuer«, sagte er. Mit fränkischem Zungenschlag hörte sich das nicht ganz so wagemutig an.
»Tun Sie es besser nicht«, empfahl ihm Kroll. »Wie leicht verbrennt man sich die Finger.«
»Alles überprüft. Der Fahrer lügt nicht«, beteuerte Hodler. Im übrigen habe Sulzer in Davos ausdrücklich auf Personenschutz verzichtet.
Kroll schüttelte verärgert den Kopf.
»Ich bitte Sie«, verteidigte sich Hodler. »Davos ist eine Festung.«
»Die Bank gibt Millionen für Personenschutz aus. Und das ist dann das Ergebnis.«

Hodler blieb tapfer: »Sie sollen nicht meine Privatsphäre vor mir selbst schützen! Ihr Satz, Herr Kroll! Daran haben wir uns immer gehalten.«
Krolls Handbewegung ließ ihn verstummen.
»Herr Hodler wird Sie in jeder Hinsicht unterstützen, Jacqueline«, versprach Kroll und forderte seinen Sicherheitschef auf, kurz zusammenzufassen, was er bisher unternommen hatte.
Weder auf der Passagierliste des Fluges LH 3789 noch auf der anderer Maschinen der Lufthansa und der Swissair sei Sulzers Name gefunden worden. Außerdem hatte sich Hodler in Krankenhäusern, bei früheren Kollegen von der Polizei, in Frankfurt, aber auch in der Schweiz bisher erfolglos umgehört.
»Vorsicht, Hodler! Erzählen Sie nicht zuviel herum!«
Kroll reichte Jacqueline die Hand und wünschte »good luck«. Alles weitere solle sie mit Hodler direkt absprechen.
Das zehnminütige Gespräch, das sie mit dem Expolizisten in einem kleinen Besprechungszimmer am Ende des Flurs führte, brachte nicht mehr als Ratlosigkeit zustande. Robert habe häufig auf Personenschutz verzichtet, erfuhr sie. Besonders häufig in den letzten Wochen. Hodler vermutete, das hänge mit den Fusionsverhandlungen zusammen.
Und endlich wagte Jacqueline das Wort auszusprechen, das jeder irgendwie dachte, aber lieber für sich behielt: »Entführung?«
Aber sie war sich mit Hodler rasch einig, daß nichts für diese Befürchtung sprach. Vor allem hätten längst die Forderungen der Gangster auf dem Tisch liegen müssen.
Als nächsten nahm sich Jacqueline Duncan vor.
Ein kleiner, drahtiger Mann nahm ihr gegenüber am runden, gläsernen Tisch Platz, ohne Jacqueline die Hand zu reichen. Es störte sie nicht. Sie kannte ihn und hatte nicht vergessen, wie er sich auch Robert gegenüber benahm. Er war nicht unbedingt Jacquelines Geschmack, sah aber ohne Frage gut aus, ein wenig wie Dustin Hoffman vor zwanzig Jahren. Verschmitzte Mundwinkel über dem etwas zu spitzen Kinn.
Sie erinnerte sich an ein Schaltgespräch in Roberts Büro, an dem

Duncan und sie sich beteiligt hatten. Robert hatte sich ein paar Minuten verspätet. Ungeniert hatte sich Duncan auf den hochlehnigen safrangelben Lederrollstuhl seines Chefs plumpsen lassen und war auf ihm einmal um die eigene Achse gewirbelt. Er hatte nach dem Telefon neben den Kinderfotos auf dem Seitentisch gegriffen und es an die Schreibtischkante versetzt. Dann hatte er den Chefsessel, in dem er saß, mit den Füßen um den Schreibtisch herum auf die Besucherseite gestakt. So etwas erlaubte sich Duncan sogar in Sulzers Anwesenheit. Niemand hätte es zu Krolls Zeiten gewagt, dessen Thron auch nur mit einem einzigen seiner vier Buchstaben zu berühren. Doch Sulzer und Duncan gehörten einer anderen Generation an. Ein Sessel war für sie ein Sessel und keine Insignie. Für eine Konferenzschaltung war es eben einfach bequemer, wenn beide auf der gleichen Seite des Telefons saßen. Die beiden hatten in solchen Situationen auf Jacqueline gewirkt wie zwei große Jungen, denen es einen Höllenspaß machte, mit einer phantastischen Eisenbahn zu spielen. Die Eisenbahn war fünfzig Milliarden Dollar wert.

»Sein Mobilphone war nicht eingeschaltet«, sagte Duncan.

Er sprach Deutsch mit Akzent, grammatikalisch nahezu fehlerfrei. Robert hatte bewundernd erzählt, daß Duncan wie ein Berserker gebüffelt hatte, um mit seinem Deutsch nach wenigen Wochen Kollegen zu beeindrucken, die sein Genie als Head Treasurer nicht so schnell beurteilen konnten.

Als die Union Bank vor zwei Jahren Rubinstein & Kahn geschluckt hatte, war es Roberts Idee gewesen, sich als neue Nummer zwei einen Manager der New Yorker Investmentbank zu holen. Ihre Visionen von der Zukunft der Firma seien nahezu identisch, hatte er Jacqueline vorgeschwärmt. Trotz unterschiedlicher Temperamente verstünden sie sich blind.

Duncan war ein paar Jahre jünger als Sulzer. Was Robert vermutlich für jugendlich-dynamisch hielt, fand Jacqueline einfach nur naßforsch.

»Mein Job ist es, hier ein wenig Humor reinzubringen«, hatte Duncan damals verkündet. Kein anderer im Konzern hatte jemals ge-

wagt, so etwas zu sagen. Und kein anderer Chairman hätte darüber so herzhaft gelacht wie Sulzer.
»Joggt ihr noch zusammen?«
»Und wie! Zweimal die Woche.«
Vermutlich trieben sie sich regelmäßig gegenseitig an den Rand der Erschöpfung. Es erschien Jacqueline als eine Fortsetzung des Eisenbahnspiels mit anderen Mitteln. Duncan und Robert machten einander heiß, nicht nur, wenn es irgendwo auf der Welt eine Bank oder eine Versicherung zu kaufen galt.
»War das Schaltgespräch am Montag so wichtig, daß es ohne Robert nicht möglich war?«
»Es wurde Zeit, die Übernahme der Lincoln Invest bekanntzugeben. Das wollten wir mit Barkley in London und Frankson, der die Investmentabteilung leitet und gerade in Zürich saß, besprechen.«
Duncan berichtete, wie der Deal wochenlang unter größter Geheimhaltung vorbereitet worden war.
Den Anfang hatten natürlich Sulzer und Barkley unter vier Augen gemacht. In einem südenglischen Hotel auf den Ländereien irgendeines Duke of Something hatten sie sich unter falschen Namen angemeldet. Zu Barkleys Mißvergnügen spielte Sulzer kein Golf. Duncan, der selbstverständlich mit einem niedrigen Handicap hätte prahlen können, merkte es so süffisant an, als wäre das allein schon ein böses Omen gewesen. Aber die beiden schienen sich trotzdem gut amüsiert zu haben. Jedenfalls hatten sie dann sehr schnell das Confidentiality Agreement unterzeichnet.
Eine überaus freundliche Übernahme habe zur Debatte gestanden. Duncan brauchte Jacqueline nicht zu erklären, wie radikal Megafusionen die gesamte Branche umkrempelten. Deals are doing deals, hieß es so schön. Gegen die neu entstandenen Giganten hatten selbst kerngesunde Banken wie die Lincoln Invest keine Chance mehr.
»Barkleys strategisches Problem ist es, daß die Ertragskraft der Lincoln einfach nicht ausreicht, die unvermeidliche Investition in neue Technologien zu bezahlen. Wir waren auf Einkaufstour und kamen ihm wie gerufen. Es sah so aus, als ob wir uns auf den Märkten optimal ergänzen könnten.«

Das Confidentiality Agreement zwischen den beiden Firmenchefs war das Signal für die Transaktion gewesen. Beide Seiten hatten sich damit verpflichtet, die Zahlen offenzulegen. In dem Papier war auch der mit der Angelegenheit vertraute kleine Kreis von Personen aufgeführt. Seitdem war Duncan mit von der Partie. Kroll, der Aufsichtsratschef, war informiert, aber nicht mit den Details befaßt gewesen.
Jacqueline wollte wissen, wer in der Union Bank sonst noch Bescheid wußte.
Duncan nannte den Leiter des Vorstandsbüros, Holger Zurmühl, und Ed Mitchell, das Merger-&-Acquisition-As von Merill Lynch. Auch wenn zwei Banken sich freiwillig zusammentaten, bedienten sie sich des Sachverstands neutraler Investmentspezialisten. Barkley hatte seinerseits Colin Serafino von Goldman Sachs verpflichtet.
Bereits Anfang November war ein Memorandum of Understanding ausgetauscht worden. Seitdem waren auf beiden Seiten Horden von Fachleuten am Werk: Wirtschaftsprüfer, Anwälte, Controller, Justitiare und natürlich auch die Head Treasurers mit ihren Stäben. Im Dezember hatten bereits die Due Diligence Teams mit Hochdruck gearbeitet. Mergers waren zwar nicht Jacquelines Fach, aber sie wußte, welche Arbeit sie bedeuteten. Bücherdicke Listen waren zu prüfen, abzustimmen, auszuhandeln. Letztlich war es darum gegangen, den Wert der beiden Unternehmen so exakt wie möglich zu ermitteln. Das Ergebnis: Die Lincoln Invest war rund vierundzwanzig Milliarden Mark wert, die Union Bank nach den neuesten Berechnungen dreiundfünfzig. Den LI-Aktionären sollte der Verkauf mit einem Aufschlag von fünfzehn Prozent auf den gegenwärtigen Aktienkurs schmackhaft gemacht werden. Prinzipiell ging es bei allen Übernahmen und Fusionen darum, das Geld internationaler Anleger anzulocken, an den Konzern zu binden und seinen Wert zu steigern. Fusionen waren nichts anderes als ein Mittel zu dem einzigen Zweck, die Rendite des eingesetzten Kapitals zu steigern.
In dieser Phase der Verhandlungen mußte jederzeit mit Indiskretio-

nen und Gerüchten gerechnet werden, die den Kurs der LI-Aktie nach oben treiben und damit den Deal gefährden konnten.
»Und wo, zum Teufel, steckt Bob?« unterbrach Duncan Jacquelines Interesse am Lincoln-Deal. Die Transaktion hatte doch nichts mit Roberts Verschwinden zu tun!
Duncan war der einzige in der Company, der Robert Sulzer Bob nannte. Jacqueline war das schon früher nicht entgangen. Es klang in ihren Ohren anmaßend. Duncan protzte mit dem Vertrauen, das Robert ihm schenkte.
»Was glauben Sie? Müssen wir uns ernsthaft Sorgen machen?« spielte sie den Ball zurück.
Weiß nicht, signalisierte Duncan mit den Schultern. Er schien sich nicht vor Gram zu verzehren.
»Bob ist ein erwachsener Mann«, sagte er.
Es gab Männer, die wurden nie richtig erwachsen, und nicht wenige davon saßen in Vorständen, wußte Jacqueline. Aber sie behielt es für sich.
»Kroll jedenfalls macht sich richtig Sorgen«, sagte sie.
»Warum ruft er nicht die Polizei?«
»Fragen Sie ihn selbst!«
»Ich kenne die Antwort. Und Sie? Was wollen Sie tun?«
»Höre mich um, was sonst könnte ich tun? Hat Robert Ärger in der Company? Mit Kroll? Oder führt er so geheime Fusionsgespräche, daß es sein eigenes Büro nicht weiß?«
»Das glauben Sie doch selbst nicht«, sagte Duncan.
»Wenn Sie etwas hören, lassen Sie es mich bitte wissen.«
»Ich vermute eher private Probleme«, meinte Duncan. »Sie haben schon mit Amelie gesprochen?«
Sie sei gerade erst angekommen, entschuldigte sich Jacqueline.
»Vielleicht hat jemand Bob ans Bett gefesselt und vergessen, ihn wieder loszumachen.«
Duncans Mundwinkel amüsierten sich bis zu den Ohren.
»Haha«, machte Jacqueline und stand sofort auf. Was bildete sich dieser Schnösel ein! Wollte er ihr mit so einer Taktlosigkeit auch noch imponieren? Oder sollte es ein Wink mit dem Zaunpfahl sein?

So wie Jacqueline Robert kannte, ließ der sich von niemandem ins Bett ziehen, schon gar nicht, wenn er gerade dabei war, eine Bank zu kaufen. Und das war er praktisch immer. Abscheu und Empörung in ihrem Blick straften Duncan. Der blinzelte ihr zu, als wollte er sagen: »Nun seien Sie doch nicht so verkniffen.«
»Warten Sie!«
Jacqueline war schon an der Tür, als Duncan ihren zornigen Schritt stoppte.
»Etwas, was ich noch wissen sollte?«
Duncans zappelige Großspurigkeit war plötzlich einer seltsamen Nervosität gewichen.
»Kroll hat es Ihnen bestimmt schon erzählt«, druckste er herum.
»Spannen Sie mich nicht auf die Folter!«
»Wir dachten, wir hätten die Lincoln Invest in trockenen Tüchern. Aber ... die HypoCommerz bietet jetzt mit.«
»Die schnappen nach allem, was sich bewegt«, bemerkte Jacqueline.
»Deshalb mußten wir die Bekanntgabe des Deals verschieben. Nicht, weil Bob plötzlich fehlte.«
»Robert wußte das schon?«
»Das glaube ich nicht. Bob war sich seiner Sache absolut sicher. Barkley rief erst am Montagmorgen hier an, um es uns mitzuteilen. Weil Bob nicht da war, sprach ich mit ihm.«
»Und Kroll?«
»Wurde sofort von mir informiert.«
Duncan produzierte die Andeutung eines Grinsens. »Weiß der Teufel, was in Barkley gefahren ist«, sagte er. »Zumal die Champagnerkorken schon geknallt haben.«
Jacqueline kannte das ungeschriebene Gesetz in England, daß von diesem Augenblick an der Deal galt, selbst wenn später noch attraktivere Bewerber an die Tür klopfen sollten.
»Wir rätselten natürlich herum. Unser erster Gedanke war, Ed Mitchell hätte uns das eingebrockt. Er hatte zum Jahreswechsel überraschend die Front gewechselt. Konnte den dreißig Millionen Dollar von Goldman Sachs nicht widerstehen. Dumm gelaufen.«
»Daran scheitert die Übernahme?«

»Es ist nicht auszuschließen, aber unwahrscheinlich. Auf jeden Fall braucht sich Bob deshalb nicht aus dem Fenster zu stürzen.«
Jacqueline verzog das Gesicht. Duncans Scherze schmeckten ihr ganz und gar nicht. Sie hatte selbst schon läuten gehört, daß der Merill-Lynch-Mann mitten im Strom das Pferd gewechselt hatte. So etwas konnte empfindliche Fusionsverhandlungen zerstören. Aber doch nicht in diesem Fall einer überaus freundlichen Akquisition. Jacqueline beschloß, selbst mit Barkley zu reden.
Auf dem Flur sprach sie ein kahlköpfiger Schlaks mit einer Fliege um den Hals an. »Priel«, stellte er sich vor. Lisa Berg habe ihn an sie verwiesen.
Der Konzernsprecher berichtete von Schnabel, der vorgestern um zehn vergeblich auf das verabredete Interview mit Sulzer gewartet habe. Priel war nichts anderes übriggeblieben, als ihn wieder wegzuschicken. Deshalb sei zu befürchten, daß er noch ungenierter auf Sulzer eindreschen werde, den er bereits in seiner Kolumne als *Kreuzritter der Effizienz* verspottet habe. Priel befürchtete, daß Schnabel die Absage des Interviews auf seine Art interpretieren könnte. Die absurdesten Gerüchte würden bald in Umlauf sein: Börsenliebling Sulzer wackelt, Übernahme der Lincoln Invest gescheitert.
Jacqueline war sich nicht sicher, ob Priel überhaupt wußte, daß Robert Sulzer verschollen war.
Was ihm Kroll geraten habe, fragte sie ihn deshalb.
»Erzählen Sie Schnabel und allen anderen Aasgeiern etwas von einem Todesfall in der Familie Sulzer. Aber nur auf Nachfrage. Lassen Sie es sich aus der Nase ziehen!« Das habe Kroll ihm gesagt.
Jacqueline wollte noch einmal Lisa Berg konsultieren. Sie fand sie mit geröteten Augen im Besuchersessel an Roberts Schreibtisch.
Jacqueline setzte sich still an den Besprechungstisch. Wie karg das fast mindestens hundert Quadratmeter große Zimmer ausgestattet war, in dem Robert das Imperium leitete! Es sah aus, als wäre er gerade erst eingezogen. Oder stehe kurz davor auszuziehen.
Lisa wandte sich ihr zu. Als habe sie Jacquelines Gedanken gelesen, erzählte sie, Robert habe immer versprochen, Bilder aufzuhängen,

aber niemals Zeit dafür gefunden. Man habe ihm Gemälde aus dem Besitz der Bank aufdrängen wollen, teure Stücke in schweren Goldrahmen, Bergpanoramen, Bauernidyllen der Münchner Schule. »Schafft mir den Schund vom Hals!« habe Dr. Sulzer gegrollt. Danach seien die Experten der hauseigenen Kunststiftung mit hochexpressiven Farbexplosionen angerückt. Dr. Sulzer habe sie zur Hölle gewünscht. Besser blieben die Wände leer. Vor einigen Monaten erst habe er dann selbst eine kleine Schwarz-Weiß-Radierung mitgebracht.

Sie zeigte nichts als zwei Hände über den Tasten eines Klaviers. Verloren hing das kleine Bild auf der hellbeigen Stofftapete hinter dem Schreibtisch.

Ein Stapel Tageszeitungen und zwei Unterschriftsmappen waren alles, was darauf lag. Dabei war Ordnung nicht unbedingt Sulzers Stärke, wußte Jacqueline. Aber Unordnung konnte er auch nicht ertragen.

Sie war aufgestanden und studierte die beiden Fotos in den randlosen Plexiglashaltern. Amelie war zweifellos eine schöne Frau. Jacqueline beneidete sie um die gerade Nase mit den elegant geschwungenen Flügeln. Das Gesicht besaß eine unaufdringliche Perfektion, nichts störte die Harmonie, kein Detail hätte verbessert werden können. Es war fast schon zu ausgewogen, dieses Gesicht, wenn man es nur lange genug betrachtete. Schön, aber irgendwie öde. Vielleicht lag das auch nur an der biederen Frisur, schwach gewelltes, mittelblondes, halblanges Haar. Bestimmt hatte der Friseur ein Vermögen mit solcher Hausmannskost verdient. Ach Gott, das Perlenkettchen auf dem lindgrünen Rollkragenpullover. Ein wenig sehr dezent. So alt war sie doch noch gar nicht, trotz der drei Kinder auf dem zweiten Foto. Ein vier, fünf Jahre alter Schnappschuß: Sophie, die Älteste, schaute noch ziemlich kindlich aus der Wäsche. Was sie da nur anhatte? Sie war als Erzengel verkleidet oder als Zirkusprinzessin. Indianer-Johnny war inzwischen achtzehn, hockte aber immer noch zu Hause. Auf dem Foto piesackte er einen noch kleineren Maharadscha. Markus war inzwischen fünfzehn. Und der Zirkusengel studierte Medizin. Hinter den Lamellen der Jalousien zeich-

neten sich die Türme der Konkurrenten ab. Das niedrige Bücherbord, das sich hinter dem Schreibtisch über die ganze Breite des Zimmers erstreckte, war mit den üblichen Mitbringseln und Gastgeschenken bestückt, aber nur einem halben Dutzend Bücher, die Robert gewiß nicht zum Vergnügen las. *Der Terror der Ökonomie* hieß eines. *Die Globalisierungsfalle* ein anderes. Mußte man sich als Chef einer Bank auch mit den Argumenten seiner Gegner beschäftigen? Wahrscheinlich war es Zeitverschwendung. Vielleicht hatte Robert sie gar nicht gelesen, sondern nur geschenkt bekommen.
Jacqueline strich dem jadegrünen Buddha über den kühlen, glatten Rundschädel. Er fühlte sich gut an.
»Aus Malaysia«, erklärte Lisa.
Daneben ein sperriges altes Messingteil, ein nautisches Instrument von einem alten Windjammer.
»Buenos Aires«, sagte Lisa.
Drei goldene Eier aus China. Ein Cowboyhut aus Texas.
»Er hat ihn nie aufgesetzt, nicht mal zum Spaß.«
Jacqueline fand, daß alles zusammen aussah, als hätte es Sulzer streng vermeiden wollen, irgendeine persönliche Note ins Zimmer zu bringen. Als hielte er sich nicht gern in ihm auf. Oder aber: als hätte er sich unsichtbar machen wollen hinter seiner Funktion, sich der Macht unterordnen, die sich seiner bediente. Der einzige Gegenstand, der nach einem Bekenntnis hätte aussehen können, war ein gerahmter Spruch, der auf dem Bücherbord stand. *Watermellons: Even they can manage themselves.* Sulzer organisierte die Bank fabelhaft, fand Jacqueline, bloß nicht sein Leben.
Sie erinnerte sich an einen dieser Fragebogen, die Prominente für Wochenendbeilagen auszufüllen hatten. Schwarz und Weiß hatte Robert als seine Lieblingsfarben angegeben. Er hätte gleich Grau schreiben können. Und Ungeduld als seinen größten Fehler. Das war nicht falsch, aber auch nicht gerade originell; die meisten großen Bosse hielten sich gern für ungeduldig. Irgendeinen Charakterfehler mußte man schließlich zugeben. Dieser war der harmloseste, verzeihlichste, eigentlich nur eine etwas übertriebene Tugend, eine Form von Tatendrang, zugespitzte Zielstrebigkeit. Robert wirkte

tatsächlich immer wie auf dem Sprung. Jacqueline konnte sich vorstellen, wie er an dieser Birnbaumplatte, groß genug, um auf ihr Tischtennis zu spielen, pausenlos telefonierte. Einfach nur Akten zu studieren oder nachzudenken war bestimmt nicht sein Fall. So einer verfaßte nicht gern Papiere oder Reden, er redete lieber mit Leuten. Dafür verließ er dann abends mit zwei prall gefüllten Aktentaschen das Büro und kehrte am nächsten Morgen mit volldiktierten Tonbändern zurück. Ob er einfach die Lust an seinem Job verloren hatte? Einem Job, um den ihn alle Welt beneiden mußte, weil sie keine Ahnung hatte, was es bedeutete, einen Weltkonzern zu dirigieren. Also einfach nur Überdruß? Stand der nicht jedem Menschen einmal zu? Und Jacqueline fragte sich, wie wenig sie eigentlich von dem Menschen wußte, dem sie einmal gern einen guten Teil ihres Lebens gewidmet hätte.

4

Die Gründerzeitvilla aus gelbem Sandstein in der verkehrsberuhigten Altkönigstraße fand Jacqueline standesgemäß. Robert hatte sich nicht in eine der Villenplantagen der Taunus-Hanglagen verzogen, sondern den urbaneren Mischwald des Frankfurter Westends gewählt. Die Sulzers bewohnten die erste und zweite Etage, wußte Jacqueline noch. An der Klingel stand kein Name; gewiß hatte Hodler das so verordnet.

Amelie Sulzer öffnete. Sie war größer, als Jacqueline sie in Erinnerung hatte. Das feuerwehrrote, langärmelige Kleid prunkte auf der Vorderseite mit zwei Reihen goldener Knöpfe, obwohl es dort überhaupt nichts zu knöpfen gab. Aber irgendwie paßte es zu einem Gesicht zwischen Aufgedrehtheit und Erschöpfung. Es war die etwas schrille Eleganz amerikanischer First Ladys.

Das Entree war beinahe gleißend hell ausgeleuchtet. Jacqueline fiel ein großformatiges Ölgemälde ins Auge, in satten Grüntönen mit kugeligen Gebilden in knalligem Orange. Wenn das ein Dschungel sein sollte, dann einer aus Plastik. Eine geschwungene Treppe aus zentimeterdickem flaschengrünem Glas führte ins Obergeschoß. Jacqueline hätte sie gern ausprobiert, wurde jedoch in den großen Salon gebeten. Hier war Schluß mit Farbe. Großformatige Schwarz-Weiß-Fotos, Menschen, lebensgroß in merkwürdigen Posen, glotzten von weißgelackten Wänden. Zwei raumgreifende Sitzgruppen in Leder: weiß die eine, schwarz die andere.

»Kommen Sie«, drängte Amelie. Durfte man sich hier nicht einmal in Ruhe umsehen?

Jacqueline folgte der Dame des Hauses in einen kleineren Salon. Golden bauschten sich Brokatvorhänge zu gelb-blau gestreiften

Tapeten. Amelie deutete auf ein königsblau bezogenes Louis-Philippe-Sofa und nahm selbst auf einem dazu passenden, goldgelb gepolsterten Sessel Platz. Auf einem Nußbaumtischchen die heiße Teekanne neben Tassen aus Meißner Porzellan.

»Ihr konntet euch nicht auf einen Innenarchitekten einigen«, stellte Jacqueline fest. Es war die mildeste Formulierung, die ihr zur Verfügung stand.

»Wie sind Sie nur darauf gekommen?« gab Amelie zurück.

Jacqueline war hier, um der Empire-Gattin Hilfe anzubieten. Aber es sah aus, als ob die ihrer nicht sonderlich bedurfte.

»Schickt Sie Kroll?«

Jacqueline sagte, daß Kroll sie beauftragt habe, Robert zu finden. Geschickt habe er sie nicht.

»Haben Sie ein Detektivbüro aufgemacht? Oder gelten Sie noch immer als Fachfrau für Roberts Privatleben?«

Jacqueline schluckte hinunter, was ihr auf der Zunge lag, und rührte braunen Zucker in den Tee. Vermutlich gab es eine Menge Gründe für Robert, sich in Luft aufzulösen. Einer der Gründe saß zweifellos vor ihr.

Jeder habe das Recht, einmal zwei, drei Tage auszubüchsen, bot sie Amelie als Erklärung an. Es sei geradezu ein Menschenrecht. Bloß einem Vorstandsvorsitzenden billige man es nicht zu. Im übrigen mache sich Kroll übertriebene Sorgen.

Warum nur spielte sie vor Amelie die Angelegenheit herunter, fragte sich Jacqueline. Es gab keinen Grund, sie vor der Realität zu schützen. Oder sie gar zu trösten. Jacqueline hatte, gestand sie sich, Angst vor Amelies Tränen gehabt. Völlig unbegründete Angst. Amelie schien Meilen entfernt von Hysterie.

»Und die Berg heult sich vermutlich schon die Augen wund«, sagte Amelie.

Daher wehte der Wind! Die ganze Sprödigkeit war nichts als Eifersucht, für die es keinen triftigen Grund gab, leider Gottes niemals gegeben hatte. Was verlangte Amelie denn noch alles von Robert? Sie schwamm in Geld. Trotzdem waren die Kinder, soweit Jacqueline sehen konnte, nicht auf der schiefen Bahn gelandet. Verlangte

sie noch mehr Wunder? Robert hatte eine Traumkarriere vollendet. Und jetzt hatte er sich eben einen kleinen unerlaubten Abstecher von Traumjob und Traumehe gegönnt. Schließlich kam der Mensch nicht aus mit zwei oder drei Träumen. Jacqueline versuchte die Ehe der Sulzers zu verstehen, so wie sie das Funktionieren einer Firma verstehen konnte. Sie ahnte, daß das nicht ausreichte. Aber von Organisationen verstand sie nun einmal mehr als von komplizierten Beziehungen. Ihre eigenen Erfahrungen erschienen ihr durchschnittlich. Wenigstens bezogen sie Robert mit ein.
»So wie Robert gebaut ist, wird ihn bald sein schlechtes Gewissen nach Hause treiben«, sagte Jacqueline.
»Sie müssen das ja wissen.«
Doch, doch, das wußte sie. Und deshalb platzte es aus ihr heraus: »Robert kann einen zur Verzweiflung bringen mit seinem schlechten Gewissen.«
»Inzwischen bringt er mich nicht einmal mehr zur Verzweiflung«, meinte Amelie.
Sie rang offenbar mit sich. Nach einigen nachdenklichen Sekunden beklagte sie sich dann doch über Robert. Neulich habe er gesagt, Menschen, die nicht allein zu leben verstünden, seien auch nicht reif füreinander. So ein Unsinn wachse unmöglich auf Roberts eigenem Mist.
Jacqueline ließ die Maxime noch etwas auf sich wirken. Im Gegensatz zu Amelie stimmte sie ihr zu. So wie es aussah, war Roberts Frau nicht in der Lage, mit sich allein zu sein. Das beste an ihrer Ehe war zweifellos die Fassade. Bewundernswert, wie lange die Sulzers ihr Kartenhaus am Einsturz gehindert hatten, jahrzehntelang. Jacqueline hatte Robert die permanente Harmonieshow zwar niemals abgenommen, aber doch immer bewundert, mit welcher Sorgfalt und Rücksicht die Sulzers stets voneinander gesprochen hatten, als wäre ihre Beziehung etwas unendlich Kostbares, an das man nicht rühren durfte. Damit war jetzt wohl Schluß.
Jacqueline sah Amelies Blicke durch sich hindurch in die Ferne gehen.
»Habt ihr euch etwa getrennt?«

»Wir hätten es noch einmal zehn Jahre geschafft, so zu tun, als wäre alles intakt.«
»Wo könnte Robert sein?«
»Wenn es das wäre, was mich quält! Mich quält aber weniger, daß er verschwunden ist, als wie ich darauf reagiere. Beinahe wäre es mir am liebsten ...«
Amelies Stimme blieb erschöpft und unentschlossen auf halber Höhe hängen.
»... er käme nicht wieder?« ergänzte Jacqueline.
Amelies wasserblaue Augen blieben trocken wie ein Altweibersommer.
»Was hat er getan, daß Sie so sprechen?«
»Nichts. Nichts. Nur vertrocknet bin ich neben ihm.«
»Betrügt Sie der Kerl?«
Amelie stand auf und drehte Jacqueline den Rücken zu.
»Aalt er sich mit irgendeiner dummen Gans auf Bali und nimmt seinen fünften Frühling? Ist es so?«
»Nicht diesen Ton!« Amelie fuhr verletzt herum.
Der Ton! Wahrscheinlich beruhte diese ganze Ehe und auch der klägliche Rest, der von ihr noch geblieben war, auf einem Umgangston.
Diese Unterhaltung führte so nicht weiter. Jacqueline erhob sich ebenfalls und trat dicht hinter Amelie.
»Manchmal sind Männer blind und taub zugleich«, seufzte sie. »Robert hat es doch noch nie verstanden, vernünftig mit seinen Gefühlen umzugehen.«
»Sie müssen das ja wissen«, sagte Amelie und wich ihrer Nähe aus.
Jacqueline hätte es sich gleich denken können. Zum erstenmal bereute sie es, Krolls Drängen nachgegeben zu haben.
Ein wenig hilflos bat sie darum, Roberts Arbeitszimmer sehen zu dürfen. Vielleicht stieß sie dort auf einen Anhaltspunkt. Es war weniger eine Vermutung als eine vage Hoffnung.
»Sie finden den Weg doch noch allein«, sagte Amelie.
Was sollte dieser Unterton? Niemals hatte sich Jacqueline in diesem Haus an Robert vergriffen. Sie hatte es gerade zum erstenmal betreten.

Jacqueline sah Amelie so lange fragend an, bis sie ihr ein gnädiges »Erster Stock, zweite Tür links« zuwarf.
Zurück also durch die Fotogalerie und nun doch die flaschengrüne Glastreppe hinauf. Gegen ihre Gewohnheit nahm sie jede Stufe einzeln und so vorsichtig, als ginge sie über Eis. Falls sie irgend etwas Besonderes dabei erwartet haben sollte, blieb es aus.
Umso mehr überraschte sie das Arbeitszimmer. Auf den ersten Blick war Jacqueline noch nicht einmal ganz klar, ob es sich um das Arbeitszimmer oder eine Videoinstallation handelte. Einen Kubus hatte sie betreten, mit azurblauen Wänden, blauem Spannteppich, das hohe Fenster von blauen Lamellen schraffiert, durch die in dünnen Keilen Licht brach. Im Schnittpunkt der Raumdiagonalen, auf einem kannelierten Säulenstumpf in Stehpulthöhe, ein PC in blauem Gehäuse. Nichts sonst störte die strenge Ästhetik der Stätte.
Der PC ließ sich ohne Paßwort aktivieren. Vermutlich war die Ehe Roberts und Amelies auf Diskretion gebaut, die sie einander schenkten und respektierten wie Schweizer Nummernkonten. Robert mußte nichts verbergen. In dieser Ehe verbarg sich alles von selbst.
Jacqueline klickte den Windows-Dateimanager an. Das Kürzel *tabu* interessierte sie. Tabu fächerte sich in Jahreszahlen, Monate, Wochen auf. Tag für Tag karge, knappe Protokollnotizen, nicht gerade Tabus, noch nicht einmal eine Art Tagebuch.
Die Eintragungen endeten am 20. Januar, also vor vierzehn Tagen.
Zur Sicherheit kopierte Jacqueline das letzte Quartal des vergangenen und alles aus diesem Jahr auf eine Diskette, die sie in der Handtasche hatte wie Vitamintabletten, Präservative und den mit Scotch gefüllten versilberten Flachmann. Sie schloß Word und Windows, als die blaue Jalousie in die Höhe ratterte und Lichtgarben auf sie niederprasselten.
»Gefunden, was du suchst?« fragte die Stimme, nicht unfreundlich.
»Markus?«
Im Halbdunkel der blauen Grotte mußte er sich an Jacqueline vorbeigedrückt haben.

»Voll daneben«, sagte die Stimme im Gegenlicht.
»Also Johnny.«
Jacqueline versuchte zu erklären, wozu sie sich am PC seines Vaters zu schaffen machte: »Vielleicht sagen uns seine Notizen, wo wir ihn finden.«
Aus dem Hintergrund mischte sich eine zweite, eine weibliche Stimme ein.
»Alle hacken nur auf Paps herum. Und wenn ihm wirklich etwas zugestoßen ist?«
Seit Jacqueline Roberts Tochter zum letztenmal gesehen hatte, war aus Sophie eine stattliche, schwere Frau geworden. Außer der Körpergröße hatte sie wenig von Amelie. Der große Mund mit den etwas aufgeworfenen Lippen war von ihrem Vater, ebenso die schwachen Augen. Eine etwas elegantere Brille wäre sicher zu finden gewesen. Diese kreisrunden Wagenräder paßten zum Holzfällerhemd in braunen und blauen Karos. Es hing über die Jeans und konnte doch die breiten Hüften nicht kaschieren. In ungekämmten Strähnen stand hellblondes Haar um ein blasses, fleckiges Gesicht. Freiwillig so herumzulaufen, konnte Jacqueline nur als verständlichen Protest gegen die Stilfanatiker verstehen, die sie aufzogen.
»Bei Paps ist einiges zu holen«, stellte Sophie fest.
»Die Bank hält erpresserische Entführung nicht für wahrscheinlich«, erklärte Jacqueline. Es war nicht mehr als eine Hoffnung, aber sie wollte jetzt Sophie und ihren Bruder nicht noch mehr beunruhigen. Tatsächlich mußten sie auf alles gefaßt sein. Von einem Verbrechen bis zu Selbstmord durfte vorläufig nichts ausgeschlossen werden.
Ob Robert verreist sei in letzter Zeit, ohne dafür einen beruflichen Grund zu haben, wollte Jacqueline wissen.
»Wir kriegen das doch nicht mit«, sagte Sophie. Sie öffnete die Tür und wartete. Jacqueline verstand, sah sich hinauskomplimentiert.
»Ist Markus auch im Haus?« erkundigte sie sich.
»In der Schule«, sagte Johnny.
Sophie studierte Medizin. Was Johnny studierte, hatte Jacqueline vergessen.

»Das Leben«, beantwortete er ihre Frage.
»Gratuliere. Endlich was Vernünftiges«, sagte Jacqueline. Vielleicht tat das gerade auch Robert.
Johnny löste sich aus dem Gegenlicht des Fensters und kam mit ausgestreckter Hand näher, einen halben Kopf kleiner als seine Schwester. Das eigelbe Haar gefärbt und skinheadkurz. Johnnys Schädel ließ den schwarzen Nadelstreifenanzug, den er zum offenen tintenblauen Hemd trug, wie eine Parodie der Businessklamotten seines Vaters aussehen. Ein Ohrring blinkte Jacqueline zum Abschied zu.

Sie genehmigte ihrem Kreislauf einen Schluck, ehe sie im Frankfurter Hof auf dem Notebook Roberts Tabu-Notizen durchsah.
Im Dezember hatte er die Welt umrundet. Singapur, Hongkong, Tokio, New York, Mexico City, Rio, Sao Paulo, Buenos Aires, Santiago. Dafür hatte er sich sage und schreibe fünfzehn Tage Zeit gegönnt. Nur in Buenos Aires war er zwei ganze Tage geblieben und auch nicht von einem Termin zum nächsten gehetzt. Zu schaffen war das alles nur gewesen, weil er drei Nächte im Flugzeug verbracht hatte. Er hatte drei Staats-, vier Minister- und sechsundvierzig Präsidenten bedeutender Konzerne getroffen. Alle waren sie namentlich aufgeführt.
Auch in der übrigen Zeit war Robert viel gereist. Paris, Wien, Luxemburg, Amsterdam, Zürich, Warschau, Prag und Rom. Jeweils an einem Tag hin und wieder zurück. Übernachtet hatte er nur in London. *V.* hatte er dort dreimal gesehen. Es war der einzige Name in den Aufzeichnungen, der nicht ausgeschrieben war. Robert vertraute Amelie also doch nicht so vollkommen, wie Jacqueline angenommen hatte. Am Ende war *V.* kein Geschäftsfreund, sondern eine Frau. Und wenn es eine Frau war, mit der er Geschäfte machte, hätte er ihren Namen doch ausgeschrieben.
Robert hatte immer einen guten Grund, in London zu sein. Die Agentur saß dort (gab es eine/n *V.* bei Palm & Springs?). Und die Investmentbanker an der Canary Wharf waren ein anstrengendes Volk, das ständig Forderungen stellte. Sie rümpften ihre Nasen, weil

sie Milliarden scheffelten, während kleinkarierte Bankbeamte faule Kredite an arbeitslose Bausparer vergaben und mit idiotischen Immobilienspekulationen in Ostdeutschland Milliarden verloren. War *V.* einer aus der Merger-&-Acquisition-Truppe? Einer der Stars, die Robert der Konkurrenz abzuwerben versuchte?
Roberts Tage in Frankfurt waren mit allem ausgefüllt gewesen, was die Leitung einer Großbank verlangte, die dabei war, ein Global Player zu werden. Der Erwerb der Göttinger Leben hatte im Januar einige Probleme mehr gebracht als erwartet; Jacqueline kannte die Gründe. Robert hatte im Göttinger-Management aufgeräumt. Ein weiterer unvermeidbarer Konflikt mit der Gewerkschaft hatte Zeit verschlungen. Ein Verlust von knapp zweihundert Millionen Mark pro Jahr allein im deutschen Retail Banking war nicht länger zu verantworten. Robert hatte angekündigt, Zweigstellen zu schließen. Die Gewerkschaft hielt dagegen. Die Bank werde insgesamt immer größer und profitabler und könne schon deshalb ihre Verantwortung für deutsche Arbeitsplätze nicht abschieben.
Weshalb hatte Robert am 20. Januar seine Notizen abgebrochen? Dafür mußte Jacqueline eine Erklärung finden.
Der letzte Eintrag: *Roadshow zum 75. Firmenjub. vorb. Gewinnerwartung korr.! Opt. Szenario: 6–8 Bill. $, Pess. 4–5. Kroll will es bescheiden. Machen mit Low Profil das Rennen nicht.*
Das sah nicht nach einem Text für die Anthologie *Letzte Worte* aus.

Lisa Berg saß hinter ihrem Schreibtisch wie eine frisch gebackene Witwe, die sich mit dem Unabänderlichen noch nicht abgefunden hatte.
Der 20. Januar. In dem Terminkalender, den Lisa für Robert führte, fand Jacqueline keinen Eintrag von Bedeutung. Der wöchentliche Lunch mit Kroll. Diverse Gespräche im Büro. Nachmittags zwei Interviews für Wirtschaftsblätter. Zwanzig Uhr dreißig: *Charlot.*
»Ein Restaurant an der Alten Oper«, erklärte Lisa. Robert habe sich einen Tisch reservieren lassen, für zwei Personen.

Wer die andere gewesen sei, wollte Jacqueline wissen. »Keine Ahnung.«
»Haben Sie's vergessen?«
»Nie gewußt.«
Jacqueline wußte nicht, ob sie ihr das abnehmen sollte. So beiläufig, wie es ihr möglich war, wollte sie wissen, ob Robert öfters ins *Charlot* gehe.
»Zum ersten Mal.« Und auch dafür hatte sie keine Erklärung.
»Sie irren«, sagte Jacqueline. »Ich war mit ihm schon im *Charlot.*« Sie kostete einen Augenblick lang ihren kleinen Triumph aus. Dann setzte sie nach. »Sagt er Ihnen öfters nicht, mit wem er sich zum Essen trifft?«
Lisa begann mit einem Tempotaschentuch in ihrem Gesicht herumzutupfen.
Mein Gott, deshalb mußte man doch nicht gleich schon wieder mit den Tränen kämpfen. Jacqueline verzichtete auf eine Antwort und gab Lisa eine Auszeit. Sie griff selbst zum Hörer. Hodler hatte einen Besucher. Sie bat um Rückruf.
»O.k., lassen Sie uns weitermachen«, sagte Jacqueline. »Erinnern Sie sich sonst noch an irgend etwas Außergewöhnliches an diesem Tag?«
»Mein Gott, es sind vierzehn Tage her«, winselte Lisa.
»Strengen Sie sich an!«
»Er kam nicht gerade gut gelaunt vom Lunch mit Kroll.«
»Weshalb?«
»Weil er niemals sonderlich gut gelaunt vom Lunch mit Kroll kommt.«
Das war eine überzeugende Erklärung.
Hodler rief zurück. Jacqueline teilte ihm präzise mit, was sie zu erfahren wünschte. »Express, wenn ich bitten darf.«
Lisa Berg hatte sich inzwischen so weit gefaßt, daß ihr Gedächtnis wieder funktionierte.
Am Morgen danach, am 21. Januar, habe Sulzer aufgekratzt gewirkt. Duncan habe seinen Geburtstagsschampus ausgegeben, deshalb erinnere sie sich daran so genau.

»Daß Sie mir nicht auch noch das Virus einfangen, sage ich zu ihm. Es grassierte mal wieder auf der Etage. Zwei Ehen frisch im Eimer, bloß die Töpfer aus Duncans Büro will sich partout nicht vom Heiraten abhalten lassen. Allerdings nicht den Typ, mit dem sie hundert Jahre zusammen ist, sondern Superman. Sie ist mit ihm buchstäblich beim Skaten zusammengerauscht.«
»Das Virus?«
»Passen Sie bloß auf, sage ich zu Dr. Sulzer. Niemand ist dagegen immun. Nicht mal Sie! Und dann nimmt er mich in den Arm, wie er es noch niemals getan hat, und ist so furchtbar komisch.«
»Ja, alles furchtbar komisch«, sagte Jacqueline.
Und dann schnaufte auch schon Hodler mit einem Stapel Endlospapier herbei, und gemeinsam benötigten sie keine zwanzig Minuten, um festzustellen, daß eine neue Telefonnummer auf Sulzers direkter, ihm persönlich vorbehaltener Leitung aufgetaucht war. Am 18. Januar war sie zum erstenmal auf dem Computerausdruck erschienen. Drei- bis fünfmal täglich hatte Robert sie gewählt, bis unmittelbar vor seiner Reise nach Davos. Eine Frankfurter Nummer.
Sie könne sich nicht daran erinnern, diese Nummer jemals gewählt zu haben, behauptete Lisa. Entweder log sie, oder Robert mußte es tatsächlich selbst getan haben.
Hodler würde es einen einzigen Anruf kosten, um herauszufinden, zu wem der Anschluß führte.
V. wie Virus, dachte Jacqueline.

Der Taxifahrer war mürrisch wegen der kurzen Fahrt durch das Westend. »Geschäftsrisiko«, sagte Jacqueline und gab zur Strafe kein Trinkgeld. Anders brachte man den Deutschen ein besseres Serviceverständnis nicht bei. Das grauverputzte Haus in der Beethovenstraße war keines der soliden Bürgerhäuser mit Erkern und Fenstersimsen aus rotem Sandstein, in denen Anwaltskanzleien residierten oder Bankmanager. Ein häßlicher Nachkriegsbau, der von Spekulanten und in den expansionswütigen Immobilienabteilungen der Geldinstitute vergessen worden war. Im Erdgeschoß ein Blumenladen.

Karla Körbel stand auf dem Klingelschild. Jacqueline verzichtete auf den nicht sehr vertrauenswürdigen Aufzug, nahm die etwas schmuddelige Treppe hinauf in den dritten Stock.
Im Zehnminutentakt hatte sie die Nummer gewählt, bis sich, gegen halb sieben, eine weibliche Stimme gemeldet hatte. Jacqueline hatte einfach aufgelegt und sich auf den Weg gemacht.
Als die Körbel öffnete, fiel Jacqueline gleich mit der Tür ins Haus und bestellte beste Grüße von einem gemeinsamen Freund. Die Tür bescherte ihrem Fuß, der zäh genug war, nicht zurückzuzucken, einen brüllenden Schmerz.
»Hören Sie! Ich möchte mich mit Ihnen über Robert Sulzer unterhalten.«
»Wer bist du?«
»Eine Freundin. Man macht sich Sorgen.«
Überraschend gab die Frau ihren Widerstand auf und ließ Jacqueline ein.
»Wenn du die Klamotten einfach auf den Boden schmeißen würdest!« Sie deutete auf den Sessel.
Jacqueline nahm den Stapel gewaschener Wäsche und sah sich um. Es war nicht einfach, einen Platz dafür zwischen Koffern, Bücherstapeln und Blumentöpfen zu finden. Karla hatte bereits im Schneidersitz auf dem Parkett Platz genommen.
Ein feuerwehrroter Kringel leuchtete Jacqueline aus dem blassen Gesicht entgegen. Ein grobes, flächiges Gesicht mit großen, dunklen Augen. Die Pracht ungebändigter kohlschwarzer Locken fiel zu beiden Seiten auf die Schultern, deren Zierlichkeit nicht zum Gesicht paßte. Das schwarze Röhrenkleid hätte Karlas schmaler Figur geschmeichelt, wäre es im Schneidersitz nicht zu einem ordinären Gewurschtel hochgerutscht.
Jacqueline sank in den tiefen Sessel. Wo hatte Robert nur ausgerechnet dieses Virus aufgeschnappt?
»Das ging ja ziemlich plötzlich Mitte Januar, wenn ich nicht irre«, behauptete sie.
Aber es gelang ihr nicht, mit diesem Wissen Karla in Erstaunen zu setzen. Der Kringel spielte noch immer Lächeln. Wahrscheinlich ge-

hörte Karla zu jener Sorte Mensch, die aus Verlegenheit, Begriffsstutzigkeit oder Angst ständig grinste. Aber jetzt bekam das Grinsen Töne, seltsam gurgelnde, sich in die Höhe schraubende Töne, die Jacqueline beim besten Willen nicht als Gelächter akzeptieren konnte, zumal sie sofort wieder ins Dunkel abtauchten, aus dem ein Timbre von feinem Sandpapier hervordrang. Bloß der Kringel blieb stabil.
»Sie wußten, was Ihnen da ins Netz gegangen ist!«
Karla bewegte den Kopf ein paar Zentimeter hin und her. Wie in Zeitlupe.
»Ein netter, ein wenig linkischer Typ mit ausgesuchten Manieren«, erinnerte sie sich.
Plötzlich wirkte sie erstaunlich prägnant.
»Tat krampfhaft, als würde er mich nicht bemerken. Ich mag's, wenn die Burschen nicht an mir herumbaggern.«
Karla baggerte lieber selbst.
»Nicht, was du jetzt denkst. Robert war süß.«
»Der Süße hat Ihretwegen Frau und Kinder verlassen.«
Daraufhin schlug Karla Jacqueline vor, das Verhör zu beenden und zu verduften. Robert sei ein erwachsener Mann, der tun und lassen könne, was er wolle.
»Er hat mich nicht geschwängert und ich ihm nicht die Eier abgeschnitten. So toll waren die nicht, daß ich sie mir hätte in Spiritus einlegen müssen als Souvenir.«
Starke Sprüche. Es war besser, Jacqueline ließ die Dame auf den Boden der Tatsachen aufprallen.
»Robert ist spurlos verschwunden«, sagte sie.
»Ach! Fällt dir das auch auf?«
Und wieder stürzten seltsame Kehlkopftöne aus schriller Aufgedrehtheit in klamme Verzagtheit. Der feuerwehrrote Kringel hörte nicht auf, dämliche Dehnübungen zu machen.
»Sie wissen das schon. Dann wissen Sie sicher auch, weshalb und wo ich ihn finden kann.«
»An mir lag's jedenfalls nicht«, verteidigte sie sich. »Vermutlich hat er kalte Füße bekommen. Vermutlich hat ihm die Gemahlin eingeheizt. Du solltest dich bei ihr erkundigen.«

Eine skurrile Idee blitzte in Jacqueline auf: Amelie, von Sinnen, hatte Robert aus Rache im Wäschetrockner für immer ruhiggestellt.
»Geht es etwas genauer?« forderte Jacqueline.
Karla ließ sich nicht lange bitten.
Rob habe, berichtete sie, die ganze Geschichte an dem Abend vor seiner Reise nach Davos abgebrochen.
Sie sprach von Rob. Wie immer habe sie abends auf Rob gewartet.
»Wie immer?«
»Wie immer, wenn er da war. In letzter Zeit war er immer da. Diesmal hatte er getrunken. Fiel mir gleich auf. Kannte das noch nicht. Gesprächiger als sonst war er auch nicht. Ich hör' dir so gern zu, hat er immer behauptet. Ließ mich quasseln. Jeden Scheiß. Alles hat ihn interessiert. Oder er hat so getan, als ob. Inkarnation zum Beispiel. Glaubst du auch dran? Nein? Ich weiß, daß ich schon mal da war und noch mal komme, wenn's vorbei ist. Rob hat so chinesisch geschaut, wie immer, wenn er zuhört. Für voll genommen hat er mich garantiert nicht. Das war 'ne komische Welt für ihn, wohl so 'ne Art Gefühls-Safari, auf die er sich einließ.«
Den Ausdruck mußte sie sich merken. Gefühls-Safari war gut. Genau das war es, was Jacqueline meinte, wenn sie an anderer Stelle über Produkt-Mythen referierte.
»Hab' mir nichts draus gemacht, daß er verheiratet ist. Wußte es schon in der Galerie nach drei Minuten. Nicht der Ring war's. Rob hat gleich erzählt, daß der Gemahlin die Sachen nicht gefallen. Dabei ist er keiner der Typen, die sich stundenlang ausheulen über das Elend zu Hause, wo sie niemand versteht. Ich weiß, was du jetzt denkst. Die kleine Schlampe hat's ihm gegeben. Der Arme hat sich um den Verstand gefickt.«
Peinlich. Jacqueline war das peinlich. Wenn die Dinge so offensichtlich waren, mußte man sie nicht so brutal aussprechen.
»Egal, was du denkst. Auf harte Sachen stand er sowieso nicht. Kuscheln hat er am liebsten.«
Der rote Kringel im Gesicht geriet unversehens ein paar Sekunden lang in einen entspannten Zustand. Rettungsring am Rand eines zugefrorenen Weihers.

»Über den Tod ha'm wir gequatscht und übers Leben. Ziemlich viel über den Tod. Nicht daß Rob direkt depressiv war, aber was Schweres war da schon. Übers Geschäft wollte er nicht reden. Hab' ich das schon erwähnt? Aber immer bloß über Tod und Liebe die ganze Nacht quatschen, macht erst richtig depressiv. Als er dann doch so allmählich das eine oder andere fallenläßt, glaub' ich's nicht. Ein Typ, der so große Räder dreht, liegt einfach so auf der Matratze und massiert mir das Knie.«
Was für ein schöner Zug von Rob! Er war mehr als geduldig mit Karla gewesen.
»Der Boß einer Bank ist für mich erst mal ein Riesenschwein«, fuhr der schwarze Engel fort. »Hab's ihm auch gesagt. Rob lachte bloß. Ja, gelacht hat er. Nicht wie Michael Douglas in *Wallstreet,* sondern irgendwie arglos. Natürlich hat er mir alles erklärt. Warum, wer Gutes tun will, Geschäfte machen muß. Was die armen Schweine in den Favelas davon haben, wenn seine Bank Milliarden in die Taschen der Großgrundbesitzer pumpt; denen auch die Industrie gehört. Weil aus der Industrie nur was wird, wenn die Robs ihren Spaß haben und Jobs aus der Kohle machen. Oder so.«
»Oder so«, äffte Jacqueline sie nach.
»Geschenkt. Rob war nett. Sehr geduldig. Sehr. Milde gelächelt hat er und mich zetern lassen. Aber, wie gesagt, die Bank war nicht das große Thema zwischen uns. Er hat mich echt gemocht. Jetzt, wo er weg ist, lass' ich mir das nicht ausreden.«
Jacqueline sagte gar nichts. Ließ Karla mit ihren hauchzarten Erinnerungen an den großen, bösen Boß in ihrem Bett eine Weile lang zappeln.
»Weshalb ist er weg?« wiederholte sie schließlich. Manchmal gab es auf doppelt gestellte Fragen verschiedene Antworten. Damit konnte man dann arbeiten.
»Wüßt' es auch gern. In der letzten Nacht war er wie ausgewechselt. Hat richtig Streit gesucht. Plötzlich bin ich 'ne linke Socke, 'ne esoterische Zicke, 'ne Vogelscheuche und was sonst nicht alles. Wenn's zu Ende geht, is' schon egal, wie.«

Die plätschernde Entrüstung in Karlas Stimme war wieder umgeschlagen in rauchzarte Traurigkeit.
»So was passiert mir in diesem Leben nicht noch mal. Den ganz großen Hecht an der Angel. Und zu blöd, ihn an Land zu ziehn!«
»Ein Hecht ist kein Teddybär«, sagte Jacqueline.
»Da wäre ich jetzt nicht draufgekommen«, sagte Karla.
Robert war wohl keiner Sexbombe verfallen, sondern dem anschmiegsamen, lebendigen Gegenteil der überaus kultivierten, hyperdezenten, makellosen Sensibilität, mit der er seit tausend Jahren verheiratet war. In Karlas Durcheinander fürchtete er keine Fallgruben und Fettnäpfe. Sie hatte ihn akzeptiert, wie er war. Und wenn man wollte, konnte man in ihrer Bude auch noch das Gegenstück des durchgestylten nachtblauen Computerkubus erkennen, in den Robert sich ebenfalls vor dem hochfeinen Zartbitter der Gattin zurückzog. Er hatte vom 20. Januar an verzichtet, Notizen in den PC zu hämmern, weil es ihm nicht mehr wichtig gewesen war, weil er eine bessere Möglichkeit gefunden hatte, loszuwerden, was ihn bedrängte. Jacqueline hätte gern auch Karlas Schlafzimmer gesehen. Aber das konnte sie schlecht verlangen. Sie fiel jetzt automatisch ins »Du«. »Er war tatsächlich jede Nacht bei dir?«
»Wenn er nicht verreisen mußte. Einmal hat er mich mitgenommen. Nach London!«
»Wie kam er hierher, und wer hat ihn wieder abgeholt?«
»Es ist nicht weit zur Bank. Meistens kam er zu Fuß. Manchmal brachte ihn sein Wagen.«
Ungläubig schüttelte Jacqueline den Kopf. Hatte Robert sich tatsächlich nicht davor gescheut, seinen Fahrer, diesen Auer, einzuweihen. Kein Wunder, daß der sich nichts dabei gedacht hatte, als Robert ihn am Wochenende höchstpersönlich abbestellt hatte.
»Am letzten Abend: Ist Robert einfach gegangen? Oder hast du ihn gefeuert?«
»Es war wie immer.«
»Du willst sagen, ihr habt euch gestritten und Robert ist trotzdem bis zum nächsten Morgen geblieben? Er hat dich erst beleidigt, und danach hast du ihn unter die Decke gelassen?«

»Unter die Decke schon. Keinen Zentimeter weiter. Was soll ich tun mit einem Mann, der völlig daneben ist. Kann ihn doch so nicht auf die Straße werfen.«

Am Abend des Mittwochs, annähernd siebzig Stunden nachdem Jacqueline Sulzer in Davos zum letztenmal gesehen hatte, siebzig Stunden nachdem er überhaupt zum letztenmal gesehen worden war, gab es noch immer keine Spur von ihm. Jacqueline begann sich Vorwürfe zu machen, völlig grundlose Vorwürfe. Wenn sie ihn nur nicht allein im Kongreßzentrum hätte sitzen lassen ... dann hätte sie ihn womöglich überhaupt nicht mehr aus den Augen gelassen. Wenn, wenn, wenn. Wenn sie nicht so hilflos und überfordert wäre, müßte sie jetzt nicht mit flauem Gefühl im Magen zu Kroll. Sie befürchtete, er nehme ihr persönlich übel, daß Robert noch immer verschwunden war. Aber sie hatte getan, was sie tun konnte.

»Sie kommen voran?«

Sie kam voran. Und sie war es, die jetzt Fragen stellte.

»Gab es Ärger mit Robert beim letzten Jour fixe?«

»Nichts, was Sie interessieren dürfte. Anderenfalls hätte ich es Ihnen gewiß nicht vorenthalten.«

Sie hatte ja etwas zu bieten. Aber ein Rest von Loyalität, von Sympathie zu Robert, schnürte ihr die Kehle zu. Sie wußte, daß sie jetzt gleich in wenigen dürren Sätzen Roberts Ruf für alle Zeiten ruinieren konnte. Es tat ihr leid. Es war ihre Pflicht. Jetzt konnte sie Robert ohnehin nicht mehr helfen. Für Fakten wurde sie schließlich bezahlt. Aber es tat ihr entsetzlich leid. Wenigstens das.

Der Alte stand mit dem Rücken zum Fenster im neununddreißigsten Stock und schien wie versteinert. Sein Bild von Robert stürzte offenbar gerade vollends in sich zusammen.

»Er hat die reizendste Frau dieser Erde, wie oft habe ich ihn darum beneidet, und dann legt er sich zu einer Schlampe. Wie muß Amelie das getroffen haben!«

Jacqueline sagte, sie gehe nicht davon aus, daß Amelie Einzelheiten

wußte. Kroll kündigte an, die Körbel in die Mangel nehmen zu lassen. Die Geschichte sei faul, oberfaul.
Menschlich, aber nicht faul, widersprach Jacqueline.
»Wo ist da der Unterschied?«
Jacqueline lachte gequält auf. Mit Zynikern hatte sie sonst keine Mühe, Zyniker lagen ihr, Zyniker waren so erfrischend klar im Kopf. Aber dafür hätte sie Kroll schlagen mögen.
»Er hat die Körbel aufgegeben«, kam sie Robert zu Hilfe.
»Weil er vernünftig geworden ist.«
»Und ist trotzdem nicht wieder aufgetaucht. Sie hat nichts damit zu tun.«
»Weshalb sind Sie sich da so sicher?«
»Sagen wir, aus Instinkt.«
Sie hätte beinahe »weiblicher Instinkt« gesagt. Kroll hätte das als Blöße verstanden.
»Ich glaube der Schlampe kein Wort.«
»Auch gut. Gehen wir wenigstens theoretisch davon aus, daß Robert tatsächlich nichts mehr mit ihr hat. Welchen anderen Grund gibt es dann für sein Verschwinden? Wäre es nicht längst an der Zeit, die Polizei zu verständigen?«
»Kommt nicht in Frage.«
Es klang, als zerbräche ein Stock.
Kroll schob seinem letztinstanzlichen Richtspruch eine merkwürdige Begründung hinterher. Offenbar schloß er ein Verbrechen rundweg aus. »Wegen einer Frau bringt man sich nicht um«, sagte er. »Nicht, wenn man Verstand im Kopf hat.«
»Und wenn Robert den Verstand verloren hat?«
»Dazu reicht der spärlichste Rest!«

5 Jacqueline wußte, was sie konnte. Sie beherrschte die Instrumente. Strategische Aufgaben löste sie mit den modernsten Steuerungstools des Total Quality Managements. Sie verstand es, harte und weiche Faktoren prozeßorientiert zu synchronisieren und damit Business Excellence der Weltklasse zu demonstrieren. Transformationsvisionen entwarf und vertrat sie mit Kompetenz, Charakter und Chuzpe. Doch leider halfen in diesem Fall weder Profit-&-Loss-Strukturen noch Matrixorganisationen, weder Human Capital noch Business Strategy, weder eine Mitarbeitervollbefragung noch das Cockpit for Leadership, das sie entworfen und damit ihre ruhmreiche Karriere begründet und beschleunigt hatte. Doch wußte sie, daß aller Erfolg auf zwei Säulen ruhte: Imagination von Zukunft und Zielfokussierung. Erfolg bestand also, sehr altmodisch ausgedrückt, aus Wille und Vorstellung.

Daran fehlte es Jacqueline auch jetzt nicht. Und doch regte sich ein Gefühl, das in ihrer Welt bisher nichts zu suchen gehabt hatte. Es war ein für jeden Berater bedrohliches Gefühl, ja tödliche Gefahr: Ratlosigkeit.

Dagegen half nicht einmal steinalter Malt.

Prinzipiell, glaubte sie noch immer, waren Fragen, die man nicht beantworten konnte, nur falsch gestellt.

Was aber machte sie mit der Frage, die sie allmählich um den Verstand brachte: Wo steckte Robert?

Nach quälenden Nachtstunden entschied sie sich hilfsweise für die Ansicht, daß diese Frage gar nicht die interessanteste aller möglichen Fragen war. Viel lieber hätte sie gewußt, in welche Verstrickungen Robert geraten war. Wenn sie das herausfand, konnte sie der

Bank helfen, die offensichtlich weniger an Führungslosigkeit als an Kopflosigkeit litt. Und fand sie diese Antwort, ergab sich vermutlich auch die Lösung des anderen Rätsels wie von selbst. Würde sie nämlich wissen, weshalb Robert verschwunden war, würde sie auch noch herausbekommen, wohin. Die Erledigung des Auftrags hatte sie sich binnen achtundvierzig Stunden vorgenommen. Es blieb noch ein ganzer Tag. Es wäre notwendig gewesen, sich jetzt doch noch etwas genauer mit Roberts Abgründen zu befassen. Offenbar gab es Abgründe. Wenigstens das hatte sie bisher dazugelernt.
Sie hatte Karla entdeckt und ein Londoner Hirngespinst. Es hieß V. und war vielleicht vollkommen harmlos. Am besten, sie rief gleich in der Bakerstreet bei Kollege Holmes an. Oder schaute einfach vorbei. Was konnte sie im Augenblick noch in Frankfurt tun? Überhaupt wäre es nicht übel gewesen, in London zu sein. Zum Lunch mit Harry. Um ein wenig ihr Knowledge-Management zu optimieren. Nichts Schöneres könne er sich vorstellen, behauptete Harry am Telefon.
Die nächste erreichbare Maschine nach Heathrow startete um neun Uhr zwanzig.

Ach, Harry! Jacqueline drückte ihn innig, und auch seine Freude schien nicht gespielt.
»Die schönste Frau der Hochfinanz! Wie viele Jahre haben wir uns nicht mehr gesehen? Fast ein ganzes! Du mußt mir alles erzählen! Wie oft geschieden seitdem? Wie viele Kindlein produziert? Bestimmt eine hocheffiziente Mehrfachgeburt. Und die Karriere? Die tollsten Chief Executives reißen sich um dich!«
Er hatte sie im *Coach* in Mayfair erwartet, in der Albemarle Street. Ein ehemaliger Volvo-Salon, erklärte Harry. Hellgrüne Wände, gelb gepolsterte Holzstühle, weinrote Plastiktische, die Front komplett aus Glas.
»Es hat dir gut getan auszusteigen, Harry. Dein Charme ist noch schamloser geworden.«
Ein bißchen was hatte er schon immer auf den Rippen gehabt. Für sein orangerosa Schleifchen brauchte man schon einen Hals, der

etwas hermachte, nicht so einen Professorenzapfen, an dem der Kopf befestigt war. Harry, erinnerte sich Jacqueline, war ihr schon damals als einer der Reifsten vorgekommen.

Voller Sympathie erkundigte sie sich nach seinen Geschäften.

»Geschäfte? Was für ein häßliches Wort!«

Doch dann war dem Lebenskünstler auch ein wenig nach Jammern. Wer im Verlagswesen überleben wolle, müsse leider Kompromisse machen. Harry produzierte vorwiegend teure Bilderbücher für Erwachsene. Als Fotokunst getarnte Erotica, vermutete Jacqueline, wohl nicht bloß aus Not, sondern durchaus aus Neigung. Harry hatte es goldrichtig gemacht. Er hatte sich nicht herumjagen lassen von der Gier und trotzdem ein paar Milliönchen gemacht mit seiner netten kleinen Firma.

»Wir anderen sind dämliche Hamster im goldenen Laufrad.«

»Mach dir nichts vor, liebe Jacqueline! Das ist die erste Regel der Selbstverwirklichung. Du könntest nicht anders leben, als du es tust. Solltest du versuchen, seßhaft und bescheiden zu werden, würde dich bald kein Mann mehr aushalten. Deine Unbescheidenheit macht dich begehrenswert über all das andere hinaus, was dich sonst noch ziert.«

Sie griff nach seiner Hand.

»Und Jimmy? Alles unter Kontrolle?«

»Wir sind ein altes Ehepaar. Der Terror der Harmonie hat uns aneinandergefesselt.«

»Wie schön für dich. Besser, als auf schlechte Gedanken zu kommen.«

»Ich bestehe überhaupt nur aus schlechten Gedanken, liebste Jacqueline. Wie konntest du das nur vergessen! Es sind doch erst fünfzehn Jahre her, seit wir in den Orden eingetreten sind, erfüllt vom eisernen Glauben an die Macht der Märkte. Und vom stählernen Glauben an uns selbst.«

Jacqueline bekam einen Turm serviert, dessen Sockel aus gepreßtem Risotto bestand, aufgestockt mit Avocado, Mozarella, Oliven, Rucola. Harry nahm in Butter gebratenes Kabeljaufilet auf Erbspüree.

»Gib zu, Harry, daß du noch immer an Entzugserscheinungen leidest! Weshalb sonst bist du die beste Informationsquelle des ganzen Jahrgangs geblieben?«
»Ich bin nur eine treue Seele. Von den paar Menschen, an die ich mich gewöhnt habe, kann ich nicht mehr lassen. Wahrscheinlich bin ich deshalb ausgestiegen. Klingt paradox, aber ist so. Ich tauge nicht zum Hochleistungsoptimisten. Das Heute interessiert mich mehr als das Morgen. Was machst du heute in London?«
»Erinnerst du dich an Robert Sulzer?«
»Aber ich bitte dich!«
Der Musterknabe war zwei oder drei Jahre vor Harry und Jacqueline gestartet und bereits Teamchef gewesen. Ein Marschallstab aus purem Platin hatte aus seinem Tornister geragt. Bewundert hatten sie ihn deshalb. Er hatte ihnen vorgemacht, wovon alle träumten.
»Ich bin hinter ihm her.«
»Oh, es ist immer noch ernst!«
»Er ist verschwunden. Es ist mein Job, ihn zu finden.«
Harry erstarrte, als hätte er sich an einer Gräte verschluckt. Dann lief sein rundes Gesicht rot an vor Vergnügen.
»Miß Marple!« juchzte er.
»Harry!«
»Du mußt jetzt mit der Handtasche nach mir schlagen.«
»Gleich kriegst du Miß Marples Handtasche an den Kopf!«
Jacqueline hatte Mühe, Harry vom Ernst der Lage zu überzeugen. Robert sei dreimal in London gewesen, kurz bevor er von der Bildfläche verschwand. Dafür suche sie eine Erklärung.
»Die Lincoln-Fusion natürlich.«
»Das war auch meine Vermutung. Aber die letzten Treffen mit Barkley fanden auf neutralem Boden statt. Mal in Brüssel, mal in Amsterdam. Merkwürdig, daß nicht einmal seine Sekretärin alle Londontermine im Kalender hat.«
In diesem Augenblick dachte Jacqueline daran, daß auch sie niemandem von ihrem Londontrip erzählt hatte. »Ich rate dringend davon ab«, hatte Kroll gesagt, als sie es ihm vorgeschlagen hatte. Sie hatte sich davon nicht abhalten lassen.

Womöglich hatte auch Robert nichts anderes getan als sie und nur alte Freunde aus McKinley-Tagen besucht.
Harry erinnerte an Winston. Die beiden seien ein Herz und eine Seele gewesen. Einige Jahre später hatten sie sich ein hartes Kopf-an-Kopf-Rennen geliefert. Winston hatte es zum Boß der Highland Credit gebracht, der Nummer eins im Königreich. Wenn Robert nun die Lincoln Invest verputzen könnte, läge er wieder vorn. Aber danach sah es angeblich nicht mehr aus.
Der Hinweis auf den alten Wettstreit um die tollste Karriere zwischen zwei ewigen Halbstarken aus dem McKinley-Stall überzeugte Jacqueline aber auch sonst nicht. Deshalb hätte Robert seine Londonvisiten nicht verheimlichen müssen.
»Irgend etwas läuft schief mit der Lincoln-Akquisition«, sagte Jacqueline.
Das hatte Harry auch schon läuten gehört.
»Strategische Begründungen gibt's für alles. Aber weshalb will Robert unbedingt die Lincoln haben?«
Auch Jacqueline hatte sich das immer wieder gefragt.
Darauf gebe es nur eine Antwort, behauptete Harry. »Die Hormone! Ob es um eine Bank geht oder um eine Frau.«
Jacqueline widersprach nicht.
Harry legte nach. »Wenn es darauf ankommt, denken Männer mit den Eiern statt mit dem Kopf. Und die toughen Frauen mit den Eierstöcken, nehme ich an.«
Jacqueline reagierte mit einem Revanchefoul. »Nur du hast dir deine Eierstöcke herausnehmen lassen.«
»Ach, wie komisch!«
»Entschuldige, ist mir so rausgerutscht.«
Harry schien ernsthaft beleidigt. Jacqueline knetete zur Buße seine weiche, kühle Hand. Als er sich beruhigt hatte, fragte sie nach V. Harry begann ein Dutzend führender Leute aus dem M-&-A-Gewerbe aufzuzählen, deren Namen mit V anfingen. Van der Biest, Velluci, Vobel, Vogelmann ... Keiner paßte zu Robert. Vielleicht gehörte das V. zu einem Vornamen. Victoria, Valentina, Vanessa? Oder doch Viktor, Valery, Vincente? So kamen sie nicht weiter. Es

gab zum Abschluß ein Gedicht aus gebackenem Eischnee und Stachelbeeren: Goosberrybuckle, gefolgt von dicken Küssen auf beide Wangen.

Einen bibliophilen Liebhaberverlag zu leiten, der vorwiegend großformatige Fotobände herausbrachte, wäre gewiß nicht Jacquelines Glück gewesen. Steven Metcalf dagegen beneidete sie insgeheim. Er residierte in einem mustergültig restaurierten Backsteingebäude an einem Seitenkanal der Themse. Palm & Springs entwickelte komplette Konzern-Images, die später von Werbeagenturen in Kampagnen umgesetzt werden konnten. Aber zuerst kam der Schöpfungsakt von Palm & Springs. Sie nahmen nicht jede Firma als Klienten, getreu dem Firmenmotto *Creating Leaders.* Jacqueline hatte die Image-Gurus einigen ihrer großen Klienten empfohlen. Wer bei Palm & Springs anklopfte, strebte unbedingt nach Marktführerschaft. Jacqueline predigte immer wieder, wie lebensgefährlich es sei, sich mit dem Markt einer Region oder eines Landes zu begnügen. Und doch verstand es sich von selbst, daß es nur wenigen Firmen gelingen konnte, in die Weltliga aufzusteigen. Das war einer der Gründe, weshalb immer mehr Unternehmen, die nicht mehr ganz kleinen ebenso wie die noch nicht ganz großen, mit noch größeren strategische Allianzen bildeten, sich übernehmen ließen (oder lassen mußten) oder fusionierten. Die Weltwirtschaft war ein riesiger Fusionsreaktor, der ungeheure Mengen Energie freisetzte. Wenn die neuen Konglomerate, rotglühend und formbar noch, aus dem Schmelzofen kamen, fuhren ihre Chief Executives nach London zu Steven Metcalf in die All Saints Street.
»Die Adresse kann kein Zufall sein«, fand Jacqueline.
»Das sind Töne!« lachte Metcalf.
Der stämmige Lockenkopf trug ein braunes Tweedjackett mit Lederflicken zum hellblau karierten Hemd und zur orangeroten Krawatte. Hinter runden Brillengläsern funkelten vergnügte Augen. Er führte Jacqueline ins hauseigene Restaurant. Hinter hohen, bis zum Boden reichenden Bogenfenstern strömte munter ein Seitenkanal der Themse. Sie nahmen in bequemen Sesseln Platz, deren königs-

blaue Überwürfe zum rötlichen Parkett hinabreichten. Den Koch habe Palm & Springs dem *Tour d'Argent* in Paris abgeworben, prahlte Metcalf. Er schleppte von der Selbstbedienungstheke Lachsschnittchen herbei, und Jacqueline sah zu, wie er sie in sich hineinstopfte. Er ließ sich vom Schweigen seiner Besucherin nicht stören. Durch die Fenster fielen Sonnenstrahlen und verwandelten die unverputzten Klinkerwände in abstrakte Gemälde aus unzähligen warmen Rot-, Gelb- und Brauntönen.

»Ich muß Ihnen keinen Vortrag darüber halten, daß es heute nicht genügt, die harten Faktoren unter Kontrolle zu haben«, mampfte Metcalf. »Nehmen Sie die Banken! Praktisch alle vermarkten annähernd dieselben Produkte zu annähernd den gleichen Konditionen. Alle verstehen sie etwas von Derivaten, von Asset-Management und inzwischen auch von Policen aller Art. Die wichtigste Frage ist es deshalb, wie sich Ihre Bank von all den anderen Banken auf dem Weltmarkt unterscheiden kann. Deshalb glauben wir, daß Image und Kultur ebenso wichtige Produktionsfaktoren sind wie Kapital und Leute.«

Jacqueline hätte gern einen richtigen Schluck gehabt, aber Palm & Springs führte keine alkoholischen Getränke. Es war nicht zu verstehen, wie es unter solchen Umständen einen veritablen Sternekoch an die Themse verschlagen konnte.

Jacqueline schenkte Metcalf reinen Wein ein. Anders kam sie ohnehin nicht weiter, und Diskretion gehörte zum Betriebskapital von Palm & Springs. In Roberts Tabu-Datei und in Lisa Bergs Terminkalender war seit dem Jahreswechsel ein Termin bei Palm & Springs eingetragen. Aber insgesamt war Robert dreimal in London gewesen.

»Wie oft war Robert Sulzer tatsächlich bei Ihnen?«

»Zweimal«, erinnerte sich Metcalf, ohne zu zögern.

Ob er sich vorstellen könne, was Robert sonst noch in London getrieben habe?

Metcalf wischte sich erst in Ruhe den Mund mit einer weißen Stoffserviette ab. Jacqueline zitterte fast vor Ungeduld. Zunächst sei es der übliche Auftrag gewesen, holte Metcalf aus.

Die Union Bank sei dabei, sich auf dem Weltmarkt zu positionieren. Palm & Springs entwickele dazu ein passendes Image.
Das wußte sie doch längst. Was sie nicht wußte, aber darauf brannte, es endlich zu erfahren: weshalb Robert zweimal mit Metcalf konferiert, es aber nur einmal im Terminkalender verzeichnet hatte.
Er habe, fuhr Metcalf in seinem sehr betonten, verständlichen Englisch fort, dazu geraten, die etwas schwerfällige, behäbige, gutbürgerliche Selbstdarstellung der Bank zu überarbeiten. Etwas Weltoffenes, Visionäres solle hinzukommen. Ausgesprochen konstruktiv und außerordentlich inspirierend sei die Arbeit mit Sulzer und seinen Kollegen gewesen, könne er letztlich doch keinem Konzern eine Philosophie aufzwingen.
»Welche Kollegen haben Robert begleitet?« unterbrach Jacqueline.
Das erstemal sei Robert mit zwei Herren vom Zentralen Marketing hiergewesen. Aber ein paar Tage später noch einmal allein.
»Davon hat er niemandem etwas erzählt. Weshalb?«
»Lassen Sie uns mal drauflos spinnen, Steven, hat er gesagt. Auch wenn wir die Lincoln kriegen, gibt es noch fünfzehn andere Banken in der Liga. Stellen Sie sich vor, wir wären doppelt so groß und in allen Märkten, vom Retail bis zum Investment Banking, unter den ersten drei. Haben Sie genug Phantasie, sich das auszumalen? Klar, sage ich, an Phantasie soll es hier niemals mangeln. Bloß nützt alle Kreativität nichts, wenn sie kein konkretes Ziel hat. Wir brauchen eine Strategie. Wieso ich glaubte, er habe keine, blafft er mich an. O.k., beruhige ich ihn, gehen wir von einer Elefantenhochzeit aus, wie es sie noch nie gegeben hat. Der eine Elefant ist die Union Bank. Ich ahnte damals natürlich nichts von den Schwierigkeiten mit der Lincoln Invest. Und wer, frage ich ihn, soll der andere sein, rein theoretisch? Für ein gutes Szenario müssen wir von tatsächlichen Größen ausgehen, sonst ist alles nur Hirngespinst. Robert sieht mich einen Moment lang zögernd an und sagt dann: Nehmen wir die Highland Credit. Wunderbar, juble ich, dann haben wir sie endlich, die erste wirkliche und wahrhaftige FIRST EUROPE. Es ist eine sensationelle Idee. Und schon legen wir beide los und phanta-

sieren, was das Zeug hält. Über die Wiedergeburt des Abendlands im Geiste des Kapitals, über das wahre Europa, von dem engstirnige Politiker, die auf ihren nationalen Pfründen sitzen, keine Ahnung haben. Es war das reinste Vergnügen! Machen Sie sich ein paar Gedanken und schreiben Sie alles auf, sagte Robert. Daran sitze ich. Wir hatten uns auf nächsten Mittwoch vertagt.«

»Wieder allein?«

»Ich nehme nicht an, daß er jemanden von der Highland Credit mitbringen wollte. Es ist ein reines Planspiel. Unternehmen Barbarossa noch vor Gründung des tausendjährigen Reiches.« Metcalf lachte vergnügt.

»Beantworten Sie mir bitte noch eine Frage, Steven. Warum hat es Sie überhaupt nicht überrascht, als ich sagte, Sulzer sei seit drei Tagen verschwunden?«

»Hat es mich das nicht? Ach, wissen Sie, manche Chance im Leben kommt nur einmal. Was soll man schon tun, wenn alles erreicht ist und das Glück vollkommen scheint. Ist dann das Leben zu Ende? Vielleicht hat Robert nur eine Gelegenheit gepackt, die nie mehr wiederkommt.«

Robert, kein Klient wie jeder andere – und doch: Jacquelines Fall. Also vergleichbar. Erklärbar. Einzuordnen ins größere Ganze. Es war das Spiel vom Fressen und Gefressenwerden. Gegen das Gefressenwerden, wußte Jacqueline, gab es nur einen Schutz – sich selbst so fett zu fressen, bis man selbst unverschlingbar geworden war. Sie half Strategen wie Robert, die sich kaum noch mit etwas anderem beschäftigten als dieser Mastkur, die sie *Optimierung des Portfolios* nannten. Und wenn schon! Wer sich darüber moralisierend erregte, hatte keine Ahnung. Es kam doch gar nicht mehr darauf an, ob eine Übernahme feindlich oder freundlich unternommen wurde, und oft war es auch nicht mehr unterscheidbar. Scherten sich die internationalen Anleger um Firmentraditionen? Wozu sollten sie. Es zählte das Ergebnis nach Steuern. Dazu mußte der eigene Saftladen richtig aufgestellt werden. Das war Roberts Job. Das war Jacquelines Job.

Jede Fusion forderte Opfer. Abfindungen konnten den Schmerz lindern, aber Verletzungen blieben unvermeidbar. Hatte Robert das Scheitern des Lincoln-Deals nicht verkraftet? Ein Gedanke, dem sie nachgehen mußte. Noch schien ihr das Ding nicht endgültig geplatzt. Robert hätte gewiß nicht zu früh kapituliert. Es wäre eine Schmach für ihn, seine erste große Niederlage. Sie würde seinen Nimbus zerstören, das Wertvollste, das Robert besaß.
Von ihrem Zimmer im Metropolitan führte Jacqueline zwei weitere Gespräche. Zunächst ließ sie sich mit Tom Barkley verbinden, dem Chairman der Lincoln Invest. Sie bat ihn um fünf Minuten unter vier Augen. Sie könne, antwortete er, jederzeit auf eine Tasse Tee vorbeischauen.
Danach rief sie die Highland Credit an. Die Sekretärin stellte sie aber nur zu Stuart Campbell durch, Winston Marshalls Bürochef. Sie sei die beste Freundin aus gemeinsamen Tagen bei McKinley, log Jacqueline. Unverschämtheit zahlte sich in der Regel aus. Marshall rief tatsächlich eine gute halbe Stunde später zurück, sie saß gerade im Taxi auf dem Weg zu Barkley.
Beste Grüße bestellte Jacqueline von ihrem gemeinsamen lieben, alten Freund Robert.
Marshall reagierte überhaupt nicht. Er hätte ja sagen können: Robert who? Aber er hatte sofort gewußt, welchen Robert sie meinte. Robert habe ihr von seinem Treffen mit ihm berichtet und in höchsten Tönen von seinen strategischen Visionen geschwärmt.
»Atemberaubend, in der Tat atemberaubend.«
»No comment!«
Wie es ihm dieses Jahr in Davos gefallen habe? Sie klopfte einfach einmal auf den Busch.
»Sind wir uns begegnet?«
Treffer. Wenn sie so weitermachte, hatte sie Winston gleich versenkt.
»Davos ist die perfekte Tarnung«, sagte sie. »Wo ohnehin alle sind, fällt gar nicht mehr auf, wer mit wem zusammensitzt.«
»Womit kann ich dienen? Ich sehe im Augenblick keinen Beratungsbedarf. Aber fühlen Sie sich jederzeit frei, mir ein Angebot

zu machen. Schicken Sie es einfach an mein Büro. Vertraulich, wie immer.«
So reagierte jemand, der nervös geworden war. Marshall wußte nun, daß sie zuviel wußte. Glaubte vielleicht sogar, sie wolle ihn ein wenig erpressen. Eine kleine Indiskretion, und die beiden konnten die First Europe zum Altpapier in den Keller tragen. Unter diesen Umständen wäre für ihn ein kleiner Beratungsvertrag noch immer günstiger als jedes Gerücht an den Börsen.
Sie berate bereits Robert, behauptete Jacqueline. Deshalb nehme sie jetzt mit Marshall Kontakt in dieser hochbrisanten Angelegenheit auf.
»Was phantasieren Sie sich da eigentlich zusammen?«
Mit einem Schlag war der Funkkontakt unterbrochen. Marshall hatte vermutlich aufgelegt.

Barkley dagegen, ein Mann mit kantigem Kopf, auf dem die rostroten Haare zündholzlang in die Höhe standen, war die Liebenswürdigkeit in Person. Er bat Jacqueline in einen der grünbezogenen Ledersessel. An der holzgetäfelten Wand Seestücke mit Segelschiffen. Neben dem schweren Schreibtisch ein vergilbter Globus mit den Grenzen des viktorianischen Empire.
»Wir Engländer waren immer schon Global Player«, sagte Barkley, als Jacqueline sich mit der Nase über beide Indien beugte.
Aber das beste war der Blick aus dem Fenster über die Biegung der Themse. Hinter der Skyline sank der große rote Ballon in den Abenddunst. Im Zuge der Expansion war die Lincoln Invest aus der City herausgezogen nach Canary Wharf, dem postmodernen Denkmal der Thatcher-Ära.
Jacqueline ließ sich einen Schluck aufdrängen. Nicht viel, nur ein wenig zum Anfeuchten. Sie bestellte Grüße von Robert, ohne irgendeine Reaktion in Barkleys Gesicht zu erkennen.
»Es war doch schon alles in trockenen Tüchern?!« sagte sie.
»Ich wäre glücklich, wenn es noch immer so wäre«, sagte Barkley.
»Wo ist dann das Problem?«
»Gar kein Problem. Aber im Augenblick scheint es nichts Aufre-

genderes und Appetitlicheres zu geben, als die Lincoln Invest zu verspeisen.«
»Großartig. Lassen Sie mich raten. Die HypoCommerz?«
Barkley schüttelte gelangweilt den Kopf.
Kroll hatte es erzählt. Warum sollte er ihr einen Bären aufbinden? Allenfalls weil Kroll selbst einem Bären aufsaß. Das hielt sie für unwahrscheinlich.
Jacqueline stieß mit der Stange noch ein zweites Mal in den Londoner Nebel. »Die Highland Credit ist hungrig geworden.«
»Sie werden von mir keine Bestätigung und auch kein Dementi erwarten. Wir sind nun mal ein Leckerbissen. Aber kein Schnäppchen. Uns gibt es nur meistbietend.«
»Was war Roberts Fehler?«
»Zu lange gezögert. Wir könnten die Hochzeitsnacht schon hinter uns haben.«
Das überraschte Jacqueline. Das war niemals Roberts Schwäche gewesen. Wenn er etwas wirklich haben wollte, griff er unerschrocken zu. Sobald er zögerte, wollte er es nicht haben. Bedauerlicherweise.
Barkley sprach von Differenzen in der Bewertung der Lincoln-Aktien. Aber das war ein Standardproblem, das üblicherweise von den M-&-A-Experten gelöst wurde. Jacqueline vermutete etwas anderes. Robert hatte womöglich Barkley nur die Hauptabteilung Tiefgarage angeboten, statt ihn an seine Seite in den Vorstand zu holen oder wenigstens in den Aufsichtsrat zu loben.
»Robert und Sie – was sagt die Chemie?«
»Alles lief sehr freundschaftlich.«
Das Bekenntnis schien Jacqueline ziemlich einsilbig ausgefallen. Andererseits hätte sie eine ausführliche Freundschaftshymne noch mißtrauischer machen müssen.
Nach einer kleinen Denkpause fügte Barkley hinzu, er habe bereits ein Haus in Kronberg in Aussicht gehabt. Schade drum.
»Wie hat Robert auf die neue Lage reagiert?«
»Ich dachte, Sie seien gekommen, um mir von ihm irgend etwas zu bestellen. Ich verstehe das nicht. Das Konkurrenzangebot liegt seit

Dienstag auf dem Tisch. Aber Robert ist nicht erreichbar. Ich mußte Duncan informieren. Seitdem hat sich aus Frankfurt kein Mensch mehr gemeldet. Robert läßt sich offenbar am Telefon verleugnen.«
»Wahrscheinlich sind sie in Frankfurt vollkommen geschockt«, sagte Jacqueline. Sie ließ offen, wovon.

Es war ein wunderbar milder Abend. Auf Straßen und Plätzen rund um Piccadilly mischten sich dicht gedrängt Menschen aus allen Kontinenten. In London spürte Jacqueline stets eine gewisse Erregung in sich. Das Neben-, Mit- und Durcheinander gebar das neue Zeitalter. Davon war sie überzeugt. An keinem anderen Ort jedenfalls fühlte sie sich so beschwingt und frei.
Harry und Jimmy traf sie im Criterion. *The Reduced Shakespeare Company* spielte Shakespeares *Complete Works* in siebenundneunzig Minuten. In jeder Minute gab es etwas zu lachen, die Leute hielt es kaum auf ihren Klappsitzen, und am lautesten wieherte Harry.
»Wir dachten, das sei genau das richtige für dich«, sagte Harry in der Pause. »Shakespeare für Zapper. Bildung und zugleich die Parodie von Bildung. Postmoderner Obstsalat, leicht verdaulich.«
»Es ist wirklich entspannend«, antwortete Jacqueline. »Ich hatte endlich Zeit für ein paar Gedanken und weiß jetzt, wer V. ist.«
Sie machte mit den Fingern das Victoryzeichen. »Natürlich hat es etwas mit Winston zu tun. Nicht mit Winston Churchill, aber mit Winston Marshall.«

6

In der Sieben-Uhr-Maschine zurück nach Frankfurt versuchte Jacqueline die Dinge in ihrem Kopf zu ordnen. Robert Sulzer war seit Sonntag spurlos verschwunden, seine Ehe offensichtlich im Eimer, die Lage an der Fusionsfront unübersichtlich und – mit Roberts Beteiligung – irgendwie verpfuscht. Wenn das alles war, was sie nach zwei Tagen intensiver Recherche herausbekommen hatte, konnte sie sich einsalzen lassen.
Roberts Motiv? Jacqueline sah keines, das ausreichte, um einfach abzuhauen, ohne eine Nachricht zu hinterlassen. So etwas tat Robert nicht. Jacqueline jedenfalls traute es ihm nicht zu. Nicht so etwas Dramatisches. Es stand zuviel auf dem Spiel. Das gab man doch lächerlichen privaten Unglücks wegen nicht auf. Nicht, solange Robert tickte wie Jacqueline. Allmählich begann sie daran zu zweifeln.
Jacqueline hatte ihr Leben als Gesamtkunstwerk angelegt. Das alte Sprichwort »Pech in der Liebe, Glück im Spiel« – oder war es umgekehrt? – hielt sie für wirklichkeitsfremd. Das Private war doch nur ein Aspekt des Spiels an der Börse des Lebens. Es ging immer ums Ganze, nicht um das eine oder das andere. Nur wenn Selbsteinschätzung und Notierung auf dem Markt stark auseinanderklafften, war es Zeit für eine gründliche Umstrukturierung des eigenen Lebensentwurfs. Oder Zeit für den Therapeuten. Aber noch lange kein Grund zur Panik. Robert war zum Börsenliebling aufgestiegen. Sein Kurs stand auf einem Allzeithoch. Selbst wenn das alles zu wackeln begann, gab man keine Bankrotterklärung ab. Nicht einmal dann, wenn Robert die Fusion mit Totalschaden an die Wand gefahren hätte. Die nächste Chance würde nicht lange auf sich warten lassen.

Vielleicht blieb als Antwort doch nur ein Verbrechen.
Kidnapping? Mord? Es fehlte die Leiche. Allenfalls gab es irgendwelche Leichen im Keller, die herumspukten und Robert um den Verstand brachten.
Jacqueline mußte zugeben, daß sie die Geschichte mit Karla noch nicht ganz verarbeitet hatte. Ging es um Frauen, hatte Jacqueline Robert bisher für alles andere als entscheidungsfreudig gehalten. Er scheute den emotionalen Aufwand. Da war er wie sie. Sparte seine Kräfte für Wichtigeres. Einerseits. Andererseits: Wie hatte ihm Karla passieren können? So grauenhaft konnte ein Leben mit Amelie gar nicht sein, um so etwas zu rechtfertigen. Und schon wieder ertappte sich Jacqueline dabei, wie sie Robert mit ihren eigenen Maßstäben beurteilte. Davon mußte sie sich lösen, wenn sie weiterkommen wollte. Sie war tatsächlich aus anderem Holz geschnitzt. Immerhin war Robert zur Besinnung gekommen. Wahrscheinlich zu spät.
Einzelne Szenen lösten sich aus dem Sperrmüll der Erinnerung.
World Economic Forum Davos, es war einige Jahre her. Ein Himmel zum Hineinspringen. In der Nacht hatte es geschneit. Wie Kinder hatten sie sich vor dem Belvedere mit Schnee beworfen, der so trocken war, daß er sich nicht zu Bällen klumpen ließ. Aber danach hatte sich Robert ohne ein Wort aus dem Staub gemacht. Sie hatte in allen möglichen Gesprächskreisen und Podiumsdiskussionen nach ihm gesucht. Als wäre nichts geschehen, war er am Abend im Hotel aufgetaucht, einen erstklassigen Sonnenbrand im Gesicht. Allein mit sich selbst war er Ski gefahren und hatte noch nicht einmal ein Wort der Entschuldigung übrig gehabt, nur Spott, weil Jacqueline den Tag im Kongreßzentrum verschwendet habe.
Von einer Geschäftsreise in den Oman hatte er ihr etwas besonders Possierliches mitgebracht. Er habe den Skorpion eigenhändig getötet, »extra für dich«. Und noch ehe sie sich von ihrer Entrüstung hatte erholen können, hatte Robert erzählt, wie er in der arabischen Wüste stundenlang auf einem Felsen gesessen habe.
»Was soll daran so toll sein?«, hatte sie ihn gefragt.
»Die Wärme.«

»Es gibt Leute, die finden eben Wärme nur noch in der Wüste«, hatte sie geantwortet.
Aber noch mehr getroffen hatte Jacqueline der Abend in Miami. Treffen der Managing Directors von Rubinstein & Kahn kurz vor der Übernahme. Sie hatte ein paar Drinks zuviel erwischt. In leichter Bekleidung und gelockerter Stimmung war sie am sehr langen Ende eines sehr erfolgreichen Tages über die Terrasse in Roberts Zimmer gegangen. Zu pflücken war sie gewesen wie ein reifer Paradiesapfel und hatte Roberts Selbstbeherrschung nur noch als Zurückweisung verstehen können. Als verunreinigte sie seine Suite, hatte er sie behandelt. Sie hatte Robert kein einziges Mal angeheitert, geschweige denn betrunken erlebt. Der Mann mußte einen Schaden haben, wenn er sich allenfalls bei Mutter Natur ein wenig gehen lassen konnte. Und jetzt Karla! Es ging nicht in Jacquelines Kopf.

»Hatte ich Sie gebeten, nach London zu fliegen?«
»Ich hielt es für angebracht.«
»Und haben Sie ihn dort gefunden?«
Krolls Augen hatten die Farbe des nördlichen Eismeeres kurz vor dem Erstarren angenommen. Auch wenn er eine Menge von Jacqueline hielt, so hielt er doch noch mehr von sich selbst und konnte sich ihren Ungehorsam nicht bieten lassen.
Seine Entrüstung kam, wie es sich für sein Niveau gehörte, in verschlüsselter Form.
»Meines Wissens hatten wir Ihren Auftrag etwas anders definiert.«
»Lächerlich«, sagte Jacquelines Gesicht.
»Die strategischen Angelegenheiten der Bank zählen nicht zu Ihren Obliegenheiten.«
»Obliegenheiten!« äffte Jacqueline ihn nach. Weshalb interessierte ihn nicht, was sie in London herausgefunden hatte? Glaubte, alles schon zu wissen. Aber sie kam nicht mit leeren Händen.
Robert hatte bestimmte Reisen nach London sogar seiner Sekretärin verheimlicht. »Was halten Sie davon, Herr Kroll?«
Robert werde schon wissen, wozu Vertraulichkeit in diesem Haus gut sei.

Jacqueline dagegen fand das Versteckspiel albern. Es sei denn, Robert hätte allen Grund gehabt, seine Aktivitäten der eigenen Firma zu verschweigen.
»Können Sie sich vorstellen, Herr Kroll, daß Robert das Scheitern des Lincoln-Invest-Deals in Kauf genommen hat, wenn nicht sogar selbst absichtlich verursacht?«
»Ich möchte Sie bitten, Ihre ungeteilte Aufmerksamkeit dem Auftrag zu widmen. Schaffen Sie Sulzer herbei! Dann können wir ihn meinetwegen danach fragen.«
Jacqueline ließ sich nicht beirren. »Wozu führte Robert heimlich Gespräche mit Marshall von der Highland Credit? Der Bank, die sich nun plötzlich auch für die Lincoln Invest interessiert?«
»Wer hat Ihnen denn diesen Bären aufgebunden?«
Ein Lächeln so silbern wie Eisschollen im Nordlicht.
Nur zwei Silben entschlüpften ihm: »Unsinn.«
Es klang nicht unfreundlicher als: »Bankrott sind Sie also auch noch?«
Offenbar hielt Kroll sie für unterbelichtet. Diese Kränkung konnte Jacqueline nur mit Fakten bestrafen.
»Sulzer hat mit Marshall über das Interesse der Union Bank an einem Merger gesprochen.«
»Ausgeschlossen. Geplaudert wird über viel.«
Ja, was nun? War es ausgeschlossen, oder wurde darüber geplaudert? Krolls Blässe kam Jacqueline jetzt noch einen Stich bleicher vor.
»Ein Fall von Hybris oder was?« sagte sie.
»Phantasie kann niemals schaden«, knarzte Kroll.
Jacqueline ließ nicht locker. »Ehe die Union mit der Highland ins Bett steigen kann, hat Marshall sie bereits verdaut. Er denkt gar nicht an einen Merger of equals. Allenfalls an eine Übernahme. Aber erst einmal schnappt er Ihnen die Lincoln Invest vor der Nase weg.«
»Sie besitzen eine etwas blühende Phantasie«, fand Kroll.
»Dafür werde ich bezahlt«, sagte Jacqueline.
Marshall, glaubte sie, würde für die Lincoln jeden Preis zahlen, nur um Robert zu blamieren. Und Robert hatte das Ding dorthin gesetzt, wo seine Freunde, die Skorpione, herumkrochen, nämlich in

den Sand. Einsamkeit und Wärme. Robert war zu Freundschaft nicht fähig. So wenig wie Marshall, wie Kroll und all die anderen. So sah es Jacqueline. Zwischen Sulzer und Marshall ging es um Leben und Tod. Jedenfalls im übertragenen Sinn. Jacqueline hatte es herausgefunden und war damit den beiden womöglich gefährlich geworden. Und Kroll? Hatte er den Braten rechtzeitig gerochen? Benutzte er Jacqueline zu Nachforschungen gegen den eigenen Vorstandsvorsitzenden? Nur erklärte das alles nicht, weshalb Robert abgetaucht war. Oder beseitigt worden war.

Wenn Jacqueline das Gefühl bekam, benutzt zu werden, mußte sie den Auftrag zurückgeben. Aber vielleicht war Robert in eine ausweglose Lage geraten, brauchte Hilfe. Jacqueline konnte sie ihm nicht verweigern, was auch immer zwischen ihnen geschehen war. Sie würde gleich in der Firma anrufen und mitteilen, daß sich die Strategieklausur um zwei Tage hinauszögerte. Sie war unabkömmlich.

Kroll schwadronierte, wie sehr er Roberts unternehmerischen Mut schätze. Geschenkt.

Jacqueline kam noch ein anderer Gedanke. Hatte Robert die Nase voll davon gehabt, sich länger von einem Mann gängeln zu lassen, der seine Macht nicht teilen und nicht wirklich abtreten konnte? Einfach zu verduften und ein Fiasko zu hinterlassen war auch eine Art Rache.

Ein Motiv! Jacqueline hatte endlich ein Motiv!

Kroll war aus dem Sessel gesprungen, umkurvte nun seinen Schreibtisch und baute sich vor Jacqueline auf, ein schwerer, klobiger, alter Mann. Bestimmt hätte er es zum Fähnleinführer gebracht, wäre sein Vater nur ein wenig patriotischer veranlagt gewesen. Jacqueline hatte ihn öfters von seinem Erzeuger erzählen hören, offenbar die einzige Autorität in seinem Leben, mit der er sich jemals langfristig arrangiert hatte.

Sie sind ein kompletter Ausfall, meine Liebe, sagten Krolls Augen. Jacqueline hatte etwas übrig für alte Männer, die um ihr Lebenswerk bibberten. Am Ende blieb ihnen immer nur das Eingeständnis von Ohnmacht.

Eigentlich sei sie davon überzeugt, daß diese Weibergeschichte hinter Roberts Abgang stecke, behauptete sie.
Genau deshalb habe er sie und niemanden sonst gebeten, sich um die Sache zu kümmern, sagte Kroll.
Er gab seine niederen Instinkte auch noch zu!
Es blieb Jacqueline ja praktisch nichts anderes übrig, als zur Strafe ein wenig weibliche Solidarität mit »dieser Schlampe« zu heucheln.
»Darf ich Ihnen etwas auf die Sprünge helfen?« Kroll schob Jacqueline einen blauen Aktendeckel in die empfangsbereiten Hände.
Sie hatte Karlas Dossier vor sich, so knapp, wie es sich für ein Executive Summery gehörte, das für Kroll bestimmt war. Niemals mutete man ihm mehr als zwei Seiten zu, ob es um den Kauf einer Bank ging oder um das Vorleben eines von ihm abhängigen Managers. Mit grünem Filzstift hatte Kroll unterstrichen, was ihm bemerkenswert schien:
Körbel, Friederike Karla, 31, geb. in Ratingen/Düsseldorf.
Vorbestraft. Zweimal unterstrichen.
»Vorbestraft?«
»Beamtenbeleidigung, Widerstand gegen die Staatsgewalt, Körperverletzung.« Kroll zählte auf, kaum gebändigt sein Triumph in der Stimme. Und mit so etwas legte sich der ranghöchste Manager seines Konzerns ins Bett.
Beteiligt an Protestaktionen während Weltwirtschaftsgipfel (München), widersetzt sich Ordnungsmaßnahmen der Polizei, dabei zwei Beamte verletzt.
»Sie trauen jemandem, der sich mit Beamten prügelt, auch zu, einen Menschen zu entführen. Verstehe ich das richtig?«
»Lesen Sie! Die Dame war in politische Unruhen verstrickt. Aufruhr gegen die freie Marktwirtschaft, die Grundfeste der Nation. Glauben Sie noch immer, so jemand verknallt sich rein zufällig in den Chef einer Großbank? Wo bleibt Ihr vielbewunderter Scharfsinn!?«
»Nicht auszuschließen, daß sie mehr von Robert verstanden hat, als Sie wahrhaben wollen.«

»Ach was! Er hat den Verstand verloren und hoffentlich nicht noch mehr. Er hat nur ihre Titten gesehen und sie nur seinen Job. Manchmal ist das Leben so einfach, daß ich es ohne kostspieliges Consulting verstehe.«
Kroll wischte mit fleischiger Hand über die glänzende Schreibtischplatte, als wollte er sie von feindlichen Staubkörnern befreien. Ihm war der Fall klar.
So amüsierte er Jacqueline schon fast wieder. Ein Mann, dem im Geschäft kein Trick unbekannt war, ordnete, was er nicht verstand, einfach der Sphäre des Unverstehbaren zu, also der Sphäre des Weibes.
»Denken Sie logisch!« mahnte er. »Diese Frau ist von Rache erfüllt. Sie wurde nach ihrer Straftat fristlos entlassen.«
Er war offenbar der Meinung, Karla habe sich im Namen der Menschheit am Bankwesen gerächt. Zu diesem Zweck hatte sie Robert in die Kissen gezogen und ihn dort – ja, was wohl? – umgedreht oder so. Seinen Ruf geschändet, ihn ein für allemal verdorben für das Big Business. Lächerlich! Jacqueline sah auf das Dossier wie auf einen trübäugigen, stinkenden Fisch.
»Sie war nicht als Demonstrantin auf dem Gipfel, sondern als akkreditierte Pressefotografin.«
»Alles Dinge, die Sie längst hätten herausfinden können, statt Zeit und Geld in London zu verplempern.«

Wie harmlos war Karla wirklich? Es zählten Fakten, nicht gefühlsgesteuerte Einschätzungen. Kaum hatte Jacqueline Krolls Büro verlassen, meldete sich ihr Verstand zurück. Sie hatte sich blamiert, glaubte sie zu spüren. Es war ihr noch nie passiert.
So von oben herab war sie noch niemals von einem Klienten abgebürstet worden. Sie hatte geahnt, in der Rolle der Miß Marple schlecht auszusehen. Zumal Krolls Kritik in einem wichtigen Punkt traf. Sie hätte sich Karla tatsächlich genauer ansehen sollen. Dafür war es jetzt zu spät.
»Kann ich Ihnen helfen?«
Gedankenverloren war Jacqueline auf dem Flur um ein Haar mit Duncan zusammengestoßen.

»Kommen Sie, gönnen wir uns einen Espresso in meinem Büro!«
Duncans Zimmer befand sich auf derselben Etage wie das von Robert, war genauso groß, mit den gleichen Möbeln ausgestattet und wirkte doch vollkommen anders. Auf tannengrünen Stofftapeten hing zwischen gut gefüllten Bücherregalen ein halbes Dutzend kleinerer Ölgemälde in fetten Goldrahmen. Tote Fasane und Hasen, aufgeknüpft an den Hinterläufen, waldige Landschaften in den warmen Farben des Indian Summer. Jacqueline hätte nicht behaupten können, daß das ihr Geschmack war. Es war grauenvoll. Aber zweifellos konnte man so etwas wie Stil erkennen, falls das ein Vorteil war. Da war ihr Roberts Büro dann doch lieber. Auf dem Schreibtisch eine Lampe aus grünem Glas mit Messingfuß. Fehlte nur noch der Fahnenständer mit Stars and Stripes, und Duncan hätte mühelos einen amerikanischen Senator im Capitol abgegeben. Die runden Brillengläser in heller Hornfassung hätte Hollywood auch Dustin Hoffman aufgesetzt, müßte er einen Politiker spielen. Auf blütenweißem Hemd ein gelbgrundiger Schlips. So stellten sich Typen wie Duncan ein Fanal optimistischer Entschlußkraft vor. Fehlten nur noch Hosenträger zum Wallstreet-Klischee. Aber dafür war Duncan zu schmächtig.
»Kroll hat mich beauftragt, Robert zu vertreten«, sagte er, als vertraute er Jacqueline ein Geheimnis an.
Duncan war Roberts Vize. Wozu brauchte er einen eigenen Auftrag? Entweder rechnete Kroll mit einer längeren Abwesenheit Roberts, oder er bereitete sich darauf vor, ihn gleich ganz zu feuern. Duncan schien Jacquelines Gedanken zu ahnen.
»Offiziell hat sich Bob wegen eines Todesfalls in der Familie frei genommen«, sagte er.
»Was glauben Sie wirklich, wo er steckt?«
»Ich glaube nur, was ich weiß. Glauben ist tödlich für einen Treasurer.«
Etwas wußte Jacqueline in diesem Moment ganz genau. Wenn jemand von Roberts Verschwinden profitierte, dann war es Duncan. Nur er kam als sein Nachfolger in Frage.
Robert hatte ihn zur Union Bank geholt. Er war Senior Vice President bei Barnes & Noble gewesen, als sie sich kennenlernten.

»Sie waren nicht zufällig auch bei McKinley?«
Duncan lachte. »Nein, keine McKinley-Seilschaft.«
Sie kannten beide den Spruch: Willst du nach oben, solltest du katholischer Priester gewesen sein oder Berater bei McKinley.
Bei McKinley dachten die Leute wie auf Schienen. Hochgeschwindigkeitslokomotiven, die ganze Branchen hinter sich herzogen. Die den permanenten Wandel der Dinge für deren Sinn hielten. Daran waren McKinley-Leute noch zu erkennen, wenn sie schon lange ihren Stall verlassen hatten und selbst einen der Konzerne führten, den sie früher nur beraten hatten. Jacqueline bildete sich nicht ein, anders zu sein. Sie glaubte, im Lauf der Zeit wenigstens das System durchschaut zu haben. Aber vielleicht war das auch nur ein typischer McKinley-Gedanke. In der Firma glaubten sie alle, alles ganz schnell zu durchschauen. Genau das machte ihren Erfolg aus. Jacqueline wurde engagiert, weil man ihr unterstellte, sie brauche sich in einem Unternehmen nur ein paar Wochen lang umzusehen und schon habe sie den großen Durchblick. Diese Illusion war selbst denen sehr viel Geld wert, die es eigentlich hätten besser wissen müssen, weil sie ihr eigenes Unternehmen besser kannten. Mehr Geld, als Jacquelines Rat jemals wert sein konnte. Oft hatte sie darüber nicht nachgedacht, denn in ihrer Welt zählte nicht der wirkliche Wert einer Leistung, sondern nur deren Marktwert. Aber natürlich fragte sie sich, weshalb erfahrene, selbstbewußte Manager sie zu Hilfe riefen. Letztlich natürlich aus Angst davor, eine weitreichende Entscheidung auf die eigene Kappe nehmen zu müssen. Wenn es um unpopuläre Entscheidungen ging, etwa darum, Leute zu entlassen, Konzernsparten zu verkaufen oder zu schließen, war die Empfehlung McKinleys oft das stärkste Argument. Es half, Aktionäre und Belegschaft zu überzeugen, und es beruhigte das unternehmerische Gewissen. Und umgekehrt war es diese Macht, die Jacqueline und ihre Kollegen an ihren eigenen Nimbus glauben ließ. Sie waren professionelle Besserwisser. Und es war ihnen gleichgültig, ob sie am Ende in der Fleischindustrie Kohle machten oder im Finanzbusiness.
»Ich höre, Robert soll Barkley die zweite Position im Vorstand angeboten haben«, behauptete Jacqueline.

Würde der Engländer dem Amerikaner vor die Nase gesetzt, könnte der seine Hoffnung begraben, in einigen Jahren Robert zu beerben.
»Bob hat das nicht zu entscheiden. Die Aktionäre der Lincoln Invest möchten soviel Geld wie möglich sehen. So einfach ist das. Deshalb wird Bob das Spiel um die Lincoln Invest verlieren.«
Das war realistisch. Aber es klang hämisch. Entschieden zu schadenfroh für jemanden, dessen eigene Firma das Nachsehen hatte.
»Sie hatten mir noch nichts von der Highland Credit erzählt!«
»Weshalb sollte die Highland mitbieten? Die Akquisition wäre für sie ohne Sinn. Sie sind im Investmentbanking auf den selben Märkten stark wie die Lincoln Invest. Wie kommen Sie auf so einen Gedanken?«
Jacqueline ignorierte Duncans Versuch, von den Tatsachen abzulenken, die sie in London erfahren hatte.
»Wird die Union Bank mithalten?«
»Unser Angebot an die Lincoln-Aktionäre ist realistisch. Aber wir zahlen keinen Liebhaberpreis.«
»Denkt Robert auch so?«
Duncan nickte entschieden.
»Sagten Sie nicht, er sei gar nicht dagewesen, als die Hiobsbotschaft aus London kam?«
»Nicht nötig. Wir denken synchron, wo immer sich Bob aufhält.«
In den Büros der Union nannte man sie die siamesischen Zwillinge. Aber Jacqueline hatte inzwischen Grund genug, die Legende anzuzweifeln.
Mit Kroll sei alles abgestimmt, stellte Duncan geschäftsmäßig fest.
»Kann mir nicht vorstellen, daß Robert das so cool sieht wie Sie.«
»Fragen Sie ihn, wenn er wieder da ist. Mag sein, daß das stimmt, was man so hört. Bob soll irgendeine alte offene Rechnung mit Winston Marshall haben. Er wird enttäuscht sein, keine Frage.«
»Im Vertrauen: Hat Robert einen guten Job gemacht?«
»Er hat die Taunusanlagen mit der Wallstreet verbunden.«
»Das kann man überall nachlesen.«
Jacqueline meinte etwas anderes. »Ist er gegangen, weil ihm alles über den Kopf wuchs?«

»Ich kenne niemanden mit kühlerem Kopf.«
Schon wieder eine Lüge. Gerade hatte Duncan seinen Chef noch beschuldigt, ein Privatduell gegen Marshall zu führen und dafür seine eigene Firma aufs Spiel zu setzen.
»Vielleicht hatte er das Machtspiel satt.«
»Ein Burn out? Dazu ist Robert zu erfolgreich.«
»Wie steht es mit Ihnen, Phil?«
»Keine Gefahr. Aber wenn Sie wollen, plaudern wir heute abend in einer freundlichen Umgebung über alles weiter.«
Jacqueline lächelte zurück, ohne darauf einzugehen. Sie sah keinen Grund, Duncans Neugier zu befriedigen. Sie selbst hatte nur noch eine Frage an ihn.
»Sagen Sie, Phil, halten Sie es für denkbar, daß es Robert selbst auf die Highland Credit abgesehen hat?«
Duncan antwortete ohne erkennbare Regung. »Das wüßte ich. Die Highland ist doch ein etwas zu dickes Lunchpaket für uns.«
»Und umgekehrt? Könnte Marshall Appetit auf die Union bekommen?«
Duncan gönnte sich keine Zehntelsekunde zum Nachdenken. »Unsinn. Nur über meine Leiche. Nur über Krolls Leiche!«
»Und nur über Roberts Leiche«, ergänzte Jacqueline.
»Klar«, nickte Duncan.

Karla trug diesmal ein Kleid, das bis zu den Knöcheln hinabfiel. Ein dunkles Violett. Sie wartete im Café der Kunsthalle Schirn. Ohne zu zögern, hatte sie dem Treffen zugestimmt.
Jacqueline redete nicht um den heißen Brei herum. Die Bank glaube, sie habe etwas mit Roberts Verschwinden zu tun. Karla erzählte bereitwillig, wie der Weltwirtschaftsgipfel ihre Karriere als Pressefotografin jäh beendet hatte. Nicht die Staats- und Regierungschefs selbst hatte sie im Auftrag des »Münchner Merkur« fotografiert, sondern das Drumherum.
Jacqueline erinnerte sich an das Ereignis, weil die Union Bank gemeinsam mit vier anderen deutschen Banken unter politischem Druck Moskau einen höchst riskanten Kredit gewährt hatte, im-

merhin vier Milliarden Mark. Der ganze Gipfel dagegen hatte nicht mehr zustande gebracht als eine einzige lächerliche Milliarde Wirtschaftshilfe für das zerfallende Sowjetimperium. Aber das ganze Brimborium in München hatte eine dreistellige Millionensumme verschlungen. Es war ein groteskes Mißverhältnis zwischen Aufwand und Wirkung. Aber so schätzte Jacqueline Politiker ein: Je weniger sie zu sagen hatten in der Welt, desto grandioser mußten sie ihre Machtlosigkeit kompensieren. Wohl deshalb waren während der Gipfeltage alle Passanten pauschal zu potentiellen Attentätern erklärt und von der Polizei schikaniert worden. Arglose Spaziergänger waren nach Waffen durchsucht worden, und ein paar Dutzend Demonstranten, die versucht hatten, mit Trillerpfeifen das Abspielen der Hymnen zu stören, waren von Bereitschaftspolizisten eingekesselt, verprügelt und anschließend erkennungsdienstlich behandelt worden; zu Unrecht, wie später ein Gericht festgestellt hatte.
Diese Szene hatte Karla mit der Kamera festgehalten.
»Die Scheißer haben mir die Nikon aus der Hand geschlagen, sie mir am Riemen über den Kopf gezerrt und dabei büschelweise Haare ausgerissen.«
Das war bei solchen Haaren nicht zu vermeiden, dachte Jacqueline. Einem Beamten hätte sie das Knie in die Hoden gerammt, berichtete Karla. Es hätte die Sache nicht vereinfacht.
»Hinterher haben sie behauptet, ich hätte Parolen geplärrt. Wie soll ich fotografieren und gleichzeitig schreien? Richtig ist, daß ich sie Nazischweine, Wichser, Kinderschänder und Schlimmeres genannt hab', aber erst als sie mich in der Mangel hatten und mir den Arm verdrehten. Konnte wochenlang die Schulter nicht richtig bewegen.«
»Hast du sie wenigstens angezeigt?«
»Du glaubst doch nicht, daß du den Hauch einer Chance hast.«
Ein Zeuge habe zwar gesehen, wie sie einem Beamten das Objektiv an die Nase geknallt, aber nicht, wie der ihr an die Titten gelangt habe. Geblutet habe der Bulle, was der Freibrief gewesen sei, auf ihr herumzutrampeln. Buchstäblich.

»Sah das Gericht nicht ein, daß die Beamten überzogen hatten?«
»Das war'n mildernde Umstände. Dreitausend Mark Geldstrafe. Schlimmer war, daß ich die Kamera ersetzen mußte. Hatte sie mir geliehen. Sie haben sie auf die Straße geknallt, als das Nasenbein des Bullen drangestoßen war.«
Jacqueline schüttelte den Kopf über die sinnlose Verschwendung von Energie und Ressourcen auf beiden Seiten. Hatte man in diesem Land keine anderen Sorgen? Warum mußte man sich zu Pfeifkonzerten zusammenrotten, wenn ein paar alte Staatstrottel Zirkus spielten? Und wenn man es denn schon nicht lassen konnte, warum mußte sich die Staatsgewalt aufblasen, als gälte es eine Revolution niederzuschlagen? Mit ein wenig mehr Gebrauch von Vernunft wären Milliarden zu sparen in diesem Land.
»Warum prügelst du dich mit der Polizei? Du hast einen Verstand, der dir das verbieten sollte.«
»Soll ich mit diesen Leuten vielleicht noch diskutieren?«
»Du sollst die Bullen nicht auch noch missionieren! Sie fühlen sich im Recht, Demonstranten zu vermöbeln. Überleg dir lieber, weshalb sie sich so verhalten!«
Bullen. Jacqueline fühlte, wie sie sich anbiederte.
»In so einer Situation denkst du nicht groß nach.«
»Da haben wir das Problem.«
Karla nickte.
»Kennt Robert deine Geschichte? Hast du sie ihm erzählt?«
»Sollte ich's tun? Ist schließlich keine Heldentat.«
Es hatte gewiß noch einen anderen Grund gegeben, diesen dunklen Punkt zu verschweigen. Vielleicht wäre Robert früher aufgewacht.
»Er hat dich doch sicher gefragt, was du so gemacht hast.«
»Hat er nicht.«
Das konnte sie ihr nicht weismachen. Der Mann, der sie so sehr liebte, daß er es nächtelang in ihrem Verhau aushielt, sollte sich nicht für ihr Leben interessiert haben? Und warum hatte Karla später nicht wieder als Fotografin gearbeitet?
Nach der Kündigung habe sie erst einmal die Nase voll gehabt. Wer hätte sie schon genommen? Sie sei noch nicht lange im Geschäft und

der Prozeß nicht gerade eine Empfehlung gewesen. Auch habe sie nicht mehr für den Lokalteil knipsen, sondern richtig fotografieren wollen. Sie habe von den Bayern ohnehin prinzipiell die Nase voll gehabt und dann ja auch in Frankfurt den Job in der Galerie gefunden.

»Hast du Robert fotografiert?«

»Wieso?«

»Nur so.«

Roberts Wohnzimmer hing voller Fotografien.

»Die Tilmanns? Die hab' ich ihm verkauft«, sagte Karla. »Lange bevor er mit mir in die Kiste stieg. Das war erst nach der Newton-Vernissage.«

»Warst du mit ihm in London?«

»Erraten.«

»Hat er dir Tom Barkley vorgestellt?«

»Nie gehört.«

»Was habt ihr angestellt den ganzen Tag?«

»Galerien. Schön essen. Abends ins Konzert.«

»O.k. Was war mit Winston?«

»Winston?«

»Winston Marshall. Von der Highland Credit.«

»Ich war nicht überall dabei.«

»Zu Marshall hat er dich nicht mitgenommen?«

»Kann mich an den nicht erinnern.«

»An wen erinnerst du dich überhaupt?«

»An Sally. Träumt, mit fünfunddreißig so reich zu sein, daß sie niemals wieder arbeiten muß. Schau mich an, sag' ich zu ihr. Ich hab' das schon geschafft.«

»Sally?«

»Arbeitet an der Terminbörse, wo sie komische bunte Jacken anhaben, in 'ner Art Taubstummensprache reden und sich dazu die Kehle aus dem Hals schreien. Traf sie im Pub.«

»Schön. Aber zurück zur letzten Nacht. Robert hat dich grundlos beschimpft, hast du mir erzählt. Aber warum war wirklich Schluß?«

»Was weiß ich.«

»Du willst es mir nicht sagen?«
»Geht's dich was an?«
»Ja.«
Jacqueline glaubte Karla kein Wort.

Sie spürte tiefe Müdigkeit. Es war Zeit für ein Nickerchen im Hotel. Vorbeugend nahm Jacqueline einen tüchtigen Schluck Malt zur Brust, einen, der nach Jod, Salz und Seebären schmeckte, nach Sachen, die man zum Leben brauchte. Als er gerade geholfen hatte, riß ein Anruf sie aus dem ersehnten Schlaf.
Es war Amelie, und sie war in keiner guten Verfassung.
Jacqueline machte sich sofort auf den Weg.
Den Brief habe jemand über das hohe, schmiedeeiserne Tor geworfen, erfuhr sie. Vladic, der Bäume schnitt, hatte ihn gefunden, es mußte gegen Viertel vor fünf gewesen sein, auch wenn sich später niemand mehr genau daran erinnern konnte. Auf dem weißen Couvert stand kein Absender. Adressiert war es mit Kugelschreiber in steifen, nach links neigenden Versalien.
FRAU M. SULZER – PERSÖHNLICH-VERTRAULICH las Jacqueline. Dabei war der Umschlag noch nicht einmal zugeklebt.
Amelie zeigte ihr ein einfach gefaltetes Blatt Papier, auf das aus Zeitungen geschnittene Wörter und Silben geklebt waren.
Jacqueline brauchte keine Zeile zu lesen, um zu wissen, daß ihr Leben nie wieder sein würde wie zuvor.

haBEN chef
6 Mio deutschMARK
NO Bulle

Kroll traf keine Minute nach Jacqueline ein, beugte sich ebenso sprachlos über das Papier wie zuvor Jacqueline und reichte es weiter an Hodler, den er im Schlepptau hatte. Kroll hatte Amelie schon am Telefon geraten, mit niemandem zu sprechen, schon gar nicht mit der Polizei. Nur Kofler hatte sie noch verständigt, den befreundeten Anwalt. Er kam mit wenigen Minuten Abstand als letzter, und auch er, fand Jacqueline, nahm Amelie in den Arm, als gälte es eine Witwe zu trösten. Sie hatte das leise Gefühl, genau diese Szene schon ein-

mal erlebt zu haben, obwohl sie wußte, daß es sich nur um eine Filmszene gehandelt haben konnte. So ging es vermutlich allen. Alle wußten Bescheid und waren zugleich vollkommen ratlos.
Krolls Reflexe funktionierten am routiniertesten; er bildete einen Krisenstab und übernahm selbst den Vorsitz. Sie saßen alle um den großen Tisch im Eßzimmer. Auch hier hatte sich Amelies Geschmack durchgesetzt.
Vor sich den Brief der Entführer, stellte Kroll fest:
»Die Gangster wenden sich offensichtlich auch und vor allem an die Bank, deren *chef* sie haben, also an mich. Verehrte Amelie, ich versichere dir, daß die Union Bank nichts unterlassen wird, Robert schnellstmöglich aus der Hand der Verbrecher zu befreien.«
Verblüffend, wie es Kroll gelang, sachlich und feierlich zugleich zu tönen.
Sein Versprechen schließe ein, Lösegeld zu zahlen, falls es sich nicht vermeiden ließe. »Was sind sechs Millionen Mark gegen das Leben von Robert!«
Gemessen an den Summen, die Jacqueline bei vergleichbaren Verbrechen gelesen hatte, war dies in der Tat eine bescheidene Forderung. Sechs Millionen waren ungefähr drei Jahresgehälter von Robert. Und in etwa auch die Summe, die ihm zustand, sollte ihm zum jetzigen Zeitpunkt außerplanmäßig gekündigt werden. Es war allenfalls ein Tausendstel des Gewinns der Bank. Doch zog Kroll daraus keinerlei Schlüsse auf die Täter. Man hätte, fand Jacqueline, auf die Idee kommen können, den Gangstern gehe es nicht allein um Geld – dann waren sie noch gefährlicher. Oder sie hatten keine Ahnung von dem Preis, den sie zweifellos hätten herausschlagen können. Dann waren es Amateure, zumindest in finanziellen Dingen. Aber Jacqueline sagte lieber nichts. Auf diesem Gebiet versagte wahrscheinlich die McKinley-Logik.
Kroll hatte sich natürlich längst prinzipiell auf so einen Fall vorbereitet und sich vergewissert, das Lösegeld als Sonderausgabe von der Steuer absetzen zu können.
Kofler, ein dünner, schwer ergrauter Enddreißiger mit Habichtnase in tannengrünem Tweed, plädierte dafür, endlich die Polizei zu ver-

ständigen. Kroll lehnte ab. Es gehe zunächst einmal darum, vertrauensbildende Maßnahmen gegenüber den Entführern zu ergreifen.
No Bulle!
Kroll sagte, er wolle die Polizei selbstverständlich hinzuziehen, sobald es notwendig sei. Im übrigen stehe der Werkschutz zur Verfügung. Hodler sei ein erfahrener ehemaliger Polizeiführer. Überlasse man den Fall aber von vornherein der Polizei, brauche man nicht lange auf Publicity zu warten.
Er kenne genügend Gegenbeispiele, widersprach Kofler. Den Fall Reemtsma; sogar die Medien hätten damals eisern geschwiegen.
Darauf wolle er sich lieber nicht verlassen, sagte Kroll. »Reemtsma ist ein Medienliebling, weil er so tut, als ob er auf seinen Reichtum pfeift und Hausbesetzer finanziert. Robert dagegen ist ein Kapitalistenschwein und würde überall klammheimliche Schadenfreude ernten. Das ist der Unterschied!«
Jacqueline fand Krolls These abwegig. Aber sie hielt sich noch immer zurück, auch wenn es ihr schwerfiel.
Kofler hielt die unverzügliche Anzeige der Tat auch rechtlich für zwingend geboten. Schon um eine Fangschaltung zu installieren! Die Entführer würden in Kürze die Bedingungen der Geldübergabe diktieren.
Das war für Kroll kein stichhaltiger Grund. Die Chancen, den Gangstern via Fangschaltung auf die Spur zu kommen, hielt er für verschwindend gering.
»Sie sind der Fachmann, Hodler, erklären Sie uns, warum!«
Von dem Ex-Bullen zu verlangen, daß er seinem Big Boß widersprach, wäre zuviel verlangt, dachte Jacqueline. Sie irrte sich nicht.
»Was gibt Ihnen die Gewißheit, wir hätten es mit einigermaßen verläßlichen Geschäftspartnern zu tun?« insistierte Kofler. Er setzte eine theatralische Pause, als plädierte er vor dem Schwurgericht. Dann fuhr er fort: »Weshalb lassen sie sich so viel Zeit? Seit Tagen ist Robert in ihrer Hand. Sie müssen damit rechnen, daß die Polizei längst nach ihnen fahndet.«
Er ersparte es den anderen, was das bedeuten konnte. Jeder am Tisch wußte es.

Kroll brach das betretene Schweigen. »Man muß jetzt theoretisch alles durchbuchstabieren.«
Jacqueline sah Amelie steif und stumm mit gerötetem Gesicht auf der Kante ihres Sessels sitzen.
»Offenbar Ausländer«, stellte Kroll fest, um seinen Ruf als Experte zu verteidigen. »*Persöhnlich* mit h!«
»Oder Leute, die uns weismachen wollen, sie seien Ausländer«, präzisierte Kofler.
»Oder Leute, die mit ihrer eigenen Sprache auf Kriegsfuß stehen«, entfuhr es Jacqueline. Wie die meisten fremdenfeindlichen Großmäuler in Deutschland. Das behielt sie für sich.
»Spielt das eine Rolle?« fragte Kroll.
Er hätte auch sagen können: Ach, halten Sie sich doch heraus!
Jacqueline konnte jetzt nicht anders, als sich doch noch einzumischen. »Ich stimme Herrn Kofler zu. Wir sollten die Polizei um Hilfe bitten.«
Krolls Blick hätte die sofortige Festnahme wegen versuchten Totschlags gerechtfertigt.
»Hätten Sie Ihren Job erledigt, säßen wir nicht hier!« zischte er.
Das ging zu weit. Das war auch mit dem Streß der Situation nicht zu entschuldigen. Jacqueline machte Anstalten, den Raum zu verlassen.
Amelies erschöpfte Stimme hielt sie auf.
Sie habe Jacqueline persönlich um Beistand gebeten. »Ich bitte Sie, das zu respektieren, Herr Kroll! Auch wenn es um das Geld der Bank geht.«
Kroll machte eine resignierende Bewegung mit beiden Armen. Hieß das, er schmiß den Vorsitz des Krisenstabs beleidigt hin?
Amelie sah fragend Sophie an. Die kühle Sophie.
Alle sahen plötzlich Sophie an.
Nach einer Weile sagte sie: »Wenn sie Paps killen wollen, tun sie es so oder so. Wenn es ihnen bloß um das Geld geht, sollten wir ihre Bedingungen akzeptieren.«
Kroll sagte: »Respekt.«
Markus sagte: »Paps hätte die Polizei gerufen.«

Johnny schluchzte und rannte aus dem Zimmer, Amelie ihm hinterher.
Kroll sprang auch auf, um in einer Ecke des Raumes telefonisch Anweisungen zu geben. Jacqueline bekam mit, daß es um das Geld ging. Sechs Millionen Mark in gebrauchten Scheinen, mit registrierten Nummern. »Tun Sie einfach, was ich Ihnen sage!« hörte sie Kroll sagen.
»Probleme?«
Kroll hatte aufgelegt und war an den Tisch zurückgekehrt.
»Heller hat es zum Chefkassierer gebracht, weil er weiß, wann es besser ist, keine Fragen zu stellen«, antwortete Kroll.
»Etwas für die Nerven täte jetzt gut«, schlug Kofler vor.
Markus verschwand und kam mit seiner Mutter, einer gutgekühlten Flasche Champagner und Gläsern zurück.
»Auf Robert!« sagte Kroll und machte ein entschlossenes Gesicht.
Sogar Amelie hob ihr Glas. Wenn schon die Welt auseinanderbrach, dann wenigstens mit Haltung.
Nicht viel später klingelte ein Mitarbeiter Hodlers. Er brachte ein Tonbandgerät, das er ans Telefon anschloß.
»Wenn die Geschichte schiefgeht«, sagte Hodler zu Kroll, »machen die Kripokollegen Kleinholz aus uns.«
»Wenn es soweit ist, rede ich mit Rauschenberg«, kündigte Kroll an. »Der Innenminister ist mir noch etwas schuldig.«
Dann ließ er sich zurück ins Büro chauffieren.
Die Zurückgebliebenen waren so lange froh, ihn los zu sein, bis sie merkten, daß Krolls Herrschsucht sie von peinigenden Gedanken abgelenkt hatte.
Worüber reden, wenn jedes Wort nutzlos war?
Keiner hielt es jetzt mehr am Tisch aus.
Amelie war die letzte, die noch dageblieben war.
Sie mache sich Vorwürfe, nicht mit nach Davos gefahren zu sein, gestand sie.
Jacqueline wußte auch keinen Trost. Ihr fielen bloß die üblichen Sprüche ein, die sie besser für sich behielt. Daß alles im Leben seinen Sinn habe. Daß Amelie jetzt vielleicht entdecke, wie sehr sie an Ro-

bert wirklich hänge. Daß es für sie beide eine neue Chance sei, wenn Robert zurückkehre. Oder falls. Und hoffentlich gesund.
Alles Käse. Niemand konnte Amelie garantieren, daß dieser Film ein Happy-End hatte. Amelie halfen keine Sprüche. Aber das trostloseste war, daß im Augenblick nichts blieb als Sprüche.
Eine Weile lang saßen die beiden Frauen stumm nebeneinander. Dann goß Jacqueline Amelie und sich Champagner nach. Einen Augenblick lang stand sie dabei hinter Roberts Frau und legte ihr eine Hand auf die Schulter.
»Verdammt«, sagte sie, kippte ihr Glas in einem Zug und suchte das Weite über die flaschengrüne Treppe.
Die Tür zu Roberts Arbeitszimmer war nur angelehnt. Sophie saß vor dem PC. Lautlos tanzte in dreidimensionalen Buchstaben ALLES WIRD GUT über den Schirm.
»Hat Robert sich das ausgedacht?«
»Wer sonst?«
»Ziemlich prophetisch. Du wirst sehen!«
»Reiner Sarkasmus. Niemand weiß das besser als Paps, sonst hätte er daraus keinen Bildschirmschoner gemacht.«
»Kroll ist der Auffassung, die Sache könne einen politischen Hintergrund haben«, sagte Jacqueline. »Kannst du dir das vorstellen?«
»Ja.«
Es kam staubtrocken und blitzschnell.
»Ja?«
»Er feuert Leute. Tausende. Er würde das natürlich bestreiten, etwas von strukturellen Anpassungen, von Overbanking schwafeln. Zu viele Zweigstellen. Weg damit. Die Bank gehört schließlich den Aktionären.«
Jacqueline nahm Robert in Schutz. »Als Tochter deines Vaters müßtest du wissen, daß Moral im Wettbewerb einer anderen Logik gehorcht. Ein weiches Herz schadet der Bilanz. Eine miese Bilanz läßt die Aktien sinken. Schwache Aktien machen die Bank reif zur Übernahme. Und schon ist nicht bloß der Vorstand beim Teufel, sondern all die vielen Jobs, die er vor lauter Menschenfreundlichkeit gerettet hat.«

»Ich kenne diese Reden. In Wahrheit spielt Robert lieber Gott.« Sophie schien weder eine hohe Meinung von ihrem Vater noch vom lieben Gott zu haben.
»Hört sich an, als ob du deinen Vater zugleich verabscheust und verehrst«, sagte Jacqueline.
»Bist du seine Betriebspsychologin? Oder was?«
»Geht mich wohl nichts an. Entschuldige.«
»Du hattest mal was mit ihm, richtig?«
Jacqueline ging nicht darauf ein.
»Was macht das Studium? Das Physikum schon gepackt?«
»Wir wechseln das Thema, wenn es unbequem wird.«
Das Thema war, welche Kreise Roberts Verschwinden vielleicht schon gezogen hatte.
»Weiß dein Freund schon, was passiert ist?«
»Weiß es dein Mann?«
»Er muß nicht alles wissen. Nicht sofort.«
»Und ich habe keinen festen Freund. Macht das Leben einfacher. Wenn ich mir das Theater hier anschaue, denke ich, es ist auch besser so.«
»Du lebst allein?«
»Hab' ich das gesagt? Ich lebe mit Freunden.«
»Die wissen, wer du bist?«
»Weiß ich es denn selbst?«
»Ich will auf etwas anderes hinaus. Haben du und deine Brüder niemals Angst davor gehabt, gekidnappt zu werden?«
Plötzlich starrte Sophie Jacqueline mit vor Angst weit aufgerissenen Augen an. »Ob er halb erfroren in einem Erdloch steckt? Ob sie ihm ein Tribunal machen? Ich glaube, er ist tot.«
Jacqueline nahm Sophie in den Arm. Sie ließ es geschehen. Sie weinte nicht.
»Komm mit hinunter!« bat Jacqueline.
»Laß mich allein!«
Jacqueline tat ihr den Gefallen. Sie machte sich auf die Suche nach einer akzeptablen Flasche. Im großen Salon geriet sie an den Schrank mit den CDs. Mit dem Zeigefinger fuhr sie über Kunst-

stoffhüllen, legte den Kopf schräg, um die Titel zu lesen. Dann wählte sie ein Klavierkonzert von Mozart. Es war das, von dem sie gehört hatte, daß es sogar gebärende Mütter entspannte.
Die gute Absicht bewirkte das Gegenteil. Amelie, die zusammengesunken in der schwarzen Sitzgruppe kauerte, preßte nach wenigen Takten die Hände auf die Ohren und zog die Knie an die Brust.
»Vielleicht etwas anderes?«
Wortlos floh Amelie aus dem Raum.
»Tut mir leid«, stammelte Jacqueline und stellte das Konzert sofort ab. Ihr hätte es gutgetan. Musik zerteilte die Zeit, gab ihr ein Muster und ließ sie weniger quälend vergehen. Es mußte ja nicht unbedingt Mozart sein. Nur Stille wäre jetzt Folter für sie gewesen. Schon zu gewöhnlichen Zeiten konnte Jacqueline Stille nicht gut ertragen, es kam ihr nach einiger Zeit immer vor, als dröhnte unter ihr das bodenlose Nichts.
Der weiße Einbauschrank war gefüllt mit CDs und Schallplatten. Es gab sogar eine alphabetische Ordnung. Von Albinoni bis Webern. Hunderte von Aufnahmen. Eigens geordnet waren Einspielungen von Pianisten. Ganz unten Schallplatten. Jacqueline wischte mit der Handfläche Staub von den Alben. Es ging ihr selbst so: Aus Bequemlichkeit legte sie fast nur noch CDs auf. Die schönen, alten Platten verstaubten. Das Wühlen in alten Platten hatte etwas Nostalgisches. Die Musik gab etwas von dem Menschen preis, der sie häufig gehört hatte. Die Vorlieben änderten sich im Lauf des Lebens. Offenbar hatte Robert nicht viel von den Beatles und Stones und all den anderen Rocklegenden wissen wollen – oder er hatte diese Platten den Kindern vermacht. Ein paar Jazzscheiben steckten in Hüllen mit abgestoßenen Kanten. Thelonious Monk, Oscar Peterson. Es überwogen Chopin, Beethoven, Schubert, Bach. Jacqueline zog Aufnahmen von Gilels und Richter, Kempff und Backhaus aus dem Schrank. Sie selbst hatte in ihrer Jugend klassische Musik verachtet, schon deshalb, weil im Hause Gruber entsetzliche Hausmusikabende stattfanden, an denen sie sich blockflötend zu beteiligen genötigt sah. Es hatte ein paar Jahre gedauert, bis sie stark genug war, sich gegen die

lausigen Berufspädagogen durchzusetzen, die ihre Eltern waren. Erst Tonio hatte es geschafft, ihr ein wenig Spaß an der sogenannten ernsten Musik zu geben. Und plötzlich hielt sie eine Platte in der Hand, auf der Sulzers Name stand. *Kleine Stücke*. Mozarts Sonate Nr. 1 in C-Dur, Schuberts Deutsche Tänze und zwei Moments musicaux, einige Davidsbündlertänze von Schumann. Jacqueline erstaunte, daß Robert einen Pianisten in der Familie hatte. Auf der Rückseite der Hülle das Bild eines etwas gequält lächelnden Jungen, neben dem der geöffnete Konzertflügel geradezu monströs wirkte. Aus dem Text ging hervor, daß es sich bei Robert Sulzer, Jahrgang 1951, um eine *außergewöhnliche musikalische Hoffnung* handelte. Ausdrücklich erwähnt wurde seine Lehrerin Martha Cramer.
Jacqueline legte die Platte auf, bürstete den Staub aus den rotierenden Rillen und lauschte den perlenden Läufen des jungen Pianisten, aus dem einmal der erfolgreiche Bankboß werden sollte. Denn daran gab es keinen Zweifel, daß es sich um ein und dasselbe, sozusagen doppelte Wunderkind handelte.
Jacqueline hatte sich so sehr in Roberts Spiel verloren, daß sie nicht bemerkte, wie Amelie neben ihr in die Hocke gegangen war.
»Er muß einmal ein anderer Mensch gewesen sein«, sagte sie.
»Ich wußte gar nicht, daß er Klavier spielt.«
»Nicht mehr. Wir haben nicht einmal mehr eines im Haus.«
»Ein Jammer«, sagte Jacqueline.
Aber sie verstand. Entweder man machte etwas richtig oder gar nicht. Robert fehlte einfach die Zeit.
Amelie schien ihre Gedanken zu ahnen. »Er hat es nicht wegen der Bank aufgegeben«, sagte sie. »Es ist schon eine Ewigkeit her, wir kannten uns kaum. Er stand kurz vor dem Abitur. Roberts Vater wollte nicht, daß er Pianist wird. Das Geschäft sollte er übernehmen, Haushaltswaren, Eisenwaren. Sein Bruder kam nicht in Frage dafür, ein schwächliches, fast debiles Kind. Roberts alter Herr war ein provinzieller Poltergeist, der sich für einen grandiosen Unternehmer hielt, weil er fünf oder sechs Filialen besaß. Es muß einen schrecklichen Krach gegeben haben. Robert hat niemals mehr als Andeutungen gemacht. Er steckte in einem Zwiespalt. Die ganze

Erwartung des Familiendespoten lastete auf ihm. Er hatte zu wählen zwischen einer bequemen, sicheren Zukunft als Erbe und dem ungewissen Leben als Künstler.«

»Als Wunderkind hätte er sich ausrechnen können, daß es klappt.«

»Was heißt Wunderkind? Die Plattenindustrie findet jedes Jahr neue Wunderkinder. Dazu gehören mehr als flinke Finger, Fleiß und Hingabe. Jedenfalls beschloß Robert, dem Vater zu folgen. Und zugleich schwor er sich, es ihm heimzuzahlen. So hat er sich mit elementarer Wut ins Studium gestürzt und es in Rekordzeit beendet. Dann hat er einen Platz an der Harvard Business School ergattert. Sein Vater ist fast geplatzt vor Stolz und hat hocherfreut Schecks geschickt. Er konnte nicht wissen, daß ich mit Robert in Boston war. Unsere schönste Zeit. Als Robert den Abschluß in der Tasche hatte, bot ihm der Vater die Geschäftsführung an. Roberts Rache war furchtbar. Er könne sich seine Provinzklitsche in die Haare schmieren, schrie er dem Vater ins Gesicht und ging zu McKinley. Schwiegervater hat das nicht verkraftet. Wie ein Ackergaul hatte er für etwas geschuftet, was am Ende niemand brauchen konnte. Zwei Jahre später hat er sich, schwer erkrankt, das Leben genommen.«

»Wie hat Robert darauf reagiert?«

»Er war rasch zum Berater aufgestiegen, verdiente mehr, als wir ausgeben konnten. Noch ein paar Jahre, und er würde als Partner Millionen machen. Trotzdem hätte er das Rad gern zurückgedreht. Aber fünf oder sechs Jahre ohne Übung am Klavier holt nicht einmal ein Wunderkind auf. Als sein Vater starb, lief Robert wochenlang wie versteinert herum. Ich hatte Angst um ihn, drängte auf eine Therapie. Es ging vorbei. Robert stürzte sich noch radikaler in den Beruf. Anfangs war ich froh darum.«

»Hat er nicht einmal zum eigenen Vergnügen wieder gespielt?«

»Er hat sich später für den Bau der Philharmonie engagiert; die Firma sponsert die Musikakademie. Aber er hat kein Klavier mehr angerührt. Wir haben gar keines.«

»Auch nicht für die Kinder?«

»Unsere Kinder haben weder Roberts Talent noch das Interesse geerbt. Er hätte es vielleicht gern gesehen, aber er hat es niemals aus-

gesprochen. Die Erfahrung mit seinem eigenen Vater war ihm eine Lehre.«
»Roberts Mutter?«
Sie lebte noch, achtzigjährig, hinfällig, in Heidelberg, in dem Haus, das ihr Mann gebaut hatte. Sie rufe, berichtete Amelie, gelegentlich an, um Robert vor gefährlichen Entwicklungen an der Börse zu warnen.
»Sie kann es nicht lassen, ihn zu bevormunden. Die Nachricht von Roberts Entführung würde sie nicht überleben.«
»Müssen wir den Bruder verständigen?«
»Robert hat keinen Kontakt mehr zu ihm. Er lebt vom Geld seiner Mutter.«
Die beiden Frauen lauschten der Schallplatte. Amelie hielt es jetzt aus.
»Robert kann Gefühle sprechen lassen, ohne kitschig zu wirken«, fand Jacqueline.
»*Damals* konnte er das«, verbesserte Amelie. »Inzwischen haßt er Emotionen. Ich glaube, er weiß gar nicht mehr, was er mit seinen Gefühlen anfangen soll.«
Ins verträumte Moll schrillte das Telefon.
»Macht doch endlich den Krach aus«, schrie Sophie, die unbemerkt den Salon betreten hatte.
Amelie atmete tief durch und griff zum Hörer.
»Halt! Zuerst das Tonbandgerät! Es steht im Eßzimmer.«
Amelie stürzte durch die Verbindungstür. Kofler wartete schon, drückte die Aufnahmetaste.
»Ja!?« keuchte Amelie außer Atem. »Ach, Sie sind es.« Verzweifelt verdrehte Amelie die Augen. »Prinzipiell gern«, sagte sie. »Aber jetzt habe ich Besuch, Frau Roßkopf.«
Aufatmen und Enttäuschtsein waren eins.
Es war bald halb zehn. Amelie bat Johnny, ein paar Pizzas aufzubacken. Jacqueline beteuerte, überhaupt keinen Hunger zu spüren. Aber sie war, wie alle anderen auch, dankbar für die Ablenkung. Sie aßen und starrten zwischendurch auf das Telefon, als könnten sie es dadurch beschwören und zum Leben erwecken.

Mit vollem Mund fragte Sophie: »Wer wird das Lösegeld übergeben?«
Kofler stellte sich sofort zur Verfügung.
»Peter, es hat nichts mit dir zu tun«, sagte Amelie. »Aber ich möchte, daß es Jacqueline für mich tut.«
Jacqueline kaute ihren Bissen automatisch weiter. Die anderen, die jetzt alle zu essen aufgehört hatten und sie erwartungsvoll anstarrten, mußten sie für vollkommen unerschrocken halten. Aber sie wußten nicht, daß sich das Pizzastück in ihrem Mund schlagartig in unverdauliche Gummimasse verwandelt hatte und sich ihr Magen sträuben würde, es aufzunehmen. Am liebsten wäre sie aufgesprungen und ins Bad gerannt. Aber sie kaute einfach weiter. Von wem reden die eigentlich? war ihr erster Gedanke, der sie nur ein paar Sekunden lang vor dem Unvermeidlichen schützte. Und seitdem kämpfte sie mehr gegen die Übelkeit als gegen die Angst.
Sie sah Kofler halb erleichtert, halb beleidigt im Sessel lehnen.
»Wir brauchen ein Lebenszeichen«, sagte er. Auf einen Fachmann wie ihn konnte man eben nicht verzichten. Amelie solle sich eine Frage ausdenken, die nur Robert beantworten könne.
»Ich habe unzählige Fragen, die nur Robert beantworten kann, es aber noch nie getan hat.«
Schön, daß sie noch Kraft zu solchem Sarkasmus hatte. Jacqueline hatte es ihr nicht zugetraut. Amelie gewann dadurch in ihren Augen.
»Was steht auf Roberts Bildschirmschoner?« schlug Sophie vor.
Amelie sah sie fragend an.
»Eine Frau muß doch wissen, was ihr Mann für einen Bildschirmschoner hat«, sagte Sophie.
»Alles wird gut«, half Jacqueline.
Es war ihr nicht klar, ob Amelie das als Zitat verstehen konnte. Aber niemand wollte noch darauf eingehen.
Und wieder kroch die Zeit. Aber jetzt empfand Jacqueline die quälenden Minuten und Viertelstunden wie einen Sog. In ihrem früheren Leben hatte sie tatenloses Wartenmüssen als unakzeptable Verschwendung empfunden. Das hatte sich geändert. Es konnte ihr

nicht lange genug dauern, bis sie sich ernsthaft mit Amelies Zumutung befassen mußte. Als das Telefon erneut klingelte, wußte sie, daß es soweit war. Die Zeiger standen genau auf elf.
»Ja!?«
»Frau Sulzer?«
Eine verzerrte Stimme wie ein Automat, ein zähes, überbetontes Stakkato ohne erkennbaren Dialekt.
»Geben Sie Geld in zwei Einkaufstüten. München, Stachus, Garage, Platz Nummer eins-fünf-vier. Wiederhole: Stachus, Garage, Platz eins-fünf-vier. Morgen, 16 Uhr 40.«
Kofler, die Mithörmuschel an den Kopf gepreßt, gestikulierte. Seine Lippen formten: »Lebenszeichen!«
»Ein Lebenszeichen! Wir brauchen ein Lebenszeichen!« rief Amelie.
Der Anrufer hatte bereits aufgelegt.
Kofler war schon dabei, Kroll zu verständigen.
»Wir haben kein Lebenszeichen«, sagte Amelie. Große rote Flecken breiteten sich von ihrem Hals über das Gesicht aus.
»Woher wollen wir wissen, daß wir ihn jemals wiedersehen, wenn wir das Geld abliefern?« fragte Sophie.
Aber das kam nicht gut an. Die Hoffnung, Robert bald aus seiner Lage befreien zu können, setzte jetzt auch in Jacqueline eine Art Hochgefühl frei. Sie ließ sich bald ins Hotel bringen und fand sogar, dank des erquickenden schottischen Schlummertrunks, schnell in den Schlaf.

7 Jacqueline schminkte sich sorgfältig. Es war ihr durchaus klar, daß es besser gewesen wäre, so unauffällig wie möglich am Ort der Geldübergabe zu erscheinen. Aber es war nun einmal ihr Auftritt in dieser Geschichte, und dabei wollte sie sich so gut wie möglich fühlen. Natürlich war Eitelkeit in dieser Situation lächerlich. Aber Jacqueline wußte, daß sie ihre Glanzkarriere keineswegs allein ihren glänzenden Geistesgaben verdankte. Warum sollte sie das ausgerechnet jetzt ignorieren, war doch ihre Lebenserfahrung alles, was sie aufbieten konnte? Wer ahnte schon, wozu Schönheit in diesem Fall gut war? Die routinierte Verrichtung vor dem Spiegel gab Jacqueline zudem Gelegenheit, sich ein wenig abzulenken und zu entspannen.

Sollte sie noch in Mailand anrufen? Sie hatte sich jeden Tag einmal gemeldet. Es hätte ihr letztes Gespräch mit dem Mann sein können, der schließlich auch der Vater ihrer vier Kinder war. Und hätte sie sich auch noch die Kinder geben lassen sollen? Ich küsse dich, Claudio, tausend Küsse, Laura, gib mir einen Kuß, Flavio, ein ganz dikkes Küßchen für dich, Cecilia. Hätte sie den armen Tonio mit Ängsten quälen sollen? Liebling, ich bin gerade mit sechs Millionen Mark auf dem Weg in eine Tiefgarage und werde die Entführer Robert Sulzers davon überzeugen, daß ein toter Konzernchef niemandem nützt. Du hattest versprochen, weniger zu trinken, würde Tonio antworten. Oder hysterisch werden. Rief sie nicht an, würde er sich erst recht aufregen. Aber erst später. Also rief sie jetzt nicht an.

Nach einem ausgiebigen Frühstück – der Begriff »Henkersmahlzeit« ging Jacqueline nicht aus dem Kopf – wurde sie mit einem zweistrahligen Firmenjet vom Typ Cessna Citation von Frankfurt nach München gebracht. Am Terminal der Allgemeinen Luftfahrt empfing Hodler sie in einem nachtblauen BMW. Jacqueline trug Jeans, Turnschuhe und über einem dicken Pullover eine grüne Barbour-Jacke. Es nieselte, bei Temperaturen knapp über dem Gefrierpunkt.

»Alles, was wir jetzt noch brauchen, ist Glatteis«, stöhnte Hodler. Im Wagen redete er auf Jacqueline ein.

Die unterirdische Passage am Stachus sei Schauplatz der legendären Geldübergabe im Fall Oetker gewesen. Der Täter habe sich den Geldkoffer durch eine stählerne Tür reichen lassen, die nur von seiner Seite zu öffnen gewesen sei. Auf diese Weise habe der Entführer die Polizei unsterblich blamiert.

Was erzählte Hodler ihr da! Jeder kannte den Fall, auch Jacqueline. Geschnappt hatten sie den Gangster trotzdem.

Hodler schwor, daß ihm so etwas nicht passieren werde, auch wenn sich seine Leute in München nicht so gut auskannten wie in Frankfurt. Die Wahl des Ortes ließ ihn vermuten, Sulzer werde auch in oder bei München gefangengehalten. Er berichtete, daß er mit elf Mann des Werkschutzes bereits am Morgen nach München geflogen sei. Mit schnellen Leihwagen ausgestattet, hätten sie sich mit dem Einsatzort vertraut gemacht und alle denkbaren Situationen durchgespielt.

Jacqueline habe es mit einem höchst unübersichtlichen Terrain zu tun. Ein mit Rolltreppen, Stiegen und Aufzügen verknüpfter mehrstöckiger Knoten aus U- und S-Bahnen stelle den Gangstern zahlreiche Fluchtwege zur Verfügung. Nicht weniger als siebenundzwanzig Ausgänge in belebte Straßen habe Kroll gezählt. Die Garage selbst sei zwar labyrinthisch, besitze aber nur eine einzige Ausfahrt. Deshalb sei damit zu rechnen, daß sich die Entführer zu Fuß aus dem Staub zu machen gedächten.

»Tun Sie nicht mehr, als von Ihnen verlangt wird! Keine Eigenmächtigkeiten! Bewegen Sie sich absolut unauffällig! Stellen Sie sich das Desaster vor, wenn Sie eine Polizeistreife mit den Geldtüten aufgreifen würde! Unter dem Stachus wimmelt es von Polizei. Falls Sie sich bedroht fühlen, schreien Sie nicht um Hilfe! Wir sind immer in Ihrer

Nähe. Erscheinen Sie keine Minute zu früh oder zu spät am vereinbarten Ort.«

Jacqueline sagte nur: »O.k.«

Sie konnte jetzt vieles brauchen, nur keine Diskussion.

Normalerweise waren es nicht mehr als vierzig Autominuten vom Flughafen zum Stachus. Hodler kalkulierte dreißig Minuten Reserve ein. Am Lenbachplatz bog er nach links und gleich wieder rechts in eine Sackgasse, an deren Ende das Landesamt für Verfassungsschutz und der Hintereingang des Kaufhauses Karstadt-Oberpollinger lagen. Absolutes Halteverbot. Hodler befestigte ein Mikrophon unter dem blau-grün karierten Schal Jacquelines und klemmte ihr einen Sender an den Gürtel. Mit Hilfe einer vorbereiteten Skizze erklärte er ihr den Weg in den Untergrund. Dann stiegen sie aus. Hodler öffnete den Kofferraum, hob zwei extragroße Karstadt-Einkaufstüten heraus und drückte sie Jacqueline in die Hände. Das Geld befand sich in zwei Schachteln der Firma Playmobil. In einer davon hatten sich ursprünglich die Bauteile eines Piratenschiffs befunden, in der anderen eine Ritterburg mit Schloßgespenst und Verließ. Vielleicht fand Hodler das witzig.

»Viel Glück.«

Noch fünfzehn Minuten. Jacqueline war überrascht vom Gewicht der Scheine. Sie betrat das Kaufhaus, fuhr Rolltreppen hinauf und wieder hinab, bis die Vorstellung sie quälte, Kaufhausdetektive könnten sie für eine Ladendiebin halten. Sie besaß nämlich keinen Kassenzettel für die Playmobil-Kartons. Sie hätte notfalls die Schachteln öffnen und sagen können: »Sehen Sie, es ist gar keine Spielzeugburg, bloß das Geld für echte Raubritter.« Jacqueline lachte laut vor sich hin. Das wiederum erschreckte sie sehr. Absolut unauffällig sollte sie sich doch benehmen, hatte Hodler verlangt! Und jetzt kicherte sie sich Kaufhausdetektive an den Hals. Das Herz raste, der Schweiß klebte den Pullover an die Haut, als Jacqueline auf die Straße trat. Sollte man sie eben für ein gehetztes, geplagtes Familientier halten, das schleunigst zurück mußte zu nörgelndem Mann und schwer erziehbaren Gören. Diese Rolle gab sie gewiß überzeugend. Eigentlich hätte ihr Streß nichts ausmachen

dürfen. Er gehörte zu ihrem Alltag. Aber dieser Streß war etwas anderes. In den Haifischbecken, in denen es allein auf Beweglichkeit und Skrupellosigkeit ankam, wußte sie sich zu bewegen. Dort war Angst eine die Konzentration steigernde Nebenwirkung der eigenen Angriffslust. Aber jetzt brachte sie die Angst um den Verstand. Sie fühlte sich wie ein flügellahmer Vogel, der es mit einer Katze zu tun hatte.
Sie überquerte die Kaufingerstraße, verschwand in der schmalen Passage des *Kino im Karlstor*, blind für die schrillen Plakate. Warum konnte sie das Geld nicht im plüschigen Dunkel eines halbleeren Kinosaals übergeben? Tiefgaragen mit Verbrechern in Autos mit quietschenden Reifen kamen in lausigen Filmen vor. Es war wie in einem lausigen Film – bloß konnte sie nicht einfach aufstehen und gehen. Jede Minute sah sie auf die Uhr. Sie durchquerte den gotischen Bogen des Karlstors, unter dem eine lustige Hexe aufgeknüpft war – Faschingszeit, Jacqueline hatte es vergessen. Ein Obststand bot schon Erdbeeren aus Spanien an, aus biologischem Anbau. Endlich war es Zeit, auf der Rolltreppe in die Unterwelt zu fahren. Jacqueline hob den Kopf. Die Leuchtreklame von McDonald's in chinesischen, russischen und arabischen Leuchtzeichen und ein paar weißblaue Himmelsfetzen waren das letzte, was sie erhaschte.
Vier Minuten blieben ihr noch. Sie drehte eine kleine Runde, vorbei am elektronischen Luftschadstoffanzeiger des Umweltschutzreferats, an Zeitungskiosken, Reklametafeln, Fahrkartenautomaten. Die Globalisierung war in den Münchner Untergrund vorgedrungen. Ein nach schlechtem Fett stinkendes Imbißbudenmonster jedenfalls hatte seine Theken nach Weltgegenden geordnet. Griechenland – Gyros stand auf einer. Atlantis – Leberkäs auf der nächsten.
Jacqueline fiel es nicht schwer, den versteckten Eingang zur Tiefgarage zu finden. Orientierung fiel ihr niemals schwer. Dem berühmten Bonmot ihrer Namensvetterin Jacqueline Kennedy, der ideale Mann brauche warme Füße und einen guten Orientierungssinn, stimmte sie nicht zu; sie besaß selbst genügend von beidem.
Eins-fünf-vier, ein Frauenparkplatz, nur ein paar Schritte von den Aufzügen entfernt, dort wo man am schnellsten verduften konnte.

Sie sah sich um. Leute verstauten Einkaufstüten. Kofferraumdeckel knallten dumpf. Um diese Zeit verließen die meisten Autos das Parkhaus, wenige kamen hinzu.
Bestimmt lauerten Hodlers Leute geduckt im Dunkel geparkter Autos. Jacqueline überquerte die Fahrbahn. Ein Motor heulte auf, Reifen quietschten. Ein Satz nach vorn. Ein BMW fegte hinter ihr vorbei, kreischte um die Ecke. Jacquelines Schreck hielt sich in Grenzen. So benahmen sich nicht Leute, die auf sechs Millionen warteten. So benahmen sich allenfalls Privatbullen, denen Jagdfieber und Angst den Verstand trübten.
Eins-fünf-vier: ein weinroter Mercedes der C-Klasse mit Münchner Kennzeichen der Mietwagenfirma Sixt. Gleich würde jemand Jacqueline aus dem Dunkel heraus auffordern, die Tüten in den Kofferraum zu stellen und, ohne sich umzublicken, abzuhauen. Sie würde vor Schreck zur Salzsäule erstarren.
Nichts dergleichen geschah. Es war zu dunkel, um im Wagen irgendwelche Einzelheiten zu erkennen. Etwas steckte unter dem Scheibenwischer. Jacqueline zwängte sich mit ihren Tüten zwischen dem Mercedes und dem daneben geparkten Golf hindurch, setzte eine der Tüten ab und zog das Papier unter dem Scheibenwischer hervor, ein Faltblatt der Union Bank. *So direkt war Ihre Bank noch nie*, versprach es und warb für *Bankgeschäfte jederzeit per Telefon*. Es war in der Tat ein Unding, daß man Lösegeld nicht bargeldlos versenden konnte, gefahrlos übers Internet. Geradezu eine Marktlücke. Als Jacqueline das Faltblatt aufschlug, fand sie die Nachricht, zusammengesetzt aus ausgeschnittenen und aufgeklebten Wortteilen.

U-BAHN OLYMPIA-PARK.
PFeiLer zwischen SPORTHALLE und schwimmBAD.
17 Uhr 15.

Jacqueline las den Text halblaut, damit Hodler und seine Leute mithören konnten. Es blieben achtundzwanzig Minuten. Die Gangster wußten, daß die verbleibende Zeit für Jacquelines Ortswechsel ausreichte, aber nicht für die Polizei, falls sie doch im Spiel war, sich auf die neue Lage hinreichend vorzubereiten.

Trotzdem sorgte sich Jacqueline, nicht rechtzeitig zum Olympiapark hinauszukommen. Einem Plan des Münchner Verkehrsverbunds entnahm sie, daß sie mit der S-Bahn eine Station bis zum Marienplatz fahren mußte, um dort in die U3 umzusteigen. Jacquelines Auffassungsgabe scheiterte dann aber an Zahlgrenzen und Tarifzonen, und sie wußte nicht, wie sie den passenden Fahrschein aus dem Automaten locken sollte. Sie hätte sich vorsichtshalber eine Tageskarte kaufen können, verwarf den Gedanken jedoch aus prinzipiellen Gründen. Jacqueline haßte es einfach, Geld zu verschwenden. Schließlich zog sie missionierend durch die Welt, um Manager kostenbewußter zu machen. Lieber betrat sie die Rolltreppe zum Bahnsteig hinab als Schwarzfahrerin, in den Händen sechs Millionen Mark in bar.

Es war Unfug, eines lächerlichen Betrages wegen das ganze Unternehmen zu gefährden. Allerdings setzte sich diese Erkenntnis in Jacqueline erst auf der Rolltreppe durch. Sie wollte nicht noch einmal umkehren und damit Zeit verschwenden.

Am Marienplatz wechselte sie von der S-Bahn in die U-Bahn. Und schon eine Station später, am Odeonsplatz, ereilte sie Murphys Gesetz, wonach alles schiefgehen wird, was schiefgehen kann. Zwei der zugestiegenen Passagiere wünschten die Fahrausweise zu sehen. Jacqueline wurde es siedendheiß und frostig zugleich. Ob die Kontrolleure auf einen Tausendmarkschein herausgeben könnten, wenn sie die sechzig Mark Strafe kassierten? In diesem Fall waren sechs Millionen zuviel und zuwenig zugleich. Dieses hübsche Paradox wollte Jacqueline unbedingt in eine ihrer Keynote Speaches einbauen, vorausgesetzt, sie würde überhaupt noch jemals zu so einem Auftritt Gelegenheit bekommen. Die Kontrolleure ließen sich auf einen Disput mit einem jungen Paar ein. Wenn Jacqueline es richtig verstand, besaßen sie Fahrkarten, bloß nicht die richtigen oder nicht ordnungsgemäß entwerteten. Fieberhaft überlegte Jacqueline, wie sie sich verhalten sollte, wenn sie selbst gleich ein Ticket vorzeigen mußte. Es geht um Leben und Tod! konnte sie rufen. Lächerlich. Den Kontrolleuren die Visitenkarte in die Hand drücken und »Schicken Sie mir die Rechnung!« hinzufügen? Vergiß es! Ihre ein-

zige Chance war, an der nächsten Haltestelle die Flucht zu ergreifen. Vorausgesetzt, dem jungen Paar fielen noch genügend Argumente ein. Danach sah es nicht aus. Jacqueline mußte den Bedrängten zu Hilfe kommen.
»Die Deutschen lernen das nie«, fauchte sie. »Keine Ahnung von Service. Wie soll ein Fremder so ein Tarifsystem verstehen?« Sie solle sich, erfuhr Jacqueline, um ihren eigenen Dreck kümmern. Das tat sie dann auch, denn schon bremste die Bahn erneut. Die Haltestelle hieß Universität. Jacqueline rauschte aus dem Zug. Sie hatte die Kontrolleure abgehängt, aber auch ihre Beschützer. Sie sah ihre entsetzten Gesichter hinter den Scheiben des abfahrenden Zuges. Der nächste kam schon fünf Minuten später. Als Jacqueline aber am Nordfriedhof merkte, daß sie in der U6 statt in der U3 saß, hätte sie vor Scham versinken mögen. Sie keuchte die Treppe hinauf ins Freie. Die Griffe der schweren Tüten schnitten ihr in die Hände. Und noch einmal half ihr ein Schutzengel. Er schickte sofort ein Taxi. Ehe sie einstieg, gab sie Hodler Bescheid.
Die Musik, mit der der Fahrer seinen Wagen beschallte, erfüllte ohne weiteres den Straftatbestand fahrlässiger Körperverletzung, fand Jacqueline. Normalerweise hätte sie sofort gefordert, den Lärm abzustellen. Aber jetzt brachte sie kein Wort heraus. Die Angst, zu spät zu kommen, lähmte den Kopf, und die volkstümliche Musik steigerte die Konfusion.
Wenigstens war der Verkehr auf dem Mittleren Ring einigermaßen flüssig. Jacqueline konnte ihr Glück kaum fassen, als sie acht Minuten vor der verabredeten Zeit an der Eissporthalle ausstieg.
Sie sah zum Drehrestaurant des Olympiaturms empor. Ob dort oben einer von Hodlers Leuten stand und mit dem Feldstecher den Überblick behielt? Oder einer der Entführer?
Die gläserne Dachlandschaft der Olympiabauten krönte die sanfte Anhöhe vor ihr. Ein Rauschen drang von dort herüber wie eine Brandung, nur nicht so gleichmäßig. Sie ging dem Geräusch entgegen. Rechts verschwand die Spitze des Fernsehturms im trüben Himmel. Links dümpelten Enten im halb von Eis bedeckten See. Der breite Asphaltweg stieg leicht an. Vor sich sah Jacqueline die

Flutlichter des Stadions. In kleinen Gruppen kamen ihr Leute entgegen, überwiegend Väter mit Kindern, in Eile, wie es schien, mit zusammenklappbaren Sitzkissen, Schirmen und aufgerollten Fahnen unter dem Arm. Jacqueline ging so zügig wie möglich gegen den anschwellenden Menschenstrom an. Die seltsamen Geräusche in der Luft waren jetzt eindeutig als pulsierende Gefühlswogen des Publikums zu erkennen. Ein Glockenspiel mischte sich darunter. *Alle Vöglein sind schon da*. Die immer dichter anrückende Menge trug Pudelmützen, dicke Anoraks und häufig auch Trikots oder mit Vereinsnamen und Wappen benähte Jeans-Westen. Jacqueline wußte Bescheid. McKinley hatte schließlich den Bayern zur Expansion des Fanartikelgeschäfts geraten. Sie passierte Popcornbuden und Reihen polizeigrüner Kleinbusse. Das Rauschen steigerte sich zu einem kurzen eruptiven Höhepunkt, in das scheppernd Musik einfiel. Dann schien das Stadion aufzuplatzen. Jacqueline hatte mit vielem gerechnet, nur nicht damit, gegen eine Masse von Fans anrennen zu müssen. Sie drohten Jacqueline mitsamt ihren dicken Tüten niederzuwalzen, erreichte sie nicht ganz schnell den befohlenen Ort, jene Engstelle zwischen Olympiabad und olympischer Sporthalle.

Armdicke Trossen des Zeltdachs verschwanden in Betonsockeln. Der mattgrau schimmernde Stützpfeiler versprach Schutz. Aber noch war Jacqueline nicht in Sicherheit. Und wenn ihr jetzt auch noch jemand auf den Po klatschte, hätte sie keine Hand mehr frei gehabt, sie dem Täter ins verpickelte Gesicht zu schlagen. Wo waren ihre Schutzleute? Und wo der Entführer?

Vermutlich wartete er, bis die fünfzig-, sechzigtausend sich zerstreut hatten. Auch dann bot ihm die Menge noch Schutz. Niemand konnte in dem Durcheinander eine Verfolgungsjagd anzetteln. Endlich stand Jacqueline pochenden Herzens an den Mast gelehnt, setzte die schweren Tüten auf dem quadratischen Betonsockel ab, lockerte den Griff, ohne sie ganz aus den Händen zu lassen.

Und plötzlich war da nur noch eine der beiden Tüten. Jacqueline fuhr herum, eine Schrecksekunde zu spät. Sie warf sich in den Men-

schenfluß, dem Räuber nach, der ihr seine Beute so umstandslos entrissen hatte.
Weit konnte er nicht sein. Ein Trupp Halbwüchsiger in Fußballtrikots und Baseballkappen hatte sie zuletzt umspült. Aber es war ebenso schwer, im Strom zu beschleunigen, wie gegen ihn anzurennen. So preßte Jacqueline die übriggebliebene Tüte mit beiden Armen an die Brust und rief ins Mikrophon: »Es ist weg! Das Geld ist weg!«
Hodlers Leute, ahnte sie, würden sich vergebens die Augen aus dem Kopf starren nach den Millionen in der Plastiktüte, denn es war inzwischen dunkel geworden.
Eine Viertelstunde später lag der Olympiapark schon wieder nahezu verlassen da. Es nieselte, und der Wind stöberte halbverfaultes Laub auf. Bauchkrämpfe quälten Jacqueline. Erschöpft lehnte sie an der gläsernen Wand der Sporthalle. Sie mußte sich übergeben und kämpfte auch danach noch gegen die Übelkeit an. Den Geschmack von Galle im Mund, noch immer nach vorn gegen die Glaswand gebeugt, spürte sie einen Arm auf den Schultern und ließ es geschehen. Einer von Hodlers Leuten führte sie zum Wagen. Mit weichen Knien ließ sie sich auf den Rücksitz gleiten.
Hodler sagte eine Weile lang nichts, ehe das erlösende Wort fiel.
»Scheiße.«
Jacqueline ließ das so stehen.
»Absolut keine Ahnung, wie der Typ aussah?«
»Wie all die anderen. Rot-blau gestreiftes Trikot, Pudelmütze.«
»Was soll das heißen? Wie alt, wie groß, was für ein Gesicht?«
»Ich konnte es nicht sehen!«
Hodler klatschte sich mit der flachen Hand an die Stirn.
»Die Hälfte des Geldes ist noch da«, erinnerte Jacqueline ganz leise. Jetzt zitterte sie auch noch vor diesem Ex-Bullen. Was für ein mickriger Versager war aus dem McKinley-Star geworden.
»Na und?« brüllte Hodler, ohne sie dabei anzusehen. »Entweder hat Ihnen ein besoffener Strolch die Tüte geklaut und wundert sich jetzt über das Spielzeug. Oder der richtige Mann hat genau im richtigen Moment zugeschnappt. Dann frage ich mich nur, weshalb er auf die zweite Tüte verzichtet hat.«

Jacqueline bot eine Erklärung an, mit der sie hätte leben können, auch wenn sie selbst nicht daran glaubte.
»Er konnte in dem Gedränge nicht mehr packen, ohne einen Stau zu produzieren. Die Menge hat ihn perfekt geschützt und zugleich behindert.«
»Was Sie nicht alles wissen«, stöhnte Hodler. »Jetzt, wo es zu spät ist.«
»Vielleicht lassen sie Robert frei«, versuchte Jacqueline sich selbst zu beruhigen.
»Mit der Hälfte der Beute, wenn sie überhaupt in den richtigen Händen ist? Die sind doch nicht plemplem!«
»Warum sollte jemand mit drei Millionen nicht zufrieden sein?«
»Ach, seien Sie doch still!«
»Damit kann man ordentlich in die Zukunft investieren. Noch mal das ganze Theater, bloß um den Rest auch noch einzutreiben, wäre mir das Risiko nicht wert.«
»Der Chef würde keine drei Millionen liegenlassen«, sagte Hodler.
»Gott, können Sie an nichts anderes denken als an Geld?«
»Das sagen ausgerechnet Sie!«
Hodler starrte durch die Windschutzscheibe.
»Den Chef jetzt umzulegen ist ungefährlicher, als ihn wieder laufen zu lassen«, sagte er.
»Robert kann doch nichts für meine Dummheit.«
Hodler schlug mit den Handballen gegen das Lenkrad. »Warum hat man das keinem erfahrenen Mann überlassen!«
»Tut mir leid, daß ich das nicht schon öfters erlebt habe«, sagte Jacqueline. »Und daß ich kein Mann bin.«
Gedemütigt und wehrlos fühlte sie sich. Die Zunge klebte pelzig am Gaumen.
»Sie machen Kroll das Desaster klar!« fauchte Hodler.
Diese Aussicht quälte Jacqueline nicht so sehr wie die Frage, wie sie es Amelie beibringen sollte.
Schweigend fuhren sie zum Flughafen zurück. Die Cessna Citation startete um neunzehn Uhr zwanzig. Hodler blieb zurück, um seine Truppe einzusammeln. Eine Stunde später stieg Jacqueline in einen

Firmenwagen, kurz nach halb neun hielt er vor Sulzers Haus. Amelie fiel Jacqueline weinend in die Arme. Dann nahm sie Jacquelines Kopf in beide Hände. Jacqueline fand ihre Augen so erbarmungswürdig, daß sie nicht die Kraft zur Wahrheit fand. Sie nickte bloß. Amelie wußte längst Bescheid.
Das Warten hatte ihre Kräfte schon fast aufgezehrt, und nun begann es von neuem. Diesmal würde es noch peinigender sein als das Warten auf den ersten Anruf der Entführer. Hoffentlich war es Robert, der sich als nächster meldete.
»Die Hälfte des Geldes«, murmelte Sophie. »Wenn sie uns nun auch nur die Hälfte von Paps zurückgeben?«
»Sophie!!!« Jacqueline kreischte hysterisch.
Amelie schüttelten Weinkrämpfe. Kofler stakste mit hängenden Schultern auf und ab und forderte abermals, die Polizei einzuschalten. Jacqueline hörte kaum zu. Sie goß sich den ersten Drink ein, um sich vor der grausamen Nacht zu schützen, die nun drohte.
Als das Telefon schrillte, war Jacqueline die erste, die ohne Zögern nach dem Hörer griff und dabei den nächsten Fehler machte. Sie vergaß, zuerst das Tonbandgerät einzuschalten. Kofler hechtete vergeblich hinter ihr her, um das Versäumte nachzuholen.
Jacqueline schüttelte den Kopf, formte mit dem Mund ein stimmloses *Kroll*.
Der Alte würde sie ungespitzt in den Boden rammen, so viel war klar. Sie glaubte zu hören, wie er sich aufpumpte, und beugte vor.
»Wie kommen Sie dazu, die Nummer zu wählen, die jetzt unbedingt frei bleiben muß. Legen Sie bitte sofort auf, und kommen Sie über mein Mobilphone.«
Kroll gehorchte wortlos. Wenige Sekunden später orgelte das Ericsson.
»Das Pech klebt an Ihren Stiefeln«, stellte Kroll fest. »Aber es war couragiert. Kümmern Sie sich jetzt bitte um Amelie! Damit sie das durchsteht. Das Ganze ist meine Schuld. Habe Hodlers Möglichkeiten überschätzt. Die Banditen haben uns an der schwächsten Stelle erwischt. Sie kennen uns. Ich denke, wir kennen sie auch, wissen es nur nicht.«

»Wir überlassen das also endlich der Kripo?«
»Zu spät.«
»Verstehe ich richtig?«
»Stellen Sie sich doch die Blamage vor, wenn alles an die Öffentlichkeit kommt. Kommt es bestimmt! Kein Polizeipräsident der Welt läßt sich so eine Schadenfreude entgehen. Nein, die Kripo kann auch nicht mehr helfen.«
»Was ist mit dem BMW, der mich in der Tiefgarage beinahe über den Haufen gefahren hätte?«
»Sie haben die Nummer?«
Jacqueline hatte sie nicht einmal gesehen.
»Hodler hat sie. Halten Sie ihn nicht für dumm, weil er keine Business School absolviert hat! Und geben Sie mir jetzt den Anwalt!«
»Was tun wir, wenn Robert sich nicht meldet?«
»Auf den nächsten Anruf der Entführer warten.«
»Woher wollen Sie wissen, daß sie sich noch einmal melden?«
»Weil sie gierig sind.«
»Drei Millionen haben sie schon.«
»Was würden Sie den Banditen empfehlen, wenn Sie ihre Unternehmensberaterin wären?«
Jacqueline konnte sich vieles vorstellen, nur das nicht.
»Das Verbrechen ist eine Industrie«, sagte Kroll. »Raten Sie das Übliche!«
Kroll hatte recht. Jacqueline behielt ihren üblichen Rat besser für sich. Statt dessen sagte sie: »Wenn es unbedingt sein muß, rate ich ihnen, Robert freizulassen. Was zählt ein Menschenleben gegen drei Millionen Mark mehr oder weniger? Ich würde ihnen raten, an Amelie zu denken und an die Kinder. Ich würde an ihr Gewissen appellieren. Wenn es eine normale Industrie ist, haben sie doch ein Gewissen!«
Sophie ließ an dieser Stelle ein schrilles Lachen hören.
»Geben Sie mir den Anwalt!« befahl Kroll.
Jacqueline reichte das Telefon weiter. Kofler verschwand damit in eine Ecke des Raumes.

»Du Ärmste«, sagte Amelie, als wäre es Jacqueline, die am meisten zu leiden hatte.
Nach ein paar Minuten sagte Kofler: »Er will Sie noch einmal haben.«
»Jacqueline!«
»Was noch?«
»Danke für alles, was Sie für Robert getan haben.«
Kroll hatte aufgelegt, ehe sie etwas antworten konnte.

8

»Es ist eines der besten Stärkungsmittel der Natur«, sagte Jacqueline und goß ein halbes Wasserglas voll. Sie fühlte sich für Amelie zuständig. Die Ereignisse hatten sie zu Genossinnen gemacht. Jacqueline hatte ihren Anteil, ihren Teil Schuld an Amelies Qualen.
Amelie verzog beim ersten Schluck das Gesicht. Alle hatten sie auf sie eingeredet, sich endlich ein paar Stunden schlafen zu legen. Schon in der vergangenen Nacht hatte sie kein Auge zubekommen. Kofler versprach, nicht vom Telefon zu weichen. Endlich saß Amelie wenigstens in ihrem Schlafzimmer. Jacqueline kauerte auf dem flauschigen weißen Teppich und zog ihr die Schuhe von den geschwollenen Füßen. Sie nahm einen Fuß in ihren Schoß und begann, mit sanftem Fingerdruck in langsamen, kreisenden Bewegungen die Sohle zu massieren. Nach einiger Zeit entlockte sie Amelie leises Stöhnen. Jacqueline nahm den zweiten Fuß und widmete sich ihm ebenso.
»Nimm eine warme Dusche, und geh ins Bett«, empfahl sie.
»Es geht gleich wieder«, lehnte Amelie ab. »Wirkt beinahe Wunder.«
»Wenn Robert gesund zurückkommt, Amelie ...«, Jacqueline zögerte, »... wird dann alles wieder gut?«
»Er käme nicht als der wieder, als der er gegangen ist.«
»Hoffentlich! Was willst du denn noch? Es ist eure Chance.«
Amelie entzog ihr sofort den Fuß.
»Habt ihr noch miteinander geschlafen?« wollte Jacqueline wissen. Zugleich dachte sie: Was geht mich das an? Ausgerechnet mich.
»Gib mir noch einen Schluck von deiner Medizin«, bat Amelie.

Das war eine gute Idee. Jacqueline genehmigte sich selbst noch eine Portion.

»Robert hat dieses Zimmer niemals betreten«, sagte Amelie. »Er hat sein eigenes Schlafzimmer. Das Bett ist eine Art Matratze auf dem Fußboden. Dort habe ich ihn gelegentlich besucht. Es ist Monate her.«

»Vermißt du es?«

»Ihn? Nein.«

»Es.«

»Weiß nicht. Wie oft schläfst du mit deinem Mann? Wenn er dich braucht, bist du nicht da.«

»Aber wenn ich da bin, brauche ich ihn.«

»Das genügt ihm?«

»Mein Gott, ich vergaß völlig, ihn anzurufen«, lachte Jacqueline. »Er wird sich Sorgen machen.«

»Tu's!«

»Zu spät für heute.«

»Es ist niemals zu spät.«

»Die ganze Story ist mir zu kompliziert, und für Lügen bin ich zu müde.«

»Tonio wird glauben, du stellst sonstwas an. Ist er nicht eifersüchtig?«

»Er spielt die personifizierte Vernunft.«

»Für Robert würde eine Welt zusammenbrechen, wenn ich einen Liebhaber hätte.«

»Er mißt mit zweierlei Maß?«

»Tun das nicht alle Männer?«

»Und die meisten Frauen auch«, sagte Jacqueline.

»Robert hat sich niemals für etwas anderes interessiert als für sich selbst.«

Das hätte man ihr auch vorwerfen können, fand Jacqueline. Deshalb verteidigte sie Robert. »Und du? Hast du dich wirklich jemals für seinen Beruf interessiert? Ich meine nicht sein Einkommen und Ansehen. Die Sache selbst; das Fieber, das ihn packt, wenn er ganze Industrien wie Figuren auf dem Brett vor sich hin und her schiebt?«

»So, wie es dich interessiert, sicher nicht.«
Amelie klang nicht einmal bitter.
»Auf seinen Job warst du eifersüchtig, nicht auf das da.« Jacqueline machte eine wegwerfende Geste in Richtung des sonnenblumengelben Bettüberwurfs. »Irgendwann hast du festgestellt, daß es nur noch die Kinder sind, die eure Leben miteinander verbinden.«
»Hör schon auf!« sagte Amelie und verschwand im Bad.
So etwas von empfindlich! Damit machte sie sich selbst das Leben schwer. Was seine Ehe anging, konnte Jacqueline Robert verstehen – aber irgendwie auch Amelie.
Sie konnte jetzt tatsächlich beide verstehen. Das war das Schöne an der Consultant-Warte. Überall konnte sie sich einmischen und gleichzeitig heraushalten. Ob es um Fusionen von Firmen oder um Familien ging. Sie nahm noch einen Schluck.
»Du mußt morgen wieder bei Kräften sein«, sagte Amelie. »Ich zeige dir Roberts Schlafzimmer.«
Sie reichte ihr den Arm und fügte hinzu: »Du wolltest es doch immer einmal sehen. Nicht wahr?«
Es war Jacqueline zu dumm, darauf einzugehen. Außerdem war sie todmüde.

In Roberts Schlafzimmer erwachte Jacqueline aus traumloser Tiefe. Auf dem Fußboden dampfte Kaffee auf einem silbernen Tablett, daneben steckte eine violette Tulpe in einer blauen Vase.
Wie rührend von Amelie, sich in ihrem Kummer noch um sie zu sorgen. Jacqueline gönnte sich ein ganz kleines Schlückchen aus der Flasche, die auch noch auf dem Tablett stand, ehe sie Kaffee aus der Kanne eingoß. Danach spürte sie Kraft genug, in Milano anzurufen.
»Wo ich stecke? In Frankfurt, wo sonst ... du hast was? ... Einen Detektiv beauftragt? ... Beinahe! ... Deine Witze, Tonio! ... Ja, schrecklich anstrengend. Die Fusion, du weißt schon ... Einen Tip willst du? Tonio, damit komme ich in Teufels Küche. Nur aus Liebe, Tonio. Ich würde kaufen! Highland Credit sind gut für dreifünfzig bis dreiachtzig. Jetzt gib mir schon die Süßen! ... Ich dich auch ...

Ja, gib ihn mir … Flaviolino, mein Liebling! … Warum ist Laura blöd …?«

So erfüllte Jacqueline ihre Mutterpflichten mit Hingabe telefonisch und nahm sich jede Zeit der Welt, zu hören, weshalb Flavio sich mit Laura gestritten, Claudio in der Schule Sarah gehauen, Cecilia einen Kaugummi verschluckt und Tonio einen Kuchen gebacken hatte, der es beinahe zur Sensation des Wochenendes gebracht hätte, wäre nur Hopsy noch am Leben. Der Hamster war eingegangen; Jacqueline legte eine Schweigeminute ein, während Laura bitterlich weinte. Sie hatten Hopsy im Garten begraben. »Wir werden Blümchen auf sein Grab pflanzen«, versprach Jacqueline.

Als sie endlich aufgelegt hatte, quälte sie die Frage, weshalb sie Tonio wieder nicht alles erzählt hatte. Dieser Teil des Lebens, beruhigte sie sich schließlich, gehörte ihr allein, und zugleich schämte sie sich dafür.

Die Inspektion der Schubladen in Roberts Kommode lenkte sie ab von der eigenen Lebenslüge. Drei enthielten säuberlich gefaltete und gestapelte Boxershorts, Socken, T-Shirts. In der vierten ein Chaos aus Manschettenknöpfen, Kohletabletten, Aspirin, Canesten gegen Fußpilz, Melatonin gegen Jetlag und japanisches Heilöl gegen alles übrige. Münzen und Geldscheine verschiedener Währungen, Streichholzschachteln mit den Aufdrucken von Restaurants und Hotels, Einladungen zu Empfängen und Essen in englischer Schreibschrift, die Robert offenbar aus den Taschen der Anzüge fischte, ehe er sie im begehbaren Schrank aufhängte. Er ging auf Reisen auch gern mal in ein Konzert. In der Royal Albert Hall, Karla hatte es erwähnt, hatte er die Malejewa gehört. Das abgerissene Ticket fand sich in der Schublade, und auch eines aus der Tonhalle in Zürich. Wieder die Malejewa. Jacqueline betrachtete den Papierstreifen, faltete ihn und steckte ihn ein.

In der Küche saßen Amelie, die Kinder und Kofler um den Tisch herum und stocherten im Müsli.

»Du mußt raus!« sagte Jacqueline. »Sonst gehst du ein vor lauter Warten. Ein kleiner Konsumrausch ist noch immer die beste Medizin.«

Die Kinder und Kofler murmelten Zustimmung.
»Heute ist Sonntag«, sagte Amelie, »da fällt in Deutschland der Konsumrausch aus.«
»Dann eben in die Kunsthalle.«
»Und wenn Robert anruft?«
»Erfahren wir es zehn Sekunden später.«
Amelie deutete ein Nicken an, noch immer unentschlossen.
»Gut. In einer dreiviertel Stunde hole ich dich ab. Vorher brauche ich noch ein bißchen frische Luft.«
Es waren keine zehn Fußminuten in die Beethovenstraße.
Sie klingelte bei Körbel. Nichts rührte sich. Bei so schönem Wetter blieb am Wochenende niemand in der Stadt.
Die Haustür öffnete sich. Zuerst kam eine kniehohe, drahtige Promenadenmischung heraus. Ohne von der Frau Notiz zu nehmen, zog sie eine verhutzelte Alte in schlechtsitzenden schwarzen Flanellhosen, grünem Pullover und Pudelmütze hinter sich her.
Zu wem sie denn wolle?
Sie wußte auch sofort Bescheid. »Das Kind ist verreist, für länger.«
Es ging sie nichts an, aber Jacqueline blieb freundlich und behauptete, sie wolle Karla zum Geburtstag gratulieren. Sie könnte ihr doch ein paar nette Zeilen schreiben und in den Briefkasten werfen.
Die Alte ließ sie umstandslos ins Haus und verschwand mit dem Hund. Irgendwo übte jemand Läufe auf dem Klavier. Im dritten Stock holte Jacqueline ihre goldene AMEX-Karte aus der Handtasche und führte sie durch den Spalt zwischen Schloß und Rahmen. Mit einem leisen Klicken sprang die Tür auf.
Rasch durchquerte sie den schmalen Vorraum und das Wohnzimmer.
Das Schlafzimmer war nicht aufgeräumter als der Rest, aber im Bett hatte Robert das Durcheinander nicht gesehen, falls der grün-weiße Betthimmel zugezogen war. An einer Wand Regale; geometrisch gemusterte Decken hingen davor, vermutlich aus Indien. Jacqueline schob eine zur Seite. Dahinter stapelten sich die Pappschachteln, in denen Karla ihre Fotos aufbewahrte.

Sie waren erstaunlich gut geordnet. Karla fotografierte ausschließlich Menschen in Schwarz-Weiß. Es sah aus, als hätte sie ihre Modelle auf der Straße aufgelesen. Jacqueline entdeckte die Alte wieder, die Promenadenmischung auf dem Schoß. In einer eigenen Schachtel die Künstlerin selbst, vermutlich mit Selbstauslöser fotografiert: Karla mit Gummihandschuhen beim schäumenden Abwasch, Karla furchterregend grübelnd hinter einem Schachbrett, Karla beim Fensterputzen mit Kopftuch, gerade dabei, rückwärts auf die Straße zu kippen, Karla als Halbakt vor dem Badezimmerspiegel mit Schnütchen, in der Hand den Lippenstift.
Die Möpse waren keine Sensation, stellte Jacqueline fest. Schärfer waren die Fotos in der Kladde, die unter der Schachtel mit den Selbstporträts steckten. Karla räkelte sich auf dem Himmelbett, das Kinn auf die Hand gestützt. Karla eingeigelt; die Pobacken dem Betrachter zugewandt. Karla auf dem Rücken, ein Arm baumelte lasziv aus dem Bett. Der Kunstwille war unübersehbar und reichte ebenso unübersehbar nicht aus. Als Bewerbung für den »Playboy« hätten die Bilder nicht gereicht.
Jacqueline drehte eines der Bilder um. Das Datum der Aufnahme war mit Bleistift auf die Rückseite gekritzelt.
Fotografierte Robert?
Als sie dabei war, aus der Wohnungstür zu schlüpfen, hörte Jacqueline das Tapsen des Hundes und das Keuchen der Nachbarin auf der Treppe. Jacqueline wich in die Wohnung zurück, wartete, bis sie die Tür der Frau ins Schloß fallen hörte. Erst dann wagte sie sich die Stiege hinab.
Sorgfältig geschminkt, in einem eleganten marineblauen Anzug mit weißem Revers, begrüßte Amelie sie schon an der Tür. Jacqueline pfiff durch die Zähne, und Amelie brachte ein Lächeln zustande.
»Paßt auf, daß ihr nicht unter die Räder kommt«, mahnte Sophie.
»Was verstehst du schon von Rädern?« sagte Amelie.
»Mehr als von Männern!« maulte Johnny und erntete dafür einen Fauststoß von Sophie in die Rippen.
Sie nahmen Amelies kleinen BMW, Jacqueline saß am Steuer.

»Warum, glaubst du, hat Robert Karla plötzlich verlassen?« wollte Amelie wissen.
»Ein Himmelbett hält einem die Welt auch nicht vom Hals. Aber kannst du dir vorstellen, daß Robert Karla gar nicht verlassen hat?«
Amelie konnte nicht folgen.
Jacqueline half nach. »Daß sie beide die Entführung nur vortäuschen? Daß sie sich jetzt in der Südsee aalen?«
»Und wer hat das Geld abgeholt? Karla, als Bayernfan kostümiert? Oder gibt es noch einen Komplizen?«
Offene Fragen. Aber Jacqueline hatte nun eine neue Theorie. Robert Sulzer hatte sich selbst entführt, um mit der Schlampe zu türmen. Der Gedanke gefiel ihr nicht.
»Allmählich drehen wir alle durch«, sagte sie.
Tatsachen fehlten. Wenn überhaupt, waren sie in Roberts Büro zu finden. Statt zu warten, bis der Sonntagnachmittag qualvoll endete, war es gescheiter, dem Union Tower einen Besuch abzustatten. Der diensthabende Werkschutzmann am Empfang erkannte Amelie und hielt die Lifttür wie ein Hotelpage auf. Im neununddreißigsten Stock brannte Licht, und die Tür zu Roberts Vorzimmer stand offen. Hodler saß im Vorzimmer am Schreibtisch und kramte in Papieren. Hinter ihm stand Lisa Berg, diesmal ohne Schminke im schmalen Gesicht. Sie wirkte zierlicher und unscheinbarer als die werktägliche Hüterin von Sulzers Terminkalender.
Den Spaß, Hodler zu erschrecken, wollte Jacqueline sich nicht nehmen lassen. Während sie noch überlegte, wie sie es anstellen sollte, sagte Hodler: »Hereinspaziert, meine Damen. Der Kollege in der Halle hat sie schon gemeldet.«
Seit Stunden arbeite er an der Korrespondenz.
Sie kennen uns genau. Wir kennen sie auch. Das hatte Kroll gesagt, als er mit Jacqueline telefonierte. Hodler hatte es nicht vergessen, er war während des Gesprächs in Krolls Zimmer gewesen.
Nach der mißglückten Geldübergabe hatte Kroll ihn einen Versager genannt. Ausgerechnet ihn. Er wollte das nicht auf sich sitzen lassen. »So beschränkt bin ich nicht. Und die Entführer sind nicht so clever, wie sie glauben.«

Niemand, dozierte Hodler, könne einen Weltkonzern leiten, ohne sich Feinde zu machen. Hunderte kleiner Bankrotteure schöben ihre eigene Schuld auf die Bank und nähmen nicht zur Kenntnis, daß die Union im letzten Jahr allein in Deutschland dreihundert Millionen Mark mit faulen Krediten verloren habe.
»Wir hatten eine Personalreduzierung von tausendfünfhundert Stellen im letzten und kommen im laufenden Jahr auf weitere neunhundert. Was die Betroffenen von Sulzer halten, können wir uns vorstellen.«
Gewiß gab es Leute, die der Bank auf die eine oder andere Art und Weise ein wenig Geld abknöpfen wollten, um sich dabei an ihr ein wenig zu rächen. Hodler war offenbar entschlossen, sie alle zum Kreis der Tatverdächtigen zu zählen.
»Wie viele beschweren sich beim Vorsitzenden persönlich?« wollte Jacqueline von Lisa Berg wissen.
»Ein paar Dutzend.«
»Macht sie das schon verdächtig?«
»Kommt darauf an«, fand Hodler. »Wir haben uns einige Drohbriefe vorgenommen.«
»Sie meinen anonyme Morddrohungen? Weshalb haben Sie nicht sofort Anzeige erstattet?«
»Nicht nötig. Sind alles nur Verrückte«, sagte Lisa. »Sie faseln von ewiger Verdammnis. Erstaunlich, wie viele Leute sich vom lieben Gott rächen lassen möchten. Wenn es ihnen dreckig geht, erfinden sie die Religion neu, wie es ihnen gerade paßt.«
»Das glauben Sie, daß es sich nur um harmlose Spinner handelt. Ich sehe das anders«, intervenierte Hodler.
»Bewahren Sie solche Briefe auf?«
»Alle, die einen Absender tragen. Die kriegen auch alle eine Antwort.«
»Vom Chef persönlich?«
»Er unterschreibt. Mehr kann niemand verlangen.«
Hodler und Lisa hatten nach solchen Briefen seit Stunden gesucht, die sich in Ordnern mit der Aufschrift KORRESPONDENZ/EXTERN/ALLGEMEIN befanden. Für 1997 gab es fünf prallgefüllte

Leitz-Pappen, im laufenden Jahr war erst ein Ordner angelegt worden. Jeweils an den eingegangenen Brief war eine Kopie der Antwort geheftet. Inzwischen hatten sie einen kleinen Stoß von Briefen gesammelt. Hodler hielt ihn Jacqueline hin. Er erwartete dafür offenbar ein Sonderlob. Jacqueline nahm sich Zeit, wollte erst lesen. Wahrscheinlich befand sich Hodler auf dem Holzweg.
Die Briefe zeichneten sich auf den ersten Blick gar nicht durch besonders grobe Beleidigungen oder Drohungen aus. Aber alle Absender waren in München und Umgebung zu finden.
Es waren acht Briefe, die Jacqueline schließlich noch einmal genauer in Augenschein nahm.
Der Handwerksmeister Franz Ammer drohte Sulzer Prügel an – aus einem plausiblen Grund. Die Union Bank hatte ihm einen weiteren Kredit verweigert und auf fristgerechte Rückzahlung aller aufgelaufenen Schulden bestanden. Ammer hatte nicht nur seine Fliesenlegerei verloren, sondern auch sein Haus an die Bank verpfändet. Er schob die Katastrophe auf unbezahlte Rechnungen, die er dem Baulöwen Nadler geschickt hatte, einem Blender, dem »die Union Bank in blindem Vertrauen Millionen in den Arsch geschoben hat. Jetzt beißen den letzten die Hunde, also mich, und ich schwöre, daß ich zurückbeiße. Mit unfreundlichen Grüßen ...«
Hodler, der es sich nicht nehmen ließ, über Jacquelines Schulter gebeugt, seine Beute zu bewundern, seufzte.
»Für alles machen sie den Chef verantwortlich, sogar für die miserable Baukonjunktur und für Entscheidungen, an denen er überhaupt nicht beteiligt war.«
»Dafür bekommt er Schmerzensgeld«, beruhigte ihn Jacqueline.
Dremmel hatte etwas Großartiges erfunden, auch wenn aus seinem Brief nicht genau hervorging, was es war. Nur, was nützte die großartige Erfindung, inklusive Patentanmeldung, wenn »in einem Land, in dem dauernd von Zukunft und Innovation und Mut zur Selbständigkeit geschwafelt wird, niemand bereit ist, Risiken und Chancen zu teilen! Ich kann Ihnen leider keine Villa in Grünwald als Sicherheit bieten. Ihre Kreditbeamten können eine Konstruktionszeichnung nicht von einem Stück Geschenkpapier unterschei-

den, verstehen es dafür um so besser, ihre Kunden (Bittsteller) zu demütigen. Was Ihre hochdotierten Analphabeten volkswirtschaftlich anrichten, ist buchstäblich asozial. Dafür mache ich Sie persönlich verantwortlich. Ich werde alles tun, Ihrer Bank zu schaden. Dafür bin ich noch erfindungsreich genug. Verlassen Sie sich darauf!«

»Da könnte jeder kommen und Geld für ungelegte Eier verlangen«, kommentierte Hodler.

Den nächsten Brief hatte eine ganze Hausgemeinschaft unterzeichnet. Den Mietern der Nibelungenstraße 296 in Neuhausen waren teure Sanierungsarbeiten mehr oder weniger aufgezwungen und danach die Miete kräftig erhöht worden. Wie üblich hatte das mit Kündigungen und Räumungsklagen geendet und außerdem dazu geführt, daß »wir das Vertrauen in diesen sogenannten Rechtsstaat endgültig verloren haben. Es ist wieder soweit, daß man sich fragt, ob man sich sein Recht nur noch auf eigene Faust erkämpfen kann. Sie werden das schon noch zu spüren bekommen. Oder glauben Sie vielleicht, daß es Ihrer Bank gut geht, wenn Menschen so ins Elend gestürzt werden?! Auch Sie leben schließlich von stabilen Verhältnissen in diesem Land – also auch von sozialer Gerechtigkeit. Diese aber treten Sie mit Füßen.«

Hodler schüttelte mißbilligend den Kopf.

»Wir leben eben in einer Demokratie«, sagte Jacqueline. »Jeder darf eine Revolution fordern.«

Am ehesten verstand Hodler wahrscheinlich noch Briefe wie diesen: »... und ist mir nach nunmehr zweiunddreißig Jahren im Dienste der Union Bank mir nichts, dir nichts gekündigt worden. Stekken Sie sich Ihren erbärmlichen sog. Sozialplan an den Hut. Ich brauche keinen Sozialplan, sondern Arbeit. Wer gibt mir die mit achtundvierzig? Bin ein halbes Leben für Sie durch dick und dünn gegangen und kann jetzt nur noch blanken Haß empfinden. Schämen Sie sich! Gez. Magdalena Gradl.«

»Eine Frau wird es nicht gewesen sein«, meinte Hodler, »es sei denn, ihre Sippe steckt dahinter.«

Von derselben Sorte waren auch die Briefe des H. König und des

Lutz Lindauer. Bei Uwe Zeitler wiederum handelte es sich offenbar nicht bloß um einen bitteren Fall von Entlassung, sondern um einen politischen Spinner. Jacqueline fragte sich, wie dieser Mensch überhaupt jemals für eine Bank gearbeitet haben konnte. »dass sie mir den laufpass geben, sulzer, werde ich verkraften, aber sind sie so größenwahnsinnig zu glauben, mit geld die welt zu beherrschen? sie meinen, auf die masse mensch nicht mehr angewiesen zu sein. arbeit schützte den arbeiter noch gegen die barbarei. hat sich erledigt, triumphieren die konzerne. es geht auch ohne arbeit. aber sie irren. rechnen sie nicht mit globaler apathie, sondern mit gerechtem terror.« Der Chef hatte sogar antworten lassen. »Sehr geehrter Herr Zeitler, ich habe Verständnis für Ihre persönliche Situation und für Ihre Sorge um die anhaltende Massenarbeitslosigkeit in unserem Land. Kein Verständnis habe ich hingegen für den Ton der Auseinandersetzung, den Sie anschlagen.«

»Ein unverbesserlicher Kommunist!« schimpfte Hodler.

Er hatte sogar die Dreistigkeit besessen, erneut zu schreiben. »sparen sie sich die sprüche, sulzer. unter dem strich werden sie nicht nur an dicken gewinnen für die aktionäre gemessen.«

Und dann war da noch das Geschreibsel des Frieder Zumdick, vielleicht der erbärmlichste Fall von Schuldzuweisung an den Chef. Was konnte der denn dafür, daß sich dieser Zumdick mit Anleihen verspekuliert hatte? Geldgeil wie eine Bank und dazu wehleidig wie eine Betschwester, behauptete er, die Bank habe ihm »unter Vorspiegelung falscher Tatsachen hochriskante Papiere aufgeschwätzt und damit in den Ruin getrieben ... Ersticken sollen Sie an Ihrer Gier ...!«

In diesem Augenblick krachte es. Es hörte sich an, als splitterte Glas. Hodler sprang herum und hielt die Mündung einer Pistole mit ausgestreckten Armen in Roberts Zimmer. Alles war so schnell gegangen. Wo hatte er überhaupt die Waffe her?

»Nicht schießen!« schrie Jacqueline, als sie sah, daß der einzige Feind Amelie war. Auf dem Boden lagen die Reste ihres eigenen Porträts, das auf Roberts Schreibtisch gestanden hatte. Es sah aus, als hätte es Amelie gegen die Wand geworfen.

Jacqueline strich ihr beruhigend übers Haar. Nach einer Weile nahm sie die schluchzende Frau in den Arm. Amelie beruhigte sich nicht. Jacqueline hörte, wie Hodler die Tür schloß. Damit wollte er nichts zu tun haben.

Zuerst traf die Verpflegung ein, die Kroll liefern ließ. Langusten, Rohmilchkäse, thailändische Suppe. Dann kam er selbst. Er schob ein Rosenbukett vor sich her, das selbst für seine Verhältnisse übertrieben schien. Er ließ sich nicht lumpen, bloß die drei Millionen wollte er nicht wieder herausrücken, die es erneut bereitzuhalten galt. Und auch von der Polizei wollte er noch immer nichts wissen. Wieder tagte der Krisenstab im Eßzimmer.

Kofler war erregt. »Entweder lassen wir uns auf Verhandlungen mit den Verbrechern ein – dann müssen wir auch die zweite Hälfte bezahlen. Oder wir tun es nicht. Dann gibt es keinen Grund mehr, die Kidnapper zu schonen.«

»Sie mit Ihrer Juristenlogik!« sagte Kroll. »Erst einmal müssen wir wissen, wo die ersten drei Millionen geblieben sind.«

»Ich denke, wir sollten erst einmal herausfinden, wo Robert geblieben ist«, erwiderte Kofler.

Jacqueline wartete gespannt, wie Kroll die Attacke parieren würde. Säßen sie jetzt im Union Tower statt in Amelies Stilmöbeln, hätte sie es sich vorstellen können. Hier aber behandelte Kroll Kofler mit der leicht genervten Milde eines erfahrenen Lehrers.

»Sind wir uns so sicher, Herr Anwalt, daß die ersten drei Millionen überhaupt die vorgesehenen Empfänger erreicht haben? Vielleicht rufen die Banditen gleich an und verlangen noch einmal sechs Millionen. Vielleicht haben sie sogar das Geld, aber wollen noch einmal sechs, weil sie glauben, mit uns alles machen zu können.«

»Genau das können sie«, fand Kofler.

»Niemand kann von der Union Bank verlangen, Geld sinnlos zum Fenster hinauszuwerfen.«

»Ich weiß nicht, was Sie für sinnlos halten, Herr Kroll. Aber bleiben Sie auf Ihrem Geld ruhig sitzen. Wir brauchen Sie nicht. Nicht wegen lumpiger drei Millionen.«

Wie Kroll Koflers beleidigtes Empörtsein wegsteckte, fand Jacqueline bemerkenswert cool. Er ignorierte es, indem er sich scheinbar entspannt dem Käse widmete.
Aber Kofler hielt es nicht mehr am Tisch. Vermutlich verzog er sich, um das Kleingeld telefonisch zusammenzuschnorren, für das es im Augenblick noch keine Verwendung gab. Er würde einige Stunden damit zubringen, ahnte Jacqueline.
Es blieb nicht der einzige Streit im Hause Sulzer an diesem trostlosesten aller Sonntage.
Sophie entwickelte ihre eigene Theorie von dem Verbrechen und wollte sie unter keinen Umständen für sich behalten. Ihr Vater sei gar nicht entführt worden. Die Lösegeldforderung stamme ihrer Meinung nach von jemandem, der von Sulzers spurlosem Verschwinden wisse, aber nichts damit zu tun habe. Nur die Bank ein wenig melken wolle. Irgendwie sei das sogar verständlich, fügte Sophie unnötigerweise hinzu.
Kroll schluckte jetzt doch sichtlich schwer am Tortenbrie. Waren Roberts private Eskapaden schon ein schwerer Schlag gewesen, so versetzte Roberts ältestes Kind seinem Weltbild einen weiteren Stoß. Diese kommunistische Natter hatte sein Ziehkind Sulzer aufgezogen. Auch Jacqueline was not amused über die Göre, aber – klammheimlich sozusagen – amüsierte sie Krolls saures Gesicht.
Amelie bestand dagegen entschieden darauf, daß Robert sich in der Hand von Entführern befinde. Jacqueline verstand das. Nur eine echte Entführung gab Amelie Gewißheit. »Dann wissen wir wenigstens, weshalb er verschwunden ist.« Wenn sie schon Opfer war, dann lieber Opfer skrupelloser Verbrecher als das eines selbstvergessenen Ehemanns. Sophies Kaltschnäuzigkeit machte sie wütend.
Das Kind setzte noch einen drauf: »Oder er hat sich tatsächlich umgebracht. Wundern würd's mich nicht.«
Johnny und Markus ergriffen auf der Stelle Partei für ihre Mutter, konnten aber das kalte Entsetzen nicht lindern.
Johnny nannte seine Schwester eine »Mißgeburt«.
Sophie verzog sich wieder einmal.
So zerfiel vor Jacquelines und aller anderen Augen das Gebäude aus

Lug und Selbstbetrug, das die Familie Sulzer bisher so anheimelnd aufrechterhalten hatte.
Jacqueline war die Szene peinlich. Auch sie verließ den Raum, um Tonio und den Kindern wenigstens am Telefon noch einen schönen Sonntag zu wünschen.
»Tonio, mio caro, ich stecke bis zum Hals in Arbeit. Nein, nicht München. Noch immer Frankfurt. Ja, es ist zum Weinen, immer dieses scheußliche Frankfurt.«
Als sie hörte, wie das Festnetztelefon summte, unterbrach sie mit einem Knopfdruck Lauras Erzählung und eilte an den Krisenbewältigungstisch zurück.
»Aber ja doch, Mutti. Ich werde es ihm bestellen ... keine Sorge, wenn Robert zu irgend etwas nutze ist, dann dazu ... in Davos, ja, noch immer, doch, doch ... Ja, er hat's gut ... Ich werde deinen Robert nicht aus den Augen lassen ...«
Als Amelie auflegte, war es mit ihrer Beherrschung vorbei. Heftig schüttelte sie ein hysterisches Gelächter.
»Roberts Mutter! Sie will ihn davor warnen, alles auf den Dollar zu setzen. Manchmal vergißt sie, was aus dem Kleinen geworden ist. *Amelie, du weißt, wie unvorsichtig er sein kann. Ich kenne meinen Robert. Du wirst noch daran denken, was ich gesagt habe.*«
Amelie parodierte ihre Schwiegermutter. Sie tat es mit schauspielerischem Talent, fand Jacqueline. Und es kam ihr vor, als ob in dieser von Disziplin und Stil versteinerten und von unterdrückten Gefühlen gebeutelten Frau noch ganz andere Talente schlummerten. Das Leben mit Robert hatte sie bloß verschüttet. Und wer wußte schon, was bei Robert alles versunken war.
Jedenfalls lieferten Roberts Mutter und Amelies Parodie die einzige unterhaltsame Unterbrechung des Nachmittags. Niemand sonst rief an. Nicht einmal Freunde. Gab es denn keine Freunde mehr? Hatte Robert überhaupt Freunde?
Jacqueline nahm sich aus lauter Langeweile noch einmal den Inhalt der Schubladen in Roberts Schlafzimmer vor.
Er hatte am 14. Januar in Zürich das Konzert der Martha Malejewa besucht und wenige Tage darauf noch einmal in London, diesmal in

Begleitung Karlas. Auch das Züricher Konzert hatte Jacqueline nicht im Terminkalender gefunden. Es war nicht auszuschließen, daß Robert sich auch dort zu geheimen Fusionsverhandlungen verabredet hatte; die Schweizer Großbanken spielten fast immer eine Rolle im großen Monopoly. Aber wäre es so gewesen, hätte das Konzert im Terminkalender erst recht als gute Tarnung getaugt.
Im Salon traf Jacqueline nur noch Sophie an. Sie hatte die Lautsprecher voll aufgedreht. Robert Sulzer spielte Robert Schumann. Sophie im Schneidersitz auf den blanken Dielen, den Rücken gegen das weiße Sofa gelehnt, den Kopf in den Nacken gelegt. Mit den Fingern trommelte sie auf der Glasplatte des Tisches herum. Nein, sie trommelte nicht, sie bearbeitete ein imaginäres Piano.
Jacqueline setzte sich unbemerkt neben sie. Nicht auf den Boden, sondern schräg hinter und über sie auf das Sofa. Sie sah Sophies kräftige Hände über die Glasplatte tanzen. Sie bewegten sich nicht wie Hände, die wirklich Klavier spielen konnten. Aber es war nicht schwer, sich vorzustellen, daß sie Roberts Musik erzeugten. Die Finger trafen die Töne nicht ganz synchron, und doch war es Jacqueline, als fänden sie genau den Ausdruck des Spiels. Vorwärts drängend, fordernd und dann plötzlich schwebend, losgelöst aus Raum und Zeit. Hände wie Vögel, die hinabstießen auf ihren Raubzügen. Jacqueline hörte die Lust heraus, mit der der junge Robert sich das Stück gefügig gemacht hatte, noch ein wenig ungestüm, sich seiner Kraft nicht ganz bewußt. Jagendes Glück, vom Leben nicht gezähmt. Diese Magnetfelder der Leidenschaft waren inzwischen unter Polkappen vereist.
Als das Stück zu Ende war, blieben Sophies Hände flach und wie leblos liegen. Ihr Oberkörper schnellte nach vorn über den Glastisch. Fettiges Haar fiel über die Hände.
»Warum spielst du nicht selbst?«
»Es gibt kein Klavier in diesem Haus«, sagte Sophie, ohne ihr Gesicht von der kühlen, glatten Fläche zu nehmen.
»Das kann doch kein Grund sein.«
»Es kommt auch kein Klavier ins Haus.«
»Amelie sagte es. Hast du deinem Vater diese Grausamkeit ver-

übelt? Ich meine, wenn jemand Verständnis für deinen Wunsch haben muß, dann doch er.«

»Wenn jemand für diese Grausamkeit Verständnis haben muß, dann doch ich«, sagte Sophie.

»Das mußt du mir erklären.«

»Er hat selbst kein Klavier mehr angerührt. Hat sich auch so schon genug gequält. Außerdem spiele ich Sax.«

»Schön!«

»In einer Band. Mit Freunden.«

»Die Freunde, mit denen du zusammenwohnst?«

Sophie hob den Kopf.

»Ihr tretet auf?«

»Schon auch.«

»Weshalb so einsilbig? Macht es dir keinen Spaß?«

»Nicht der Rede wert.«

»Du hast jetzt anderes im Kopf«, verstand Jacqueline.

»Es gibt nicht viel zu erklären. Robert wollte Musiker werden. Hat es dann nicht getan – wollte lieber reich werden. Das hat er jetzt davon.«

»Sein Vater hat ihn dazu gedrängt, wie du weißt! Es war sicher das beste für ihn. So eine Traumkarriere macht bloß ein Glückspilz. Robert ist ein Glückspilz. Und ein Mann mit Talenten sicher auch.«

»Welche Talente?«

»Na, er hat sie doch grandios umgesetzt!«

»Du mußt es ja wissen.« Sophie machte ein angeekeltes Gesicht. »Glück ist für deinesgleichen nur ein anderes Wort für Geld.«

»Natürlich nicht«, widersprach Jacqueline. »Erfolg ist nicht bloß mit Geld zu messen.«

»Glück ist Erfolg. Sag es meinetwegen so.«

»Nein, wirklich, so habe ich das nicht gemeint. Glück ist auch Liebe.«

»Klar.« Sophie begann wieder mit den Fingern zu trommeln. Diesmal ungeduldig. Und ohne Musik.

»Glück sind die eigenen Kinder, die im Leben zurechtkommen.«

»Worauf du dich verlassen kannst.« Sophie sprang auf.

»Na also!«
»Also was?«
»Alles wird gut«, sagte Jacqueline.
»Wie willst du das wissen?«
»Sie werden ihn freilassen.«
»Meinst du wirklich, dann ist alles gut?«
»Der Schock wird seine Zeit brauchen. Aber danach wird sich Robert wie neugeboren fühlen.«
»Noch mal von vorn anfangen?«
»Manches lockerer sehen. Vielleicht sogar wieder Klavier spielen«, meinte Jacqueline.
Sophie ließ sich auf das Sofa fallen. »Schon möglich.«
»Weshalb bist du eigentlich gegen die Polizei?« fragte Jacqueline.
»Was denkst du? Du hast dich in dieser Frage auffällig zurückgehalten. Wolltest Kroll nicht verärgern. Stimmt's? Niemand von euch will Kroll verärgern. Weil ihr Geld wie Scheiße macht, solange ihr ihm in den Hintern kriecht.«
Das war etwas drastisch ausgedrückt. Jacqueline kommentierte es nicht. Fragte bloß: »Und aus welchem Grund teilst du ausgerechnet Krolls Meinung, wenn es um die Polizei geht?«
Sophie zögerte mit der Antwort. »Wenn er doch gar nicht entführt worden ist! Dann würde ich ihn gern vor der Polizei schützen, die nach ihm fahndet. Das ist etwas ganz anderes, als Kroll denkt. Er will nur seine Bank schützen. Paps ist ihm scheißegal.«
»Weshalb denkst du, er sei nicht entführt worden? Jemand hat immerhin die Hälfte des Lösegelds.«
»Ich denke nicht. Ich hoffe.«
»Wo soll er deiner Meinung nach sein?«
»Vielleicht schon im Himmel. Dort spielt er jetzt Klavier«, sagte Sophie und ging zum Plattenspieler, um noch einmal die Nadel in die Rille zu setzen.

9

Ein Anruf bei der Konzertagentur, deren Name auf dem Ticket stand, bestätigte Jacqueline, daß Martha Cramer und Martha Malejewa ein und dieselbe Person waren. Robert hatte also seine frühere Klavierlehrerin wiedergefunden und Kontakt zu ihr aufgenommen. Weshalb er daraus eine Geheimniskrämerei machte, mußte Jacqueline noch herausfinden. Aber erst einmal war sie mächtig stolz auf ihren Spürsinn. Die Agentur teilte ihr auch die nächsten Auftritte der Künstlerin mit. Morgen schon gastierte sie in Salzburg. Jacqueline konnte die Reise mit einem Stopp in München verbinden. Gern hätte sie Amelie mitgenommen. Sie hatte abgelehnt. Sie vertrage derzeit keine Klaviermusik.

Die Nacht war kurz. Um sieben Uhr zehn ging die Maschine.

Das Mietshaus in Sendling, einem kleinbürgerlichen Viertel im Süden der Altstadt, machte einen reinlichen, biederen Eindruck. Der Mann, der die Tür im zweiten Stock öffnete, trug einen schwarzgrauen Dreitagebart und kurzes, dichtgelocktes schwarzes Haar. Er trug schwarze Jeans und ein schwarzes T-Shirt ohne Aufdruck. Er machte auf Künstler oder auf Untergrundkämpfer. Wahrscheinlich war er ein gewöhnlicher Vorstadtstenz.

»Herr Zeitler?«

»Ja?«

»Ich komme im Auftrag der Union Bank.«

»Mein Konto dort ist geschlossen.«

»Darf ich trotzdem eintreten?«

Jacqueline spürte noch die Prellung am Mittelfuß, die ihr Karlas Tür zugefügt hatte. Noch einmal wollte sie sich nicht auf diese Weise Eintritt verschaffen.

Drei oder vier Sekunden lang reagierte Zeitler überhaupt nicht. Dann machte er den Weg frei.
»Kommen Sie schon!«
Entweder merkte er, was in Jacqueline vorging, oder er machte sich selbst Mut.
»Es hat noch keine Frau bereut«, fügte er überflüssigerweise hinzu. Hunde, die bellten, waren Angeber. Eben Vorstadtstenz statt Partisan.
Jacqueline warf einen Blick durch die Tür der schmalen Küche, in der sich schmutziges Geschirr stapelte. Der einzige Wohnraum wirkte kleiner, als er tatsächlich war, wegen der voluminösen Möbel. Ein hochlehniges Sofa und zwei Sessel aus Rattanrohr, die in den Wintergarten eines Maharadschapalastes gepaßt hätten. Vor den Regalen an der Wand hingen handgewebte Stoffe aus den Anden oder der Mongolei. Afrikanische Masken und asiatische Götterstatuen drängelten sich unter der Decke. An der weißen Rauhfaserwand ein Poster von Staeck: Vor dem Hintergrund der Frankfurter Bankentürme löste sich ein Fünfmarkstück wie eine Brausetablette in einem Glas Wasser auf. Auch das Foto, das mit Tesafilm an der Tür befestigt war, hatte mit Wasser zu tun; türkisgrün leuchtete das tropische Meer um irgendein Atoll. Gegen diese Art von Fernweh halfen keine Brausetabletten, sondern nur der Stoff, der als einziger in der Lage war, Träume zu verwirklichen. Das breite Bett besaß ein verschnörkeltes schmiedeeisernes Kopfteil. Spanien, tippte Jacqueline. Ein Koffer lag auf dem grellen Zickzackmuster des Überwurfs, Stapel frischgebügelter Wäsche und Hemden daneben. Es sah ganz danach aus, als hätte Zeitler vor, seinem von trübem Winterlicht unzureichend beleuchteten Völkerkundemuseum zu entfliehen.
Ehe er Jacqueline einen Platz anbieten konnte, mußte er erst einen zerlesenen Stapel Zeitungen wegräumen. Jacqueline hätte sich den Papierstoß gern näher angesehen. Vielleicht wäre sie auf kleine, ausgeschnittene Löcher gestoßen.
»Einer so schönen Lady bietet man was zu trinken an.«
»Einen Malt, falls Sie einen haben.«
»Bedaure, die teuren Marken sind aus. Darf's ein Enzian sein?«

Jacqueline lehnte dankend ab. Sie wollte hier keine Zeit verschwenden.
»Sie kennen Dr. Sulzer persönlich«, stellte sie fest.
»Wer behauptet das?«
»Sie selbst. In einem Ihrer Drohbriefe.«
»Daher weht der Wind! Führen Sie Ermittlungen wegen Majestätsbeleidigung?«
Jacqueline zog eine Kopie der Briefe aus der Handtasche und las vor, was sie sich angestrichen hatte. *rechnen sie nicht mit globaler apathie, sondern mit terror.*
»Hört sich weniger nach Beleidigung als nach Bildung einer terroristischen Vereinigung an.«
Zeitler lachte. »Ist so ein Satz verboten?«
»Ja.«
»Wenigstens die Meinungsfreiheit wird noch nicht von den Konzernen kontrolliert, Lady. Wenigstens die nicht.«
Die »Lady« konnte er sich schenken. Jacqueline hatte es schon bei Karla kaum ertragen.
»Aber ich lasse mir den Mund nicht mehr verbieten. Der Kapitalismus ist eine Geisel der Menschheit. Angst und Schrecken verbreitet er auf der Welt. Angst und Schrecken werden nur nicht an den Börsen notiert – deshalb zählen sie nicht in Ihren Kreisen. Irgendwann kann man eine Bank auch von Computern betreiben lassen. Davon träumt Sulzer. Dann braucht er sich mit Leuten wie mir gar nicht mehr herumstreiten. Und dann sind wir soweit und haben das totalitärste Regime, das es jemals gegeben hat.«
Es war reichlich dick aufgetragen. Trotzdem tat Jacqueline, als ginge sie ernsthaft auf Zeitler ein. »Die Globalisierung ist kein Verbrechen. Sie ist ein Naturereignis. Niemand kann sie stoppen.«
»Niemand will sie stoppen. Weil alle scharf darauf sind, ihren Anteil abzuzweigen. Was tun Sie bei der UB?«
»Nichts. Ich berate sie nur.«
»Und was raten Sie ihr, wenn ich fragen darf?«
»Anders zu sein«, sagte Jacqueline. »Anders als die Konkurrenten. Und deshalb erfolgreicher.«

»Hoho!« spottete Zeitler. »Es ist Ihnen vollkommen gleichgültig, was Sie anrichten mit Ihren Ratschlägen. Ich kenne Sie und Ihresgleichen. Sie schwafeln von Werten und von Firmenkultur. In Wahrheit liefern Sie Sulzer die Argumente, immer mehr Leute auf die Straße zu setzen.«

»Weshalb haben Sie überhaupt bei einer Bank gearbeitet, wenn sie solche Ansichten haben?«

»Zeitler schenkte Jacqueline ein strahlendes Lächeln. »Aus Dummheit«, sagte er. »Aus Gier. Niemand ist frei davon. Auch ich wollte etwas davon haben.«

»Und jetzt treibt Sie der Neid«, stellte Jacqueline fest.

Zeitler hätte längst fragen müssen, was sie hier suchte. Daß er es nicht tat, war verdächtig genug.

»Und dann schreiben Sie: ... *ich kenne sie, sulzer. sie kennen mich nicht* ... Also, woher kennen Sie ihn?«

»Jeder kennt ihn in der Firma. Sulzer war mein oberster Boß. Mir wäre es lieber gewesen, ich hätte ihn nicht kennengelernt. Er hat die Zweigstelle zugesperrt.«

»Sie hatten einen wilden Streik angezettelt, die Filiale besetzt.«

»Steht das so in Ihrem Dossier?«

»Da steht noch mehr. Die illegale Besetzung wurde von der Polizei beendet. Anzeige wegen Hausfriedensbruch und Sachbeschädigung.«

»Sie haben die Kündigung in eine fristlose umgewandelt, Zahlungen nach dem Sozialplan gestrichen. Der eigene Personalrat ist mir in den Rücken gefallen.«

»Keine Hilfe von der Gewerkschaft. Daran können Sie sehen, daß die Bank vollkommen im Recht ist.«

»Hören Sie bloß auf mit der Gewerkschaft. Arschkriecher, die davon träumen, im Aufsichtsrat zu enden.«

»Sie waren Anlageberater. Keinen Job mehr bekommen seitdem?«

»Sie haben Humor! Die Banken fusionieren am laufenden Band und machen Zweigstellen zu. Wenn sie überhaupt jemanden nehmen, dann bestimmt keinen, der vorbestraft ist, weil er sich mit seiner Bank angelegt hat.«

»Wovon leben Sie jetzt?«
Zeitler ging nicht darauf ein.
»Sulzer würde Sie gern sehen«, log Jacqueline.
Entweder hatte sich Zeitler fabelhaft im Griff oder tatsächlich keinen Schimmer. Er strahlte Jacqueline an; es war ein böses, vergiftetes Strahlen.
»Verarschen kann ich mich selbst«, sagte er. »Wenn die Union einen Anfall von Großzügigkeit hätte, würde sie mir schreiben, daß der Sozialplan auf dem Gnadenweg nun sogar für Herrn Zeitler gilt. Aber jemand wie ich kriegt einen Tritt und ist keinen Gedanken mehr wert.«
»Immerhin hat Dr. Sulzer Ihnen persönlich geantwortet.«
»Eine liberale Masche.«
Jacqueline war sich jetzt sicher, daß sie ihre kostbare Zeit mit Zeitler verschwendete. Er mimte nur den wilden Mann; dahinter steckte nichts.
»Warum schicken Sie nicht die Polizei, wenn Sie mich für einen Erpresser halten?« fragte Zeitler.
Von Erpressung war bisher keine Rede gewesen. Jacqueline klopfte auf gut Glück noch einmal auf den Busch. »Gäbe es dafür einen besseren Grund als diesen Brief?«
»Jetzt ist es genug. Ich lasse mir nichts anhängen.«
»Was hänge ich Ihnen denn an?«
Zeitler sprang von seinem Stuhl auf, verschwand in den Flur und öffnete die Wohnungstür.
»Sulzer hätte übermorgen einen Termin für Sie«, rief ihm Jacqueline nach.
Zeitler kam zurück, baute sich vor Jacqueline auf. Sie konnte seinen schlechten Atem riechen. Es war zu befürchten, daß er gleich die Beherrschung verlor. Aber er rührte Jacqueline nicht an. Sie ging freiwillig. Hinter ihr schlug Zeitler die Tür so jähzornig zu, daß sie glaubte, der Putz käme von den Wänden.
Noch im Treppenhaus verständigte Jacqueline Hodler. Ganz offensichtlich wußte Zeitler, daß Sulzer verschwunden war. Dafür gab es nur eine Erklärung.

Den kurzen Aufenthalt in München nutzte Jacqueline dazu, in der Firma vorbeizuschauen. An ihrem Schreibtisch saß sie in der Regel nur an einem Tag in der Woche, meistens am Freitag, weil sie die übrigen Tage in den Hauptquartieren der Klienten verbrachte. Den meisten Bürokram erledigte sie ohnehin unterwegs auf dem Laptop, per E-Mail oder Fax. Trotzdem wuchs unter der Woche der Papierberg an. Das war jetzt nicht anders. Oder vielmehr doch. Nie zuvor hatte Jacqueline einen derartigen Widerwillen verspürt, sich mit all den Briefen, Abrechnungen, Kostenplänen, Statistiken zu befassen. Sie schob alles zu einem Stapel und riß dann das Fenster auf, um den Föhnwind ins Zimmer zu lassen. Sie sah Kirchtürme, Ziegeldächer und wie durch ein Fernglas so nah den leuchtenden Alpenkamm, der ihre Gedanken sofort wieder hinauffliegen ließ nach Davos. Bis sie von den Börsenkursen abgelenkt wurde, die über den Bildschirm krochen.

In Frankfurt und London sanken die Aktien der Lincoln Invest. Gerüchte über die gescheiterte Fusion taten ihre Wirkung. Der Kurs der Union Bank schloß im Parketthandel ein paar Prozent fester. Offenbar hatte die Übernahmephantasie insgesamt nicht gelitten. Denn eines schien sonnenklar: Das globale Machtbeben, das die Hochfinanz seit Monaten erschütterte, würde weitere strategische Allianzen, Fusionen und Übernahmen hervorbringen. Ein halbes Hundert Großbanken verschmolz zu einem Dutzend weltweit operierender Imperien. Die Kapitalisten aller Länder vereinigten sich und pumpten ihre Milliarden von Tag zu Tag in immer irrsinnigerem Tempo um die Welt. Und immer mehr Menschen fürchteten die Macht des Kapitals inzwischen mehr als ihre alten Götter. Und beteten sie an.

Jacqueline beendete mit der Fernbedienung den Endloscrawl der Kurse. Wenn es einen Grund gab, den Himmel anzuflehen, dann um Roberts Leben.

Von ihrem Team waren alle ausgeflogen. Das hatte sie an einem Montag nicht anders erwartet. Gäbe es in irgendeinem ihrer Projekte ein ernsthaftes Problem, hätte sie es gewiß als erste erfahren. Anne, ihre unverwüstlich gutgelaunte Assistentin, nahm ihr in wenigen Sätzen

die einzige Sorge. Jacqueline war nämlich mit den Vorbereitungen ihres hochexklusiven Workshops *Branding the Future* in Verzug geraten. Aber auch das schien in trockenen Tüchern zu sein.
Irgend etwas mußte sie Kornsettel erzählen. Er war kein Vorgesetzter, sondern Partner wie sie selbst, aber doch eine Art Primus inter pares. Er saß wie die Spinne im McKinley-Netz.
Jacqueline hatte vergeblich gehofft, er wäre nicht im Haus, so daß sie ihm ihre Lügen nur telefonisch hätte auftischen müssen. Aber Anne beruhigte sie, Kornsettel sei überwiegend mit der Hochzeit beschäftigt.
Obgleich fortgeschrittenen Alters, sah Kornsettel aus wie die Verkörperung des goldenen Sportabzeichens, klein, zäh, fit und dicht behaart, auch wenn das schmale Gesicht nur durch permanente Bräune überspielen konnte, was Jacqueline für das Symptom einer Magenkrankheit hielt. Im Augenblick plante Kornsettel seine eigene dynastische Vermählung mit einer um ein Vierteljahrhundert jüngeren Prinzessin aus europäischem Industrieadel. Er setzte alles daran, die Chefs der hundert größten deutschen Aktiengesellschaften, darunter sämtliche *Manager des Jahres* der letzten zwei Jahrzehnte, in einem angemieteten Wittelsbacherschloß der oberbayerischen Hochebene zu bewirten. Außerdem war sein neuester Bestseller, *Lust am Risiko,* zu promoten. Außer mit Konzernlenkern sprach er deshalb am liebsten mit Journalisten, vorausgesetzt, sie respektierten seinen Geniestatus. Jedenfalls hatte er nicht viel Zeit für Jacqueline. Aber natürlich hatte er schon allerhand läuten gehört.
»Duncan leitet die Union kommissarisch«, sagte er statt einer Begrüßung.
»Hat mich nicht überrascht«, gab Jacqueline leichthin zurück.
Aber in Wirklichkeit schalteten alle Signale in ihr auf Alarm.
»Was macht das junge Glück?« fragte sie, bloß um die zehn Sekunden zu bekommen, die sie für eine Schnellanalyse brauchte.
Keine einzige Sekunde zweifelte Jacqueline daran, daß Kornsettels News der Wahrheit entsprach. Kroll stand auf der Hochzeitsliste, Kroll und Kornsettel hatten miteinander gesprochen. Kornsettel

wußte mehr als sie selbst. Das war mehr als ärgerlich, es war peinlich. Und es war ein triftiger Grund, Kroll endlich die Brocken hinzuwerfen.

Noch schlimmer war, daß Jacqueline keine Ahnung hatte, was Kroll Kornsettel sonst noch alles anvertraut hatte. Wußte ihr Managing Partner am Ende, womit Kroll seine »teure Jacqueline« tatsächlich beauftragt hatte und wie kläglich sie als Detektivin versagte? Warum hatte er nicht gleich seinen Gipfelstürmerkameraden engagiert? Weil der ja doch keine Zeit für so etwas hatte. Und weil Jacqueline mehr mit Sulzer verband als nur ein erotisches Verhältnis zu Geld. Aber das war nicht der Punkt.

Der Punkt war: Weshalb hatte Kroll Duncan mit der kommissarischen Leitung des Konzerns beauftragt? Jacqueline hörte eine doppelte Botschaft heraus. Erstens: Kroll rechnete nicht mehr mit der schnellen oder überhaupt mit der Rückkehr Roberts. Zweitens: Kroll hatte Robert fallengelassen.

Manche Grausamkeit traute Jacqueline dem Alten zu, aber dieses Stück ließ es ihr dann doch augenblicklich kotzübel werden. Während sich der Vorstandsvorsitzende Robert Sulzer in der Gewalt von Verbrechern befand, und davon mußte man ausgehen, stieß ihm sein Aufsichtsratschef den Dolch von hinten ins Herz.

Glaubte Kroll gar nicht an Entführung? Das würde erklären, weshalb er vehement gegen einen Polizeieinsatz war. Wahrscheinlich hielt er aber nur die zwei Fälle eiskalt auseinander. Im einen Fall ging es um Sulzers Leben. Im anderen um die Fusion und die Zukunft der Union Bank. Ob Sulzers schuldhaftes Verhalten oder seine Entführung den Merger gefährdete, änderte nichts am Ergebnis. Kroll mußte die Bank wieder handlungsfähig machen. Deshalb gab er Duncan die Chance.

»Kroll unterschätzt das Problem«, sagte Jacqueline.

Kornsettel schwieg sie erwartungsvoll an.

»Sulzer ist nicht bloß Vorstandsvorsitzender. Er ist ein Star. Schon die bloße Ankündigung, er werde die Leitung übernehmen, hat damals den Aktienkurs der Union um fünf Prozent steigen lassen. Als er den Job antrat, gab es noch einen Sprung. Wir wissen, daß so etwas vollkommen idiotisch ist, weil der beste Boß der Welt nicht so viel wert ist. Aber die Dinge werden nun einmal personifiziert. Wahrscheinlich steckt dahinter ein romantisches Bedürfnis nach Größe in einer Zeit, in der Ideen nichts mehr zählen, sondern nur noch Bilanzen. Jedenfalls verwechseln die Leute den Marktwert einer Firma mit dem ihres Leithammels. Wenn herauskommt, daß Sulzer die Bank überhaupt nicht mehr leitet, gibt es wieder den Sulzereffekt. Nur diesmal mit anderem Vorzeichen.«

»Warum soll nicht auch Duncan das Zeug zum Helden haben?«

»Weil Kroll dem Publikum erst erklären muß, weshalb er Sulzer entlassen will.«

Jacqueline war gespannt auf Kornsettels Reaktion. Spätestens jetzt mußte er zu erkennen geben, ob er von Kroll wußte, daß Robert schlicht abhanden gekommen war.

»Sieht aus, als hätte er den Lincoln-Merger in den Sand gesetzt«, sagte Kornsettel. »Das reicht doch wohl.«

Wahrscheinlich wußte er es nicht. Jacqueline atmete auf.

»Das Gegenangebot der Highland Credit hat Sulzer nicht zu verantworten. Darüber zerbrechen wir uns jetzt die Köpfe«, behauptete Jacqueline. »Ich muß morgen früh wieder in Frankfurt sein.«

»Ihre Zusage vermisse ich noch«, tadelte Kornsettel.

»Wir werden Rosenblüten streuen«, flötete sie. »Oder hätten Sie lieber Konfetti aus echten Hundert-Dollar-Noten?«

Sie hatte ihre Informationspflicht gegenüber der Firma erfüllt.

Zurück in ihrem Schleiflackbüro, griff sie zuerst zu einer hohen, kantigen Flasche mit der Aufschrift »Strathisla« und danach zum Telefonhörer.

Sie wurde unverzüglich zu Kroll durchgestellt.

»Gut, daß Sie sich melden. Wir müssen dringend sprechen.«

Das fand Jacqueline auch.

»Warum haben Sie mir nicht gesagt, daß Sie Robert feuern? Ich mache mich lächerlich vor Kornsettel.«

»Von Feuern kann keine Rede sein, aber die Bank muß aktionsfähig bleiben.«

»Das wird man draußen anders verstehen.«
»Ich fürchte, Ihre Bedenken kommen zu spät. Vor einer halben Stunde rief Schnabel hier an. Direkt bei mir, nicht bei Priel.«
»Schnabel ...?«
»Der Journalist, der am Montag vergeblich auf Robert gewartet hat. Wollte wissen, ob Sulzer schon wieder aufgetaucht ist. Und falls nicht, wie ich es ihm erklären könne.«
Was das bedeutete, war Jacqueline schlagartig klar. Kroll war es das auch.
»Jetzt haben wir den Salat«, stellte er fest.
»Woher weiß Schnabel ...?«
Es war schon völlig egal, wer es ihm gesteckt hatte. Jacqueline tippte auf Priel.
»Priel war von mir angewiesen, Fragen nach Sulzer mit einem Todesfall in der Familie zu erklären. Nicht einmal das ist ihm geglückt.«
Jacqueline verstand. Der Pressesprecher galt Kroll als glücklos. Viel Schlimmeres gab es nicht. Mangelnde Fortune war ein Kündigungsgrund in den oberen Etagen des Union Tower. Außerdem war Priel ein Würstchen, das offenbar nicht einmal die Journalisten für voll nahmen, ein Statist, der von dem wenigen, was er wußte, auch noch die Hälfte für sich behalten mußte. Warum sonst rief Schnabel direkt bei Kroll an?
»Wir können schon froh sein, daß die Journalisten nach acht Tagen nicht fragen, ob Sulzer selbst der Tote in der Familie ist«, meinte Jacqueline.
Kroll ging darauf nicht ein. »Oder die Berg hat das Wasser nicht gehalten? Oder Hodler?«
Oder Duncan, dachte Jacqueline. Sie behielt es für sich, weil sie nicht gleich mit Steinen nach Krolls neuem Liebling werfen wollte.
»Schnabel wird uns jetzt keine Ruhe mehr lassen«, sagte sie. »Und bald die ganze Meute.«
»Was schlagen Sie vor?«
»Was haben Sie Schnabel erzählt?«
»Todesfall in der Familie. Was denn sonst? Anschließend habe Sul-

zer eine längere Auslandsreise angetreten. Südostasien. Tokio, Singapur, Kuala Lumpur, Bangkok.«
»Das hat Schnabel Ihnen geglaubt?«
»Natürlich nicht – wegen der Lincoln Invest. Das ist die andere Geschichte, die querläuft. Der Union-Kurs stieg heute morgen um knapp zwei Prozent.«
»Schön für Sie!«
»Was sagen Sie?«
»Gratuliere. Sie müssen tatsächlich keine Angst vor einem negativen Sulzereffekt haben.«
»Ich glaube, Sie stehen auf der Leitung, Verehrteste. Alle Welt vermutet, die Lincoln-Verhandlungen wären geplatzt, und wir steigen! Das geht nicht mit rechten Dingen zu. Ich jedenfalls kann es mir nicht erklären.«
Jacqueline konnte es auch nicht. Nur war es ihr völlig egal. Sie verstand nicht, wie Kroll über die Fusion reden konnte und so tun, als wäre die Entführung seines Vorstandsvorsitzenden ein kleiner Betriebsunfall. Sie selbst konnte an nichts anderes mehr denken. Und wer sonst wußte davon?
»Weiß Duncan Bescheid?«
»Ist intelligent genug, sich einen Reim auf alles zu machen«, knurrte Kroll. Er werde ihn jetzt einweihen.
Das konnte nicht gutgehen, fand Jacqueline.
»Finden Sie endlich Robert!« sagte Kroll.

Nichts hätte sie lieber getan. Sie saß im Leihwagen, um sich auf den Weg nach Salzburg zu machen, steuerte aus lauter Verzweiflung aber dann doch erst in den Münchner Norden, zum Olympiagelände hinaus. Verbrecher kehrten zum Ort ihres Verbrechens zurück. Versager zum Ort ihres Versagens.
Hodler mußten die Ohren geklingelt haben. Er meldete sich auf dem Handy. Mitteilungsbedürftig war er. Der mutmaßliche Terrorist Uwe Zeitler, neununddreißig, katholisch, geschieden, habe seine Wohnung verlassen.
Na und?

Zwei Kollegen seien gegenwärtig dabei, Zeitlers Wohnung zu filzen. So what. Robert würden sie dort nicht finden, weder lebendig noch tot.
Stumpf, sein bester Mann, sei hinter Zeitler her. Es sehe ganz danach aus, als ob der Olympiapark sein Ziel wäre.
Jacqueline konnte das Fieber in Hodlers Stimme hören. Sie gab ihr eigenes Ziel nicht preis.
»Fein, ich halte uns die Daumen«, sagte sie. »Dazu habe ich jetzt jede Menge Zeit. Stecke im Stau.«
Aber sie steckte auch zehn Minuten später nicht im Stau, sondern hinter einem Gebüsch und sah, wie Zeitler die Fußgängerbrücke über den Mittleren Ring Richtung Stadion überquerte. Er passierte die Stelle der Geldübergabe, ohne sich auch nur durch einen Seitenblick zu verraten. Zielstrebig betrat er die olympische Schwimmhalle. Dann sah Jacqueline in sicherem Abstand ein gedrungenes Männchen, das tatsächlich einen Pepitahut zum Mantel trug. Es beschleunigte jetzt seine kurzen Schritte, um in der Schwimmhalle ja nichts zu versäumen.
Jacqueline folgte ihm. Die kleine Tribüne neben der Kasse erlaubte den besten Blick auf das weite Oval. Mit nach Chlor stinkenden Dämpfen stieg vielstimmiges Kindergeschrei unter dem transparenten Zeltdach auf. Jacqueline erinnerte sich, daß Mark Spitz hier sieben Goldmedaillen gewonnen hatte. Der schnauzbärtige Mark Spitz, dem sie ihre ersten Träume von einem Mann verdankte. Einige Minuten waren vergangen, als jenseits der Fünfzig-Meter-Bahnen, am Sprungbecken, ein halbes Dutzend Taucher seine Gerätschaften herbeischleppte, sich gegenseitig half, Preßluftflaschen auf die Rücken zu hieven. Schwerfällig watschelten sie an den Beckenrand, wo sie sich niederhockten und die Flossen ins Wasser baumeln ließen. Ein Tauchkurs für Anfänger im harmlosen Kachelrevier, höchstens fünf, sechs Meter tief, schätzte Jacqueline. Sie erkannte das wuschelige Haar des Lehrers, solange die Taucherbrille sein Gesicht nicht verbarg. Zeitler gab also Tauchstunden an einem Ort, in dessen unmittelbarer Nähe das Lösegeld verschwunden war. Kein Wunder, daß Hodlers Leute niemanden mit einer Karstadt-Tüte

aufgespürt hatten. Zeitler war nach wenigen Metern buchstäblich abgetaucht, hatte das Geld unter Lungenautomaten, Gummianzügen und Preßluftflaschen versteckt, die irgendwo in den Katakomben des Bades aufbewahrt wurden, dort, wo garantiert niemand nach drei Millionen Mark suchte.

Und jetzt nahte Stumpf. Er hatte sich ein Handtuch um die fülligen Lenden geknotet. Ein Kind rannte ihm in die Füße, schlug auf den nassen Fliesen der Länge nach hin und fing erbärmlich an zu schreien. Das wäre noch angegangen, hätte Stumpf bei dieser Aktion nicht sein Handtuch verloren und weiße Feinrippunterwäsche sehen lassen. Jacqueline hätte es nicht gewundert, wenn der Tolpatsch gleich als Kinderschänder verfolgt würde. Die Mutter des Kindes begnügte sich anscheinend damit, ihn mit Blicken zu lynchen.

In diesem Moment betrat Karla das Olympiabad.

Jacqueline schlug das Herz bis zum Hals. Das konnte kein Zufall mehr sein.

Es gab zwei Möglichkeiten. Entweder sah Jacqueline weiter von oben zu, wie Karla sich, verspätet offenbar, zu den Tauchern gesellte und am Ende des Unterrichts mit einer Karstadt-Tüte in der Hand das Bad wieder verließ. Oder sie folgte Roberts Gespielin beziehungsweise Zeitlers Komplizin auf der Stelle. Hatte der alte Kroll doch die richtige Nase gehabt!

Auch Jacqueline löste also eine Eintrittskarte zu fünf Mark. Auf der Treppe schnaufte ihr Stumpf entgegen. Jacqueline legte den Finger an die Lippen. Stumpf verstand.

In dem riesigen Umkleidesaal waren die ersten langen Reihen sechseckiger Kabinen Männern vorbehalten. Bei den Damen huschte Jacqueline in eine der Waben aus grünbeschichtetem Glas, stieg auf die Sitzbank und spähte vorsichtig über den oberen Rand.

Karla erschien in einem grasgrünen Bikini. Jacqueline streifte Sakko, Schuhe und Hose ab und stopfte sie zusammen mit Handtasche, Jacke und Schuhe in den nächstbesten freien Spind. In der Eile verzichtete sie darauf, die Tür abzuschließen. Sie trug einen elastischen silbergrauen Body, der zwar einen Rollkragen, aber keine Ärmel besaß und notfalls für einen Sprung ins Wasser taugte. Aufs Du-

schen verzichtete Jacqueline und machte Zeit gut. Karla betrat wenige Meter vor ihr die Halle, steuerte am Fünfzig-Meter-Becken entlang dem Sprungturm zu. Ein paar schnelle Schritte, dann hatte Jacqueline aufgeholt und Karla angerempelt. Karla plumpste ins Wasser, Jacqueline hinterher.
Ihr Opfer schluckte von der Brühe, hustete und prustete und schlug um sich, bis Jacqueline sie mit beiden Armen von hinten festhielt.
Karla quiekte.
»Still!« fauchte Jacqueline.
Karla japste nach Luft und fügte sich. Zeitler, abgetaucht im reichlich dreißig Meter entfernten Sprungbecken, schien davon nichts mitzubekommen.
»Los!« befahl Jacqueline und deutete auf das dem Sprungturm entgegengesetzte Ende. Ihre rechte Hand krallte sich von hinten in Karlas Bikinihose.
»Tauchen mußt du noch lernen«, zischte Jacqueline. »Bei deinem reizenden Lehrer. Er hat dein Interesse an Robert von Anfang an geteilt!«
Karla versuchte sich mit einem Ruck loszureißen.
»Nichts da!«
Sie riß an Karlas Hose.
»Wo habt ihr ihn? Spuck's aus!«
Karla spuckte. »Wovon redest du?«
Und wieder zurrte ihr Jacquelines Griff den Stoff schmerzhaft in den Schritt.
»Das Geld!«
»Welches Geld?« wimmerte Karla.
Für diese Antwort drückte ihr Jacqueline mit der freien Hand den Kopf unters Wasser. Dazu lachte sie übertrieben fröhlich. Ein paar Herren am Beckenrand amüsierten sich über die verrückten Hühner. Nur ein älterer Mann sagte: »Jetzt ist aber gut, Fraulein.«
»Alles nur Spaß«, strahlte Jacquelines Raubtiergebiß. Gleich tunkte sie Karla wieder unter.
»Spuck's aus!«
Alles, was Karla ausspuckte, war gechlortes Wasser. Über die Stufen

schob Jacqueline ihre Gefangene aufs Trockene. Um nicht noch mehr Aufmerksamkeit zu erregen, nahm sie ihre Hand aus Karlas Slip und schlang ihr statt dessen einen Arm fest um die Hüften. Zwei sehr enge Freundinnen, die nicht voneinander lassen wollten. Schwesterlich vereint holten sie ihre Sachen aus dem Spind. Jacqueline drängte Karla in die nächstbeste freie Kabine und drückte mit dem Gesäß die Tür hinter sich zu. Die Kleider fielen auf den Boden. Mit gestreckten Armen preßte Jacqueline Karla gegen die Wand, stemmte ihr ein Knie gegen den Unterleib.

Karla würgte.

»Zeitler hat dich angestiftet! Die Richter honorieren es, wenn du den Mund aufmachst.«

Karla winselte.

»Willst du behaupten, Zeitler gar nicht zu kennen?«

»Ist nicht verboten!« Karla wehrte sich tapfer, fing aber an zu wimmern.

Jacqueline griff nach Karlas Haarbürste, hielt sie verkehrt herum wie eine Waffe gegen sie gerichtet. »Wenn du schreist, kommen die Bullen! Wenn du singst, lass' ich dich laufen. Wo steckt Robert?«

»Wo ist Uwe?« heulte Karla.

»War es seine Idee? Wollte der Sportsfreund einmal in Geld schwimmen?«

»Du bist irre«, schluchzte Karla.

Wie ein angeschlagener Boxer, dem nur noch Klammern half, ließ sie sich in Jacqueline hineinfallen, kam ihr unangenehm nah. Ins Ohr hätte sie ihr beißen können.

»Zieh dich endlich an!« herrschte Jacqueline.

10 Jacqueline hatte Karla noch im Bad Hodlers Leuten zur weiteren Behandlung übergeben. Dann mußte sie sich schleunigst auf den Weg machen.

Salzburgs Türme leuchteten im späten Nachmittagslicht. Sogar im Winter schoben sich Touristen durch die Getreidegasse, kauften Mozartkugeln, Abenddirndl und Spieluhren, die die Kleine Nachtmusik nudelten. Jacqueline besorgte im Mozart-Supermarkt gegenüber dem Geburtshaus für jede ihrer Süßen ein Putzipankerl, welches, wie sie las, »lange Jahre im Hause Mozart lebte und mit Possierlichkeit und treuer Ergebenheit die Stimmung seines Herrchens aufheiterte«. Nur Tonio bekam ein T-Shirt mit dem Konterfei von Mozarts angeblichem Todfeind Salieri. Sie selbst begnügte sich mit einem Hotelverzeichnis aus dem Goldenen Hirschen. Bei einer Tasse Capuccino machte sie sich auf die Suche nach Martha Malejewa. Schon die fünfte Telefonnummer brachte den erhofften Erfolg. Frau Malejewa wolle nicht gestört werden, beschied die Stimme am Empfang, versprach jedoch, Jacquelines Nachricht sofort weiterzuleiten. Einige Minuten lang vertiefte sich Jacqueline in das Dossier, das sie sich aus dem Internet zusammengestellt hatte. Sie holte den Wagen aus der Felsengarage und fuhr an der Rückseite der weißgetünchten, von der Abendsonne vergoldeten Festung und am Schloßpark Hellbrunn vorbei nach Anif. Das kahle Geäst alter Bäume umstand das Schloßhotel. Unvermutet stieß Jacqueline hinter dem Anwesen auf einen dunklen See, in dem sich ein verwunschenes Wasserschloß spiegelte.

Die Frau, die ihr auf dem Uferweg entgegenkam, war nicht zu verwechseln.

»Martha Malejewa?«
»Dann sind Sie Frau Gruber-Beretti, ich habe Ihre Nachricht erhalten.«
Jacqueline ließ die Hand, die sich ihr entgegenstreckte, nicht gleich wieder los, eine eher breite als langfingrige Hand. Trocken und kräftig fühlte sie sich an.
»Kommen Sie, wir gehen ein paar Schritte«, sagte die Malejewa.
Die kleine, nicht zierliche Frau trug einen dicken schwarzen Zopfpullover über den Jeans. Um den Hals hatte sie sich einen grobgestrickten, überlangen Schal in leuchtendem Rot geschlungen. Sie war annähernd sechzig Jahre alt, was man ihr auf den ersten Blick nicht ansah. Das lag zuerst an der kastanienbraunen Haarpracht, dann an der glatten, glänzenden Gesichtshaut. Die Nase war grob, das Kinn prägnant, die Lippen voll. Ihr Lächeln brachte schöne, gleichmäßige Zähne zum Vorschein, eine Meisterarbeit, falls es nicht mehr die echten waren.
»Sie kennen die Geschichte? Der bayerische König Ludwig zog sich in dieses Schloß zurück, als er abgedankt hatte, seiner großen Liebe Lola Montez wegen. Ein trauriger Geist haust in diesem Schloß. Überhaupt ist Salzburg eine traurige Stadt.«
»Doch nicht traurig!«
Jacqueline fand Salzburg heiter, lebensfroh; jeder Turm, jeder Stein war ein heller Klang.
»Aber natürlich nur traurig für seine Genies«, verbesserte sich die Malejewa.
Jacqueline hatte den Verdacht, sie übertrieb, um ihre Zuhörerin zu verblüffen. Ihretwegen konnte sie von Salzburg halten, was sie wollte.
»Eingesperrt waren sie zwischen Konvention und Bigotterie«, dozierte die Pianistin. »Aus diesem Kerker half dem jungen Mozart allein die Musik, bis er endlich floh. Oder denken sie an den unglückseligen Dichter Trakl. *…doch immer schläft / der Sohn des Pan im grauen Marmor. / Abends auf der Terrasse betranken wir uns mit braunem Wein …*«
Die Malejewa ließ die Worte nachklingen und lachte dann kehlig und tief.

Jacqueline verabscheute Pathos, und am schlimmsten waren pathetische Gedichte. Jetzt aber wußte sie nicht recht, was sie davon halten sollte. Irgendwie paßte es zu dieser Frau, und irgendwie nahm die Malejewa sich dabei selbst nicht ganz ernst.
»Sie können das auswendig?«
»Es ist mein Beruf, Klänge im Kopf zu haben. Was können Sie auswendig? Die wichtigsten Börsenkurse? Ein paar Dutzend Telefonnummern? Ein paar hundert Namen von Managern, ihre Vorlieben und Abneigungen? Was führt Sie zu mir?«
Robert Sulzer sei seit einer Woche verschwunden, antwortete Jacqueline, wahrscheinlich entführt. »Aber nicht einmal das wissen wir genau.«
»Sie suchen ihn hier?«
Schon wieder dieses gehobene Gelächter, als stünde sie auf einer Opernbühne und mimte eine antike Göttin. Was, zum Teufel, gab es da zu lachen!
»Ich versuche Robert besser zu verstehen. Das ist alles. Ich glaube, Sie können mir dabei helfen.«
»Halten Sie mich für einen Polizisten?«
»Für eine Frau, die Robert besser kennt als die meisten anderen.«
»Ach, das ist tausend Jahre her.«
Nur nicht wieder dieses gekünstelte Göttergelächter!
Aber die Malejewa sah jetzt eher traurig aus ihren dunklen Augen.
»Wenn es so lange her ist, weshalb macht Robert solch ein Geheimnis um seine Vergangenheit? Vielleicht können Sie mir das erklären. Er ist ein hochbegabter Pianist gewesen, aber hat kein Klavier mehr angerührt. Dafür gibt es keinen Grund.«
»Woher wissen Sie das? Es gibt immer einen Grund.« Die Malejewa kickte einen halbverfaulten Tannenzapfen über die Böschung aufs Eis.
»Keinen vernünftigen. Oder kennen Sie ihn?«
»Er ist ein großer Manager. In seinem Herzen ist kein Platz für die Kunst.«
Das war bei allem Pathos zu leicht hingesagt. Ein Hauch Verachtung schwang mit, Enttäuschung über den Verlust ihres Schülers.

»Sie waren seine Lehrerin. Er hat Sie verehrt.«
»Hat er Ihnen das erzählt?« Nach einer Pause: »Er hat mich niemals wiedergesehen.«
»Sie bedauern das?«
»Robert ist in der Tat meine große Hoffnung gewesen. Ich habe sein Verhalten damals nicht verstanden. Als er nicht Pianist werden konnte oder durfte, wollte er nichts mehr davon wissen, nichts mehr von der Musik und nichts mehr von mir.«
Es klang, als wäre die Wunde niemals verheilt.
»Sie kannten Roberts Eltern. Was hatten sie dagegen, daß ihr Sohn am Klavier glücklich wurde?«
Wieder das Opernlachen. Es ging Jacqueline allmählich auf die Nerven.
»Daß er am Klavier glücklich wurde: Das haben Sie schön gesagt«, freute sich die Malejewa. »Für Roberts Vater war Glück keine Kategorie im Leben.«
»Weshalb hat Robert nicht rebelliert?«
»Wer sagt Ihnen, daß er es nicht versucht hat? Und außerdem garantiert keine Rebellion, daß man am Ende siegt.«
»Vielleicht war seine grandiose Karriere auch eine Art Rebellion gegen die Verhältnisse«, schlug Jacqueline vor.
»Wenn Sie das so interpretieren wollen!«
»Wenn ich richtig orientiert bin, war das Jahr neunzehnhunderteinundsiebzig auch für Sie ein Einschnitt. Sind Sie damals nicht nach Argentinien zurückgekehrt?«
»Das war Zufall.«
»Zufall?«
»Wenn man an Zufälle glaubt. Aber natürlich gibt es keinen Zufall.«
»Glauben Sie an etwas anderes? An den lieben Gott oder an die Sterne?«
»Ich glaube an die Macht des Schicksals.«
»Schicksal ist nur ein aufgeblasenes Wort für Zufall«, sagte Jacqueline.
»Nur für jemanden wie Sie, der das Leben mit dem Kopf bekämpft.«

»Was soll das heißen?«
»Schicksal ist Bestimmung. Zufall ist Chaos.«
»Und der Rest ist das, was man selbst aus seinem Leben macht. Eine Kette aus Versuchen und Irrtümern.«
»Sie glauben an die Macht des Willens und der Vernunft. Damit passen Sie zu Robert. Hat er Sie begehrt?«
»Ach, wissen Sie …!«
»Sie sind eine Frau, vor der Männer wie Robert keine Angst zu haben brauchen. Sie denken in denselben Bahnen. Ihre Wunden lassen sich schmerzlos vereisen. Sie sind praktisch, vielseitig, strapazierfähig und vorzeigbar. Vor allem haben Sie Ihre Gefühle im Griff.«
»Sie kennen mich seit knapp zehn Minuten …«
»Und das verstehen Sie auch: alles im Leben mit der Uhr zu messen.«
»Nur kein Neid«, sagte Jacqueline. »Es gibt genügend Männer, die mich für ein Nervenbündel halten, das zu viele Ansprüche an sich selbst stellt.«
»Das sind wir am Ende alle, nur ein armseliges Bündel Nerven. Aber diesem Bündel Nerven verdanken wir alles.«
Dieser Gedanke war Zeitverschwendung. Alles, was Jacqueline jetzt interessierte, war ein Nervenbündel namens Robert Sulzer.
»Schweifen wir nicht ab«, sagte sie. »Warum sind Sie nach Argentinien zurückgegangen? Wenn es kein Zufall war, hatte es mit Roberts Ausstieg zu tun. Hatten Sie sich das so sehr zu Herzen genommen?«
»Ich war Anfang Dreißig, hatte zwölf Jahre in Europa verbracht. Es war Zeit, nach Hause zu gehen. Beide Eltern hatten nicht mehr lange zu leben. Eine Solistenkarriere schien in weiter Ferne. Bald darauf habe ich in Buenos Aires geheiratet. Es gab viele Gründe, zu gehen.«
»Erst als Robert in der Wirtschaft Karriere machte, hatten Sie als Pianistin Erfolg«, stellte Jacqueline fest.
»So habe ich das noch nicht gesehen.«
»Und auch er hat kurz darauf die sogenannte Frau seines Lebens gefunden. Alles nur Schicksal.«
Jetzt lachten beide herzlich.

»Wollen Sie heute abend das Konzert besuchen? Es ist ausverkauft, aber ich könnte Ihnen eine Karte an der Abendkasse hinterlegen lassen. Ich muß mich jetzt vorbereiten. Vielleicht sehen wir uns nach dem Konzert. Wir haben uns so viel zu erzählen.«
»Der Gedanke scheint Sie nicht zu beunruhigen, daß sich Robert in der Hand von Kidnappern befindet?«
Die Malejewa lächelte maliziös. »Es liegt nicht in unserer Hand.«
»Warum sagen Sie nicht die Wahrheit? Sie wissen so gut wie ich, daß Robert in London und Zürich Ihre Konzerte besucht hat.«
»Ach, hat er das? Das ist aber eine Überraschung.«
Doch die Malejewa hatte sich schon abgewandt und strebte mit raschen Schritten ins Hotel zurück.
Martha Malejewa und der russische Geiger Valentin Bordin spielten Sonaten von Beethoven. Jacqueline saß in der neunten Reihe, ungefähr in der Mitte, eingerahmt von zwei Kritikern, die während des Konzerts Notizen ins Programmheft kritzelten. Auf dem Podium, fand sie, sah Martha bedeutend jünger aus. Vor sechsundzwanzig Jahren war sie gewiß eine höchst begehrenswerte Frau gewesen. Ihr Spiel verströmte Kraft und Wärme. Es kam Jacqueline vor, als folgte nicht Martha dem feinen, federnden Ton des Geigers, sondern umgekehrt, als fügte sich der Geiger ihrem ausgelassenen, gelegentlich aufbrausenden, aber niemals bloß donnernden Temperament. Eigentlich war Kammermusik nichts, was Jacqueline lange ertrug. Sie schloß die Augen und versuchte sich vorzustellen, Robert säße am Flügel. Der erwachsene Robert, der reife Künstler auf Europatournee. Trotz allem, was sie inzwischen wußte, reichte dazu ihre Phantasie nicht aus. Robert war ohne brennende Zigarre nicht vorstellbar, und eine brennende Zigarre paßte allenfalls zu einem Barpianisten, aber nicht zu einem Beethoveninterpreten. Und seine Hände – sie spürte plötzlich wieder Roberts nicht gerade virtuosen Hände – hatten sie zu unentschlossen, fahrig, unsicher berührt, als daß sie jemals zu solch glasklar perlenden Läufen und explodierenden Akkordkaskaden fähig gewesen wären. Abgesehen davon, daß Jacqueline sich Robert nicht Tag für Tag stundenlang über Notenblätter und Elfenbeintasten gebeugt denken konnte. Allenfalls als

Dirigent. Bestimmt wäre er Dirigent geworden. Ein Pultstar mit großen, eleganten Gesten, werbewirksamen Marotten und unschlagbaren Plattenverträgen. So weit reichte Jacquelines Phantasie. Und keine Klaviertaste weiter.

Der Pförtner am Bühneneingang wußte Bescheid und ließ sie herein. Sie klopfte an der Garderobentür und öffnete sie, ohne auf Antwort zu warten. Die Malejewa trug noch ihr schmal geschnittenes, bodenlanges schwarzes Abendkleid mit seitlichen Schlitzen bis zu den Knien. Auf dem Einspielflügel lag das Bukett gelber Tulpen, das ihr mit dem Schlußbeifall überreicht worden war. Eine Flasche Rotwein stand geöffnet auf dem kleinen Tisch, zwei Gläser daneben; Martha hatte bereits eingegossen. Sie saß auf dem Klavierhocker, den Rücken den Tasten zugewandt. Den einzigen Sessel hatte sie Jacqueline freigehalten.

»Einfach wundervoll«, sagte Jacqueline jetzt schon zum zweitenmal.

Martha ging nicht darauf ein.

»Ich will Ihnen eine Geschichte erzählen«, sagte sie. »Nehmen Sie ruhig einen großen Schluck! Betrinken wir uns mit braunem Wein! Leute Ihres Schlages hassen überflüssige Worte, nicht wahr? Um nicht länger drumherumzureden: Robert war für mich mehr als ein begabter Schüler auf dem Klavier. Ich habe ihn zum Mann gemacht.«

Sie legte eine Pause ein, um die Wirkung ihrer Worte in Jacquelines Gesicht zu genießen.

»Auch in dieser Hinsicht war er nicht ohne Talent. Damit Sie mich nicht falsch verstehen: Es war mehr als Sex. Es war ein Naturereignis. Er achtzehn, ich dreißig. Ein Strom, der sich einen neuen Weg ins Meer bahnte.«

Sie lachte, daß alles an ihr bebte und Jacqueline gebannt auf das Glas in ihrer Hand starrte, aus dem gleich der Wein schwappen mußte. Aber das Beben war nur inwendig, nur Schall.

»Wir liebten uns eineinhalb Jahre lang. Sie denken, ich hätte seine Mutter sein können, nicht wahr?«

Jacqueline dachte nicht so weit. Sie versuchte sich Robert bei ihr

vorzustellen, auf ihr und unter ihr. Nicht damals. Heute! Es schauderte sie. Aus Höflichkeit sagte sie nichts.
»Sie brauchen nur seine Platte zu hören«, empfahl die Malejewa. »Hören Sie sich seine Schallplatte an, und Sie hören alles heraus. Haben Sie nichts gehört?«
Sie hatte eine Menge herausgehört. Das allerdings nicht.
»Wir wollten heiraten«, behauptete die Malejewa. »Robert war so gut wie volljährig. *Ich* hätte der Sieg über seinen Vater sein können. Aber ich kann es ihm nicht verübeln, daß ihn der Mut verlassen hat.«
Martha schwang sich auf dem Klavierhocker herum und begann zu spielen. Jacqueline kannte das Stück von Roberts Schallplatte. Es war von Schubert, eine einfache, atemlos pulsierende Melodie. Mitten im Lauf, als wäre es so komponiert, hämmerte Martha mit den Fäusten auf die Tasten. Das kleine, silbern gerahmte Bild, das neben den Blumen stand, fiel um.
Schlagartig unterbrach die Malejewa ihr Spiel, als hätte ein imaginärer Dirigent abgeklopft.
Jacqueline trat hinzu, um das Bild wieder aufzustellen.
»Ein attraktiver Mann, der junge Robert«, sagte sie.
»Es ist nicht Robert. Es ist Ronaldo. Mein Sohn.«
»Er sieht Robert tatsächlich ein wenig ähnlich.«
»Das pflegen die Söhne von Vätern zu tun.«
Jetzt fiel Jacqueline beinahe das Bild aus der Hand.
»Seine Eltern hatten verlangt, daß ich abtreibe. Und Robert saß der Schreck so tief in den Gliedern, daß er alles mit sich geschehen ließ. Deshalb bin ich zurück nach Argentinien gegangen. Ich wollte mein Kind behalten.«
»Kennt Robert seinen Sohn?«
»Er hat Geld geschickt. Vielleicht war das für ihn das Motiv, schnell auf eigenen Füßen stehen zu wollen. Bis zuletzt hat er Geld geschickt, als ich es längst nicht mehr brauchte.«
»Hat er Sie niemals besucht? Er war beruflich einige Male in Südamerika.«
»Warten Sie. Ich habe Ihnen noch nicht alles erzählt. Robert war da. Ein einziges Mal, letzten Sommer.«

»Ach, wie schön«, freute sich Jacqueline. »Ach, wie wunderbar! Und es ging gut?«
Die Malejewa drehte ihr noch immer den Rücken zu. Ihre Finger flatterten über die Tasten, ohne sie zu berühren.
»Sagen Sie schon, wie hat er es aufgenommen?« drängte Jacqueline.
»Was?«
»Die Begegnung mit seinem Sohn.«
»Wie man so etwas eben aufnimmt.«
»Schade, daß die beiden nicht mehr Zeit miteinander verbringen konnten.«
»Zu spät«, sagte die Malejewa und ließ die Hände zu einer häßlichen Dissonanz auf die Tasten fallen.
»Lieber spät als nie. Ich fühle so sehr mit Robert«, sagte Jacqueline.
»Das sollten Sie auch tun!«
Jacquelines Neugier war noch lange nicht gestillt.
»Weshalb hat Robert erst im vergangenen Jahr Ronaldo besucht?«
»Weil dazu vorher kein zwingender Anlaß bestand.«
»Was für ein Anlaß? Hat Ronaldo sein Examen gemacht?«
Die Malejewa lachte wieder. Aber diesmal war es ein finsteres Nachbeben.
»Wenn Sie so wollen«, sagte sie. »Es war seine letzte Prüfung. Ronaldo starb. Es war das erste und einzige Mal, daß Robert seinen Sohn sah. Er kam zu seinem Begräbnis.«
Wie aus einer Maschine, die leerläuft, kam Jacquelines nächste Frage. Der Schock hatte noch nicht gewirkt.
»Wie ist es passiert?«
»Spielt das jetzt noch eine Rolle? Ein Autounfall.«
Martha nahm ihr Glas und leerte es in einem Zug. Dann stellte sie es heftig auf die Tasten. Ein quälendes Geräusch, fand Jacqueline.

Sie hatte sich bald aus dem Staub gemacht. Auf der Mailbox ihres Handys, das während des Konzerts ausgeschaltet war, hatte sie einen Anruf Hodlers vorgefunden. Noch in Marthas Garderobe hatte sie ihn zurückgerufen.

Sie war auf dem Weg nach Frauenwörth.
An einen Workshop dort erinnerte sie sich und auch noch daran, daß das Chiemgauer Kloster auf die Luitpoldinger im zehnten Jahrhundert zurückging. Es wurde noch immer von einem Häuflein Nonnen bewohnt, die es längst hätten aufgeben müssen, hätte Kroll ihnen nicht unter die Arme gegriffen. Er hatte dem Kloster einen achtstelligen Kredit zur Renovierung eingeräumt, rückzahlbar in Form ständigen Gastrechts in einem der Gebäudeflügel, in den sich gelegentlich Manager des Konzerns zu Klausuren zurückzogen. Die Wände waren so dick, daß Jacqueline die absolute Stille der Nacht geradezu dröhnend vorgekommen war und sie kaum ausgehalten hatte.
Sie erreichte die Halbinsel gegen halb zwei. Der Mond spiegelte sich im Eis zwischen den Binsen. Schnurrend öffnete sich das Tor im Turm, der Wagen hielt im knirschenden Kies. Roberts Büroleiter Zurmühl öffnete ihr die Tür.
»Sie ist oben«, sagte er. »Hodler und Stumpf haben sie sich vorgeknöpft. Sie spielen Kripo. Hodler balzt, Stumpf brüllt. Aber hier hört niemand ein Wort.«
Die Nonnen waren schon aus Dankbarkeit schwerhörig.
»Kroll muß auch jeden Augenblick dasein«, versprach Zurmühl. So lange sollte Jacqueline im Klubraum warten. Bleiche Äbtissinnen sahen von den Wänden. Im Kamin knackte munter ein kleiner Scheiterhaufen. Und es gab endlich wieder richtige Getränke.
»Weshalb will er mich unbedingt dabeihaben?«
»Ihr Fachwissen ist gefragt«, sagte Zurmühl.
Seine Krawatte saß korrekt, und er trank stilles Wasser. Jacqueline hätte wissen müssen, daß sie von diesem stromlinienförmigen High Potential aus Krolls Konzernakademie keine offene Antwort erwarten durfte. In Wahrheit war es ganz einfach: mitgefangen – mitgehangen.
Hodler und Stumpf hatten sich seit Karlas Gefangennahme im Olympiabad um die heulende Pracht gekümmert und waren seitdem keinen Schritt weitergekommen. Außerdem hatten sie in der Aufregung dummerweise Zeitler aus den Augen verloren. Und nun

wollte Kroll Karla weder der Polizei ausliefern noch sie wieder laufenlassen. Es mußte ihm klar sein, daß das Freiheitsberaubung war. Die Bank hatte kein Recht, sie festzuhalten und ihr Daumenschrauben anzulegen. Kroll würde den Kopf dafür hinhalten müssen. Es sei denn, er löste den Fall. Solche Mittel heiligte nur der Erfolg. Wenn Karla gestand und Robert freikam, würde Kroll von erfolgreichen Verhandlungen mit den Tätern sprechen und damit sogar prahlen. Die Polizei würde sich nur noch darüber aufregen, daß sie umgangen worden war. Jacqueline sah das skeptischer. Sie machten sich strafbar. Und sie zweifelte daran, daß Karla sie ohne weiteres zu Robert führen würde.

Kurz nach dem dritten Whiskey kreuzte Kroll auf und machte ihr ein Kompliment. Man hatte ihm berichtet, wie sie Karla dingfest gemacht hatte.

»Kommen Sie!« Er hatte es eilig, die Person zu begutachten, die es geschafft hatte, den Mann ins Verderben zu locken, den er sich zu seinem eigenen Nachfolger erkoren hatte.

»Wie fassen wir sie an?«

»Am besten überhaupt nicht«, schlug Jacqueline vor.

Sie konnte nur hoffen, daß Hodler und die anderen Primitivlinge sie nicht angefaßt hatten. Jacqueline hätte dafür jetzt nicht die Hand ins Feuer gelegt. Krolls Ex-Bullen waren wahrscheinlich außer Rand und Band.

Karla lag in einem der Gästezimmer auf der bloßen Matratze eines Bettes, den linken Arm mit Handschellen an die Messingstäbe des Gestells gefesselt.

»Macht sie los!« herrschte Jacqueline.

Kroll gab Hodler ein zustimmendes Zeichen. »Hat man Ihnen Kaffee angeboten, Fräulein Körbel?«

Karla schüttelte den Kopf. Jacqueline atmete auf, weil sie keine äußerlichen Anzeichen von Gewalt an ihr entdecken konnte, wenigstens nicht auf den ersten Blick. Kroll war wenigstens so klug, seine Leute hinauszuschicken.

»Kein Stil«, moserte Jacqueline, als könnte das die Gefangene beruhigen und zum Geständnis überreden.

Dann kam Krolls erste Frage. »Das Kloster ist ein besseres Versteck als das von Sulzer. Wollen wir wetten?«
Vermutlich hatte sich Kroll diesen Eröffnungszug während der ganzen Fahrt überlegt. Er klang schwer nach einem Movie der Schwarzen Serie.
»Ich kenne kein Versteck. Und ich wette nie.« Übertölpeln ließ sich Karla nicht. »Der einzige Gekidnappte bin ich«, setzte sie hinzu. Es war nicht endgültig auszuschließen, daß sie damit richtig lag.
»Sie haben ein intimes Verhältnis zu Dr. Sulzer?«
Karla sagte, daß Kroll das nichts angehe.
Sie habe Robert doch gewiß noch immer gern, lockte er.
»Sie können hundertmal fragen. Wüßte es selbst gern.«
»Ist er noch am Leben?«
Karla begann plötzlich zu weinen.
»Er ist also tot«, sagte Kroll. »Ihr habt ihn umgebracht.«
Karla heulte und rollte dabei ihren Kopf hin und her.
Jacqueline lehnte am Fensterbrett. Konnte Karla tatsächlich einen Mann lieben und ihn dann entführen? So viel Zielstrebigkeit wäre ebenso schauerlich wie bewundernswert gewesen, aber nicht sehr wahrscheinlich.
»Seit wann kennst du Zeitler?« mischte sich Jacqueline ein.
»Ewig.«
»Ewig ist der Tod«, brummte Kroll. Er schritt unentwegt auf und ab und nervte damit Jacqueline.
»Mit Zeitler bist du intim?«
»Wer sagt das?«
»Zeitler.«
»Den habt ihr auch gekidnappt?«
»Wir stellen hier die Fragen!« fuhr Jacqueline sie an.
»Dann fragt Uwe, wo Robert steckt!«
»Zeitler weiß es also«, folgerte Kroll. »Das geben Sie zu. Na bitte. Es geht doch. Allmählich kommen wir weiter. Ihr Schweigen, Fräulein Körbel, macht auch keinen Sinn. Zeitlers Flucht ist praktisch schon ein Geständnis. Ich möchte Ihnen helfen, aus diesem Desaster einigermaßen heil herauszukommen. Lassen Sie uns also einfach

einmal hilfsweise davon ausgehen, daß Sie persönlich an Sulzers Entführung nicht unmittelbar beteiligt waren. Sie waren bloß der Lockvogel. Nicken Sie einfach, oder sagen Sie gar nichts, wenn ich richtig liege!«
Karla krümmte sich auf dem Bett.
»Sie sind eine attraktive Frau. Ich kann verstehen, daß Dr. Sulzer sich in Sie vernarrt hat. Ein Jammer, Sie die nächsten fünfzehn Jahre im Zuchthaus zu wissen.«
Nichts verstand Kroll, gar nichts. Er hatte es mit Hannelore sechsunddreißig Jahre lang ausgehalten. Wie man hörte, hatte die Gattin jahrelang getrunken. Jacqueline hatte er einmal geraten: »Hinten hinaus wird es einfacher.« Sie war sich jetzt nicht schlüssig, ob sie Kroll für arglos oder scheinheilig halten sollte.
Karla zog die Beine an und versteckte ihr Gesicht dahinter.
Ob Kroll gleich Karlas Haar berühren würde, das ihre Knie bedeckte? Es kam Jacqueline vor, als könnte er sich kaum beherrschen. Mut jedenfalls hatte Robert gehabt. Kroll hätte sich so viel Freiheit niemals gestattet.
»Ich will Ihnen wirklich helfen, Fräulein Körbel«, schmalzte er.
»Nehmen wir an, Sie haben Zeitler arglos von Ihrer Eroberung erzählt. Zeitler haßt Sulzer, hat ihn in Briefen bedroht. Wußten sie das?«
Karla rührte sich nicht.
»Wie konnten Sie Dr. Sulzer überhaupt politisch akzeptieren? Sie wußten doch, wer er ist.«
Hinter dem Vorhang aus Haaren blieb es stumm.
»Hat es Sie nicht gestört, mit einem Bankboß ins Bett zu steigen – oder war das genau der Kick, den Sie brauchten?«
»Ich habe nicht mit einer Bank geschlafen, sondern mit einem Mann«, schleuderte Karla mit Todesverachtung heraus.
»Hat Sulzer Ihnen große Geschenke gemacht?«
»Steht das auch unter Strafe?«
»Sie wollten mit Zeitler abtauchen. Von Anfang an wollten Sie Sulzer zu Geld machen.«
Karla stritt es nicht ab. Sie reagierte überhaupt nicht mehr.

Kroll rüttelte sie nicht allzu fest an der Schulter.
»Wollen Sie die restliche Nacht mit meinen Mitarbeitern verbringen oder lieber vernünftig sein?«
Jacqueline überlegte, was sie tun sollte, wenn Kroll Karla gleich an den Haaren riß, weil sie den Mund nicht aufmachte. Aber er hatte sich noch immer in der Hand.
»Wo soll's denn hingehen zum Tauchen? Südsee? Karibik?«
»Mauritius«, piepste es.
»Schön, nicht ganz billig.«
»Uwe hat das Geld verdient«, behauptete Karla. »An der Börse. Alle spekulieren und gewinnen. Und Uwe kennt sich aus.«
»So kommen wir nicht weiter. Sie sagen mir jetzt alles, was Sie wissen. Und wenn es dazu beiträgt, Dr. Sulzer zu befreien, lassen wir Sie gehen. Außerdem bekommen Sie von mir eine Belohnung. Sagen wir, fünfzigtausend. Steuerfrei! Sie wären verrückt, wenn Sie das nicht annähmen. Fünfzigtausend reichen zehnmal für Mauritius. Sie sind mehr wert als drei Millionen, mit denen Sie die Polizei erbarmungslos um den Erdball hetzt, ehe Sie im Knast verschwinden so sicher wie das Amen in der Kirche.«
Karla schwieg wieder.
»Ich habe noch eine Idee«, lockte Kroll. »Wenn Sie mir helfen, richte ich Ihnen ein Fotolabor ein, das alle Stücke spielt, und wir machen eine Ausstellung mit Ihren Werken. Wir bieten Ihnen Zukunft! Denken Sie darüber nach. Ich gebe Ihnen zwanzig Minuten. Dann ist endgültig Schluß.«
Jacqueline half nach: »Ich würde an deiner Stelle alles tun, um Robert zu helfen. Aber ich fürchte, das paßt nicht in deinen Kopf.«

11 Schon beim Frühstück sah Jacqueline, daß Schnabel ganze Arbeit geleistet hatte. Seine Zeitung hatte den Artikel offenbar vor Erscheinen den Presseagenturen übermittelt, weshalb andere Blätter kräftig aus ihm zitierten. Er enthielt ein Gemisch aus Auskünften und Mutmaßungen verschiedener Quellen. Die aufgedeckten Widersprüche mußten dem dümmsten Leser klarmachen, daß es zum Himmel stank im Union Tower.

SCHWERE TURBULENZEN IN DER UNION BANK

Die Tage von Robert Sulzer, dem Vorstandschef der Union Bank, scheinen gezählt. Sulzer bleibt seit einer Woche seinem Arbeitsplatz ohne Angabe von Gründen fern. Offensichtlich ist die geplante Übernahme der britischen Lincoln-Bank in letzter Minute gescheitert. Sulzer trägt die Verantwortung für diese Transaktion, mit der die Union Bank in die Spitzengruppe der europäischen Finanzkonzerne aufrücken wollte. Anfang vergangener Woche noch hatte Sulzer in London verhandelt. Sprecher der Bank behaupteten gestern, Sulzer befinde sich auf einer ausgedehnten Reise nach Südostasien. Aufsichtsratschef Hans-Jacob Kroll verweigert jede Stellungnahme. Kenner der Branche mutmaßen, Sulzer habe zum Nachteil seiner Bank Fusionsgespräche mit der Highland-Gruppe aufgenommen. Andere unbestätigte Gerüchte sprechen davon, Sulzer habe Millionen unterschlagen und sich vor der Strafverfolgung mit unbekanntem Ziel ins Ausland abgesetzt. Die Leitung der Bankengruppe hat Finanzvorstand Philip Duncan kommissarisch übernommen.

Im Lauf des Vormittags brach der Kurs der Union Bank dann um siebzehn Prozent ein. Jacqueline verfolgte das Drama an der Frankfurter Börse schon wieder in Sulzers Wohnung. Dazu paßte Lisa Bergs Anruf. Kroll, meldete sie, habe Aufsichtsrat und Vorstand für den nächsten Tag zu einer Krisensitzung bestellt. Aber der Höhepunkt des Tages stand erst noch bevor.
Diesmal kam der wattierte braune Umschlag mit der Post. Wieder war es Vladic, das Faktotum für Haus und Garten, der ihn hereinbrachte. Er war an *Frau Sulzer/persöhnlich* adressiert. Kein Absender. Kofler warnte davor, die Sendung mir nichts, dir nichts zu öffnen, da sie in Anbetracht des denkbaren terroristischen Hintergrunds eine Briefbombe enthalten könnte. Amelie riß mit fiebernden Händen den Klebestreifen ab, mit dem der Umschlag verschlossen war. Ein in Aluminiumfolie gewickelter Gegenstand kam zum Vorschein. Kofler hielt vorsichtshalber Abstand.
»Kommt mir bekannt vor«, sagte Amelie erleichtert und hielt sich das silbrige Würstchen angeekelt unter die Nase. »Sie haben uns schon einmal Exkremente geschickt«, erklärte sie und reichte das Corpus delicti an Jacqueline weiter.
Sie griff so unerschrocken zu, wie es ging. Es ekelte sie weniger das Ding zwischen ihren Fingern als der Zustand einer Welt, die so viel sinnlosen Haß produzierte. Es roch fremdartig. Eigentlich nicht nach Scheiße. Schärfer. Eher wie ein Reinigungsmittel. Sie öffnete vorsichtig die Folie. Vor ihren Augen lag der Finger eines Menschen. Nicht *eines* Menschen, Roberts Finger.
Nein, einen Schrei stieß sie nicht aus, sah einfach weg und hielt den Finger mit gestrecktem Arm Kofler hin. Der Anwalt setzte ihn auf dem Teetisch ab. Markus riskierte einen Blick und lief mit vor den Mund gepreßter Hand hinaus. Jacqueline spürte ihren Magen wie einen Stein. Sie sah Amelie an.
Amelie brachte es nicht fertig, Roberts Finger zu betrachten. Hatte sie überhaupt schon kapiert, was geschehen war?
Es mochte ein Stück ihres eigenen Vaters sein – doch Sophie beugte sich ebenso furchtlos wie interessiert über das Ding auf seiner Folie.

»Der kleine«, stellte sie fest. »Sehr wahrscheinlich linke Hand.« Offensichtlich machte sich ihr Medizinstudium gerade bezahlt.
»Es ist der Finger, auf den der durchschnittliche Rechtshänder am leichtesten verzichten kann«, fügte sie hinzu. »Es sei denn, er spielt ein Instrument. Dann kommt es auf jeden einzelnen Finger gleichermaßen an.«
»Still!« kreischte Amelie. Aber noch ehe ihr Kofler seine Hand beruhigend auf die Schulter legen konnte, hatte sie sich schon wieder im Griff. »Wir müssen jetzt die Polizei verständigen«, stellte sie fest.
Niemand widersprach. Sie hatten alle lange genug über Gebühr Rücksicht auf die Bank genommen. Viel zuviel Rücksicht auf die Bank statt auf Robert.
Kofler gestand lediglich zu: »Sie sollten nicht mit Blaulicht anrücken.«

In der ersten Aufregung hatten sie den Zettel übersehen, der sich neben dem Finger im Umschlag befunden hatte. Dem Polizeidirektor Deling entging er natürlich nicht. Wie der erste Brief vor Tagen war auch dieser Text aus ausgeschnittenen Silben zusammengeklebt.

KROLL!
MORGENstund
Gold imUND
DREI Mio
ruckSACK
6 UHR
frankFUrter hof

Kofler gab dem Leiter der vom Polizeipräsidenten unverzüglich gebildeten Sonderkommission einen groben Überblick über die Ereignisse der vergangenen Tage. Deling schüttelte dazu den Kopf vor Mißbilligung und Fassungslosigkeit und machte sich Notizen. Wenigstens unterbrach er nicht. Als Kofler fertig war, schüttelte Deling noch immer den Kopf.
Amelie brachte ihm die ersten beiden Briefe der Entführer. *Persöhnlich* mit h! Es ließ keine andere Erklärung zu als diese: Die Briefe

hatten denselben Verfasser. Und es waren Ausländer, vermutete Deling.
Gemessen an ihren Rechtschreibkünsten, waren zwei Drittel aller Deutschen Ausländer. Aber Jacqueline behielt diese Bemerkung für sich, stand doch das Ergebnis ihrer eigenen Dämlichkeit zur Debatte. Hätte sie nicht im Olympiapark versagt, hätte sich der Finger noch an Roberts Hand statt auf seinem Teetisch befunden. Deling gab zum Glück keinen Kommentar ab, begnügte sich mit ein paar einfachen Fragen zum Hergang der Geldübergabe.
Der Rest der Geschichte war komplizierter. Jacqueline überließ die Einzelheiten Hodler. Sollte der entscheiden, was sie auch jetzt noch besser wegließen. Hodler verschwieg, was sie in der vergangenen Nacht in Frauenwörth getrieben hatten. Jacqueline wußte nicht, was peinlicher wäre: Karlas Verschleppung zuzugeben – oder die anschließende Freilassung der dringend Tatverdächtigen. Karla hatte Kooperation gelobt, Kroll ihr vertraut und Jacquelines Warnung prompt ignoriert. Aber Roberts Finger schuf eine völlig neue Lage. Es gab keinen Grund, Karla länger zu schonen. Hodler gab Karlas Frankfurter Adresse preis und verriet der Kripo auch, daß sich Robert dort zuweilen aufgehalten hatte.
Deling startete unverzüglich die internationale Fahndung nach Karla Körbel und Uwe Zeitler. Er ordnete die Durchsuchung der Wohnungen Karlas und Zeitlers an. Die Beamten würden Spaß an den Fotos haben. Außerdem ließ Deling von bayerischen Kollegen die Katakomben des Olympiabads durchkämmen. Erpresserbriefe und Finger wurden mit Blaulicht in die Labors des Hessischen Landeskriminalamts gebracht und die Graubündener Polizei gebeten, in Davos nach Spuren zu suchen, die mit Sulzers Verschwinden in Zusammenhang gebracht werden konnten. Der große Apparat lief vor den Ohren Jacquelines an. Und dann mußte auch noch die zweite Geldübergabe vorbereitet werden.
Was gab es Wichtigeres für einen Pianisten als seine Hände! Ohne Hände blieb er stumm. Wer auch immer Roberts Finger abgetrennt, abgesäbelt, abgehackt hatte – die Bestialität dieser Tat war von Mord kaum zu unterscheiden. Die Verbrecher hatten den Pianisten Ro-

bert Sulzer getötet. Sie hatten ihn gründlicher getötet, als es Roberts Vater jemals hätte gelingen können. Sie hatten ihn in dem Augenblick vernichtet, in dem Robert damit begonnen hatte, den Bankier in sich absterben zu lassen, um den Pianisten wieder zum Leben zu erwecken. Wer erst einmal einen Finger hatte, nahm sich genauso gewissenlos den Rest. In Gedanken formulierte Jacqueline schon die Todesanzeige. *Viel zu früh hat er uns verlassen. Gott hat es besser gewußt.* Dieser gottverdammte Besserwisser! Stilistisch ging das aber nicht. *Gott dem Herrn hat es gefallen, Herrn Dr. Robert Sulzer in der Blüte seiner Jahre abzuberufen.* Das war nicht viel besser, aber zu mehr Demut dem Allmächtigen gegenüber sah sich Jacqueline derzeit nicht in der Lage. Noch eine Fassung drängte sich auf. *Dem großen Vorsitzenden Kroll hat es gefallen, Dr. Robert Sulzer in der Blüte seiner Jahre …* Lächerlich. Aber man brauchte in der Tat keinen Gott zu bemühen, nicht einmal Firmenzeus Kroll, um zu verstehen, was diese Welt gelegentlich so unerträglich machte.
Kroll würde zweifellos in sämtlichen überregionalen Zeitungen Anzeigenseiten kaufen und seinen Schmerz über den Verlust in Quadratmetern abgelten. Und zu Amelie würde er sagen: Du weißt, daß ich es auch so meine, wenn ich sage, wann immer du Hilfe brauchst, sei so frei und ruf an. Any time. Amelie würde sich Reden und Beileidsbekundungen am Grab verbitten. Jacqueline stellte sich vor, wie Robert in seiner Kiste ins Grab hinabrumpelte. Zum ersten Mal schossen ihr dabei Tränen in die Augen. Tränen der Wut. Auch auf Robert. Nur die dümmsten Kälber wählten ihre Schlächter selber. Wie es aussah, hatte Robert sich seinen Mördern selbst aufgedrängt. Ausgerechnet Karla! Die eifersüchtigste Ehefrau mußte diese Strafe für unangemessen halten.
Und dann stellte sich Jacqueline die Malejewa an Roberts Grab vor. Hörte sie auf der Trauerfeier spielen. Sollte Jacqueline Amelie berichten, was sie in Salzburg erfahren hatte? Sie damit zusätzlich verletzen? Es machte keinen Sinn. Bis der Finger aufgetaucht war, hatte sie die Malejewa für eine heiße Spur halten können oder doch wenigstens für den Anlaß zur Hoffnung, Robert könnte etwas anderem als einer Entführung zum Opfer gefallen sein. Vor vierund-

zwanzig Stunden noch hatte Jacqueline geglaubt, die Malejewa könne sie zu Robert führen. Womöglich gab es sogar einen inneren Zusammenhang zwischen der Malejewa und Karla. Der Tod seines Sohnes mußte Robert einen Schock versetzt haben. Er hatte sich in Karlas Arme geflüchtet, um endlich die Malejewa zu vergessen und alles andere, was mit ihr zusammenhing. Auch wenn es ihm nicht gelungen war. Schuldgefühle hatten ihn um den Verstand gebracht. Alles Theorie. Psychokram. Sie sollte die Finger davon lassen, weil sie nichts davon verstand.

Die Erpresserbriefe, die Lösegeldblamage in München: Das waren die Fakten. Nur eine Nachricht von Robert hatte bisher gefehlt. So lange waren andere Theorien nicht verboten gewesen. Aber jetzt gab es eine Nachricht, knapp zehn Zentimeter lang, eisgekühlt.

Amelie legte eine CD auf. Schubert. Sterbenstraurig und irgendwie tröstlich zugleich. Klage und Tänzchen in einem. Wie das Leben. Straight und niemals on the rocks.

Wenn es unbedingt sein mußte, brachte sie morgen eben noch einmal drei Millionen Mark unter die Leute. Kroll gegenüber würde sie niemals mehr ein schlechtes Gewissen haben müssen. Der hatte sich selbst disqualifiziert.

»Noch einmal entwischen sie uns nicht«, hatte Deling versprochen. »Auf uns können Sie sich verlassen.«

Schon um es Hodler zu beweisen. Delings Unterton lautete: Zeigen wir den globalen Geldsäcken, wozu es gut ist, Steuern zu zahlen!

Kroll erschien kleinlaut.

Am liebsten hätte ihn Jacqueline gleich gefragt, ob er schon zurückgetreten sei. Seine Leute hatten nicht weniger gestümpert als sie selbst. Vor allem hatte es Kroll zu verantworten, daß erst jetzt professionelle Kriminalisten zum Zuge kamen. Kroll hatte mit Roberts Leben gespielt und es vermutlich verspielt. Wenn es jemals einen Grund zum Rücktritt gab, dann hatte er ihn geliefert.

Wenn der Alte nicht ausgerechnet in dieser Situation unersetzlich gewesen wäre. Sein Vorstandsvorsitzender war ihm abhanden ge-

kommen und dazu noch der Übernahmekandidat Lincoln Invest. Er mußte jetzt den Laden in der Hand behalten.
»Mir war doch lange nicht klar, ob überhaupt ein Verbrechen vorlag«, verteidigte sich Kroll gegenüber Deling.
»Spätestens als der erste Erpresserbrief eintraf, konnte es keinen Zweifel mehr geben!«
»Verstehen Sie bitte: Wir standen mitten in Fusionsverhandlungen. Jedes Gerücht hätte die Börse alarmiert.«
Worauf er jetzt Gift nehmen konnte.
»Ich bitte Sie um eine absolute Nachrichtensperre, Herr Deling. Mit dem Innenminister habe ich bereits gesprochen.«
Da war mal wieder eine üppige Wahlkampfspende fällig geworden oder ein todsicherer Börsentip als kleine Buße für Krolls staatsbürgerlich verwerfliches Verhalten.

Es gab Tage, an denen selbst der Aufsichtsratsvorsitzende einer Großbank nicht zu beneiden war. Wenn sich im Posteingang der Finger seines eigenen Vorstandschefs befand, war das so ein Tag. Aber er bot noch Steigerungen.
Marshall war am Telefon.
Als Jacqueline den Namen hörte, ging sie davon aus, daß es bitter wurde für Kroll. Aber sie machte sich keine Vorstellung, was Marshall tatsächlich mitzuteilen hatte.
Kroll stöhnte, als er Jacqueline nach dem Telefonat unter vier Augen in die Küche bat.
»Marshall hat die Lincoln Invest doch noch in der Tasche?«
»Wenn es das bloß wäre«, wimmerte Kroll mit kalkweißen Lippen. Ein Barhocker an der Eßtheke verhinderte seinen Zusammenbruch. Er brauchte einen Moment, ehe er Worte fand für den Schlag, den ihm Winston gerade versetzt hatte.
Nicht für möglich hätte er so etwas gehalten. Einfach unglaublich. Wildwestmethoden. Wildwestmethoden, die er sich auf seine alten Tage glaubte ersparen zu können.
Jacqueline wollte schon die Geduld verlieren, als Kroll begann, Marshall zu zitieren. Er freue sich auf die Zusammenarbeit mit

der Union Bank. Sie würden strategisch hervorragend zueinander passen.

Mit der Union Bank würden wir Osteuropa aufrollen, habe Marshall posaunt. Zum besten sei das für alle Beteiligten, zum besten vor allem für unsere Aktionäre.

»Unseren?« Jacqueline begriff nicht.

»Ich habe es auch nicht gleich kapiert. Aber Marshall kam schnell zur Sache. Er macht unseren Aktionären ein Kaufangebot. Höchstkurs plus zehn Prozent. Da wir dank Sulzer gerade abstürzen, wird er sich vor Union-Shares nicht retten können.«

Marshall war nicht kleinlich, wenn es darum ging, seinem alten Rivalen Sulzer den Gnadenstoß zu geben. Vor wenigen Tagen noch auf dem Weg zum Global Player, war die Union Bank schlagartig selbst reif zur Übernahme geworden. Marshall mußte während der vergangenen Woche tüchtig Union-Aktien gekauft haben. Damit konnte sich Jacqueline auch das Rätsel erklären, weshalb diese Aktien immer weiter gestiegen waren, auch als die dümmsten Spatzen schon das Scheitern des Lincoln-Deals von den Dächern pfiffen.

»Warum, zum Teufel, hat Marshall nicht mit mir gesprochen, wenn er schon unbedingt mit der Union zusammenarbeiten will? Es hätte Konstruktiveres gegeben als die unfreundlichste Übernahme, die mir je untergekommen ist. Einschließlich derer, die ich selbst angezettelt habe.«

Kroll schwankte zwischen weinerlich und wütend. Aber die Zeiten taugten nicht für Sentimentalitäten.

»Die Union paßt nicht bloß perfekt in Marshalls Strategie. Er wollte Robert erledigen«, erklärte Jacqueline.

Das war kein Trost für Kroll, ganz und gar kein Trost.

»Es war ein Duell. Robert hatte seinerseits überlegt, wie er die Highland Credit packen kann. Er hatte in London erste Fusionsideen abgecheckt.«

»Die First Europa, ich weiß«, winkte Kroll ab. »Ein kleines Ablenkungsmanöver. Damit wir in aller Ruhe mit der Lincoln verhandeln konnten. Außerdem ist Phantasie immer erwünscht. Nicht im Traum konnte ich mir vorstellen, daß Marshall die Informationen, die er von uns bekam, schamlos mißbrauchen würde. Angeblich hält er schon dreißig Prozent der Union. Das Geld für die zwanzig, die er noch braucht, pumpt ihm jede Sparkasse.«

»Sie und Robert haben also auch nicht ehrlich mit Marshall gespielt. Sie haben parallel mit der Lincoln Invest und der Highland Credit verhandelt.«

»So läuft nun einmal das Geschäft.«

»Na, sehen Sie!«

»Immer wieder hat Sulzer damit angegeben, wie dick er mit Marshall befreundet ist!«

»Nehmen Sie's nicht so schwer.«

»Ihre Company ist es ja nicht.«

»Wird Marshall Robert in den Aufsichtsrat wegloben oder einfach nur auszahlen?«

»Ihre Sorgen möchte ich haben, Verehrteste!«

»Und Ihnen ist Robert jetzt gleichgültig. Ihretwegen könnten Karla und Zeitler ihn an die Haie verfüttern!«

»Der Mann ist schon verfüttert!«

Kroll schlug sich mit der rechten Faust in die linke Hand.

»Aber erst einmal müssen wir das Lösegeld liefern«, erinnerte Jacqueline.

Kroll hörte gar nicht hin. »Ich werde fighten. Marshall kann Sulzer erledigen. Aber da bin immer noch ich.«

»Mag ja sein, daß Robert die größte Enttäuschung Ihres Lebens ist. Wir müssen ihn trotzdem retten.«

»Warum tun Sie's nicht? Für nichts anderes bezahle ich Sie.«

»Die Entführer sprechen nicht mit jedem. Sie wollen das Geld von Ihnen, Herr Kroll. Von Ihnen persönlich.«

»Ausgeschlossen«, sagte Kroll. »Das Geld kann jeder überbringen. Sogar Sie!«

»Ach so«, sagte Jacqueline.

»Sie haben doch schon eine gewisse Übung.«

Das war nicht fair. Aber Fairneß war das letzte, was Jacqueline jetzt noch erwartete. Sie war zwischen die Linien einer ganz anderen Schlacht geraten. Sie hatte mit dem Fairplay von Vogelspinnen zu rechnen. Einen letzten aussichtslosen Versuch machte sie, Kroll an seine Verantwortung für Robert zu erinnern. Sie zitierte Deling. Alle Bedingungen der Entführer seien peinlichst genau zu erfüllen, soweit sie sich überhaupt erfüllen ließen. Die Aufforderung an Kroll sei auch eine politische Demonstration. Der Aufsichtsratschef werde in klassenkämpferischer Symbolik zum Geldboten degradiert.

»Was bilden die sich ein«, sagte Kroll.

»Robert zuliebe!«

»Ich habe mich jetzt auf das zu konzentrieren, was Sulzer selbst verbockt hat.«

Jedes weitere Wort war sinnlos. Jacqueline ließ ihn einfach stehen. Wenn überhaupt noch jemand Kroll dazu bewegen konnte, als Geldbote zu wirken, dann war es Amelie.

Amelie wirkte wie betäubt. Jacqueline mußte sie Kroll regelrecht in den Weg schieben. So flenn doch endlich, flenn um Roberts Leben!

Amelie sagte nur: »Du mußt es tun, Hans-Jacob!«

Kroll sagte: »Ich habe mich um die Lebenden zu kümmern.«

Für Kroll war Robert tot.

Warum weinte Amelie nicht? Wann, wenn nicht jetzt? Wenn sie den blutigen Rest von Robert bei ihr ablieferten, war es zu spät.

Kroll ist ein elendes Schwein. Kroll ist kein Schwein. Er ist ein Befehlshaber. Die Schlacht muß ihm wichtiger sein als das Leben eines einzigen Mannes. Robert, wußte Jacqueline, hätte an Krolls Stelle nicht anders gehandelt.

»Amelie! Ich muß die Bank retten.«

Amelie verstand.

»Robert hat mehr davon, daß seine Bank noch existiert, wenn er wiederkommt.«

Das allerdings war schamlos! Unter den glücklichsten Umständen konnte sich Jacqueline nicht vorstellen, daß Robert jemals auf seinen Posten zurückkehren würde. Und Robert war tot. In Krolls Augen war Robert tot.

»Ich werde kämpfen«, sagte Kroll. »Bis zum letzten Blutstropfen,

Amelie! Ich werde für Roberts Lebenswerk kämpfen. Die Union darf nicht sterben!«
»Verdammtes Schwein!« Sophie klang, als hätte sie nichts anderes von Kroll erwartet.
Jacqueline sagte, sie wolle Kroll nicht in Schutz nehmen. Aber sie wolle auch nicht morgen im Aufsichtsrat in Krolls Haut stecken.

Schon am Nachmittag überraschte Deling mit dem ersten Erfolg. Er hatte Vladic verhaften lassen.
Jacqueline bekam den Mund nicht mehr zu.
Amelie rief empört: »Das gibt es nicht!«
Deling schien gekränkt. Obwohl seine Truppe sensationell schnell gehandelt hatte, blieb der Beifall aus. Deling glaubte felsenfest, Vladic in Kürze ein umfassendes Geständnis abzuringen.
Auf beiden Erpresserbriefen seien die Fingerabdrücke des Gärtners gefunden worden. Dazu aufgefordert, *persönlich* zu schreiben, habe er das Wort mit einem h ausgestattet. Außerdem lebte Vladic, das war bei dieser Gelegenheit herausgekommen, illegal in Deutschland.
»Und damit haben wir auch schon das Motiv«, strahlte Deling.
Vladic habe sich vergeblich gegen seine Ausweisung gewehrt. Aus Verbitterung und Rachsucht gegenüber den Deutschen habe er Dr. Sulzer entführt.
»So ein Quatsch«, maulte Amelie. »Wir unterstützen seinen Widerstand gegen die Ausweisung.«
»Das dürfte dann auch für Sie ein Nachspiel haben, Frau Sulzer. Illegale Beschäftigung, Verdunklung einer Straftat.«
»Ich bin froh, daß ich Vladic habe«, sagte Amelie. »Es ist ein Skandal, daß er nicht in Deutschland bleiben darf.«
Damit kehrte sie Deling den Rücken. Jacqueline folgte ihr und erfuhr die ganze Geschichte.
Vladic war mit seiner Frau vor dem Krieg in Bosnien geflohen. Er war Moslem, sie orthodoxe Serbin. In dem Land, aus dem er stammte, gab es nirgendwo mehr einen Ort, an dem sie beide zugleich willkommen gewesen wären. Ihr Sohn ging in Deutschland zur Schule.

»Robert hatte versprochen zu helfen.«
Die Not von Vladic ließ Amelie ihr eigenes Unglück vorübergehend vergessen.
Und Jacqueline wunderte sich einmal mehr über die Gattin in Pastell, über die Witwe in spe.
»Zwei Dinge hält Robert für eine Sackgasse der Weltgeschichte«, sagte Amelie. »Den Nationalstaat und die Ehe.«
Das fand sie auch noch komisch. Seit Roberts Verschwinden hatte Jacqueline sie nicht so hemmungslos lachen gesehen.

Um sechs hatte Jacqueline die Botschaft der Gangster entgegenzunehmen. Diesmal wollte sie mit klarstem Kopf zur Stelle sein und sich auf gar keinen Fall noch einmal blamieren. Deshalb wollte sie jetzt ins Bett.
Im Treppenhaus hörte sie das Saxophon. Eine sich ständig wiederholende Phrase, vier Töne wie ein Mantra, zwei Intervalle. Tatam – tatam. Tatam – tatam. Pausenlos. Jacqueline erkannte das Stück, John Coltranes *A Love Supreme*. A-Love Su-preme. An Einfachheit nicht zu überbieten, saugte sich das Thema im Kopf fest. Ein klagender Singsang, der den Schmerz in Süße verwandelte. Sophies Solo. Oder ihr imaginäres Duett mit einem Pianisten, den es nicht mehr gab.

12

Die Nacht verbrachte Jacqueline im Frankfurter Hof, nicht anders als hundertmal zuvor in der Bankenstadt. Das noble, alte Hotel am Kaiserplatz war ihr Stützpunkt. Wenn sie wollte, konnte sie es als nette Geste der Entführer werten, daß sie zu ihr ins Haus kommen wollten, wenn sie schon so früh heraus mußte.

Sie schlief blendend nach einem Abstecher in die Autorenbar. Tatsächlich schlief sie überall gut, wo die Nacht mehr als zweihundert Dollar (Company rate) kostete. Sie kannte genügend Kollegen, die Hotels nicht mehr ausstehen konnten und sich nach nichts mehr als ihrem eigenen Bett sehnten. Jacqueline liebte Hotels noch immer. Jeder Handgriff war ihr vertraut, gleichgültig, in welchem Kontinent sie sich gerade aufhielt. Niemand verräumte den Flaschenöffner, er lag immer und überall am gleichen Fleck über der Minibar. Sie bekam die Schuhe geputzt, und der PC-Anschluß war gleich neben dem Bett. Aus dem Koffer zu leben hieß Reduktion auf das Wesentliche. Die blöde Frage, was ziehe ich an, stellte sich unterwegs nicht. Luxushotels waren einfach praktisch. Es gab kaum ein Wunsch, der ihr nicht im Handumdrehen erfüllt worden wäre. Hotels machten die Welt übersichtlich.

Die Polizei belagerte die ganze Nacht über unauffällig den Frankfurter Hof. Ein Beamter tat als zweiter Nachtportier Dienst. Er klingelte bereits um Viertel vor sechs. Sie war drauf und dran, sich zu beschweren, denn um diese Zeit ging es um jede Minute, und ihr exaktes Timing sah erst das Zähneputzen vor.

Aber ein Taxifahrer hatte gerade für Kroll ein Couvert abgegeben. Deling wartete in der Bar mit dem Rucksack, einer Kanne Kaffee

und einigen Croissants. Herr Karl, der Chefconcierge, hatte darauf bestanden.
Der Taxifahrer, berichtete Deling, sei inzwischen abgefangen worden. Er gebe an, das Couvert am Hauptbahnhof zusammen mit dreißig Mark in Empfang genommen zu haben.

KRoll:
6.20
term 1B
DEPARTURE

Die Flughafenpolizei sei bereits im Bilde.
Jacqueline wollte nicht glauben, daß die Entführer sie zur Geldübergabe ausgerechnet auf den Frankfurter Flughafen lotsten. Aber sie bevorzugten offenbar Orte, an denen sich Menschenmassen aufhielten. Sie verlangten noch einmal ausdrücklich Kroll. Mit einem Rucksack auf den Schultern wollten sie den Boten sehen, ihm die Peinlichkeit zumuten, in dieser Montur erkannt zu werden. Bestimmt waren um diese Uhrzeit schon Hundertschaften von Managern auf dem Weg zum Flugzeug. Würden die Gangster das Unternehmen abbrechen, weil sie es erneut mit Jacqueline zu tun bekamen? Wahrscheinlich würde auch am Airport nur wieder eine arglose Person die Anweisung überbringen, wo der Rucksack zu deponieren sei. Es gab tausend Möglichkeiten. In Wartesälen, Restaurants, Shops, Gepäckhallen, unterirdischen Bahnhöfen und Tiefgaragen. Oder Jacqueline würde in irgendein Flugzeug steigen müssen. Vielleicht ließ sich Zeitler das Geld gleich auf eine tropische Insel bringen.
»Man glaubt nicht, was drei Millionen wiegen«, flüsterte der Wagenmeister – auch er ein getarnter Polizist –, als er den Rucksack mit dem Geld in den Kofferraum eines Taxis hob, das ebenfalls ein Beamter fuhr.
Um diese Zeit benötigte der Wagen knapp fünfzehn Minuten bis zum Airport. Also betrat Jacqueline ein paar Minuten zu früh das weitläufige Terminal. Die Beute geschultert, stand sie vor der großen Anzeigetafel. Wer auch immer Kroll erwartete, konnte Jacqueline jetzt sehen. Wie leicht betäubt fühlte sie sich, als geschähe etwas

mit ihr automatisch. Eine gewisse Beruhigung war, daß man ihr den Rucksack nicht einfach würde von den Schultern reißen können. Dieses Debakel würde sich nicht wiederholen. Aber es lagen unzählbare andere Debakel in der Luft. Jacqueline musterte Männer, die an ihr vorbeihasteten oder scheinbar harmlos herumstanden. Dutzende von ihnen schienen ihr für diese Schandtat in Frage zu kommen, gerade weil sie wie stinknormale Reisende oder wie Airlinepersonal aussahen. Daß jetzt nicht Zeitlers Lockenkopf höchstselbst auftauchte, war ja wohl klar.

»Der Abholer von Herrn Dr. Sulzer wird gebeten, zum Lufthansa-Senator-Schalter in Halle A zu kommen.«

Wie freundlich, auf diese Weise gleich auch die Polizei auf dem laufenden zu halten. Die Ansage beruhigte Jacqueline ganz ungemein. Es ging weiter. Es ging voran. Und sie war nicht allein. Würden sich jetzt alle um ihre Sicherheit Bemühten am Senator-Schalter einfinden, gäbe es einen Volksauflauf.

Der Senator-Schalter in Halle A befand sich am äußersten Ende des mehrere hundert Meter langen Terminals, dort, wohin sich keine Touristen und Reisegruppen verliefen. Wo Jacqueline aus einiger Entfernung bestens beobachtet werden konnte.

Senatoren stand ein roter Läufer zur Verfügung.

»Ich bin der Abholer von Dr. Sulzer.«

»Der Name ist Kroll?«

»Ja«, antwortete Jacqueline und wedelte mit ihrer Senator-Karte herum. Ob es daran lag, daß sie mit dieser Lüge durchkam? Die verkniffen lächelnde Bodenstewardeß händigte ihr einen Briefumschlag aus. Krolls Name stand in Handschrift darauf, kein Absender. Jacqueline trat einige Schritte zur Seite, ehe sie ihn mit zittrigen Fingern aufriß.

7 UHR 15

LH 3684 ZRH

Wenn sie, wie es die Entführer forderten, nach Zürich flog, mußte Jacqueline wieder auf eigene Faust handeln. Deling konnte ihr nicht mehr helfen.

Hoffentlich hatten die Gangster ihren Platz vorgebucht! Krolls Platz. Jacqueline hielt Zeitler für kein Organisationsgenie. Jacque-

line hätte nur fragen müssen, ob für Kroll ein Platz reserviert war. Dazu hätte sie sich auf dem roten Läufer umdrehen und noch einmal ihre Senator-Karte zücken müssen – und schon hätte die Verkniffene herausgefunden, daß sie nicht Kroll war. Deshalb mußte sie sich zum nächsten Ticketschalter bemühen, wieder quer durch die Halle. Die Zeit lief davon, und das Geld drückte wie Blei auf die Schultern. Am Schalter bestätigte sich Jacquelines Befürchtung: Der Flug war ausgebucht. Die Senator-Karte garantierte wenigstens, daß sie auf der Warteliste ganz oben stand. Also weiter zum Gate!
Es gab noch andere Sorgen. Wie würden drei Millionen Mark im Röntgengerät aussehen? Offensichtlich vollkommen unauffällig. Auch gehörte der Rucksack nicht an Bord, sondern in den Gepäckraum. Sollte sie nach dem Station Manager verlangen und zu ihm sagen: »Hören Sie, in diesem Rucksack sind drei Millionen Mark. Wenn ich die nicht pünktlich abliefere, verliert der Chef der Union Bank mehr als bloß seinen Finger.«?
Am Gate lächelte Jacqueline, deutete auf das schwarze Rucksackmonster und sagte: »Alles Bargeld!«
Wahrscheinlich war es nichts Besonderes, daß Leute ihr Bargeld im Rucksack in die Schweiz und vor deutschen Finanzbehörden in Sicherheit brachten. Die Bodenstewardeß zuckte nur desinteressiert mit den Schultern.
Jacqueline bangte. Die Passagiere mit Bordkarten stiegen schon ein und würden sämtliche Gepäckfächer mit Wintermänteln, Aktentaschen und Einkaufstüten vollstopfen. Selbst wenn Jacqueline Glück hatte und einen Sitz bekam, würde sie für den prallen Sack keinen Platz mehr finden.
Endlich wurde ihr Name aufgerufen. Und nun kam ihr ein fehlender Finger sehr entgegen, die in Frankfurt übliche Unbequemlichkeit, daß kein Einstiegsfinger zur Verfügung stand und die Passagiere erst, eingezwängt in einen Bus, zur Maschine auf dem Vorfeld transportiert wurden. Da Jacqueline als letzte in den Bus stieg, betrat sie vor allen anderen die Gangway und konnte den Rucksack unbehindert in die Ablage stopfen.
Sie saß eingeklemmt auf einem Mittelsitz zwischen zwei pensions-

reifen Kerlen, und es war zu befürchten, daß sie gleich ihren Chef-Charme an ihr ausprobieren würden, womöglich in Konkurrenz zueinander. Jacqueline schloß deshalb sofort die Augen und stellte sich schlafend. Lieber verzichtete sie auf das Essen. Ihr Magen fühlte sich ohnehin flau an. Ein innerer Film führte ihr vor, was sie nach der Ankunft erwartete. Ein schnauzbärtiger Abholer mit eckigem Schädel hielt ihr ein Schild entgegen, auf dem Union Bank stand. Als er den Kofferraum seiner dunkelgrünen Limousine öffnete, sah Jacqueline den zweiten schwarzen Rucksack, ihrem zum Verwechseln ähnlich. In die Berge fuhren sie, dorthin, wo die Geschichte begonnen hatte, hinauf in die Höhenluft schneebeglänzter Gipfel …

Und ganz plötzlich nistete eine böse Ahnung in Jacqueline, ein absurder Verdacht, den sie sofort mit Macht verwarf.

Der Mensch zu ihrer Linken, ein Mann mit Schnauzer und quadratischem Schädel, wollte wissen, ob sie öfters in Zürich zu tun habe, um sich mit Restaurantempfehlungen selbst zu empfehlen. Jacqueline erkannte den Chauffeur aus dem Film. Sie ließ ihn reden. Eine Stunde war keine Ewigkeit. Am liebsten wäre sie niemals mehr in Kloten gelandet.

Der Mann wuchtete ihr den Rucksack aus der Ablage und hätte ihn Jacqueline gewiß noch hinterhergetragen. Am Ausgang unter den Wartenden sah sie das Schild, das ein schmächtiger junger Mann vor dem Bauch hielt. *KROLL.*

»Kroll«, stellte Jacqueline sich vor. »Wo bringen Sie mich hin?«

»Nirgends«, sagte der junge Mann. Er zog einen Brief hinter dem Schild hervor. Die von Deling alarmierten Schweizer Beamten würden ihn gleich ins Gebet nehmen. Auch er würde behaupten, keine Ahnung zu haben, wer der Fremde sei, der ihm den Briefumschlag zusammen mit einem Geldschein in die Hand gedrückt hätte.

HIGH NOON
daVOS
seehOF

Als erstes benachrichtigte Jacqueline Deling.

Er komme im Hubschrauber nach, versprach der Polizist. Alle verfügbaren Kräfte würden alarmiert, keine Bange.

Ob sie sich ein Taxi oder einen Leihwagen nehmen sollte?
Für den Leihwagen sprach, daß sie in Ruhe würde telefonieren können, überhaupt ihre Ruhe haben würde. Für das Taxi sprach, daß sie nicht auch noch Nerven für den Verkehr übrig haben mußte.
Sie setzte sich in das erste freie Taxi auf den Rücksitz und machte ein Gesicht, das den kontaktfreudigsten Chauffeur davon abgehalten hätte, mehr als das Nötigste von sich zu geben.
Die Berge kamen schnell näher, grell und von unwirklicher Schärfe. Zwei Stunden nach der Landung in Kloten erreichten sie Davos. Die Globalisierer hatten einen gewöhnlichen Wintersportort zurückgelassen.
Robert war hier das letzte Mal gesehen worden. Hier sollte auch kassiert werden. Der Verbrecher war zurückgekehrt an den Tatort. Vielleicht war auch das wieder ein politisches Signal.
Plötzlich war er wieder da, Jacquelines haarsträubender Gedanke. War es Robert selbst, der abkassierte? Steckten Zeitler und Karla als Komplizen unter seiner Decke? Unsinn! Robert hatte sich seinen Finger doch nicht selbst abgehackt!
Sah man vom Finger ab, hätte die Theorie durchaus ihren Reiz gehabt. Irgend etwas war nicht in Ordnung in diesem Fall. Oder nicht in Ordnung in ihrem Kopf!
Der Seehof lag gleich neben der Parsennbahn. An der Rezeption erkundigte sich Jacqueline nach einer Nachricht für Kroll. Es war erst eine halbe Stunde vor zwölf. Die Nachricht wartete überpünktlich.

GRUEZI
1 uhr
WEISSFLUHJOCH
restaurant
SKI HEIL

Ski heil? Es war kein Problem, sich im Sportgeschäft nebenan einzukleiden und auszurüsten. Das Problem war, daß Jacqueline seit Jahren nicht mehr auf Skiern gestanden hatte.
Sie durfte den Rucksack nur nicht aus den Augen verlieren, während sie sich in einen Overall für zweitausend Franken zwängte. Sie mußte mißtrauische Blicke ernten, wenn sie ihr Gepäck in die Um-

kleidekabine wuchtete. Sie wollte das Schauspiel nicht mehrmals bieten, nahm deshalb gleich den erstbesten Overall, einen schneeweißen Bogner, Tarnfarben sozusagen. Die Verkäuferin empfahl ihn eine Nummer kleiner. Aber Jacqueline behauptete, er sitze wie angegossen. Sie wolle ihn gleich anbehalten, sofort hinauf damit ins Licht. Sie behielt ihre Jeans unter dem Overall an. Jacke und Schuhe bat sie zu deponieren bis zum Nachmittag. Handschuhe, Sonnenbrille und ein Stirnband kaufte sie, Schuhe und Ski gab es im Untergeschoß zu leihen.

So betrat Jacqueline, fünfunddreißig Minuten vor ihrem Termin auf 2663 Metern Höhe, die feuerrot lackierte Parsennbahn. Zur Mittagszeit war der Andrang nicht groß. Erst durch ein steiles Waldstück, dann über weite, besonnte Hänge kroch sie zum Weißfluhjoch hinauf. Fünf Bergbahnen spuckten dort ihre Passagiere aus. Die Schuhe drückten, das Geld auf dem Rücken drückte, und Meuten triefnasiger, mit Brettern und Stöcken bewaffneter Sportler drückten Jacqueline Richtung Ausgang vor ein unschlagbares Alpenpanorama. Sogar jetzt hatte Jacqueline dafür Augen. Die Sportler um sie herum warfen ihre Ski zu Boden, rieben Creme in ihre Gesichter, zurrten Reißverschlüsse und überließen sich gierig der Schwerkraft. Jacqueline keuchte von den fünfzig Metern, mit Rucksack, Skiern und klobigen Schraubstöcken an den Füßen. Wenn alles vorbei war, mußte sie unbedingt wieder etwas für ihre Kondition tun. Am liebsten hätte sie ihre Last einfach nur abgestellt und sich in einen der Liegestühle auf der hölzernen Veranda sinken lassen.

Wieder hatte der Erpresser einen Treffpunkt mitten unter Menschen gewählt. Das Trauma des Olympiaparks holte sie so heftig ein, daß sie sich einen Augenblick lang auf die lange Bank vor den Skiständern setzen mußte. Der Magen rebellierte; sie hatte heute auch noch keinen Bissen angerührt. Die Croissants aus dem Frankfurter Hof lagen im Rucksack auf den Banknoten. Dort sollten sie auch bleiben. Als Zugabe. Als Jacquelines persönlicher Gruß.

Sie zweifelte jetzt nicht daran, daß dies auch der Ort der Geldübergabe war. Ein halb vermummter Skifahrer konnte blitzschnell den Rucksack packen und sich damit ins Tal stürzen. Niemand würde ihm folgen können. Es gab Dutzende Abfahrten in alle Himmelsrichtungen. Wenn die Bosse des World Economic Forum sich hier oben verlustierten, lagen vermutlich Scharfschützen auf den Dächern von Liftstationen. Aber jetzt? Allenfalls zögen ein paar als Touristen verkleidete Kriminaler ihre Funksprechgeräte aus dem Anorak und gäben hilflose Anweisungen. Das Geld wäre schnell über alle zur Verfügung stehenden Berge.

Jacqueline betrat das Selbstbedienungsrestaurant. Augenblicklich beschlug die Sonnenbrille. Jacqueline nahm sie ab und sah sich ratlos um. Scharen hungriger Wintersportler lauerten zwischen den Tischen auf frei werdende Plätze. Sollte auch sie einfach stehenbleiben und warten, bis sie jemand ansprach?

Jacqueline sah die Treppe, die in ein zweites, vermutlich gediegeneres Etablissement mit Bedienung hinaufführte. Schwerbeinig stapfte sie hinauf. Ein zwergenhafter Kellner mit stoppeligem Gesicht überfiel sie gleich mit der Frage, ob sie reserviert habe.

»Auf den Namen Kroll«, behauptete Jacqueline.

»Ach, Sie sind das? Vor zehn Minuten war ein Herr Kroll da, um den Tisch wieder abzubestellen. Er hat Ihnen eine Nachricht hinterlassen. Es täte ihm leid. Mir tut es auch leid. Vielleicht ein andermal.«

Der grinsende Zwerg hielt Jacqueline einen Briefumschlag hin. Wortlos nahm sie ihn, kehrte grußlos um und mußte alle Konzentration darauf verwenden, mit ihren Plastikklötzen nicht auf den nassen Steinstufen auszugleiten.

Sie riß den Umschlag mittendurch, teilte damit auch die aufgeklebten Zeitungsschnipsel in zwei Portionen.

kÜB	Lis
14 u	hr
BAHN	hof
halS und bEI	NBRUCH!

Man hielt sie zum Narren: Das war Jacquelines erster Gedanke, ehe sie sich auf die Toilette schleppte, mit dem Rucksack in eine Kabine zwängte, um unbeobachtet mit Deling zu sprechen. Sie bekam Deling nicht, sondern einen Ersatzmann mit Schweizer Tonfall, der

wenigstens zu berichten wußte, Küblis sei das Ziel einer prächtigen Abfahrt, einer der längsten der Alpen, zwölf Kilometer.
Jacquelines bange Frage, ob da auch eine Seilbahn hinuntergehe, beantwortete er mit einem erstaunten: »Wieso?«
Sie komme selbstverständlich mit Bergbahnen ins Tal, nach Davos und Klosters; weiter nach Küblis, aber dann nur mit der Rhätischen Bahn. Niemals könne sie das in einer Stunde schaffen. Abgesehen davon interpretierte der Beamte das »Hals- und Beinbruch« nicht als Aufmunterung, sondern als Anweisung.
»Ich bin keine tolle Skifahrerin. Was soll ich bloß tun?« flehte Jacqueline.
»Ja, da kann ich Ihnen auch nicht helfen.«
Die Parsennabfahrt sei aber auch von Ungeübten durchaus zu meistern.
»Dann sollten Sie sich jetzt beeilen!«
»Zwölf Kilometer«, stammelte Jacqueline.
Eines mußte man den Schweizern lassen. Die Route war perfekt beschildert. Zunächst mußte Jacqueline nur auf einem breiten, sanft abfallenden Ziehweg um die schroffe, nicht sehr hohe Kuppe der Jochstation herumrutschen. Über ihrem Kopf surrte die Kabine der Gipfelbahn. Dann folgte ein kurzes, steiles Schußstück. Jacqueline wagte erst nur ein paar Schneepflugbögelchen, ehe sie sich dem Gefälle in direkter Linie anvertraute. Die Strafe für solche Mutlosigkeit folgte auf dem Fuß, weil der Schwung für den leicht ansteigenden, langgestreckten Gegenhang nicht ausreichte. Mühselig stapfte und schob Jacqueline sich voran und verlor Zeit. Schon jetzt spürte sie ein Ziehen in den Beinen. Hoch in den Lüften kreisten Dohlen, bis sie ein Hubschrauber verjagte. Ob die Polizei sie nicht aus den Augen ließ – oder dort oben bloß ein Fotograf die Gunst der unüberbietbaren Stunde nutzte und nichts anderes im Auge hatte als endloses Weiß und tiefstes Blau? Es war wirklich ein Verbrechen, daß ihr nichts übrigblieb von diesem Wintertraum als Angst und Qual.
Endlich wieder bergab. Allmählich begann sich Jacqueline an den sulzigen Schnee zu gewöhnen, der die Skier zu führen schien. Es hätte unter weniger widrigen Umständen sogar Spaß machen kön-

nen. Ihre Bahn vereinigte sich mit einer breiten, steilen Piste, auf der schnelle Fahrer herabwedelten. Jacqueline wollte keinem in die Quere kommen, bremste deshalb ab, statt sich dem Tempo der Geübteren anzupassen. Ein typischer Anfängerfehler. Sie schaffte jedoch die Passage, wollte es gerade wieder ein wenig laufen lassen, als sie zuerst einen Schrei hörte, dann den Stoß spürte. Ein fremder Ski schob sich zwischen ihre Beine und zwang sie zur Grätsche. Sie verlor die Kontrolle über ihre Ski und prallte auf, gedämpft vom wild aufstiebenden Schnee.

Es tat nichts weh, was noch nichts bedeuten mußte. Aber noch ehe Jacqueline die Bewegungsfähigkeit ihrer Gliedmaßen zu überprüfen begann, spürte sie den Rucksack auf sich. Von dort kam jetzt auch ein dumpfer, atemnehmender Schmerz.

»Nichts passiert«, stellte eine Stimme fest. »Ich nehme Ihnen erst mal das Ding hier ab.« Es war keine Schweizer Stimme. »Kommen Sie, ich helfe Ihnen!«

»Nein!«

»Was ist denn? Lassen Sie sich doch helfen!«

Der Mann mit dem schneeüberkrusteten Gesicht griff einfach zu, als müßte er sie vor dem Versinken retten. Aber Jacqueline versank nicht, sie verteidigte die Last auf dem Rücken. Und so schlug sie mit dem Stock zu, traf den Mann an der Stirn. Er hielt die Hände vors Gesicht, ehe er in die Hocke ging und sich auf den Skiern in Sicherheit brachte.

»Blöde Kuh!« brüllte er.

In diesem Augenblick sah Jacqueline zwei Gestalten in blauen Anoraks auf sich zuschießen. Woher sollte sie wissen, daß es Polizisten waren? Wenn sie nicht ihr, sondern dem Mann zu Hilfe kämen, wäre sie verloren. Mit letzter Kraft stemmte sie sich aus dem Schnee in den Stand und stieß sich ab. Einfach geradeaus mit zitternden Knien. In die Hocke ging sie wie eine Rennfahrerin. Sah den Wegweiser vorbeiflitzen, an dem die Abfahrt sich teilte, links hinunter nach Küblis, rechts nach Klosters. War vorbei an dem Schild, vorbei und dem falschen Abgrund entgegen, Klosters statt Küblis. Es war ihr gleichgültig, solange sich nur die drei Millionen noch auf ihrem

Rücken befanden und sie hinabschoben, so schnell es ging. Jacqueline wagte sich nicht umzublicken. Wenn ihr das Glück half, hatten die Verfolger sie einen winzigen, aber entscheidenden Moment lang aus den Augen verloren und waren nach Küblis hinuntergeschossen.

Wieder ein Ziehweg. Im Schatten hatten sich Eisplatten gehalten. Ans Bremsen war nicht zu denken. Auch wenn der Skikurs, dem Jacqueline sich rasend näherte, Bögelchen fuhr.

»Aus dem Weg!« schrie sie verzweifelt. Vergebens.

Sie hatte nur noch die Chance, an der linken Kante, wo der Weg zur Böschung abbrach, vorbeizuwischen. Den ersten Skischüler schaffte sie, auch noch den zweiten, nahm auf der Höhe des dritten den Weg als Schanze. Einen Augenblick lang schwebte Jacqueline, aller irdischen Mühsal enthoben, bis sie in der Luft die Balance verlor. Dann wurde es finster und kalt, und als sie wieder erwachte, glaubte sie sich unter einer Lawine verschüttet.

Die Männer, die sie ans Licht holten, trugen blaue Anoraks. Sie gaben sich als Beamte aus. Aber Jacqueline war das inzwischen vollkommen egal.

13

Sie war es Amelie schuldig, daß sie es von ihr selbst erfuhr. Auch wenn sie sich diesmal couragierter angestellt hatte, fühlte sich Jacqueline verantwortlich für das Desaster. Zum zweitenmal war die Geldübergabe gescheitert. Einziger Unterschied: Die Bank hatte nicht noch einmal drei Millionen Mark fehlinvestiert.

»Ich glaube, wir werden gewaltig verarscht«, sagte Jacqueline am Telefon.

»Ich hatte nichts anderes erwartet«, sagte Amelie.

Sie wirkte gefaßt. Nicht bloß gefaßt, sondern geradezu desinteressiert.

»Erspare mir bitte die Einzelheiten«, bat sie.

Jacqueline bestand auf Einzelheiten. Nur Einzelheiten konnten sie selbst moralisch entlasten. Sie hatte ihren Kragen für Robert riskiert, sie hatte Anspruch auf die Würdigung von Details.

Sie hatte den Rucksack der Polizei überlassen. Der Mann, der sie zum Sturz gebracht hatte, war vorläufig festgenommen worden, auch wenn es keinen Anhaltspunkt dafür gab, daß er es tatsächlich auf ihren Rucksack abgesehen hatte. Vermutlich hatten sich die Verbrecher längst aus dem Pulverschnee gemacht, als sie merkten, daß die Gegend von Polizei wimmelte. Und es war sicher nicht ihre Absicht gewesen, den Geldboten über das Weißfluhjoch nach Küblis zu schicken, sondern ihm unterwegs aufzulauern.

Auch Amelie hatte Neuigkeiten zu melden.

Vladic war wieder frei.

Karla Körbel dagegen saß.

Ob sie jetzt auch sang?

Der Kurs der Union Bank war im Lauf des Tages in Frankfurt um weitere elf Prozent gefallen.
»Du brauchst nur in die Zeitung zu schauen«, sagte Amelie, »dann weißt du, warum.«
Jetzt erst, im Flugzeug von Kloten nach London, kam Jacqueline dazu. *Robert Sulzer spurlos verschwunden* meldete die »Frankfurter Allgemeine«. Kein Wort von seinem Finger in der Post. Kein Wort von der ersten gescheiterten Geldübergabe. Noch nicht einmal eine Andeutung, er könnte entführt worden sein. Dafür gab es nur eine Erklärung: Der Informant des Blattes mußte innerhalb der Bank zu finden sein, aber er hatte keine Ahnung. Er wußte nur, daß Robert im Union Tower vermißt wurde. Hatte Priel aus Dämlichkeit geplaudert? Eigentlich konnte niemand in der Bank ein Interesse daran haben, daß wegen solcher Berichte der Kurs der Union abstürzte. Und auch kein Wort davon, daß die Highland Credit den Aktionären der Union ein Kaufangebot machen wollte. Normalerweise ließ so etwas den Kurs in die Höhe schießen. Jacqueline wunderte sich ohnehin, wie Marshall es geschafft hatte, über Wochen hinweg unbemerkt Union-Shares anzuhäufen. Aber spätestens jetzt hätte das Gerücht auf dem Markt sein und die Aktie einen Sprung machen müssen.
Weil das alles so mysteriös war, hatte sich Jacqueline sofort auf den Weg nach London gemacht.

Das Montague-Hotel in der gleichnamigen Straße war ein viktorianisches Reihenhaus, dessen Zimmer den üblichen Komfort besaßen, aber nicht größer waren als der begehbare Schrank in Jacquelines Mailänder Palazzo. Das Britische Museum lag um die Ecke, ein weiterer Grund dafür, daß das Montague mehr Ägyptologen als Investmentbanker anzog. Die Wahrscheinlichkeit, irgend jemand aus der City könnte Barkley und Jacqueline erkennen, war hier praktisch ausgeschlossen.
Sie waren allein an der Bar. Barkley hatte einen Bart aus Guinness-Schaum, als er sagte: »Sie glauben also nicht an ein Verbrechen, Jacqueline.«

»Ich glaube gar nichts mehr.«
Jacqueline hatte eine Menge zu erzählen und nicht vor, viel davon für sich zu behalten. Es drängte aus ihr heraus, als könnte sie sich damit von den bösen Geistern aus Davos befreien. Außerdem sah sie es als ein Gegengeschäft. Wenn Barkley sah, daß sie nichts verbarg, würde er seinerseits auspacken, hoffte sie.
Die Inszenierung der Geldübergabe. Ja, es war eine Inszenierung gewesen. Ein Possenspiel, das der großen Oper des World Economic Forum folgte. Eine Persiflage der Idee vom ewigen Wettbewerb. Die Botschaft der Oper war: Nur die Flexibelsten, Schnellsten setzen sich durch. Die Persiflage zeigte: Immer wenn es darauf ankommt, haut es dich auf die Schnauze.
War dieses Bubenstück also eine Art politische Demonstration?
Jacqueline erzählte von Zeitler, dem gefallenen Anlageberater, dem mutmaßlichen Empfänger der ersten Lösegeldrate, und von Karla, die zur Stunde vermutlich in Delings Daumenschrauben Höllenqualen litt. Karla war mit Robert in London gewesen. Barkley hatte sie wahrscheinlich sogar kennengelernt.
Er verneinte es. Er kapierte noch immer nicht.
»Ein Anschlag? Ein Anschlag auf die Bank oder was? Du liebes bißchen, drei Millionen kosten die Union ein müdes Lächeln. Das war kein Anschlag, höchstens Mundraub.«
»Nennt man das so im Lande Robin Hoods?«
Jacqueline bestellte schon die zweite Flasche Wasser. Sie durfte sich jetzt auf keinen Fall in eine neue fixe Idee hineinsteigern. Zeitler war voller Rachsucht und ein linker Spinner; aber deshalb mußte man ihm nicht gleich ein revolutionäres Attentat zutrauen. Wenn er überhaupt der Täter war. Ob Karla inzwischen gestanden hatte? »Also kein Anschlag auf die Bank?« wiederholte Jacqueline.
»Es sei denn, es geht gar nicht um das Geld«, nickte Barkley. Jacqueline sah ihn erwartungsvoll an.
»Die drei Millionen sind weg. Das sind Peanuts. Aber der Vorstandsvorsitzende verschwindet in der heikelsten Phase der Übernahme. Das ist tatsächlich ein großer Verlust. Vielleicht war es das,

was die Kidnapper beabsichtigt haben. Dann wäre das Verbrechen auch eine Art Anschlag. Der Anschlag auf unsere Fusion.«

»O Mann«, sagte Jacqueline mit trockenem Mund.

Exakt dieser Verdacht war ihr heute auch schon gekommen. Sie hatte ihn weggeschoben, hatte ihn verworfen. Er schien ihr spekulativ und aberwitzig. Und sie war sich auch nicht mehr ganz sicher, ob ihr die Ereignisse inzwischen nicht den Verstand geraubt hatten. Aber jetzt bestätigte Tom Barkley ihren Verdacht. Jetzt war sie nicht mehr allein damit.

Barkley frischte seinen Bart am nächsten Glas Guinness auf. Jacqueline goß sich Wasser nach. Es kühlte. Es nahm das Brennen von den Lippen. Die Sonne oben am Berg mußte es angerichtet haben.

»Man könnte tatsächlich auf die Idee kommen, jemand hat sich gegen die Übernahme der Lincoln Invest verschworen«, sagte Barkley.

Jacqueline hielt üblicherweise nichts von Verschwörungstheorien. Aber in diesem Fall paßte einiges zusammen, was nicht zusammen gehörte.

Was hatte zum Beispiel Marshall mit der Geschichte zu tun? Er hatte die UB mit seinem Angebot an die Lincoln-Invest-Aktionäre ausgebootet.

»Ist Marshall nur der lachende Dritte?«

»Sie sind schon wieder nicht auf dem laufenden, Jacqueline!« lächelte Barkley. »Marshall hat kalte Füße bekommen. Er will uns nicht mehr haben. Sein Appetit hielt nur so lange vor, solange Sulzer den Braten für sich behalten wollte.«

Jacqueline verstand. »Marshall will nicht zuviel auf einmal. Er hat vor, die Union zu übernehmen. Hatten Sie davon wirklich keine Ahnung, Tom?«

»Sagen wir, nicht mehr als eine Ahnung. Es überrascht mich nicht. Ich denke, Marshall hatte es von Anfang an auf die Union abgesehen. Wäre die UB bei uns eingestiegen, wäre sie plötzlich ein gutes Stück zu groß gewesen für die Highland Credit. Das wollte Marshall verhindern. Deshalb hat er mitgeboten. Nur zum Schein und keinen Tag länger als nötig.«

»Allmählich wird ein Schuh daraus«, sagte Jacqueline. »Ich verstehe nur nicht, weshalb die Union Bank so schnell klein beigegeben hat.«
»Jetzt sind wir am Punkt. Robert fehlte im entscheidenden Moment. Die UB war nicht handlungsfähig.«
Die Wasserflasche war schon wieder leer. Barkley hatte gerade eine Erklärung für das Scheitern der Fusion geliefert und damit zugleich etwas Unglaubliches angedeutet. Winston Marshall besaß ein Motiv, Sulzer verschwinden zu lassen. Eine absurde Idee. So weit ging selbst ein ewig pubertierender McKinley-Ritter im Karriereduell nicht. Nein, nein, Barkley hatte sich vergaloppiert. Aus verständlichem Ärger über den Kuhhandel um seine Bank verwechselte er Marshall mit dem Bösewicht in einem Shakespeare-Stück.
»Schon lange, bevor Marshall bei der Lincoln anklopfte, waren die Verhandlungen mit der Union festgefahren. Tom, war es nicht so?«
»Die Union hat dem Scheitern des Mergers in der Tat wenig entgegengesetzt«, gab Barkley zu.
»Welche Rolle spielte dabei Duncan? Mußte er nicht fürchten, seinen Platz an Sie zu verlieren?«
»Duncan war der Erbsenzähler, der mit immer neuen Detailfragen die Sache aufhielt«, sagte Barkley. »Er war nicht viel schlimmer als andere Finanzchefs. Erbsenzählen ist ihr Geschäft. Dafür werden sie bezahlt.«
»Woran ist der Deal am Ende gescheitert? Nur an Marshalls Angebot? Wenn ich es richtig sehe, schreibt der City Code vor, daß offiziell angekündigte Übernahmeangebote nicht mehr zurückgezogen werden können. Genau das hat die UB aber getan.«
»Nein. So weit waren wir noch nicht. Wir standen erst kurz davor. Das formelle Angebot an die Aktionäre der Lincoln Invest, ihre Aktien zu einem bestimmten, den bisherigen Höchstkurs übersteigenden Preis zu übernehmen, sollte an dem Tag formuliert werden, an dem Robert vom Erdboden verschwand. Unserer Investmentbank, Merill Lynch, fehlte das letzte O.k. aus Frankfurt.«
»Kroll oder Duncan hätten es geben können.«
»Zu spät. Marshall hatte sich inzwischen gemeldet und bot mit. Damit war ich nach britischem Aktiengesetz gezwungen, die vorgese-

hene Empfehlung an die Lincoln-Aktionäre zugunsten des Union-Gebots zurückzunehmen. Das Angebot hätte zwar trotzdem herausgehen können, aber ohne Aussicht auf Erfolg.«

»Und als sich Marshalls Ankündigung als leere Drohung herausgestellt hatte?«

»War die Union nur noch kopflos.«

»Trotzdem ist mir schleierhaft, weshalb Duncan nicht sofort Kroll verständigt hat und die UB die Highland Credit nicht einfach überboten hat.«

»Das ist es, was ich bis heute nicht verstehe. Es sah aus, als ob die UB schlagartig das Interesse an uns verloren hätte.«

»Vielleicht war das schon früher geschehen. Vielleicht kam die Highland Credit wie gerufen. Sie lieferte der UB den Vorwand, eine Fusion aufzugeben, an die sie selbst nicht mehr glaubte.«

»Weshalb sollte sie?«

»Weil sie auf eine andere Karte setzte. Sulzer war seit Wochen mit Marshall im Gespräch, wissen Sie das?«

»Ich wußte es nicht. Aber ich kann es mir zusammenreimen.«

»Tom, würden Sie nachträglich sagen, Robert habe gar nicht ernsthaft mit Ihnen verhandelt?«

»Ich sage gar nichts mehr. Das Kapitel ist für mich zu Ende. Alles hat am Ende sein Gutes. Beim nächstenmal werden wir vielleicht nicht übernommen, sondern übernehmen selbst. Niemand muß sich um die Lincoln Invest Sorgen machen.«

Barkley wischte sich den Schaum vom Mund, als hätte er mit dem letzten Schluck den Fall endgültig hinuntergespült. Er gab dem Barmann ein Zeichen. Sein Durst war noch nicht gestillt. Jacqueline nahm Wasser. Der Tag war ihr auf den Magen geschlagen.

Die Nacht war lausig, Jacqueline kam nicht zur Ruhe. Sie hielt ein Bündel Fäden in der Hand und brachte es nicht fertig, die richtigen Enden miteinander zu verknüpfen. Robert konnte tot sein oder halbtot oder sehr lebendig, mit klaffender Wunde in ein Kellerloch gesperrt, steifgefroren bis zur nächsten Schneeschmelze in einer Davoser Felsritze vergraben, oder sich in einem Seebad der südlichen

Hemisphäre aalen und mit sämtlichen Fingern auf den Rückenwirbeln einer braunen Schönheit spielen. Schuldig oder unschuldig oder beides zugleich. Am Ende hatte er sich den Finger selbst abgehackt, um eine falsche Spur zu legen oder um endgültig Schluß zu machen mit dem Pianistenwahn, der ihn ein Leben lang quälte. Dieser Finger, er deutete anklagend mal auf Kroll, mal auf Amelie, mal auf Robert selbst. Außerdem bohrte er Löcher in Jacquelines Hirn, so daß sie nicht mehr bis drei zählen konnte und keinen Schlaf mehr fand. Wenn es nicht einfach nur an dem vielen Wasser lag, das sie getrunken hatte.

Da waren die beiden schwarzen Enden in ihrer Hand, die sie geflissentlich übersehen hatte. Aber sie waren immer schon dagewesen, vom ersten Moment an. Die ganze Lösegeldgeschichte konnten sich Trittbrettfahrer ausgedacht haben, die tatsächlich nichts mit Roberts vermeintlichem Tod zu tun hatten. Vielleicht hatte Robert Karla einen Abschiedsbrief geschickt. Oder auch nicht. Wo stand geschrieben, daß man sich nur mit einem Abschiedsbrief aus dieser Welt stehlen durfte? *Meine liebste Amelie/Karla, bitte verzeih mir ein letztes Mal...* Wer es ernst meinte mit der letzten aller Optionen, konnte gern auch auf die letzte aller Lügen verzichten. Gottverdammter Finger! Er paßte nicht zu diesem Ende der Geschichte – aber bohrte und bohrte und bohrte. Bis Jacqueline am Ende doch wieder zum bewährten Schmerzmittel griff, um ihr wundes Hirn ein wenig zu desinfizieren und zu schützen. Die Fangopackung aus dem Flachmann war ein Segen.

Jacqueline saß Winston Marshall gegenüber. Ein spätes Frühstück, von einer Art weiblichem Butler im persönlichen Speisezimmer des Chief Executive Officers serviert. An der getäfelten Wand ein Porträt der Queen zu Pferd in schottischem Tweed. Auf Tassen und Tellern das Tartan der Highland Credit. Breites Orange zwischen schmaleren Streifen in Tannengrün und Königsblau auch auf Servietten und Platzdeckchen und Teppichböden. Und bald würde das Muster auch den Union Tower in Beschlag nehmen. Marshall grauste es vor gar nichts. Er aß weiße Bohnen in Tomatensoße mit Speck.

Davon – ohne Speck – hatte sich Jacqueline zuletzt als Studentin ernährt. Sie nahm ein Ei, gebraten, upside down, nichts sonst, auch keinen Toast.
Marshall schwadronierte über die Freundschaft, das kostbarste Gut. Über die Freundschaft im allgemeinen und über die Freundschaft mit Robert im besonderen.
»Wir haben keine Geheimnisse voreinander«, behauptete er. Nach einer effekthascherischen Kunstpause: »Ich weiß auch, wie sehr Bob Sie mag.«
»Oh, da wissen Sie mehr als ich.« Jacqueline wäre gern demonstrativ errötet. Es gelang ihr nicht; nicht vor diesem Mann.
Auch wenn er derselbe Jahrgang war, sah er älter aus als Robert. Dünnes, lichtes Haar auf einer Bohnenstange. Die langen Hände wie fleischige Spinnen. Irgendwie sah Marshall aus wie ein evangelischer Oberstudienrat für Griechisch und Latein. Einer von denen, die ihre eigenen Kinder so mit Ehrgeiz vollpumpten, daß sie als Konzernchefs endeten oder Gift nahmen oder keinen anderen Ausweg wußten, als selbst Oberstudienräte für Griechisch und Latein zu werden. Jacqueline wußte, wovon sie sprach. Ihr Vater war ein katholischer Studienprofessor für Mathematik und Physik gewesen. Plötzlich erinnerte sie sich. Sie hatte Marshall in Davos gesehen. Mit Robert bei dem Jazzpianisten.
Marshall beugte sich ihr über seinen Bohnen entgegen und flüsterte: »Die junge Frau, mit der Robert hier war! Offen gesagt, ich habe ihn nicht verstanden.«
Jacqueline war das private Sie-wissen-schon-Gewispere peinlich. Laut und deutlich sagte sie: »Wie es aussieht, hat sie ihn dem Entführer ans Messer geliefert.«
Vor Entsetzen rührte Marshall vorübergehend nichts mehr an. Er nickte schicksalsschwer.
»Was hatten Sie für einen Eindruck von ihr?«
Eine harmlose Frage. Marshall beantwortete sie trotzdem nicht. Jacqueline schloß daraus, daß Karla mehr von Roberts Geschäften wissen mußte, als sie zugab. Gewiß hatten Marshall und Robert in ihrer Gegenwart nicht bloß das Wetter durchgenommen.

»Es will mir nicht in den Kopf«, sagte Marshall.
»Daß er sie mitgebracht hat?«
»Ja, nun.« Offenbar fiel es Marshall schwer, mit der Schwäche seines Blutsfreundes fertig zu werden.
»Sie waren einfach schockiert, ein derart schräges Wesen an seiner Seite zu erblicken«, schlug Jacqueline als Antwort vor.
Marshall wischte die Bemerkung zur Seite. »Nein. Es war einfach eine extravagante Tarnung. Wer uns sah, wäre unmöglich auf den Gedanken gekommen, es würde gerade die europäische Finanzindustrie neu geordnet. Ich fand die Dame allenfalls, sagen wir, etwas einfältig. Aber Duncan hat sich blendend mit ihr unterhalten.«
Duncan war mit in London gewesen. Den Verdacht hatte Jacqueline schon gehabt. Auch Duncan wußte mehr, als er zugab. Jacqueline hatte seine Rolle in diesem Spiel nur noch nicht durchschaut. War er der Freund oder der Verräter? Daß er von den privaten Abgründen Roberts wußte, machte ihn noch undurchsichtiger.
»Das hätte ich jetzt vielleicht besser für mich behalten«, sagte Marshall. »Bobs Begeisterungsfähigkeit ist unschlagbar. So wie er sich unsterblich in die nächstbeste Frau verlieben kann – genauso läßt er sich von einer neuen Geschäftsidee mitreißen.«
Wenigstens war sie nicht die Nächstbeste, dachte Jacqueline. Marshall goß sich Milch und Tee gleichzeitig in die Tasse.
»Als Sie das letztemal hier anriefen, mußte ich es noch geradewegs abstreiten. Aber tatsächlich war Bob wild entschlossen, die First Europe zu gründen. Manchmal braucht er jemanden, der ihn dazu ermuntert, seine Visionen zu realisieren. Manchmal muß man sein Ungestüm bremsen.«
»Sie haben Roberts Lincoln-Deal zerstört. Das nennen Sie ermuntern?«
»Ich hatte gleich gesagt, daß das nichts für ihn ist. Aber er wollte einen Spatz in der Hand, solange die Taube noch auf dem Dach saß. Nein, mit der Lincoln Invest hätte es Bob niemals zur First Europe gebracht. Es war der falsche Ansatz. Hätte diese Fusion geklappt, hätte sie zwei, drei Jahre lang die Kräfte der UB vollkommen absorbiert. Dann hätten Bob und ich unseren Traum begraben können.«

Marshall tat, als wäre er der Pate eines begabten, etwas ungestümen und noch minderbemittelten Schützlings. Oder ein gottverdammter, anmaßender, scheinheiliger Oberstudienrat. Was bildete er sich ein? Das Scheitern des Lincoln-Deals war für Robert eine Katastrophe. Womöglich hatte er sich deshalb umgebracht. Auf jeden Fall hatte er seinen Nimbus dafür riskiert und verloren.
Jacqueline sah keinen Grund mehr, Marshall zu schonen. Er hatte auf der ganzen Linie gesiegt. Die Union Bank war reif zur Übernahme. Der Triumph stand ihm als Fratze im Gesicht.
»Sie haben Robert gekillt. Ist es das, was Sie wollten?«
Marshall verzog die Lippen zu einem Flunsch. Machte sich auch noch lustig über sie.
»Sie sollten nicht vorschnell urteilen, Jacqueline.«
Das war genau der Ton, mit dem Killerpädagogen ihren Zynismus tarnten.
»Sie können nicht wissen, Jacqueline, wie sehr Bob selbst an der Fusion gezweifelt hat. Je intensiver unser Dialog über die First Europe wurde, desto größer wurden seine Zweifel. Er konnte aber die Verhandlungen nicht einfach abbrechen. Er konnte sie nur im Sand verlaufen lassen. Ich bin ihm mit meiner Offerte sozusagen zu Hilfe gekommen.«
»Kroll sieht das ganz anders! Er sagt, Robert habe mit Ihnen nur zum Schein gesprochen, um Sie von seinem Interesse an der Lincoln abzulenken.«
»Sind wir uns so sicher, Madam, daß der ehrenwerte Mister Kroll alles so genau weiß, was in seinem Haus geschieht? Fragen Sie Bob!«
»Nichts würde ich lieber tun.«
»Oder meinetwegen Duncan.«
»Ich frage jetzt Sie, Marshall! Und ich glaube Ihnen kein Wort. Sie haben Robert erlegt wie einen verdammten Zwölfender. Sein Geweih hängt nächste Woche schon neben der Queen.«
»Ich habe Verständnis, wenn die Dramatik der Ereignisse Sie zu falschen Schlüssen verleitet. Einiges ist in der Tat schwer zu verstehen. Aber glauben Sie mir, die First Europe war als Merger of equals angedacht. Zur Wahl stand Aktientausch oder Neugründung durch

Verschmelzung der bisherigen Konzerne. Obwohl die Highland eindeutig nach Bilanz und Ertragsstärke vorn liegt, wäre es eine faire Partnerschaft auf der Basis von Gleichberechtigung geworden.«
»Und was wäre mit Robert geschehen? Bestenfalls hätten Sie ihn in den Aufsichtsrat abgeschoben.«
»Sie irren gründlich«, sagte Marshall. »Wir hätten eine Doppelspitze gebildet.«
Er biß krachend in einen Toast.
»Aber jetzt haben Sie die ganze Macht. Ein wahrlich beeindruckender Freundschaftsbeweis!«
»Ach, hören Sie, mit Bobs Abgang gab es für mich keine Wahl mehr. Kroll hätte einer Mega-Fusion mit uns niemals zugestimmt. Ich war zum Angriff gezwungen, als Bob verschwand. Das ist es, was mich quält. Deshalb sitze ich hier mit Ihnen. Wo, um Gottes willen, steckt Bob? Ich handle in Bobs Interesse. Es war seine eigene Vision, die ich realisiere. Es ist meine Pflicht. Ein Freundschaftsdienst, nichts sonst. Dieser Merger ist sein Vermächtnis. Wenn Sie so wollen, bin ich nur sein Testamentsvollstrecker.«
»Der sich die Erbschaft selbst zuspricht.« Marshall klang ekelerregend scheinheilig.
»Seit gestern ist es offiziell«, fuhr Marshall fort. »Wir werden den UB-Aktionären ein Angebot machen, das sie nicht ausschlagen können. Sie werden mich noch für einen Wohltäter halten, wenn die UB-Aktie weiter stürzt.«
Genau darauf hatte Marshall spekuliert.
»Freuen Sie sich nicht zu früh«, sagte Jacqueline. »Kroll setzt alle Hebel in Bewegung auf der Suche nach einem White Knight.«
»Good luck.«
Marshall drückte auf einen Messingknopf unter der Tischplatte. Binnen Sekunden erschien der weibliche Butler. Und keine weitere Minute später perlte eiskalter Champagner in mundgeblasenen Flöten.
Jacqueline spielte ihre letzte Karte aus.
»Sie waren mit Robert in Davos. Es war spät im *Jazz Café*. Ich habe Sie zusammen beobachtet. Sie zählen zu den letzten, die ihn lebend

gesehen haben. Vielleicht waren Sie überhaupt der letzte. Hat die Polizei Sie noch nicht verhört? Ich bin sicher, Ihre Aussage wäre von brennendem Interesse!«

»Auf Robert«, sagte Marshall und hob sein Glas, als wäre nichts gewesen.

»Auf Robert«, sagte Jacqueline und konnte nicht verhindern, daß ihr die Tränen kamen.

»Wenn Sie es genau wissen wollen: Wir haben uns betrunken. Zur Feier des Tages betrunken. Auf die Fusion. Wir haben uns im Schnee gewälzt wie Kinder. Da war es, das große Glück. Vor uns die Gipfel in mondbeglänzter Nacht. Wie alle Gipfel auch dieser: nur einen Schritt vom Abgrund entfernt. Und dann? Dann hat sich jeder brav in ein Auto gesetzt und ins Hotel fahren lassen. Er ins Bellevue, ich in den Seehof.«

Jacqueline hatte das Gefühl, sie könnte ihrem Bündel Fäden einen neuen hinzufügen. Es war kein Faden mehr, es war ein buntes Seil, an dem sich Robert hervorziehen ließ. Viel Orange mit Tannengrün und Königsblau. Und weiß wie Schnee. Sie fragte sich, weshalb Marshall sich ihr gegenüber so siegessicher aufführte. Falls er sie unterschätzte, würde er es bald bereuen. Marshall hatte Robert nicht bloß abgeschossen, sondern den Kadaver auch gleich noch beseitigt. Ein von Ehrgeiz zerfressenes Monster hatte Robert aus dem Weg geräumt. Ein durchgeknallter Studienrat. Jetzt trank er Champagner. Eisgekühlte Krokodilstränen, dachte Jacqueline.

»Und wo, denken Sie, werden wir ihn finden?«

»Es gibt Dinge zwischen Himmel und Erde, die sich unserem Verständnis entziehen«, sagte Marshall.

Zeitler ging der Polizei trotz eines Viereinhalbtagebarts und wasserstoffblond gefärbten Stiftelkopfs kurz vor acht Uhr auf dem Frankfurter Flughafen ins Netz. Er trug ein Anschlußticket nach Rio bei sich und Reiseschecks im Wert von fünfzigtausend Dollar. Er war aufgefallen, weil er einen gestohlenen Paß benutzte, der auf den Namen Ulrich Zick lautete und dessen Foto allenfalls entfernte Ähnlichkeit mit ihm aufwies.

Jacqueline erfuhr es am frühen Nachmittag von Deling persönlich, der sie am Flughafen hatte abholen lassen.
Gewiß hatte er Karla unter Druck gesetzt.
»Sie hat gesungen?«
Deling schwieg, als wollte er die Spannung erhöhen.
Jacqueline vermutete, der Kommissar erwartete jetzt ein Kompliment von ihr. Dabei war der Erfolg der Polizei doch zu spät gekommen – was nicht Delings, sondern Krolls Schuld war.
»Was hat sie Ihnen denn gestanden? Ihre Liebe zu Sulzer vielleicht?«
Das geriet Jacqueline eine Spur zu schnippisch, herablassend, hoffnungslos. Schon tat es ihr leid. Sie mochte den Beamten eigentlich. Er strahlte professionelle Ruhe aus und eine optimistische Grundstimmung. Auch jetzt ließ er sich nicht reizen.
»An Karla Körbels Mitwisserschaft gibt es keinen Zweifel. Sie hat Zeitler belastet. Er hat den Brief mit der ersten Forderung, den sechs Millionen, geschickt und die Hälfte davon in München kassiert.«
»Dann weiß Karla auch, wo Sulzer steckt?«
»So weit geht ihr Geständnis leider nicht. Sie bestreitet sogar jede Beteiligung an der Tat. Wir können der Körbel in der Tat nicht nachweisen, daß sie Sulzer in ihre Venusfalle gelockt hat, um seine Entführung vorzubereiten. Aber es wird ihr nichts nützen. Kein Gericht der Welt wird ihr das abnehmen. Und jetzt kochen wir Zeitler weich.«
Jacqueline gratulierte Deling zu seinem Fang.
»Großartig«, lobte sie. »Auch wenn Zeitler bloß ein Trittbrettfahrer ist.«
Sie habe eine Menge zu erzählen, von Marshall und einer feindlichen Übernahme, bei der richtiges Blut geflossen sei.
Deling hörte interessiert zu und lud Jacqueline ein, Zeitlers Verhör zu beobachten.
Sie saß hinter einer verspiegelten Glaswand, Zeitler Deling an einem blanken Metalltisch gegenüber. Zwei weitere Beamte führten Protokoll.

»Sie vereinfachen die Sache ungemein«, begann Deling, »wenn Sie uns gleich sagen, wo wir Dr. Sulzer finden.«
Er antworte prinzipiell nur im Beisein seines Anwalts, maulte Zeitler.
Auch das sei prinzipiell weitsichtig, lobte Deling, bloß könne der Anwalt auch nicht helfen, solange Dr. Sulzer nicht wieder da sei.
»Auf dieses Ding bekommen Sie kein lausiges Lebenslänglich, Meister, sondern Sicherheitsverwahrung. Das verspreche ich Ihnen.«
Zeitler verlangte umgehend nach Rechtsanwalt Karan.
Jetzt sei ihm wirklich nicht mehr zu helfen, sagte Deling. In seiner Stimme schwang echtes Bedauern. Die Wahl Karans galt praktisch als Geständnis. Karans Prozesse versprachen ein Medienspektakel mit politischer Note zu werden. Der Staranwalt würde für mildernde Umstände plädieren, weil die Bank Zeitler in eine Notlage getrieben hätte und er Sulzer subjektiv als Bedrohung empfunden haben müßte. Ein kleines Würstchen, verfolgt von einem globalen Megasuperallfinanzkonzern. Aber Deling mußte auch aufpassen, weil Karan aus dem kleinsten Formfehler einen Justizskandal machte.
Er bat einen Beamten, das Büro Karan zu verständigen. Zeitler schlug er noch einmal vor, keine Zeit zu verschwenden.
Deling hielt sich das Rio-Ticket mit langem Arm vor die schwachen Augen. »Einfach. Business.« Der Polizist nickte beeindruckt. »Sie wollten länger bleiben? Wie lange reicht die Kohle?«
Zeitler sah ihn verächtlich an.
»Dabei kann es hier auch sehr schön sein. Sogar im Winter. Erinnern Sie sich an das vorletzte Wochenende? Ein Märchen. Wo waren Sie am dreißigsten Januar?«
Zeitler erinnerte sich sofort. »Skifahren«, brummte er.
Was sonst sollte man tun an einem derart mustergültigen Wochenende.
»Vielleicht in der Schweiz«, vermutete Deling.
»Bin ich eine Bank?« Zeitler zögerte keine Sekunde mit der Antwort.
»Damals noch nicht. Vermutlich waren Sie gestern in Davos, um ihre Reisekasse noch ein wenig aufzubessern. Weshalb hat es denn diesmal wieder nicht geklappt?«

Zeitler bewegte die flache Hand wie einen Scheibenwischer vor den Augen.
»Die drei Millionen der ersten Rate reichen notfalls«, tröstete ihn Deling.
Zeitler bestand darauf, in seinem Leben noch niemals in Davos gewesen zu sein. Jacqueline bewunderte fast seine Ruhe.
Deling ignorierte es. »Woher wußten Sie, daß Dr. Sulzer sich in Davos aufhielt?«
»Was soll ich gewußt haben?«
»Daß sich Dr. Sulzer zur Tagung des World Economic Forum in Davos aufhielt, im übrigen ohne Personenschutz, was Ihnen sicherlich auch nicht entgangen war.«
»Es ist beeindruckend, was Sie mir alles zutrauen«, sagte Zeitler. »Aber Sie sind echt auf dem Holzweg. Im übrigen kann jeder in der Zeitung lesen, was sich in Davos abspielt. Sie sind alle dagewesen. Die Ausbeuter aller Länder.«
»Das ist also Ihr Motiv. Sie fühlen sich als eine Art Robin Hood. Als eine Art Rächer. Dann sollten Sie die drei Millionen spenden, statt damit nach Brasilien zu türmen. Wie wär's mit Armenspeisung in den Favelas?«
»Machen Sie sich nur lustig.«
»Robin Hood war nicht allein. Reden wir über Ihre Komplizen. Mal abgesehen von Frau Körbel. Auf die kommen wir später.«
»Sie machen sich lächerlich, wenn Sie Karla etwas anhängen wollen.«
»Wir sind dabei, Frau Körbels Alibi zu überprüfen. Vielleicht haben Sie sogar recht. Sagt Ihnen der Name Winston Marshall etwas?«
Zeitler schaute wie der Ochs vorm Berg.
»Vielleicht haben Sie wirklich keine weiteren Mittäter. Auf eine Leiche muß schließlich niemand aufpassen.«
»Kein Wort mehr«, sagte Zeitler und setzte sich entschlossen aufrecht auf den unbequemen Stuhl.
»Herr Zeitler, wo waren Sie am Samstag, dem sechsten Zwoten, nachmittags gegen fünf?«
»Lassen Sie mich überlegen. Kein Problem: im Stadion. Bayern ge-

gen Rostock. 2:0. Anschließend Schwimmen. Wie immer im Olympiabad.«
»Dort, wo Sie auch Ihren Tauchkurs geben?«
»Richtig.«
»Herr Zeitler, ich glaube Ihnen das sogar.«
»Ist Tauchen verboten?«
»Zu diesem Zeitpunkt waren Sie alle Sorgen los. Seit wann kennen Sie Karla Körbel?«
»Ach Gott!« sagte Zeitler. »Ewig.«
»Gut?«
»Steht das neuerdings auch unter Strafe?«
»Wir wundern uns nur, daß Frau Körbel gleichzeitig ein Verhältnis mit Dr. Sulzer unterhielt. Davon wußten Sie doch?«
»Glauben Sie, was Sie wollen.«
»Kein bißchen eifersüchtig?«
»Für wie spießig halten Sie mich?«
»Wissen Sie, so ziemlich alle Schwerverbrecher, die ich kenne, sind Spießer. Daß sie sich als Outcasts fühlen, die sich ihre eigenen Gesetze machen, ist das allerspießigste.«
»Fertig mit der Vorlesung?«
»Eifersucht wäre auch ein prima Motiv«, sagte Deling.
»Karan wird Ihnen Ihre Unterstellungen um die Ohren hauen.«
»Teilt Frau Körbel Ihre politischen Auffassungen?«
»Am besten, Sie fragen sie selbst.«
»Ist längst geschehen«, sagte Deling. »Sie war es, die Ihnen erzählt hat, Sulzer sei in Davos. Von ihr erfuhren Sie die nötigen Details. Frau Körbel hat ein umfangreiches Geständnis abgelegt.«
Deling gab Zeitler keine Atempause.
»Warum waren Sie mit den ersten drei Millionen nicht zufrieden?« Deling wartete die Antwort nicht ab, sondern schlug den Aktendeckel zu und schob seinen Stuhl etwas zurück. Es war das verabredete Zeichen. Einer der protokollierenden Polizisten stellte Zeitler eine Styroporschachtel unter die Nase. Deling nahm den Deckel ab. Der Finger stank nicht – er lag auf Eis.
In Zeitlers Gesicht arbeitete es.

»Wo ist der Rest?« wollte Deling wissen.
Zeitlers Blässe wetteiferte mit der des Fingers.
»Sie wollen mich fertigmachen«, stammelte er. »Das da ist nicht echt. Sie sind nicht bei Trost!«
»Fassen Sie ihn ruhig an«, sagte Deling. »Er kratzt nicht. Es hat Ihnen doch auch nichts ausgemacht, ihn abzuschneiden und zu verpacken.«
»Moment! Sie wollen mir das anhängen. Das können Sie nicht tun. Es ist gegen das Gesetz.«
»Beruhigen Sie sich, Herr Zeitler. Sie brauchen uns nur zu erzählen, wie es wirklich gewesen ist.«
Zeitler starrte noch immer auf den Finger. Plötzlich riß er die mit Handschellen gefesselten Hände vor den Mund und drehte sich zur Seite. Aber er hatte den Kampf schon verloren. Deling setzte reaktionsschnell den Deckel auf den Finger. Es war besser so.
Ein Beamter brachte ein Glas Wasser. »So eine Sauerei«, schimpfte er. »Können Sie sich nicht zusammenreißen?«
»Er wischt das gleich selbst auf«, sagte Deling.
Zeitler sagte: »Ich möchte eine Erklärung abgeben.«

14

Jacqueline hatte Mitleid mit Kroll – so weit war es schon gekommen. Er hatte in der Aufsichtsratssitzung nichts zu lachen gehabt. Jedenfalls ließ das wenige, was er ihr erzählte, das Schlimmste befürchten. Die werten Kollegen, die sich üblicherweise nicht weh taten, weil sie sich gegenseitig in verschiedene Räte berufen hatten, gewährten Kroll nur noch eine Galgenfrist. Seitdem telefonierte er um sein Lebenswerk. Einen Weißen Ritter mußte er finden, rechtzeitig, also noch ehe Marshall die Mehrheit der UB-Aktien zusammengekauft hatte. Ein halbes Dutzend Banken- und Versicherungskonsortien kam dafür in Frage. Kroll kannte alle Key-Player persönlich. Er war beliebt im Klub, vielleicht kam ihm das entgegen. Jetzt zahlten sich hoffentlich die Millionen aus, mit denen er die Bayreuther Festspiele subventionierte, nur um an die Karten heranzukommen, mit denen er wichtige Kollegen über die Jahre zu verwöhnen pflegte, inklusive der Suiten und siebengängigen Menüs in Pflaum's Pegnitzer Posthotel.
Was ihm Jacqueline über Marshall erzählte, stimmte Kroll auch nicht heiterer. Damit zu rechnen, daß Marshall als Mörder ins Netz ging, hieße, auf ein Wunder zu warten. Kroll hoffte niemals auf ein Wunder. Außerdem scherte es am Ende niemanden mehr, wie jemand an die Aktienmehrheit gekommen war.
Kroll hätte sich vierteilen müssen, so sehr drängte die Zeit. Und dann noch dieser Termin in Bonn. Roberts Termin. Aber Kroll durfte die Abgeordneten unmöglich mit der Entschuldigung abspeisen, sein Vorstandsvorsitzender sei ganz einfach verschwunden. Sie würden es nicht glauben, da gab Jacqueline ihm recht, sondern die Absage als Affront auffassen. Menschen, deren Selbstbewußt-

sein darauf beruhte, daß sie jeden Minister und sogar den Kanzler herbeizitieren konnten, sagte man nicht kurzfristig ab. Kroll konnte auch nicht einfach einen anderen Vorstand als Ersatz schicken, auch nicht die Nummer zwei, die schon gar nicht. Duncan sprach zwar besser deutsch als der durchschnittliche Hinterbänkler, aber er war nun einmal kein Deutscher, den sie an seinen patriotischen Eiern packen konnten. Kroll mußte sich schon persönlich opfern. Unter diesen Umständen durfte sich Jacqueline seiner Bitte nicht verweigern.

Das hieß, eineinhalb Stunden mit Kroll im Wagen zu sitzen und sich anzuhören, wie er sich vorbeugend ekelte. Vor Fragen, die er schon hundertmal beantwortet habe, die noch nicht einmal Fragen sein würden, sondern mit Fragezeichen verbrämte Vorurteile und Wahlkampfsprüche. Das Ganze sei eine Show, die keinen Gewinn bringe und die Company keinen Schritt weiter. Für die parteipolitischen Rituale der Republik war Kroll sich weiß Gott zu schade. Auch dafür hatte er Sulzer geholt. Sollte doch der sich mit den berufsmäßigen Ignoranten herumschlagen.

Kroll solle, empfahl ihm Jacqueline, wie der heilige Sebastian einfach die Pfeile auf sich nehmen. Auch der Heilige sei nicht daran gestorben, worin genau ja das Wunder bestanden, das ihn zum Heiligen gemacht habe.

Diese Vorstellung schmeichle ihm sehr, sagte Kroll.

Aber sie heiterte ihn auch nicht mehr auf. Dabei hielt Kroll sich für einen wahren Patrioten. Er machte Jacqueline auch klar, weshalb. Männer seines Schlages hätten die Republik zur drittgrößten Wirtschaftsmacht der Welt geformt, nicht diese Schwätzer in Bonn.

Jacqueline gab ihm recht. Es vereinfachte ihr die Sache. Und es half Kroll, sich in Rage zu reden. Sie fand, es sei immer noch besser, einen kämpferischen Auftritt zu geben statt mit arrogantem Desinteresse sich selbst und die Parlamentarier zu langweilen.

Aber die Steuerpolitik sei doch ein einziger Skandal, empörte sich Kroll. Er führte alles staatliche Unvermögen darauf zurück, daß Politiker von Neid zerfressen seien. Heute säßen die Sozialisten in

allen Parteien. Zum Glück aber besitze das Kapital keinen deutschen Paß.
Die Union Bank, referierte Kroll dann vor den Parlamentariern, verdiene inzwischen im Ausland mehr Geld als in Deutschland. Auch die einheimischen Angestellten seien im Konzern nur noch eine Minderheit. Die Ertragskraft des Unternehmens zu steigern sei seine höchste, im übrigen gesetzliche Pflicht, eine Tatsache, die er niemandem in der Bank mehr erklären müsse, nicht einmal den Betriebsräten.
»Beaufsichtigen Sie eigentlich noch eine deutsche Bank?« wurde Kroll mit ernsten Stirnfalten gefragt. Er profitiere von den Vorzügen des deutschen Volkes, von seinem Fleiß, sozialem Frieden, seiner Ordnung. Also solle er sich ihm gegenüber auch in der Pflicht fühlen.
Jacqueline mußte sich zwingen, nicht loszuprusten. Wie eine Monstranz trugen diese Leute ihren Patriotismus vor sich her und wirkten dabei wie traurige Clowns, die nicht merkten, was in der Welt um sie herum vorging. Sich und ihr Land hielten sie für souverän, und beide waren nichts weniger als das. Alles, was blieb, waren Hymnen bei Olympischen Spielen für Sportler, die für Nike oder Adidas an den Start gingen, oder für die Union Bank. Intelligenz und Fleiß waren keine Frage der Nationalität. Und Kapital erst recht nicht.
Wäre Kroll dieser Debatte nicht so überdrüssig gewesen, hätte er gewiß diplomatischere Sätze gewählt, als er es nun tat.
Er könne sich vorstellen, phantasierte er, mit der Konzernspitze nach London oder New York zu übersiedeln. In das entsetzte Schweigen der Volksvertreter hinein fuhr Krolls noch weiter gehende Vision: London sei vielleicht nur ein Zwischenstopp. Er träume davon, ein Kreuzfahrtschiff zu kaufen und mit der Holding in internationalen Gewässern zu kreuzen. Dann dürfe sich keine Regierung und kein Parlament mehr Macht über die Union Bank anmaßen. Und aller Welt werde demonstriert, worauf allein es noch ankomme. Auf Beweglichkeit, auf permanenten Wandel, auf Speed, Speed und nochmals Speed.

So viel Power hatte Jacqueline dem Alten gar nicht mehr zugetraut. Sie war beeindruckt. Aber danach half es Kroll auch nicht mehr, daß der Ausschuß nicht im Bundeshaus tagte, sondern auf dem Venusberg und der Steinbutt ebenso exquisit schmeckte wie alles andere, was Krolls Bank bezahlte. Ein Hagel giftiger Pfeile prasselte auf ihn ein. Jacqueline sah, wie die meisten an ihm abglitten. Einige trafen. Es waren die, die Kroll Vaterlandsverrat aus Profitgier vorwarfen. Kroll erlitt es mit zusammengekniffenen Lippen. Was sollte er sich herumstreiten? War es überhaupt der Mühe wert? Nichts in diesem Disput war überraschend oder gar anregend. Sogar die Fragen nach dem Scheitern des Lincoln-Mergers, nach den Gerüchten um die feindliche Übernahme durch die Highland Credit wirkten wie bestellt. Sie waren geradezu Wasser auf seinen Mühlen. Was da geschah, war der beste Beleg. Wer nicht mit den globalen Wölfen heulte, wurde selbst gefressen.
Es wirkte nur noch wie ein schales Lippenbekenntnis, als Kroll ausrief, er werde alles tun, damit die Union Bank ein deutsches Unternehmen bleibe. Aber erst einmal müsse die Politik das Ihre dazu leisten.

Jacqueline war nachts noch von Bonn nach Frankfurt zurückgefahren und hatte es vorgezogen, in der Altkönigstraße zu übernachten. Sie brauchte dazu keinen Schlummertrunk. Als das Türsignal tönte, war sie sofort wach. Die Uhr zeigte halb sechs. Jacqueline war als erste an der Tür. Auf dem Monitor der Überwachungskamera erkannte sie den frierenden Deling, hinter dem sich ein uniformiertes Pärchen mit dem trübsinnig-grimmigen Blick notorischer Morgenmuffel aufgebaut hatte. Jacqueline wußte sofort Bescheid. Sie öffnete die Tür und wartete. Wenigstens hatten sie nicht Sturm geläutet, und es bestand Hoffnung, daß Amelie nicht aus dem bitter nötigen Schlaf gerissen worden war. Es schoß Jacqueline durch den Kopf, wie sie vom Unfall ihres Bruders erfahren hatte. Auch damals hatten Polizeibeamte vor der Tür gestanden. Dann hatte sie ihrem Vater mitteilen müssen, daß Michael im Koma lag. Stunden später hatten sie gemeinsam zu entscheiden gehabt, ob sein Körper als Ersatzteillager ausgeschlachtet werden sollte. Diesmal waren alle vorbereitet auf die Nachricht. Dennoch würde sie Amelie damit in einen Schockzustand versetzen: Roberts Leiche war gefunden worden.

»Frau Sophie Sulzer, ich muß Sie bitten mitzukommen.«

War Deling verrückt geworden?

»Sie dürfen sich ankleiden und einen Anwalt benachrichtigen«, sagte Deling. »Meine Kollegin wird Sie begleiten.«

Jetzt erst sah Jacqueline, daß Roberts Tochter wie angewurzelt in ihrem Pyjama hinter ihr in der Tür stand.

»Weshalb?« empörte sich Jacqueline für Sophie.

Deling sagte etwas von räuberischer Erpressung in Tateinheit mit Vortäuschung einer Straftat, Irreführung der Justiz und Leichenschändung.

Also, was denn nun, Straftat oder Vortäuschung einer Straftat? Und wer führte da wen irre? Für Jacqueline war die Frage beantwortet.

»Sie begehen einen saftigen Justizirrtum!«

»Laß nur«, sagte Sophie. »Ich habe es vorausgesehen.«

Noch nie hatte Jacqueline eine so trockene Kehle.

»Beruhigen Sie sich«, sagte Deling.

Er mußte Jacqueline meinen, an der vorbei er ins Haus drängte.

»Seien Sie um Gottes willen leise«, flehte sie. Amelie zuliebe.

Sie bat die Beamten in die Küche, schloß hinter ihnen die Tür. Platz gab es genug um den alten Tisch, der an besseren Tagen Roberts Familie zum Frühstück versammelt sah. Es war eine Ewigkeit her.

Sophie weigerte sich, auf einem Stuhl Platz zu nehmen. Damit waren auch ihre Wächter gezwungen, stehen zu bleiben. Nur Deling ließ sich sacken, verschränkte hinter dem kurzgeschorenen Schädel die Hände. Jacqueline lehnte an einer der blaulackierten Türen der Einbauküche, die so übertrieben komplett aussah wie in der Hochglanzbroschüre des Herstellers.

»Zunächst die gute Nachricht«, begann Deling. »Sie wird die junge Frau Sulzer nicht überraschen.«

Er gähnte, ohne eine als Nackenstütze unentbehrliche Hand zu Hilfe zu nehmen.

»Der Finger in der Post ist definitiv nicht der Dr. Sulzers.«
Jacqueline schossen Tränen der Erleichterung in die Augen. Sophies Gesicht zeigte keine Regung. Deling fixierte es mit kalten, müden Augen.
Einige Tage lang, erklärte er, habe man davon ausgehen müssen. Denn der Finger sei ungefähr so lange tot wie Sulzer verschwunden und besitze auch dieselbe Blutgruppe. Erst die genauere Untersuchung des Gewebes habe ergeben, daß es sich um den Finger eines Zweiundsechzigjährigen handle. Der Mann sei nach langer, schwerer Krankheit verschieden. Sein Name tue nichts zur Sache, wohl aber die letzte Verfügung des Verblichenen, mit der er seinen Körper wissenschaftlichen Zwecken vermacht habe. Diesem Wunsch sei nun freilich nicht vollständig entsprochen worden. Zumindest der kleine Finger der linken Hand habe keineswegs den Zwecken von Forschung und Lehre gedient. Es sei denn, die Täter hätten vorgehabt, die Dummheit der Polizei zu testen.
Delings Augen wanderten beifallheischend in die Runde.
»Wir haben die Herren Kalkbrenner und Thierheimer gegen Mitternacht festgenommen. Die Herren dürften Ihnen bekannt sein, Frau Sulzer.«
Mit einem weiteren herzhaften Gähnen beendete Deling seine Erfolgsmeldung, und man hätte auf die Idee kommen können, die Verbrecher hätten dem Polizeidirektor beide Hände amputiert. Seine beiden Kollegen mußten sich an Stuhllehnen festhalten, damit sie nicht vor Müdigkeit umfielen.
»Wir wohnen zusammen«, gab Sophie zu.
Deling deutete ein Nicken an. »Wir haben heute nacht auch Ihr Zimmer durchsucht.«
»Mit welchem Recht?« fuhr ihn Sophie an und machte einen Schritt auf ihn zu, sogleich von den Händen der Uniformierten behutsam gebremst.
»Rühren Sie mich nicht an!« schrie Sophie.
»Leise, verdammt, denk an deine Mutter!« zischte Jacqueline.
»Gefahr im Verzug, Frau Sulzer«, erläuterte Deling. »Die Durchsuchung hätte uns auf die Spur Ihres Vaters bringen können.«

»Sagten Sie nicht, der Finger stamme aus der Anatomie?«
»Was ebenfalls ein Täuschungsmanöver gewesen sein könnte«, behauptete Deling. »Wir dürfen nichts mehr ausschließen.«
»Sie sind nicht ganz dicht«, stellte Sophie fest. »Warum fragen Sie mich nicht einfach nach meinem Alibi?«
»Wir wissen bereits, daß Sie gestern nicht in der Schweiz gewesen sind. Ihre Freunde waren beim Skifahren, angeblich in Vorarlberg. Ich vergaß, Ihnen zu sagen, daß wir die beiden an der Grenze in Lindau gefaßt haben. Wir vermuten, Kalkbrenner und Thierheimer kamen aus Davos. Wir prüfen das. So wie wir vieles prüfen. Zwei Kompanien des schweizerischen Militärs durchkämmen zur Stunde das Skigebiet Parsenn. Dr. Sulzer, müssen wir vermuten, ist niemals nach Deutschland zurückgekehrt. Spätestens zur Schneeschmelze wird der Fall endgültig gelöst sein.«
Sophie sah sich jetzt doch nach einem Stuhl um.
»Sie beschuldigen mich, meinen eigenen Vater ermordet zu haben?«
»Das habe ich nicht behauptet«, widersprach Deling. »Wir können es nur nicht ausschließen, solange Sie nicht bereit sind, mit uns zu kooperieren. Gesichert scheint mir nur, daß Sie gemeinsam mit Ihren Komplizen versucht haben, die Union Bank um drei Millionen Mark zu erpressen. Auch nicht unbedingt ein Kavaliersdelikt. Sie haben das Unglück Ihres bedauernswerten Vaters für miese egoistische Zwecke benutzt.«
Sophie brach nicht zusammen. »So ein Scheiß«, sagte sie nur.
Deling räkelte sich wieder. Hartnäckiges Leugnen gehörte zum Geschäft. Seine Augen waren wiederholt schon zur Espressomaschine gewandert; Jacqueline sah und ignorierte es ungerührt. Vielleicht war es die Müdigkeit, die Deling ungeduldig werden ließ. Jedenfalls bot er Sophie eine Art Kompromiß an.
»Tatsächlich können wir im Augenblick nicht völlig ausschließen, daß Sie mit der unappetitlichen Geschichte nur indirekt, vielleicht sogar unwissentlich zu tun haben. Kalkbrenner und Thierheimer wußten jedenfalls aus Ihrem Munde von der Entführung Ihres Vaters. Sie haben herumposaunt, daß er in Davos das letztemal gesehen worden ist, daß die erste Geldübergabe mißglückt ist,

daß drei Millionen der Lösegeldsumme nicht übergeben worden sind. In welcher Beziehung stehen Sie zu Thierheimer und Kalkbrenner?«
»Wir machen Musik.«
»Intim?«
»Musizieren ist immer intim. Sie haben von Tuten und Blasen keine Ahnung!«
»Sie studieren alle Medizin?«
»Solange die Musik nicht zum Leben reicht. Fragen Sie die Jungs doch einfach. Haben sie nicht gestanden?«
»Sie werden gestehen. Mich interessiert, weshalb Sie das alles den Jungs erzählt haben. War es Dummheit? Oder – ich mache Ihnen ein Angebot – weil die Jungs Sie dazu gezwungen haben?«
»Kroll hatte vollkommen recht, daß er Ihre Wichsgriffel aus dem Spiel halten wollte«, sagte Sophie.
»Die Beamtenbeleidigung wird kaum ins Gewicht fallen. Vermutlich haben Sie nicht mit uns gerechnet, als Sie den Finger zur Post brachten. Durchaus denkbar, daß Sie beim Werkschutz mit der plumpen Täuschung durchgekommen wären.«
»Sie würde das ihrem Vater niemals antun. Nicht Sophie! Mein Mann und Sophie sind ein Herz und eine Seele.«
Mit zerwühltem Haar und im zitronengelben Morgenrock stand Amelie in der Tür.
Sophie stand auf, umkurvte die Beamten und warf ihrer Mutter die Arme um den Hals.
»O.k., ich gebe alles zu.«
Sophie sprach zu ihrer Mutter; den Polizisten und Jacqueline wandte sie den Rücken zu.
»Es war ein dummer Scherz, eine verrückte Idee. Ich hatte die beiden gewarnt, will aber jetzt nicht das Unschuldslamm mimen. Ich weiß auch gar nicht mehr, wer von uns dreien damit angefangen hat. Es war makaber, aber völlig harmlos. Wir hatten einfach herumgesponnen, wie man Kroll aufs Kreuz legen könnte. Niemals hätte ich die Geschichte ernst genommen. Bis Tom den Finger aus der Anatomie auf den Tisch gelegt hat.«

»Thierheimer?«
»Tom Thierheimer. Er hatte ihn einfach eingesteckt. Die Versuchung war dann natürlich groß, mit dem schönen Stück etwas anzufangen. Es auszuprobieren. Solange Kroll sich weigerte, die Bullen einzuschalten, war jede Bosheit gerechtfertigt. Das Spiel, das er mit Paps Leben spielt, ist viel unanständiger als alles, was uns durch den Kopf ging. Als nach der Geldübergabe in München noch immer kein Lebenszeichen kam, war mir klar, Paps ist tot oder auf irgendwelchen Abwegen. Nur entführt worden konnte er nicht sein. Tom und Matt haben es nicht auf das Geld abgesehen, sondern wollten die Bank verscheißern. Nicht im Traum wäre uns eingefallen, jemand könnte das Souvenir ernst nehmen. Es war ein Sport. Ein Nervenkitzel. Wir hatten plötzlich die Macht, Kroll wie einen Verrückten durch die Gegend zu jagen. Es war dann zwar nur Jacqueline, aber je länger der Spaß dauerte, desto schöner wurde er. Die Jungs hätten dich und das Geld mit ihren Liebesbriefen auch wieder nach Frankfurt zurückgehetzt.«
Jacqueline hätte Sophie auf der Stelle vermöbeln können.
»Kannst du dir vorstellen, was du deiner Mutter angetan hast?«
»Tut mir leid. Aber keiner von euch, auch du nicht, Mutti, hat gemerkt, in welchem Zustand Paps seit langem war.«
Deling sprang ungeduldig auf.
»Sie werden uns das alles ausführlich im Präsidium erzählen, Frau Sulzer. Erpressung ist kein Scherzartikel; das wird Ihnen das Gericht noch beibringen.«
»Behaltet euer Scheißgeld! Daß ihr auf den Gag mit dem Finger hereinfallt, beweist nur, wie pervers ihr alle seid. Sobald es um Kohle geht, glaubt ihr jeden Mist.«
»Deshalb legt man nicht ein paar hundert Polizeibeamte herein.«
»Genau deshalb. Es gibt keinen besseren Grund.«
Jacquelines Gedanke war: Sophie und Robert steckten unter einer Decke. Es war nicht auszuschließen, daß Sulzer selbst ein zynisches Spiel mit seiner Firma, seiner Frau und überhaupt mit einer Welt trieb, die ihm nicht paßte.
»Sie haben Ihrem Vater massiv geschadet«, giftete Deling. »Sie ha-

ben uns auf eine falsche Spur gelockt. Ich glaube kaum, daß Sie das verantworten können. Womöglich kostet es ihm das Leben.«

»Er lebt«, schrie Sophie. »Er hat sich selbst befreit. So tot kann man gar nicht sein, wie er in der Bank gewesen ist.«

Amelie war aschfahl im Gesicht und starrte ihre Tochter an. Aber es kam keine Silbe über ihre Lippen.

»In dieser Geschichte gibt es keine Leiche. Wozu auch? Bei jeder Scheißfusion bleiben doch genügend Leute auf der Strecke.« Sophie war nicht mehr zu beruhigen.

Es hörte sich an wie Originalton Zeitler. Der wollte Robert auch nichts angetan haben; bloß für das Lösegeld hatte er sich interessiert.

»Jeden Tag bekommen wir ein Geständnis und sind keinen Schritt weiter«, sagte Jacqueline.

»Abmarsch«, sagte Deling.

Der Union Tower glänzte silbern im hellsten Winterlicht, als Jacqueline, so gut gelaunt wie seit Tagen nicht mehr, vor dem gläsernen Baldachin ausstieg. Ihre Hand streichelte im Vorbeigehen die eiskalte Wölbung aus rotem Granit. Die Skulptur bestand aus zwei raffiniert ineinanderverschlungenen Riesenformen, die alle Tonnenschwere verloren hatten. Auf der polierten Oberfläche tanzte das Spiegelbild der Fassade.

Im neununddreißigsten Stock wartete Duncan. Er stand vor Jacqueline, als sich die Lifttüren öffneten. Er hatte die Hemdsärmel aufgekrempelt und geleitete sie in sein Büro. Dafür war er nicht einmal in der Lage, einen Stuhl anzubieten. Sämtliche Möbel und auch der größte Teil des Fußbodens waren mit Aktenstücken bedeckt.

Jacqueline hatte damit gerechnet, daß der Finanzchef und seine Leute in Papier erstickten. Sie mußten Kroll auf seiner fieberhaften Suche nach dem Weißen Ritter unterstützen. Im Eilverfahren waren Bilanzen, Ertragsstärken, Kapitalreserven, Risiken zu errechnen, zu prüfen, zu vergleichen. Und falls Duncan Kroll daran hindern wollte, bei einem Weißen Ritter Schutz zu suchen, war es nicht weniger harte Arbeit. Ein Merger war nicht mit Dienst nach Vorschrift zu verhindern, sondern nur damit, jede Zahl akribisch zu zerpflücken und mit endlosen Listen von Fragen zu versehen, die niemand zuverlässig beantworten konnte. Dann mußte Duncan der Mann sein, der stets verneinte.

»Mag sein, daß wir alle zusammen ein wenig den Überblick verloren haben«, sagte Duncan mit einer Geste auf das Schlachtfeld.

»Verstehe Ihre Gefühle, Phil. Aber strategisch gesehen, ist Marshalls Angriff nicht dumm.«

»Ich weiß, daß Sie eine besondere Zuneigung zu allem Schottischen haben, speziell, wenn es sich trinken läßt.«

Jacqueline überhörte die Unverschämtheit. Abgesehen davon hatte sie heute noch keinen Tropfen angerührt.

Mit zuckersüßer Stimme wollte sie wissen: »Wie tief seid ihr heute wieder gesunken?« Und als keine Antwort kam, gab sie sie selbst. »Noch einmal dreisiebzig. Eure Aktionäre können dankbar sein, wenn die Schotten einen anständigen Preis bezahlen.«

»Warten Sie nur, bis der neue Kapitän auf der Brücke steht.«

»Den Traum können Sie sich abschminken, Phil. Robert wird der letzte Vorstandsvorsitzende der UB gewesen sein. So oder so. Weder Marshall noch ein Weißer Ritter werden Ihnen das Steuer überlassen.«

»Bob hat jedenfalls seinen Abgang rechtzeitig geschafft.«

»Na, na, na! Ihr Busenfreund modert vermutlich gerade in einem Loch vor sich hin. Da haben Sie das bequemere Finale vor sich.«

»Ach, wissen Sie.«

»Ich kann Sie verstehen. Ob und mit wem auch immer die UB jetzt fusioniert: Ihren Job sind sie los!«

»Ach, wissen Sie, ich bin Realist. Kroll ist ein Mann von gestern. Ein Romantiker. Er glaubt an den Kampf. Für ihn ist das alles ein Heiliger Krieg. Und noch immer glaubt er, er könne ihn gewinnen. Aber ob uns die Highland Credit oder sonst irgend jemand übernimmt, ist keine Frage der Ehre. Den Aktionären ist das Schicksal einer Bank völlig egal, solange sie nicht bankrott geht. Sie sind über die ganze Welt verteilt, und das einzige, was sie interessiert, ist, was sie für ihren Einsatz herausbekommen. Kapital ist der flüchtigste Stoff, den es gibt. Wir sind keine Familie und kein Verein. Kroll macht sich Illusionen.«

»Wo hat er denn angeklopft? In Frage kommen alle, die selbst Nummer eins in Europa werden oder bleiben wollen.«

»Vergessen Sie nicht die Kartellprobleme! Alles nicht so einfach.«

»Führt die Spur in die Schweiz? Zum Genfer Bankverein?«

»Denkbar. Aber die Genfer halten die Mehrheit der Montana Rück. Das gäbe Probleme mit unseren eigenen Rückversicherungsaktivitäten. Wir müßten Anteile abstoßen, um nicht von van Miert gevierteilt zu werden. Ist alles nicht so einfach.«

Aber es war jetzt auch keine Zeit mehr, vor lauter Unübersichtlichkeit Zeit zu verschenken. Jacqueline hatte genug vom falschen Lächeln, vom coolen Getue, von Andeutungen, Täuschungsmanövern und der Großkotzigkeit, mit der die Trickser in den Türmen angaben. Sie mußte nur genau genug hinsehen, und schon war alles ganz einfach.

»Robert stand Marshall im Weg«, sagte sie. »Habe ich recht? Was denken Sie? Hat Marshall ihn aus dem Weg geräumt? Und welchen Beitrag haben Sie dazu geleistet?«

»Sie haben gestern mit Marshall gefrühstückt«, wußte Duncan. Er klang überhaupt nicht beleidigt, als er hinzufügte: »Sie haben hinter mir herspioniert. Das ist naiv. Gefährlich naiv. Sie sollten sich überhaupt etwas besser in acht nehmen. Wäre schade, wenn Sie zwischen die großen Räder kämen, die hier gedreht werden.«

Ehe Jacqueline den Union Tower verließ, schaute sie noch auf einen Sprung bei Lisa Berg vorbei.

Roberts Terminkalender hätte heute einen Auftritt vor Analysten in der Londoner City vorgesehen. Außerdem ein Treffen mit Marshall. Barkley und die Lincoln Invest kamen nicht vor, obwohl alle Termine vor Roberts Verschwinden gemacht worden waren, als die Übernahme der Lincoln Invest noch eine ausgemachte Sache schien. Robert mußte gewußt haben, daß die Seifenblase platzte. Er hatte sie selbst zerstört. Von London wäre er weitergeflogen nach

Amsterdam. Nur der Ort stand im Kalender, kein Name, kein Zeitpunkt.

»Was hatte Robert in Amsterdam vor?«

»Irgend etwas mit der Börse«, grummelte die Berg. »Aber so genau hat er das nicht gesagt.«

15

Jacqueline konnte auf den Tod keine Gefühle ausstehen, die sie hilflos machten, die ihr keine Wahl ließen. Deshalb verachtete sie kopfloses Verliebtsein oder Haß. Das Spiel des Lebens konnte nur gewinnen, wer es in jeder Lage verstand, neue Optionen zu öffnen oder wenigstens offenzuhalten. Jacqueline bedauerte Menschen, die nur deshalb etwas nicht mehr lassen konnten, weil ihnen nichts anderes übrigblieb. Je mehr Optionen jemand besaß, desto freier war er, und das war zugleich der Schlüssel zu jeglichem Erfolg. Natürlich tat auch Jacqueline nicht alles, was sie gern getan hätte. Aber sie hätte es tun können. Auf die Möglichkeit kam es an. Deshalb war sie nicht abhängig von McKinley, von Kroll, von Tonio. Deshalb hielt sie es mit McKinley, Kroll und Tonio aus. Alles, was sie tat oder ließ, beruhte auf freiem Willen. Warum waren Menschen unglücklich? Doch nicht, weil sich ihre Ehe oder ihr Job als Fehlschlag erwies – es war praktisch unvermeidlich –, sondern weil ihnen keine Alternativen zur Verfügung standen. Leute, die sich von der Brücke stürzten, sahen auch keine Wahl mehr. Überhaupt war der Tod nur ein anderes Wort für Nulloption. Der einzige Grund, weshalb sich Jacqueline vor dem Altwerden fürchtete, war, daß die Optionen schwanden, eine nach der anderen. Alles wurde immer endgültiger und unwiderruflicher.

Robert konnte sich nicht umgebracht haben. Ausgeschlossen! Robert war ein multioptionaler Mann. Sonst hätte er niemals solchen Erfolg gehabt. Sonst hätte sich Jacqueline niemals für ihn so erwärmt. Klappte die eine Fusion nicht, dann eben eine andere. Genau das war Excellence in leadership. Roberts Virtuosität bestand darin, niemals in eine Zwickmühle, niemals in eine Sackgasse zu geraten.

Der multioptionale Robert konnte eben die Waldsteinsonate hindonnern, als mischte er eine Investmentbank auf, und einen Finanzkonzern umbauen, als gälte es, die Harmonien einer Doppelfuge aufeinanderzutürmen. Robert war nicht tot. Er spielte nur gerade sein bestes Stück. Und wer hätte ihn dabei mehr bewundern können als seine kongeniale Herzensfreundin. Wahrscheinlich war sie im Augenblick die einzige, die ihn durchschaute. Nicht bloß durchschaute, sondern auch verstand. Vielleicht auch nicht die einzige – das würde sie bald herausbekommen.

Die Nacht war schon hereingebrochen über Amsterdam. Heftige Winde hatten die Maschine im Anflug taumeln lassen. So unruhig war der Flug gewesen, daß Jacqueline auf das Essen verzichtet hatte. Als sie sich in Schiphol ins Taxi setzte, peitschte ihr Regen ins Gesicht. Das Konzert hatte schon begonnen; es war ohnehin ausverkauft. Also ließ sie sich erst noch in das hübsche kleine Hotel Ambassade an der Herengracht bringen. Statt die wenigen Stufen zur Rezeption im Souterrain hinab zu nehmen, überquerte sie die schmale Straße und betrachtete die verwaschenen Spiegelbilder der Laterne und der vielsprossigen, gelbleuchtenden Fenster im wie schwarzer Lack glänzenden Wasser der Gracht. Kapuzenverhüllte Gestalten auf Fahrrädern überquerten die Brücken, die Lichterketten trugen, als wäre die Weihnachtszeit noch nicht vorbei. In hohem Bogen überließ Jacqueline dem Gefunkel ihren Kaugummi, auf dem sie seit mehr als einer Stunde herummalmte, um der Übelkeit Herr zu werden. Essen wollte sie noch immer nichts. Aber es war Zeit für einen stärkenden Trunk, ehe sie erneut in ein Taxi stieg, das sie zur Börse brachte.

Die Beurs van Berlage war ein gewaltiger roter Backsteinklotz, überragt von einem kantigen Turm. Er war noch keine hundert Jahre alt, und doch war das Lärmen der Händler in seinen Mauern lange verklungen. Die Halle war in einen Konzertsaal verwandelt worden. Hätte Jacqueline einen besonderen Sinn für Symbolik gehabt, wäre sie jetzt vor Entzücken in die Knie gesunken. An keinem besseren Ort konnte sie des Mannes habhaft werden, der sein Finanzgenie verriet, um sich ganz der alten Muse zu widmen. Es war

natürlich purer Zufall, daß die Tourneedaten der Malejewa Jacqueline dorthin gelockt hatten, wo die erste Börse der Welt errichtet worden war. Die Calvinisten des goldenen Zeitalters hatten die Börse erfunden. Sie war das Instrument, mit dem eine große Zahl Bürger an dem Reichtum beteiligt werden konnte, den die Schiffe der Ostindienkompanie nach Holland brachten. So schuf der Kapitalismus zugleich republikanischen Geist. Wer Spekulanten grundsätzlich verteufelte, wußte nicht, wovon er sprach. Auch die zwei Pole in Roberts Leben stießen sich ab und gehörten trotzdem zusammen wie Demokratie und Kapitalismus.
Jacqueline wartete im Foyer. Auf den Plakaten las sie, daß dieselben Stücke wie in Salzburg auf dem Programm standen. Von der abschließenden Frühlingssonate drang kein Ton nach draußen. Noch blieben die Saaltüren geschlossen, noch erwartete das Publikum Zugaben, ein freches Mozartsätzchen wie in Salzburg vielleicht, dem ein kleiner Vulkanausbruch von Bartók folgte. Bald entließen die Türen einzelne Zuhörer, die vor der Masse an ihre Mäntel und Schirme kommen wollten. In solchen knappen Momenten drang Beifallgeprassel an Jacquelines Ohr, bis sich die Türen zum nächsten Dreingabefurioso schlossen, das sich die Salzburger nicht mehr erklatscht hatten. Amsterdams Sieg fiel am Ende mit 5:2 unerwartet hoch aus. Dann fand Jacqueline sich wieder einmal umspült von Schlachtenbummlern, kreuzte die Arme vor der Brust, verschanzt hinter einem Mauervorsprung, und fand es lächerlich, daß sie sich ängstigte vor dieser doch bloß heiter gestimmten, dank der Musik für Augenblicke mit sich selbst und der Welt versöhnten Menge. Aber Masse blieb Masse, auch wenn sie noch so kultiviert aufgeputscht wurde.
Jacqueline postierte sich an der Treppe, die hinunter zur Straße führte. Robert hatte den Hut, ein breitkrempiges Ding, tief in die Stirn gezogen. Trotzdem erkannte ihn Jacqueline sofort. Sie folgte ihm und berührte nach wenigen Schritten seine Schulter. Ein bärtiger Robert lächelte, als hätte er sie erwartet. Es war ein Lächeln, das ihr noch immer Entschlossenheit signalisierte.
Robert gab Jacqueline geschäftsmäßig die Hand.

»Seit du mit Martha in Salzburg gesprochen hast, mußte ich damit rechnen«, sagte er. »Schön, dich zu sehen.«
Sie gingen schweigend nebeneinander her. Die Schmalseite der Börse stieß an ein Hafenbecken, in dem flache, gläserne Rundfahrtboote lagen. Gegenüber sah Jacqueline eine Lücke im Gebiß der Giebel, darin das handgemalte Schild des *Coffeeshop 36*.
»Einen Grünen Afghanen gefällig? Oder sind wir nur noch süchtig auf Schwarzen Argentinier?«
Robert lachte. »Wir stehen auf Gelben Schotten, wenn ich mich recht erinnere.«
Er deutete auf ein Haus mit behaglich erleuchteten Fenstern. *The Grasshopper*. Es waren nur ein paar Schritte.
Robert bestellte zwei Malts, ohne erst Jacqueline zu fragen.
»Ich bin nicht der, den du suchst«, sagte er. »Den du suchst, der ist tot.«
»Kann ich dir helfen, Roberto?«
»Bin in Hochform.«
»Du bist wieder mit Martha zusammen.«
Robert hielt die Flüssigkeit im Glas vor ein Auge, das andere kniff er zu. Entweder trank er, oder die Kälte hatte seinen Augen rote Ränder gemalt. Oder er hatte geheult.
»Wir betrinken uns mit braunem Wein«, sagte Jacqueline.
»Schottischem Landwein.«
»Die große Liebe zu einer alten Frau – ist es das, wovon du immer geträumt hast?«
»Du glaubst, alles zu verstehen. Aber du verstehst nichts.«
»Du weißt, was du Amelie antust, Roberto! Und den Kindern.«
»Erzähl ihnen, was du willst!«
»Daß du lebst. Was sonst?«
»Daß ich endlich lebe …«
»Es wird ihnen nicht genügen. Sie werden wissen wollen, was in dich gefahren ist.«
»Wirst es ihnen schon erklären.«
»Roberto! Geht es dir gut?«
»Muß dringend pinkeln.«

Er verschwand schleppend, noch immer den Hut auf dem Kopf, ein komischer Vogel im offenen Kamelhaarmantel, die Arme ausgebreitet, als wollte er gleich losfliegen.
Jacqueline hatte nicht vor, die Polizei zu verständigen. Sie würde nur Kroll einen Bericht vorlegen. Einen Bericht, wie er ihn noch nicht gelesen hatte. Drei Seiten Executive Summery, heute nacht noch in ihr Notebook zu hämmern. Morgen würde er ihn auf dem Tisch haben.
Glasklar würde sie Sulzers Motive hinblättern. Das war die Kunst, die sie beherrschte. Die Kunst, Komplexität auf den Punkt zu bringen. Die Kunst, die Leadership ausmachte. Auch Robert hatte nichts anderes getan, als das Gestrüpp seines Lebens zurückzuschneiden, bis die Wahrheit zum Vorschein gekommen war. Aber das gehörte nicht in den Bericht.
Robert hatte sich einst auf das Gleis schieben lassen, auf dem er mit rasendem Tempo vorangekommen war, bloß in die falsche Richtung. Jetzt wußte er es. Robert versuchte noch einmal von vorn zu beginnen. Deshalb hatte er sein Bankiersleben zerstört. Er bewies den Mut, sein Leben mit Martha fortzusetzen. Interessierte das Kroll?
Robert hatte die größte Fusion seiner Bank in den Sand gesetzt. Das interessierte Kroll. Jacqueline hatte ihn endlich aufgespürt. Das interessierte Kroll. Sie würde Robert jetzt unter Alkohol setzen, bis er ihr folgte wie ein Kind. Sie würde ihm moralisch so zusetzen, daß Handschellen ein Witz dagegen wären. So viel Macht besaß sie schon noch über ihn, ganz gewiß. Sie würde Robert zusammen mit ihrem Bericht abliefern. Ausliefern! Nicht, daß sie sich keine Gedanken darüber gemacht hätte, was Robert blühte; sie war ja kein skrupelloser Kopfjäger. Der Vorstandsvorsitzende Sulzer würde jetzt für tot erklärt werden. Im Grunde hatte er längst gekündigt. Auf eine etwas melodramatische Art, die Jacqueline für ebenso übertrieben wie überflüssig hielt. Gut, nicht ihr Bier. Das hatte Robert selbst zu verantworten.
Würde Kroll Robert nachweisen können, daß er die Übernahme der Lincoln Invest absichtlich hatte platzen lassen?

Deshalb war er spurlos verschwunden. Er hatte seiner eigenen Bank einen Schlag versetzt. Er hatte sie selbst reif zur Übernahme gemacht, das stand für Jacqueline außer Frage. Es war der Kern ihres Berichts. Es war die Sensation ihrer Ermittlungen.

Robert mußte sich das alles reiflich überlegt haben. Juristisch war er höchstwahrscheinlich sauber. Allenfalls konnte man ihm die Vortäuschung einer Straftat vorwerfen. Oder nicht einmal das. Schließlich hatte er die Lösegeldforderungen nicht selbst verfaßt. Aber natürlich hatte er seine Firma verraten. Kroll würde ihm seine Abfindung streitig machen und auch die Optionen auf Aktien der UB, die er sich verdient hatte.

Und nun zu Winston Marshall. Freund oder Feind Robert Sulzers?

Bis gestern hatte Jacqueline noch glauben wollen, Marshall habe Robert beiseite geschafft. Aber jetzt war klar, daß Robert beabsichtigt hatte, Marshall die Union Bank zuzuschanzen. Jetzt regierte der Highlander. Welch ein Abgang! Geradezu shakespearehaft. King Kroll, entmachtet von seinem Lieblingssohn.

Das Motiv für diese hundsgemeine Tat wäre für jeden Psychologen ein Leckerbissen gewesen. Jacqueline hielt allerdings nichts von Psychologen. Ein einziges Mal hatte sie ihren Rat gesucht, weniger, weil es ihr damals so miserabel gegangen war, als aus einer Art Entdecke-dich-selbst-Neugier. Ein Mordsaufwand an Zeit und Geld war es gewesen. Ereignisse und Umstände durchzukauen, die eine halbe Ewigkeit zurücklagen, half niemandem. Sie hatte schließlich nicht ihre Autobiographie schreiben, sondern sich besser fühlen wollen. Jeder ist seines Glückes Schmied: Das war der einzige psychologische Lehrsatz, den sie respektierte. Aber gut, Kroll war die zweite Vaterfigur, der zweite Übervater, dessen Respekt Robert sich wieder nur mit Managerlorbeer hatte erwerben können. Nach außen hatte Robert immer wie der strahlende Sieger ausgesehen. In Wahrheit hatte er vor seinen Vätern gekuscht. Den ersten Übervater hatte er erledigt, indem er sein Erbe ausschlug. Nichts anderes tat er jetzt wieder. Krolls Imperium ging unter, weil Sulzer es ausschlug. Robert rächte sich an Kroll und damit zugleich noch einmal an sei-

nem leiblichen Vater. Das war es! Es schauerte Jacqueline vor Klarheit geradezu kalt den Rücken hinunter.
Wo blieb der Held? War ihm schlecht geworden? Jacqueline hätte dafür Verständnis gehabt. Saß wie ein Häuflein Elend auf dem Topf. Aber doch nicht seit zehn Minuten! Ihr Verdacht trieb Jacqueline furchtlos in die Herrentoilette. Sie scheute nicht den Blick durch den handbreiten Spalt zwischen Kachelboden und der einzigen geschlossenen Tür. Die herabgelassene Hose gehörte einem anderen Herrn. Dann sah sie das offene Fenster über dem Heizkörper.
Scham und Wut sprangen sie an. In den Abort hätte sie sich wegsperren mögen, gleich bei den Herren. Bald zwei Wochen lang hatte sie Robert gejagt, mit Gottes Hilfe gefunden und fünfzehn Minuten später in einem Scheißhaus verloren. Wenn sich nicht gleich die Erde auftat vor so viel Dummheit! Sie würgte ihren Brechreiz hinunter.
Jacqueline warf, da sie keine Gulden getauscht hatte, eine Zwanzig-Dollar-Note für den Whiskey auf den Tisch. Dann rannte sie zurück zur Börse, Künstlereingang.
Der Pförtner döste hinter der schmutzigen Scheibe.
»Die Malejewa?«
Aus dem Halbschlaf geschreckt über seinem Kreuzworträtsel, zuckte er abweisend mit den Schultern und wurde dann doch noch wach. Was ein fichtengrünes Stück Papier nicht alles ausmachte, *one hundred, in god we trust.* Pfeif auf den Euro, diese Sprache sprach die ganze Welt.
Die Malejewa? Rein zufällig, sagte der Pförtner, habe er gehört, sie sei im Hotel. Hotel De L'Europe.
Jacqueline fluchte unflätig, als ihr das einzige Taxi nach fünf Minuten eine Pfütze über die eiskalten Füße schwappte. Besetzt war es auch noch. Sie stolperte zurück zum Pförtner, bat ihn, einen Wagen zu rufen, diese Dienstleistung war doch wohl wenigstens inklusive.
»Sie sind von der Presse?«
Es war unkomplizierter, es nickend zuzugeben, als zu erklären, was Jacqueline selbst nicht mehr verstand. Der Pförtner empfahl einen Fußmarsch und sah wieder hinab auf seine zweidimensionale Kreuzworträtselwelt.

Jacqueline benötigte keine zehn Minuten, erst die Damrak hinab, über den fast menschenleeren Dam-Platz in die Rokin bis zum Ufer der Binnenamstel. In der Halle schüttelte sie ihr nasses Haar wie ein Hund und bat den diensthabenden Empfangschef, sie bei der Malejewa zu melden. Jacqueline Gruber-Beretti, die beste Freundin.
Frau Malejewa dürfe nicht gestört werden, nicht mehr um diese Zeit.
Sie hatte Robert bei sich, wußte Jacqueline, Robert, den Groupie. Sie spielten vierhändig und doppelzüngig.
»Sie erwartet mich. Glauben Sie mir! Für wen halten Sie mich!«
Ihre Augen hefteten sich auf den Finger des diensthabenden Empfangschefs, der die Tasten des Telefons berührte. Vier-zwo-zwo, speicherte Jacqueline. Sie würde die Malejewa stellen, so oder so. Aber sie wurde erwartet. »Zimmer vier-fünf-zwo«, sagte der Empfangschef. Daß sie die Ziffern falsch gesehen hatte, sollte der letzte Fehler gewesen sein, schwor sich Jacqueline.
Auf dem Weg nach oben drängte sich ihr die Frage auf, wie wohl Sex mit einer Sechzigjährigen wäre. Bisher hatte Jacqueline keinen Gedanken daran verschwendet, daß sie selbst einmal keinen Sex mehr haben würde. Zugleich hatte sie stets die Vorstellung vermieden, überhaupt sechzig Jahre alt zu werden, womöglich mit einem ihr hörigen Nochnichtfünfziger am Hals. Die Vorstellung war jetzt erträglich.
Welchem ihrer Verführungskünste war Robert eigentlich verfallen? Ihren Sirenengesängen am Klavier oder gar im Bett? War sie nach den Übervätern nun die Übermutter? Mensch, Robert!
Die Tür von vier-fünf-zwo stand einen Spalt offen.
Jacqueline erwartete tatsächlich Robert vorzufinden, ausgebreitet auf dem King-Size-Lager, in Marthas Armen wie Jesus nach der Kreuzabnahme, ermattet, doch der Auferstehung harrend.
»Herein mit Ihnen!«
Das war entspanntes G-Dur. Sie trat ein.
Die Malejewa im Bademantel, die Haarfülle in einem weißen Badetuch verborgen. Frischgemacht, entschminkt, ein Ausbund an Hy-

giene. Ernüchternd. Auf so etwas sprang Robert an? Sollte Jacqueline in der Wanne, im Schrank, unter dem Bett nach ihm schauen?
»Öffnen Sie den Wein, machen Sie es sich bequem!«
Ein Befehl.
»Herzlichen Glückwunsch«, beeilte sich Jacqueline.
»Danke. Uns sind Abende mit weniger Fehlern gelungen.«
Jacqueline hatte nicht das Konzert gemeint.
»Herzlichen Glückwunsch zum jungen Glück«, wiederholte sie.
»Seien Sie nicht dumm!«
Der Ton wechselte ins Moll-Lager. Nichts wirklich Tragisches, a-Moll allenfalls.
»Sie haben mich schon erwartet. Robert war schnell, er hat Sie vorgewarnt.«
Die Malejewa sah sie an, als spräche sie in Rätseln.
»Werdet ihr gemeinsam nach Argentinien gehen oder lieber in Europa bleiben? Die Provence böte sich an oder das Tessin, verkehrsgünstig und anregend. Eine alte Villa, bröckelnde Mauern, wilder Wein, Fernblick über Hügelketten oder Buchten.«
»Was reden Sie?«
»Robert ist hier. Ich habe ihn gesehen. Mit ihm gesprochen.«
»Gut.«
»Er war unansprechbar.«
»Warum haben Sie ihn nicht mitgebracht?«
»Kein Spott!«
»Nicht ich spotte. Möchten Sie sich die Haare trocknen, sich frischmachen? Bitte! Im Bad hängt ein zweiter Bademantel. Robert ist jetzt also wieder bei Ihnen? Er wollte nicht mitkommen, was ich verstehen kann. Auch für mich ist das nicht leicht. Aber alles hat seine Zeit.«
Nicht zum erstenmal an diesem Abend zweifelte Jacqueline an ihrem Verstand.
»Spielt Robert wieder Klavier?« Es war mehr eine Feststellung als eine Frage.
»Für Funk und Fernsehen wird es nicht mehr reichen. Aber ich hoffe es natürlich sehr.«

Die Malejewa blieb auf dem Teppich.

Jacqueline aber malte sich alles in den tollsten Farben aus. Wenn sie Roberts Agentin wäre, nicht zu reden von seiner Geliebten, wüßte sie, was zu tun wäre. Durch sämtliche Talkshows würde sie ihn zerren. Da hatte das Leben etwas komponiert, wonach der Broadway sich die Finger schlecken mußte und/oder Hollywood. Eine Welttournee wäre aus der Geschichte zu machen. With music and love.

»Es mußte so kommen«, sagte Martha, »ich bin fast erleichtert.«

Doch Jacqueline ließ sich ihre Vorstellung so leicht nicht nehmen. »Er wird Sie auf all Ihren Konzertreisen begleiten. Er wird Ihr Spiel beflügeln. Nach der siebten oder neunten Zugabe wird er in der Garderobe auf Sie warten. Martha, ich beneide Sie!«

»Ich bin schon zufrieden, wenn mir die Agentur eine Flasche anständigen Wein hinstellen läßt. Haben Sie ihn bald offen?«

»Wir betrinken uns also mit braunem Wein!« sagte Jacqueline und goß ein. »Ihr seid das romantischste Paar seit Chopin und George Sand.«

»Sie haben einen Winter lang in einem finsteren Kloster gefroren, und er ging ihr auf die Nerven mit seiner ständigen Husterei.«

»Was ist los, Martha?«

»Das frage ich mich auch. Ihr plötzlicher Sinn für Romantik: Hat er einen Grund?«

Niemand hatte Jacqueline jemals Sinn für Romantik unterstellt, nicht einmal Tonio in seinen besten Minuten. Martha klang jetzt nur noch nach Percussion, eine Tonne Kieselsteine, die vom Laster rutschte.

Ob sie erklären könne, weshalb Robert sich niemals gemeldet habe? Weshalb Robert Amelie und die Kinder seelenruhig habe in Sorgen versacken lassen? Weshalb er sein so aufwendig erkämpftes Glück unbedingt habe geheimgehalten müssen?

Martha trank und schwieg.

Robert hatte seine Bank, seine Familie, Jacqueline zum Narren gehalten. Sie hatte sich seinetwegen vor Kroll bis auf die Knochen blamiert. Sie verspürte gute Lust, ein wenig zurückzuzahlen an die kühle Dame am Klavier. Es war nicht Eifersucht, was sie gegen die Malejewa aufbrachte, sondern alles, was sie in den vergangenen Tagen auch ihretwegen zu ertragen hatte. Alles Entsetzen, aller Streß, alle Demütigung, alle Ängste der vergangenen Tage. Sie hatte um Roberts Leben gefiebert, während der sich mit Martha herumtrieb. Sie trug daran ihren Teil Schuld.

»Und was sagen Sie zu Karla? Ich vermute, Sie kennen die Geschichte?«

Sie vermutete, Martha kannte die Geschichte nicht.

Die Malejewa sah aus, als interessierte sie sich allenfalls am Rande dafür.

»Karla war Roberts letzter, vergeblicher Versuch, sich vor Ihnen in Sicherheit zu bringen«, behauptete Jacqueline. Dieser Satz, fand sie, war ihr sehr gelungen.

Die Malejewa hörte noch immer interessiert und entspannt zu. War diese Frau aus Stein? Oder hatte ihr Robert tatsächlich nichts verschwiegen?

»Erzählen Sie mir von Karla!«

Es klang so gelangweilt, als wollte Martha nur eben Jacqueline einen Gefallen damit tun.

Was gab es groß zu erzählen? Karla war eine schwarze Hexe, die sich mit Polizisten prügelte und mit ihren Liebhabern über das Leben nach dem Tod schwadronierte. Anfängerin beim Tauchen und in ihrem anderen Sport, der räuberischen Erpressung. Passabel als Fotografin, lausig als Modell im Himmelbett. Jacqueline hätte der Malejewa die Bilder mitbringen sollen, die Robert von ihr gemacht hatte.

»Er konnte von Karlas Schamlosigkeit nicht genug haben«, sagte sie. »Hat er Sie auch photographiert, nackt über den Flügel hingegossen?«

Die Malejewa öffnete ihren Turban und ließ die Haare herabfallen. Ein Topf frisch gekochter Spaghetti. Die nächste Farbspülung war fällig.

»Warum Robert seine Frau und die Brut verlassen hat, brauchen Sie mir nicht zu erzählen. Was auch immer er Ihnen vorjammert über das zerbrechliche Stilmöbel, mit dem er die längste Zeit verheiratet war – er tut Amelie unrecht. Sie ist stärker, als Robert glaubt, vielleicht stärker als er selbst. Haben Sie sie nie gesehen? Hat er Ihnen kein Bild von ihr gezeigt, der Feigling? Objektiv eine der schönsten Frauen, die ich kenne. Viel hat sie von ihm nicht gehabt, die Karriere ging vor. Trotzdem hat Amelie jahrelang am Trugbild ihres Ideals festgehalten. Es ist ihr nicht bekommen. Sie ist immer noch ein Wunder an Contenance. Wie sie die Sache mit Sophie wegsteckt, ist phänomenal. Eisern steht sie hinter der mißratenen Göre. Ihnen ist klar, wovon ich rede?«

Die Malejewa sah Jacqueline an wie eine Taubstumme.

»Sophie hat mit dem Finger einer Leiche die Bank erpreßt. Der Finger eines Vorstandsvorsitzenden ist gut für drei Millionen Mark. Was hätte der Finger eines weltberühmten Pianisten gekostet?«

Die Malejewa besah sich ihre kurzgeschnittenen Fingernägel.

»Vermutlich beschäftigen Sie sich täglich mit jedem einzelnen von Roberts Fingern. Sie sind noch alle da. Aber uns war das nicht gleich klar, als das Teil ohne frankiertes Rückcouvert in der Post lag. Wer kennt sich noch aus in den Hirnen intelligenter junger Leute, die zu viele Horrorfilme gesehen haben und zuwenig echten Dreck. Mütter wie Amelie haben sie in Watte gepackt, und weil sie nichts Nützlicheres zu bieten hatten, haben ihnen Väter wie Robert auch noch Geld in die Adern gepumpt. Die Familie Sulzer ist im Eimer, mit und ohne Robert, dem doppelten Wunderkind. Dem doppelt gescheiterten Wunderkind. Wunderkinder sollte man nicht heiraten. Und wenn man es nicht lassen kann, sollte man sie nicht auch noch unter Naturschutz stellen. Sagen Sie doch endlich was!«

Die Malejewa lächelte, als käme sie von einem anderen Stern.

»Lassen Sie es eben bleiben, wenn es Ihnen nicht nach Reden ist. Wahrscheinlich ist Ihr Kopf noch verstopft von Tönen. Lösen sie sich in Rotwein mit der Zeit? In diesem Zustand sind Sie wahrscheinlich die ideale Frau für ihn. Ich stelle das in jeder Hinsicht nüchtern fest. Ihr Teddybär hat es gern warm und weich und stellt keine exorbitanten Ansprüche. Sein gesamtes Perversionspotential lebt er im Job aus. Sollte mich wundern, wenn sich das geändert hat.

Robert und Amelie waren so feinsinnig, daß sie schon Stöhnen für obszön hielten. Oder ist er jetzt anders, hemmungsloser, versauter? Was unterscheidet das Tastenwunderkind vom Liebling der Börsianer? Sagen Sie schon! Sie sind die einzige Expertin auf diesem Gebiet! Nein? Verstehe. Eure Liebe ist gar nicht von dieser Welt. Ihr trefft euch in den Sphären der Kunst. Schubert: ein anderes Wort für Ekstase. Mozart: Knie nieder, mein Sklave! Chopin: Leckt mich am Arsch und macht, was ihr wollt!«
Jacqueline haßte jetzt diese Frau.
»Ich wußte gar nicht, daß Sie eine so begabte Amateurpsychologin sind«, spottete die Malejewa mit maliziöser Kühle.
Jacqueline spürte selbst, daß sie keine Chance hatte, Robert zu verstehen. Sie bewegte sich in einem Sumpfgebiet, in dem ihre intellektuellen Mittel versagten. Genau das machte sie rasend.
»Zu einer normalen Beziehung war Robert noch nie fähig. Bloß keine gewöhnliche Perversität. Zwei Titten und ein Arsch sind ihm nicht genug. Die Großfürstin von Absurdistan muß es sein, oder doch wenigstens *die* Malejewa.«
Beide schwiegen. Jacqueline zunehmend ermattet, die Malejewa spürbar gekräftigt.
»Sie wissen so viel mehr über Robert als ich«, lockte sie. »Sie sind außerordentlich an ihm interessiert. Sie wären die Richtige für ihn.«
»Ich will ihn Ihnen bloß erklären«, behauptete Jacqueline.
»Ich bedanke mich sehr. Es klingt ja auch alles sehr plausibel. Weshalb sollte ich Sie da noch mit meiner Version langweilen?«
»Weil ich die Wahrheit wissen will.«
»Welche Wahrheit, mein Kind?«
»Mich interessieren nicht Roberts Lebenslügen, sondern Robert selbst.«
»Wie Sie meinen. Sie hatten recht: Robert nahm wieder Kontakt zu mir auf. Vielleicht begehrte er mich.«
»Nur keine falsche Scham!«
»Es ging keine zwei Wochen lang gut. Er folgte mir und verfolgte mich. Aber ich tauge weder zu seiner Pädagogin noch zu seinem

Spielzeug und überhaupt nicht als Ersatzmutter. Ich habe ihn gestern gebeten, mich in Frieden zu lassen.«
»Er ist einfach gegangen, ohne Widerrede?«
»Ich habe ihn seither nicht mehr gesehen.«
Jacqueline glaubte das sogar. Ihr widerstand der Wein. Er schmeckte tatsächlich braun. Sie hatte keine Lust, einer müden Pianistin beim Haarefönen zuzusehen. Sie hatte ein großes Bedürfnis nach frischer Luft.

Regen prasselte in Jacquelines Gesicht. Die Malejewa hatte Jacquelines Version der Geschichte zerstört, falls sie nicht gelogen hatte. Aber mit so wenigen Worten log man nicht. Lügen waren dick wie ein Buch. Ausgerechnet Jacqueline hatte sich vorgemacht, Robert zu verstehen. Sie hatte sich die Fakten zurechtgelegt, anstatt sie zu analysieren. Roberts große Liebe war zu Ende gewesen, ehe sie begonnen hatte. Und deshalb waren kühle Ohren jetzt nicht das Schlechteste, und ein kleiner Fußmarsch würde ihr guttun.
Jacqueline mochte das Stakkato ihrer Schritte auf dem Pflaster. Es ging nachts nicht unter im Lärm. Nachts waren alle Geräusche deutlicher. Manchmal sah sie über die Schulter, ohne dabei stehenzubleiben, nicht aus Angst, sondern um die wechselnden Perspektiven der Grachten auszukosten. Die zwei Radfahrer waren ihr schon aufgefallen, als sie die Singelgracht am Koningsplein überquert hatte. Aber erst, als sie von der Leidsestraat nach rechts in die Prinsengracht abbog, merkte sie, daß sie ihr noch immer folgten, immer im selben Abstand, obwohl Jacqueline unmöglich so schnell sein konnte wie die Radfahrer. Sie hatte einen kleinen Umweg durch Amsterdams schönstes Viertel eingeschlagen. Sie ging schneller jetzt. Das Stakkato wurde zum Ticken einer wildgewordenen Standuhr. Der nächste Blick über die Schulter beruhigte sie fast. Die Radfahrer waren tatsächlich schneller als sie und kamen näher. Sie fuhren nebeneinander her, ohne Worte zu wechseln, sonst hätte Jacqueline sie jetzt schon hören müssen. Nur ihre Schritte tackerten durch die mitternächtliche Stille. Nach der nächsten Brücke kreuzte die Leidsegracht die Prinsengracht. Jacqueline bog erneut rechts ab, gegen

die Richtung einer Einbahnstraße. Sie hatte schon vorher bemerkt, daß sich Fahrradfahrer in Amsterdam einen Dreck um Verkehrsregeln kümmerten. So ließen sie sich jedenfalls nicht abschütteln. Sie ging wieder Richtung Stadtzentrum, aus der sie gekommen war. Damit mußte sie die Radfahrer los sein. Doch Jacqueline irrte. Ihre Verfolger hielten wieder den alten Abstand, keine fünfzig Meter. Jacqueline trommelte die Straße hinunter, überquerte die Kaizersgracht und gleich danach die Leidsegracht. Zum Hotel waren es vielleicht noch dreihundert Meter und die nächste Brücke weniger als dreihundert Schritte entfernt. Und noch immer folgten ihr die Männer wie ein langer Schatten. Es waren doch Männer! Auf der Brücke spurtete Jacqueline los. Hätte sie mitten auf der Brücke stehenbleiben sollen und schreien? Wenigstens war sie besser beleuchtet als in den schmalen Straßen, die die Grachten säumten. Ein kurzer Antritt, als ginge es um eine Tour-Etappe, und die Männer hatten sie in die Zange genommen. Jacqueline hörte ihren Atem. Aber kein Wort. Sie sprach sie nicht an und schrie auch nicht. Sie beschloß, kehrtzumachen und zurückzulaufen. Vielleicht schaffte sie es, erneut der Herengracht folgend, die knapp hundert Meter bis zur Leidsestraat, bis zur Fußgängerzone, in der wenigstens die Hoffnung bestand, anderen Menschen zu begegnen. Vielleicht wäre es ihr sogar gelungen, wäre sie beim Kehrtmachen mit dem Absatz nicht in einer Ritze hängengeblieben. Jacqueline aber strauchelte, ging in die Knie, rappelte sich auf, rannte in einem Schuh weiter. Die Männer hatten ebenfalls mit den Rädern umgedreht. Sie werden mir nicht auf einer Brücke Gewalt antun, redete sich Jacqueline ein. Aber vorsichtshalber schrie sie. Sie mußte zum Gegenangriff übergehen. Den einen vom Rad rempeln. Der Stoß fuhr ihr in die rechte Schulter und etwas anderes in den linken Oberschenkel. Sie ließ sich fallen, schrie und rollte zur Seite. Vielleicht gelang es ihr, in die Gracht zu springen. Das Scheinwerferpaar eines Autos huschte jenseits der Herengracht um die Ecke. Der Fahrer mußte doch sehen, was mit ihr geschah! Und die Männer fürchten, gesehen worden zu sein. Tatsächlich kümmerten sie sich um sich selbst, ratterten plötzlich davon, tief über die Lenker gebeugt.

Jacqueline wußte später nicht mehr, wie sie das Hotel erreicht hatte. Jedenfalls hatte sie nicht nach ihrem Schuh gesucht, sondern auch noch den zweiten ausgezogen. Seltsamerweise fiel dem kreisrunden Brillengesicht an der Rezeption nicht auf, in welchem Zustand sie die Halle durchquerte und die Treppe nahm. Im Zimmer erst brach sie in Tränen aus. Jacqueline riß sich den Mantel und den Anzug vom Leib, fühlte sich beschmutzt, als wäre ihr das Schlimmste geschehen. Jetzt erst spürte sie es an ihrem Schenkel warm herunterlaufen. Zuerst sah sie Blut, dann erst kam der Schmerz so heftig, daß ihr schwarz vor den Augen wurde.

Sie drückte ein Handtuch gegen die Wunde. Es schien kein allzu tiefer Schnitt zu sein, denn der Muskel war nicht verletzt, und die Blutung ließ sich durch Druck verringern. So fest wie möglich preßte sie das Handtuch gegen das verwundete Bein, knotete ihren Gürtel darum, humpelte zum Bett und legte sich auf den Rücken.

Sollte sie einen Arzt rufen lassen? Der würde die Polizei alarmieren und die Sache nur dramatisieren. Was hätte es ihr genützt? Niemand hätte ihr geglaubt, daß in dieser freundlichen Stadt Vergewaltiger gleich paarweise in Aktion traten. Jacqueline glaubte es selbst nicht. Und alles andere konnte sie erst recht niemandem erklären.

Das Brillenmondgesicht brachte ihr den Verbandskasten des Hotels und eine Flasche ihrer Lieblingsmedizin zur äußeren und inneren Anwendung. Es könne kein Blut sehen, sagte es gleich an der Tür und verschwendete keine weitere Sekunde mit dem hilfsbedürftigen Gast. Um so besser, dachte Jacqueline.

16

Ein Mordanschlag? Ein Denkzettel? Jacqueline hatte ihre Nase in gewisse Angelegenheiten gesteckt. Solange sie vorhatte, es weiterhin zu tun, würde es nicht dabei bleiben. Wer auch immer etwas gegen sie hatte, war ihr auf den Fersen.
Marshall, oder wessen Spießgesellen auch immer, würde längst herausbekommen haben, wo sie logierte. Hier war sie nicht mehr sicher. Sie würden die Brille so lange mit Hundertguldenscheinen in die Mangel nehmen, bis sie alles ausspuckte, was Jacqueline nun inszenierte.
Am besten, sie verhielt sich wie ein Investmentbanker, der eine Fusion einfädelte. Wie das ging, wußte sie. Sie hielt die Brille auf Trab, damit sie ein paar falsche Fährten für sie legte.
Auch nach Mitternacht mußte es noch möglich sein, Flüge zu buchen. Eigentlich war es egal, wohin. London bot sich an. Es war die frequentierteste Strecke, und in London saß Marshall wie die Spinne im Netz. Warum also nicht London? Wer auch immer ihr an den Kragen wollte – nach Lage der Dinge konnte es nur Marshall sein –, mußte davon ausgehen, Miß Marple habe Blut geleckt, und verdammt noch mal nicht bloß ihr eigenes.
Die Brille stellte sich gar nicht dumm an, brauchte keine zehn Minuten, um einen Platz auf der ersten KLM-Maschine nach Heathrow zu buchen. Jacqueline bat darum, gleich die Rechnung fertig zu machen, bestellte den Weckruf für fünf Uhr fünfzehn und für fünf Uhr dreißig ein Taxi. Zehn Minuten reichten ihr zum Fertigmachen; in dieser Hinsicht war sie einsame Spitze. Der Trick war, daß sie schon vor dem Schlafengehen ihre Habseligkeiten in den Bordcase packte und den zweiten Hosenanzug, Strümpfe, Body auf dem Sessel so

ausbreitete, daß sie blind hineinfand. Sie putzte sich die Zähne, duschte und fönte das Haar. Sie stopfte sich beide Kissen in den Rücken und saß endlich im Bett. In Reichweite die Dreiwettertaft-Spraydose als Nahkampfwaffe für den Notfall. Vorsichtshalber löschte sie nicht das Licht. Wenn sie trotzdem ein wenig Schlaf fand, so verdankte sie es der Medizin aus dem Flachmann.
Wie ein Soldat sprang sie aus den Federn, als die Brille den bestellten Alarm schlug. Großzügiges Trinkgeld hatte sie parat, eine Fünfzigdollarnote. Sie wußte, was Menschen verband. Der Schein würde die Moral der Brille heben. Falls Jacquelines Häscher verschlafen hatten, würde sie ihnen die Preise verdorben haben.
Die Brille bedankte sich überschwenglich. Das Taxi wartete schon. Nur mischten sich jetzt zwei Herren in die Abschiedsszene, wiesen sich, ehe Jacqueline nach dem Dreiwettertaft greifen konnte, als Beamte der Amsterdamer Polzei aus. Offenbar hatten sie schon geraume Zeit im Empfangsraum zugebracht, der Brille wegen, die ihnen zwar Kaffee angeboten, aber Jacquelines kurze Nachtruhe erfolgreich verteidigt hatte.
Die Polizisten sprachen sie in gutem Englisch an: »Vermissen Sie nichts, Frau Gruber-Beretti?«
Sie vermißte ein paar Stunden Schlaf. Der Rest war jetzt nicht der Rede wert.
Mit einer durchaus beeindruckenden Geste zauberte einer der Beamten ihren schwarzen Pumps hinter seinem Rücken hervor.
»Ihrer, nehme ich an?«
Warum sollte sie es leugnen? Sie brauche ihn nicht mehr, habe den zweiten bereits weggeworfen. Jacqueline sah auf die Armbanduhr und deutete auf das wartende Taxi.
»Sie sollten Anzeige erstatten!« empfahl ihr der zweite Beamte. Ein Autofahrer habe sich gemeldet, zwar nicht den Mut besessen, Jacqueline zu helfen, aber wenigstens auf der Stelle die Polizei verständigt. Streifenpolizisten hätten auf der Brücke nur noch Jacquelines Schuh gefunden.
Die Brille mußte gepetzt haben. Blaß vor Aufregung stand sie hinter ihrer Theke und versuchte jedes Wort mitzukriegen.

»Wenn Sie mir meinen Termin in London abnehmen, stehe ich Ihnen gern zur Verfügung. Es waren die üblichen bösen Buben auf Fahrrädern. Sie waren zu zweit.«
Mehr habe sie nicht gesehen, an mehr erinnere sie sich nicht.
Gesichter? Details? Kleidung?
Dunkle Mäntel, dunkle Wollmützen. Alles dunkel.
Die Beamten nickten enttäuscht, aber begnügten sich nicht damit. Sie müßten sie mitnehmen in eine Klinik.
Seit wann es verboten sei, alkoholisiert Taxi zu fahren, fragte Jacqueline.
Die Beamten verstanden den Scherz, zogen auch höflich die Mundwinkel nach oben, blieben aber dabei. Jacquelines Verletzungen müßten festgestellt werden.
»Ein Kratzer am Bein. Ein wenig Blut. Mir geht es glänzend.«
Jacqueline überreichte jedem der Herren von der Kripo eine reich mit Telefon-, Fax-Anschlüssen und E-Mail-Adresse bedruckte Visitenkarte und bestand darauf, das Land unverzüglich zu verlassen. Sie stehe jederzeit für weitere Auskünfte zur Verfügung, bloß nicht jetzt.
»Was wollten die Männer von Ihnen?«
Die blödeste aller Fragen.
»Was sie alle wollen.«
Die Beamten sahen sich vielsagend-nichtssagend an.
»Kennen Sie diesen Herrn?«
Das nicht ganz scharfe Polaroid, das Jacqueline unter die Nase gehalten wurde, zeigte einen kaum zwanzigjährigen, unrasierten Mann mit struppigen dunklen Haaren, einer verbeulten Nase und einem kurzen, geraden Strich an Stelle des Mundes.
Sie hatte das Gesicht niemals zuvor gesehen. »Hundertprozentig.«
»Schauen Sie es sich bitte ganz genau an!«
Auch wenn es ihr die Beamten nicht abnehmen wollten, blieb Jacqueline dabei.
Kollegen hätten den Mann wenige Minuten nach dem Notruf des Autofahrers mitsamt seinem Fahrrad festgehalten. Nur ihn, nicht den Komplizen. Ein Teilgeständnis habe er bereits abgelegt. Er sei

allein gewesen, habe die Dame nur erschrecken wollen. Eine Gegenüberstellung erscheine deshalb zwingend.
Jacqueline lehnte noch einmal entschieden ab. Niemand ersetze ihr ein Tageshonorar von fünftausend Pfund, schon gar nicht dieses verpickelte Bübchen.
Die Beamten widersprachen nicht.

Am Flughafen kaufte Jacqueline das bestellte Ticket nach London, begab sich zum Check-in-Schalter, wo sie sich jedoch keine Bordkarte ausstellen ließ, sondern sich nur nach Avis erkundigte. Minuten später, es war erst kurz nach halb sieben, befand sie sich bereits in einem dunkelgrauen BMW der Fünferklasse auf der Autobahn nach Süden.
Dichter, gelegentlich stockender Verkehr, aber zum Glück kein Stau. Der Regen hatte aufgehört. Auf der Höhe von Utrecht wählte sie Krolls Privatanschluß.
Jacqueline konnte sich einen triumphierenden Unterton nicht verkneifen.
»Ich habe ihn.«
Kroll reagierte überhaupt nicht auf die frohe Botschaft.
»Sind Sie noch dran?«
»Zu spät«, sagte Kroll.
»Hören Sie: Robert lebt!«
Daran schien ihr Auftraggeber nicht sehr interessiert.
»Ich habe mit ihm gesprochen!«
»Haben Sie irgend etwas zu bieten, was uns jetzt noch weiterhelfen könnte?«
»Hören Sie, wir haben uns zwei Wochen lang alle Sorgen dieser Welt gemacht.«
»Vergangenheit«, sagte Kroll. Sulzer habe ihn hintergangen. Ihn, dem er alles zu verdanken, ihn, der ihn wie seinen eigenen Sohn behandelt habe.
Jetzt wurde der Alte auch noch sentimental. Jacqueline hätte von diesem Vater auf keinen Fall wie ein Sohn *behandelt* werden wollen.

»Ich weiß«, sagte Jacqueline.
»Nichts wissen Sie.«
»Robert hat sich von seinen Vätern verabschiedet. Lange genug hat er sich von Ihnen wie einen Sohn behandeln lassen. Er möchte endlich er selbst sein, nicht länger Funktionär seiner Väter.«
Er sei an ihren Interpretationen nicht interessiert, sagte Kroll. Und sie brauche ihn auch nicht in Schutz zu nehmen.
»Ich nehme Robert nicht in Schutz. Wovor eigentlich? Hat er sich überhaupt strafbar gemacht?«
»Meine Juristen prüfen das.«
»Es ist nicht verboten, seine Firma zu verlassen.«
»Er hat den Aufsichtsrat getäuscht und belogen.«
»Ist das so ungewöhnlich?«
»Er hat Marshall alles verraten. Vermutlich waren beide sogar an Insidergeschäften beteiligt. Die Geheimniskrämerei um ihre Treffen in London und Davos schafft Verdacht genug.«
»Deals dieser Dimension werden doch immer zuerst unter vier Augen eingefädelt.«
»Weshalb verteidigen Sie Sulzer noch immer?«
»Mich interessieren bloß die Fakten«, sagte Jacqueline.
Aber das einzige, was sie in diesem Moment tatsächlich beschäftigte, war die Frage, ob nicht auch Robert einen Grund haben konnte, ihr ans Leder zu wollen. Er war immerhin der einzige Mensch, sah man von der Malejewa ab, der wußte, daß sie sich in Amsterdam aufhielt. Der Gedanke, daß ausgerechnet Robert bezahlte Killer auf sie gehetzt haben könnte, schmerzte mehr als die Wunde am Bein und die Prellung an der Schulter. Er hatte sie einschüchtern wollen, damit sie ihn nicht Kroll ans Messer lieferte. Lausige Arbeit, für die Robert nicht mehr als fünfhundert Dollar bezahlt haben konnte. Nein, es durfte nicht wahr sein. Marshall hatte bessere Gründe, sie ruhigzustellen. Jacqueline wußte, daß er Robert aus dem Weg geräumt hatte. Zum Glück nicht getötet, aber doch gründlich erledigt. Mit welchen Mitteln, mußte sie noch genauer herausbekommen. Hatte Marshall Robert erpreßt? Bestochen? Jedenfalls waren es keine Methoden, die von den Aktionä-

ren der UB akzeptiert werden konnten. Deshalb mußte Jacqueline schweigen.
»Geben Sie ihn mir jetzt!« sagte Kroll. »Ich will mit ihm sprechen.«
»Ich habe ihn nicht in Handschellen auf den Rücksitz gefesselt. Er ist ein freier Mann.«
»Sie können mir viel erzählen. Her mit ihm!«
»Er kommt nach«, log Jacqueline. Vermutlich war Kroll jetzt endgültig der Auffassung, sie habe den Verstand verloren. »Er hat es mir versprochen.«
Höhnisches Gelächter schepperte in der Leitung. »Schönen Tag, Verehrteste!«
»Legen Sie nicht auf. Ich weiß, wie wir Marshall an den Eiern kriegen.«
»Wenn Ihnen das Spaß macht, bitte, aber lassen Sie mich aus dem Spiel.«
»Legen Sie nicht auf!«
»Ich hoffe nur, Sulzer kommt nicht auch noch auf die Idee, in den Festakt zu platzen. Dafür fehlt sogar mir der Humor.«
Damit hatte es sich ausgedröhnt.
Jacqueline warf das Handy wütend auf den Beifahrersitz. Dieser undankbare Ignorant! Sie hatte ihren Auftrag so gut wie erfüllt, und Kroll nahm es nicht zur Kenntnis. Außerdem hatten doch alle irgendwie gewonnen. Kroll hätte mit ihrer Hilfe Marshall glorreich zurückschlagen können. Robert, der Abonnementsieger vergangener Jahre, hatte zwar nicht die Malejewa erobert, aber am Ende doch seine Freiheit; womöglich war es der größte Sieg seiner Karriere. Und sogar Amelie hatte das Wichtigste wiedergewonnen, nämlich Klarheit, auch wenn es noch weh tat.
Jacqueline rief sie sofort an, damit sie es nicht von Kroll erfahren mußte.
»Es ist alles vorbei, Amelie.«
Sie hatte diese dürren Worte kaum ausgesprochen, da jagten sie Jacqueline selbst einen Schrecken ein. Schnell fügte sie hinzu: »Robert lebt.«

Weder Tränen der Erlösung noch Freudentaumel löste sie damit aus. Amelie schien einfach wie versteinert von den seelischen Strapazen. Nicht einmal Einzelheiten wollte sie wissen. In welchem Zustand Jacqueline Robert angetroffen hatte, wo und unter welchen Umständen. Jacqueline drängte ihr die Antwort nicht auf, ersparte sich damit, die selbstverschuldete Flüchtigkeit der Begegnung einzugestehen. Andererseits wollte Jacqueline Amelie auch nicht schonen. Wer war schließlich mit diesem Kerl verheiratet? Sie gab einen knappen Bericht, knapp genug für ein Executive Summery, sah man von einigen Abschweifungen ab, die nichts darin zu suchen hatten.
Der Kuckuck wisse, was die Malejewa in Robert alles bewegt habe. Die sechzig Jahre sehe man ihr ja nicht unbedingt an.
Bestimmt war schon das Alter der Malejewa in Amelies Augen ein unverzeihlicher Stilbruch. Stilbrüche waren die schlimmsten Kränkungen, die man ihr zufügen konnte.
»Jetzt hat sie ihn vor die Tür gesetzt, was sagst du dazu?«
Amelie sagte gar nichts.
Jacqueline spürte nun doch das Bedürfnis, Robert ein wenig beizustehen. Der Gute hatte mit Mühe seinen Vaterkomplex erledigt, um ersatzweise einer Übermutter in die Finger zu fallen. Das war keine Frage der Schuld, sondern nur noch tragisch.
Amelie erbarmungslos: »Er hat es nicht anders verdient.«
Armer Robert.

Zweieinhalb Stunden bis Brüssel. Jacqueline gab den Wagen am Flughafen ab. Sie sah sich die große Anzeigentafel wie eine Speisekarte an. Paris, St. Petersburg, Marrakesch. Oder gleich Katmandu, Windhoek, Montego Bay.
Aber erst rief sie in Milano an.
»Weißt du, was ich jetzt brauche, Tonio? Ich brauche ein paar Tage nichts.«
»Kannst du haben. Ich biete dir das vollkommenste Nichts, das du dir vorstellen kannst. Wir gehen nach Portofino.«
Im Haus der Berettis brachte der Winter Tage perfekter Langeweile

hervor, Langeweile also, die nicht weh tat. Das Meer war schön wie immer, verursachte nur nicht das Gefühl, etwas zu versäumen, wenn man sich nicht gleich hineinwarf oder in einem Boot darauf ritt. Die Touristen hatten ihre Belagerung vorübergehend eingestellt, die meisten Restaurants geschlossen. Tonio würde jeden Morgen nach Rapallo zum Einkaufen fahren. Er würde für Jacqueline kochen und sie nach Strich und Faden verwöhnen, bis sie es nicht mehr aushielt. Er würde sie zu Dankbarkeit nötigen. Das Nichts aber, nach dem sie sich so dringend sehnte, war ein Zustand, in dem sie von niemandem etwas wollte und sich selbst allem Wollen entzog.

»Wann endlich kommst du?«

Tonio hatte Jacqueline zwei Wochen lang nicht gesehen und nur acht- oder neunmal mit ihr telefoniert. So sparsam und zartfühlend wie möglich hatte sie ihn auf dem laufenden gehalten. Davon profitierten sie beide, glaubte Jacqueline. Ihr ersparte es Erklärungen und Tonio Sorgen. Wie sollte sie ihm das Drama der vergangenen Nacht nur schildern, ohne ihn in Not zu stürzen?

Also verkürzte sie: Robert sei aufgetaucht. Bei der Pianistin ... Nein, die habe direkt nichts mit der Fusion zu tun; eine ganz andere Geschichte. In Amsterdam ... Ja, sie sei noch in Amsterdam. (Die ständige Erreichbarkeit mittels Handy hatte den Vorzug, daß sie niemals ihren tatsächlichen Aufenthaltsort preisgeben mußte.) Sie sei so froh, daß es ihn gebe.

Tonio! Sie powerte – er kümmerte sich um den Rest. Dafür liebte sie ihn. Auch wenn es ihr manchmal vor seiner fürsorglichen Ausgeglichenheit geradezu grauste. Fuhr dieser Mann denn niemals aus der Haut?

Auch Robert war jahrelang niemals aus der Haut gefahren. Niemals aus der Haut fuhren Leute, die wunschlos glücklich waren oder so gut wie tot. Wenn Tonio tatsächlich alles hatte, was er brauchte, ging er entweder fremd, oder seine Libido war unter aller Sau. Beides wäre beunruhigend. Jacqueline tippte auf das erste.

»Tonio, mio caro!«

Sie versprach ihm eine Woche Zermatt oder Mauritius, ganz wie er wolle. Schnellstmöglich, also am besten schon über Ostern.

Da führen sie mit den Kindern nach Portofino. Schon vergessen?
»Warum nicht Portofino? Wir verschieben Mauritius auf später.«
Pläne, wußte Jacqueline, waren das einzige, was die Gegenwart erträglich machte.
Sie nahm den Sabenaflug nach Florenz. Die erste Hälfte verschlief sie. In der zweiten sah sie auf die Gipfel der Alpen hinab. Übersichtlicher als aus dem Fenster eines Flugzeugs war die Welt niemals sonst. Es war nicht die schlechteste Art, seine Zeit zu verschwenden. Eingekeilt von Menschen und doch allein. Die besten Ideen kamen Jacqueline im Flug. Auch das Leadership-Cockpit hatte sie an Bord skizziert, Milano–New York, sie erinnerte sich genau. Andere Passagiere pflegten über die trockene, sauerstoffarme Luft zu klagen, Jacqueline kam mit dem Sauerstoff aus, war doch hier oben alles auf das Wesentliche konzentriert.
In Florenz mietete sie wieder ein Auto. Florenz im Februar bedeutete müheloses Parken in der Innenstadt. Sie kaufte Schuhe bei Todd's in der Via Tornabuoni, eine dunkelgrüne, hüftlange Lederjacke und einen Anzug (den zerschlissenen hatte sie im Amsterdamer Hotel liegen gelassen) in der Via Calimala, eine braune Aktentasche, die nicht nach Aktentasche aussah, in der Via degli Strozzi. Kaufen beruhigte, gab ihr das Gefühl, zu ernten. Auch wenn es nicht lange vorhielt. Danach einen Salat bei Gilli's an der Piazza della Republica. Man konnte draußen sitzen, so sehr wärmte die Sonne. Wenige hundert Meter nur bis San Lorenzo. Dort stand sie schließlich allein vor Michelangelos vollendet Unvollendeten. Auf den beiden Medici-Grabstätten lümmelte pralles Leben, Mann und Frau, seitlich aufgestützt, einander abgewandt: Es war das vollkommendste Sinnbild jener Beziehung, die man als Paar bezeichnete. Fleisch, geschaffen füreinander und doch sich selbst genug. Jacqueline konnte sich kaum trennen von den marmornen Muskelmassen, denen das Licht, das durch die Fenster fiel, schimmerndes Leben einhauchte. Nach wenigen Minuten fand Jacqueline, sie habe ihre bildungsbürgerliche Anwandlung hinreichend ausgelebt, und genierte sich fast ein wenig dafür, als handelte es sich dabei um eine Schwäche.

Es war fast vier, als sie den Arno Richtung Süden überquerte. Gut dreißig Minuten später erreichte sie Greve. Wenige Kilometer hinter dem Städtchen wand sich die Straße durch die Weinhänge zu dem Dorf Panzano hinauf. Sie bog ab auf einen staubigen Fahrweg, der sie durch von sommerlichen Buschfeuern geschwärzte Eichenhaine auf den Kamm eines Hügels führte. Großer Ausblick über sanft geschwungene Flanken und Senken, braun-grüne Wogen, gegliedert von Zypressen und Ölbäumen und den Reihen der Reben, die jetzt im Winter wirklich bloß Stöcke waren, die im Mergel steckten.

Der Weg führte bald abwärts, hinunter zu roten Ziegeldächern und Mauern aus groben Bruchsteinen.

Emiliano kam Jacqueline schon entgegen.

»Dottoressa!«

Er hatte sie sofort erkannt, auch wenn sie sich seit fast drei Jahren nicht mehr hatte blicken lassen, das letztemal, als sie mit Cecilia schwanger war und sich nicht im klaren, ob sie das Kind, ihr viertes, austragen sollte. Seit eineinhalb Jahren hatte sie die höchste Sprosse der Karriereleiter bei McKinley erreicht und gerade mit dem Genfer Bankverein einen ebenso potenten wie anstrengenden Kunden gewonnen. Zwei Tage in den Weinbergen hatten ihr genügt, um Kraft für beides zu finden: das Kind und den Kunden. Diese Entscheidung hatte sie mit niemandem teilen wollen. Castelloste war ihr privates Refugium. Nicht einmal Tonio wußte davon.

Emiliano war etwa so alt wie Jacqueline. Der gedrungene Winzer, aus dessem kugelrunden, millimeterkurz geschorenen Schädel kastanienbraune Knopfaugen in die Sonne blinzelten, war ein echter Marchese, allerdings nicht aus toskanischem, sondern kalabresischem Adel. Er hatte das Weingut nicht geerbt, sondern gekauft, nachdem er in London einige Jahre erfolgreich mit Devisen spekuliert hatte. Ins Weinmachen hatte er sich ebenso perfektionistisch gestürzt wie ins Arbitragieren. Ging es an der Börse um das reaktionsschnelle Ausnutzen winziger Kursunterschiede zwischen New York, Tokio und London, setzte er jetzt ebenso wagemutig auf das Verhältnis von Glucose und Fructose, Gerb- und Apfelsäure. Seine

Leidenschaft teilte Emiliano mit Giulia, der Kellermeisterin und Önologin, die er vor einigen Jahren geheiratet hatte. Die Stelle der Kinder nahmen Prizzi und Prozzi ein, zwei gelbe Hunde, die mit buschigem Schwanz um Jacqueline herumstrichen, ohne einen Ton von sich zu geben. Natürlich mußte die Besucherin sofort in den Keller geführt werden, unter den baufälligen Mauern des Wehrturms aus dem zwölften Jahrhundert, um den herum spätere Generationen das Anwesen errichtet hatten. Dort umarmte Jacqueline Giulia. Die schweißtreibende Arbeit in den Weinbergen hatte ihr nichts von ihrer Schönheit genommen.

Jacqueline liebte den Duft vergorenen Mosts in hellen Eichenfässern unter schimmeligem Gewölbe. Die nächste halbe Stunde bestritt Giulia mit glockenhellen Lobpreisungen ihrer Kreationen, von denen ihr nicht der Chianti Classico die rühmenswerteste erschien, sondern der pure Sangiovese. Jacqueline glaubte ihr gern. »Warm und samtig, fruchtig und erdig zugleich, voll und nachhaltig im Abgang« füllte der tizianrote Saft ihre Mundhöhle und fächerte sich auf in ein »Spektrum mit Anklängen an Röstkaffee, Leder, Kakao und einem Hauch von Unterholz«.

Jacqueline hielt sich nicht für eine Weinkennerin. Aber sie bewunderte diese Art Fanatismus, der vielleicht für alle Glanzleistungen des Abendlands notwendig gewesen war.

Unverändert fand sie das Gästezimmer im ersten Stock des Nebengebäudes vor. Zu ebener Erde waren Gerätschaften untergebracht. Unverputzte Mauern, malvenfarben gestrichene Fensterstöcke, ein breites, einfaches Bettgestell aus Pinienholz, der Tisch eine weiße Marmorplatte auf gedrechselten Holzbeinen, auf dem ein prächtiger Strauß getrockneter Gräser und Blumen in einem grünen Keramikkrug stand. Der Stuhl davor war ebenso ehrwürdig wie unbequem, doch der unwichtigste Gegenstand. Jacqueline hatte in diesem Zimmer die meiste Zeit auf dem Bett gelegen, auch das merkwürdige Wochenende, das sie mit Robert Sulzer verbracht hatte.

Sie schaltete den elektrischen Heizlüfter an, denn in den blanken Mauern saßen der Frost des Januars und die Erinnerung an einen Anfang, der viel versprochen und nichts gehalten hatte.

Es war ein paar Wochen später im Jahr gewesen, der Frühling hatte die Hügel bereits in ein blühendes Meer verwandelt. Im Anschluß an ein Meeting in Turin hatte sie es geschafft, Robert zu einem Abstecher nach Castelloste zu überreden.
Wie sie ihn dazu gebracht hatte, war ihr bis heute ein Rätsel geblieben. Normalerweise verschwendete Robert keinen Tag mit der Verlängerung von Dienstreisen aus anderen als dienstlichen Gründen. Es hatte auch damals gewiß nicht allein an Jacquelines Verführungskünsten gelegen, darüber machte sie sich keine Illusionen. Deutschland war nur wieder einmal von atlantischen Tiefs bestrichen worden, was selbst Robert reif gemacht hatte für Auswanderungsgelüste. Außerdem hatte Amelie in einer anhaltenden Depression gesteckt, der für wenige Tage zu entkommen sogar Robert lohnenswert erschienen war.
Sie hatten sich mit Wein betrunken. Jacqueline in der Hoffnung, Robert würde seine verdammte Reserviertheit zusammen mit der Hose ablegen, er womöglich in der Absicht, der Trunkenheit wegen nachhaltigeren Abendvergnügungen zu entkommen.
Brokatene Dämmerung lag über dem weiten Land, als Giulia und Emiliano im Wintergarten zwischen Orangenbäumchen und Palmen auftischten: Wildschweinsalami, selbstgebackenes ungesalzenes Brot, Crostinis, bestrichen mit Geflügelleber-, Artischocken- und Olivenpaste. Sie erzählten einander dazu Geschichten aus tausendundeiner Nacht. Jacqueline aus der großen weiten Welt der Finanzmärkte, und Emiliano steuerte seine Abenteuer mit der Mafia der Exporteure und Food-Journalisten bei, die es immer wieder schafften, mittelmäßige Chiantis in die Hitlisten zu boxen. Aber zu klagen hatte dieser Landwirt nichts. Weltweit explodierten die Preise feiner Weine, nicht zuletzt dank jener Globalisierungsprofiteure, denen es ein Vergnügen war, ehrfurchtgebietende Kultweine zu sammeln. Der Markt reagierte mit Verteuerung, aber keineswegs mit Verknappung. Im Gegenteil: Die sonderbare Vermehrung angeblicher Spitzenweine war eine Leistung, die der des göttlichen Kellermeisters bei der Hochzeit von Kanaan in nichts nachstand und die neben der ökonomischen auch die kulturelle Überlegenheit

des Kapitalismus bewies. Profit und tiefstes Abendland befanden sich in innigster Harmonie.
Die selbstgebackenen Cantucci waren an sich schon unwiderstehlich; unwiderstehlicher noch, wenn man die Mandelkekse in den goldenen Vinsanto aus angetrockneten Malvasiatrauben tunkte. Es war, Jacqueline gab es unumwunden zu, eine ebenso perverse wie lustvolle Art, sich um den Verstand zu trinken, und sie schloß dabei ausdrücklich alle schottischen Landweine ein. Trotzdem fand sie mühelos zurück in ihr Gemach, wo sie bäuchlings aufs Bett fiel.
Sie wachte auf, als sie trotz des Heizlüfters fror. Einen Augenblick lang glaubte sie, Prizzi und Prozzi hätten sich gemeldet. Ohne sich auszuziehen, kroch Jacqueline unter die Decke, igelte sich ein und schob das voluminöse Kissen über den Kopf. Der Schlaf aber wollte nicht zurückkehren. Jacqueline strandete im halbdunklen Zwischenreich praktischer Träume. Andere Menschen verbanden ihre gegensätzlichen Talente, indem sie Verlage gründeten oder Wein zogen. Warum aber sollte sie für immer und ewig für Unternehmen Pläne entwerfen, statt selbst zu unternehmen? Brauchte Emiliano niemanden? Sie könnte den Export übernehmen, er bliebe der Agronom. Oder sie fände ein von Zeit und unfähigen Erben beschädigtes Kastell und machte daraus ein Hotel. Noch besser würde sich ein aufgelassenes Kloster für das Hotel eignen.
Ein Fensterladen schien sich losgerissen zu haben. Am Abend noch war es windstill gewesen.
Es würde kein gewöhnliches Hotel sein. Sie stellte sich die Halle in der ehemaligen kleinen Klosterkirche vor. Im Restaurant ein echtes letztes Abendmahl, vielleicht einem Giotto-Schüler zuzuschreiben. Für den wuchernden Garten wäre Tonio zuständig. Aus dem Pool heraus hätte man einen himmlischen Blick hinab ins Tal, in dem die Luft fieberte, während die Zikaden konzertierten.
Was suchte Emiliano mitten in der Nacht im Geräteschuppen? Gab es irgendeine geheimnisvolle Prozedur, nach der ein Wein Vollmond verlangte, der in Chicago mit 97 von 100 Punkten die Weltmeisterschaft gewinnen wollte?

Ein Hotel für ihresgleichen, also für Leute mit zu hohen Ansprüchen und zuwenig Zeit. Nicht mehr als zwölf kleine Suiten. Villa Santa Apostoli. Lebenskonzentrat zu einem Preis auf Anfrage. Sie würde nicht jeden nehmen, die Gäste mußten stimmen wie Freunde.
Eine Tür schlug.
Jacqueline suchte den Lichtschalter und warf einen Blick auf die Uhr. Viertel vor drei. Sie sprang aus dem Bett ans Fenster. Auf dem Hof stand ein zweiter Wagen neben ihrem. Aus der Tür des Haupthauses trat Emiliano, im Arm die Flinte, mit der er gewöhnlich auf Wildschweine schoß.
Ihre Verfolger waren eingetroffen, hatten sie, was zu befürchten war, aufgestöbert. Schlagartig schüttete Panik Hormone aus. Der einzige Gegenstand, mit dem sie sich hätte zur Wehr setzen können, war der Krug. Jacqueline wich vom Fenster zurück, löschte sofort das Licht. Stimmen auf dem Hof – kein Italienisch. Emiliano würde sie nicht verraten, die Verfolger ihm nicht glauben. Sie würden Emiliano töten.
Im Dunkeln tastete sie sich zur Tür, drückte vorsichtig die Klinke. Solange sie nicht Schritte auf der Treppe hörte, konnte sie fliehen. Im Flur das Fenster, nicht zum Hof, sondern hügelwärts. An dieser Stelle war das Haus leicht in den sanft ansteigenden Hang gestellt. Jacqueline öffnete das Fenster, stemmte sich auf das Fensterbrett, drehte sich auf den Knien herum und rutschte die Außenwand hinab, während sie sich mit den Händen am Fensterrahmen festhielt. Die Bruchsteine boten den Zehen Halt. Auf der Treppe waren die Schritte nicht mehr zu überhören. Jacqueline stieß sich ab und schlug auf dem abschüssigen Boden auf, kaum gebremst von dornigem Gesträuch, das ihr schmerzhaft die blanken Beine ritzte. Sie lag mit dem Rücken zur Mauer hin, gekrümmt wie eine Katze, und wagte nicht zu atmen. Nach einer Weile hörte sie, wie jemand das Fenster über ihr schloß. Einige Minuten wartete sie, ehe sie sich geduckt um das Haus herumwagte. Alle Lichter waren wieder verloschen. Vollkommen friedlich lag Castelloste. Jetzt konnte sie schlecht Alarm schlagen. Hatte sie sich die Verfolger in ihrer Trunkenheit nicht bloß eingebildet?

Der Alfa Romeo neben ihrem Wagen war ebenfalls von Hertz. Die Tür, hinter der es zu ihrem Gemach hinaufging, war nur angelehnt. Was auch immer das bedeuten mochte, sie betrat barfuß die hölzerne Treppe, arbeitete sich so geräuschlos wie möglich von Stufe zu Stufe hoch.

Die Tür zu ihrem Zimmer stand offen. Der Mann am Fenster kehrte ihr den Rücken zu und sah hinaus in die zypressenschwarze Nacht. Er mußte sie längst auf dem Hof beobachtet haben.

»Schön, dich hier zu sehen«, sagte Robert.

»Ich habe dir nichts getan«, keuchte Jacqueline.

»Tut mir leid. Wollte dich nicht erschrecken.«

»Was tust du dann?«

»Ich versuche meinen Fehler gutzumachen.«

»Ja. Es ist schiefgelaufen für dich in Amsterdam. Du hast Stümper bezahlt, zu dumm, eine wehrlose Frau niederzustechen.«

»Was redest du da?«

Jacqueline drückte den Lichtschalter neben der Tür. Robert drehte sich zu ihr um. Bleich und übernächtigt sah er aus. Das wirre Haar wie das zottelige Fell eines Hundes, den man schlug. Eines seiner üblichen hellblauen Bürohemden trug er mit geöffneten Kragenknöpfen und einen dieser Anzüge in Anthrazit. Zerknautscht wirkte er darin.

»Ich bin dir zu nahe gekommen, Roberto, habe deine Lügen durchschaut. Dafür soll ich büßen.«

»Du bist mir nur einmal zu nahe gekommen. Aber das war in einem anderen Leben.«

»Erst hast du mir Killer auf den Hals gehetzt«, sagte Jacqueline. »Und jetzt möchtest du die Sache selbst ins reine bringen. Im Notfall bist du dir für nichts zu schade.«

»Was soll das denn heißen?«

Jacqueline öffnete den Gürtel ihrer Jeans und zog sie so weit herunter, bis Robert den Verband sehen konnte.

»Du hast dir weh getan«, stellte Robert sachlich fest.

Er stellte sich noch immer dumm. »Wieviel hast du dafür bezahlt?« fuhr Jacqueline ihn an.

»Wer dir auch immer ans Fell wollte, ich war es nicht.«
»Wer soll es sonst gewesen sein?«
Robert zuckte mit den Schultern. »Irgendwelche Straßenräuber.«
»Du hast ein Motiv.«
»Und du einen Verfolgungswahn.«
»Das ist wohl wahr. Du verfolgst mich Tag und Nacht.« Es klang nicht mehr böse.
»Dagegen können wir etwas tun«, schlug Robert vor. »Emiliano hat mir Medizin mitgegeben.« Er deutete auf die Flasche Vinsanto, die Mandelkekse und die beiden Gläser neben dem Krug. »Konnte sich sofort an mich erinnern, der Gute. Jacqueline wird jubeln, hat er gesagt.«
»Bestimmt.«
»Du kennst noch den Weg, hat er gesagt. Sei leise, sie schläft. Hat das Bettchen schon vorgewärmt.«
Emiliano, der Trottel! Hatte Robert zu ihr hochgeschickt, statt ihn mit der Saubüchse in die Nacht zurückzutreiben.
»Ich habe noch etwas gutzumachen«, wiederholte Robert.
Der Mann trank am besten erst mal einen Schluck. Die Flasche war schon entkorkt. Jacqueline goß ein und reichte Robert das Glas, das er im Liegen an die Lippen führte. Dann griff er nach ihrer Hand.
»Weißt du noch?«
»O ja!«
Auch diese Wunde war noch nicht verschmerzt.
»Und jetzt, Roberto?«
»Ich wollte die größte Fusion in der Geschichte hinlegen – und zugleich zerstören, was mich die besten Jahre meines Lebens gekostet hat.«
Es klang maßlos larmoyant. Aber Robert wußte sich noch zu steigern.
»Am Ende wollte ich mich selbst besiegen. Es war Illusion.«
Vermutlich war es das. Sein ganzes Leben war bloß das.
Er soff. Haltlos wie ein Verdurstender. Jacqueline versorgte ihn, goß immer wieder nach. Wie sonst sollte sie sich zur Wehr setzen gegen

diesen Mann? Wein tropfte Robert aus den Mundwinkeln. Bis ihm plötzlich die Augen zuklappten und er im selben Moment leise rasselnd zu schnarchen begann.

Jacqueline löschte das Licht und legte sich neben ihn. Ihr großes Kissen stellte sie als Schutzwall zwischen sich und ihn. So wie er es damals getan hatte.

17

Auf Castelloste begann sich erst wieder gegen halb zehn das Leben zu regen. Der Kissenwall hatte allen Schlägen standgehalten, die Roberts traumgeschüttelte Extremitäten ausgeteilt hatten. Jetzt blinzelte er, zum Fenster gedreht, friedlich in die fahle, durch den Nebel brechende Sonne. Jacqueline tat, als schliefe sie noch. Sie war vom Geklapper der Gerätschaften aufgewacht, mit denen vermutlich Emiliano in die Reben zog, um Drähte auszubessern und Ranken anzubinden.

Höchste Zeit zum Duschen. Jacqueline tat es ausgiebig. Sie beschloß, es einen guten Tag werden zu lassen, eine Art ersten Schöpfungstag. Mit um die Brüste geschlungenem Badetuch glitt sie an Robert vorbei. Er trug eine ausgeleierte Pyjamahose; oben herum trug er nichts. War das Bäuchlein gewachsen, oder lag es an den hängenden Schultern, daß er nicht mehr ganz so stramm wirkte wie das letztemal? Gleich darauf hörte sie seinen Rasierapparat. Es war ein gutes Zeichen, wenn Robert den Bewuchs der vergangenen Tage beseitigte. Das Zeug war grauer als sein Haupthaar und ließ ihn unangemessen alt aussehen. Mit einer verschwenderischen Portion Herrenduft kehrte er aus dem Bad zurück.

»Ich wüßte doch gern, Roberto, weshalb du mir aus Amsterdam gefolgt bist.«

»Ich bin dir nicht gefolgt. Ich hatte alles erwartet, nur nicht, dich hier zu finden«, behauptete er.

»Dann hat dich die Erinnerung geführt«, stellte Jacqueline fest.

»Unsere gemeinsame Erinnerung. Unsere abgebrochene Geschichte hat endlich ihre Fortsetzung gefunden.«

»Ich wollte ganz einfach ein paar Tage Ruhe. Und jetzt dies!«

»Du hast wirklich Pech im Leben.«
Honig und Käse zum Frühstück und frisch gewonnenes Hochgefühl. Giulia schlug vor, die Villa Vignamaggio zu besuchen. Etruskische, römische, langobardische Wurzeln. Landsitz der mächtigen Gherardis. Der Überlieferung nach Geburtsort Mona Lisas. Elegante Gartenanlage im italienischen Stil.
Das war nach Jacquelines Geschmack. Sie dachte an ihr Hotelprojekt und wollte Ideen sammeln. Robert fand den Vorschlag grandios, allerdings wolle er erst in aller Ruhe ein paar Einzelheiten mit Jacqueline klären. Danach aber sei er reif für sämtliche Villen und Kastelle diesseits und jenseits von Florenz. Giulia verstand. Bitte sehr! Sie empfahl den beiden einen Spaziergang hinunter zur alten Ölmühle.
»Gute Idee«, fand Robert. Er wollte nur noch schnell hinauf, die Schuhe wechseln.
Jacqueline hatte ihre Gefühle mit dem jungen Tag noch nicht ganz in Übereinstimmung gebracht. Schön, wenn es Robert schon wieder so gut ging. Vielleicht sollte sie ein Schlückchen Vinsanto zu Hilfe nehmen, von dem Rest, den Robert übriggelassen hatte.
Auf der Treppe hörte sie Roberts Stimme. Er telefonierte. Doch nicht mit Amelie? Er klang jedenfalls wie eh und je. Eine Spur zu laute, ein wenig zu betonte, überschaubare Hauptsätze, die am Ende ein wenig in die Höhe schnellten, als wären sie unvollständig, auf englisch nicht anders als auf deutsch. Diesmal Englisch. Geschäfte also. Robert hatte doch nicht sämtliche Brücken hinter sich gesprengt.
Er besaß nun einmal zweierlei Hochbegabungen. Die eine für die andere aufzugeben wäre dumm gewesen. Diesen Fehler sollte er jetzt vermeiden. Nicht entweder oder war die Frage, sondern alles oder nichts.
»Positively ...«
Als Jacqueline das Zimmer betrat, beendete Robert sein Gespräch. Außerdem paffte er Zigarre. Das Leben hatte ihn wieder.
Von dem Wein war kein Tropfen mehr übrig. Aber das Panorama der toskanischen Hügel berauschte auch so.

»Hast du wirklich geglaubt, du könntest mit einer Frau leben, die deine Lehrerin gewesen ist? Reicht Bewunderung dafür?«
»Ich bewundere dich nachhaltig«, sagte Robert.
»Arsch!« sagte Jacqueline. Sie war erleichtert. Wenigstens nahm Robert den Fall nicht mehr tödlich ernst.
»Deine Bewunderung wäre mir nicht genug. Ist schön, aber schnell lästig.«
»Ich möchte den ganzen Tag nur noch bewundern.«
Robert war albern.
»Du würdest dich wundern! Ein Leben als Konzertgroupie wäre wirklich unter deinem Niveau. Es wäre eine Tragödie.«
Robert zog eine Schnute. »Keine Tragödie. Nur nicht übertreiben! Allenfalls eine kleine Tragikomödie. Oder pflastern vielleicht Leichen meinen Weg?«
Das würde sie noch herausbringen. Jacqueline sagte: »Dead man walking.«
»Begnadigt, meine Liebe. Begnadigt.«
»Begnadet, Roberto!«
Sie hängte wieder das italienische »o« an seinen Namen, wie damals.
»Du bist mit zwei Talenten begnadet, bringst sie aber nicht auf die Reihe und zerbrichst daran. Alles nur, weil du mit dir selbst keine Kompromisse eingehen willst. Kompromisse mit dir selbst zu schließen hat dir weder dein Vater beigebracht noch McKinley & Co. Sie haben von dir verlangt, bedingungslos ein einziges Ziel zu fixieren. Aber du hast zwei Ziele und damit ein Problem zuviel. Damit bist du nicht allein. Die meisten Menschen ahnen nichts von der Goldader, die in ihnen schlummert. Du hast doppeltes Glück. Du kennst deine Schätze. Aus doppeltem Glück kommt doppeltes Unglück, weil du dich nicht wirklich entscheiden kannst und alles übertreiben mußt.«
»Hätte ich einen Kompromiß geschlossen, wäre ich heute ein provinzieller Mittelständler, der nach Feierabend *Good bye Johnny* klimpert.«
»Entsetzliches Schicksal!« sagte Jacqueline.
Robert nahm es ernst. »Weiß Gott«, seufzte er.

Wahrscheinlich hatte Robert sogar recht. Auch Jacqueline hätte sich für das große Geld entschieden statt für die Kunst. Sie hatte die Wahl nur nicht gehabt. Sie besaß mehr Kraft als Talent.
»Dann steh zu deiner Wahl!« sagte sie. »Erst die Bank, dann die Kunst. Hübsch nacheinander. Nur nicht so, daß alles zusammenkracht.«
»Exakt das ist die Idee.«
»Erbärmlich ausgeführt. Dir fehlt der richtige Consultant.«
»Ein Mensch ist keine Firma. Das Leben kein Business, das irgendwelchen Geschäftsstrategien folgt.«
Aber war die einzige Fusion, auf die es hier ankam, nicht die Fusion zwischen den beiden Genies in dem einen Mann?
»Auch das Leben ist eine Unternehmung«, sagte Jacqueline. »Eine verflucht riskante Unternehmung. Da ist guter Rat niemals zu teuer.«
»Mir fehlt dein Know how, willst du sagen?«
»Deine emotionale Intelligenz ist jedenfalls ein Desaster. Erfolgs-Junkies deiner Sorte scheitern an der Komplexität von Beruf und Privatleben.«
»Dagegen helfen auch die Rezepte von McKinley & Co. nichts. Die verstehen einen Scheiß vom Leben.«
»Deshalb hast du mich, Roberto! Jacqueline Gruber-Beretti. Executive Coaching. Das professionelle Alter ego. Kein Top-Mann übersteht den permanenten Überlebenskampf ohne Überlebenshilfe. Du brauchst keine Therapie, sondern jemanden, der dir kompetent in den Arsch tritt.«
Robert schien sich nur noch für die alten Fruchtruten zu interessieren, die nach der Lese verholzten und im Winter beschnitten werden mußten.
»Spielt in deiner strategischen Planung Amelie gar keine Rolle mehr?«
Robert schnupperte an einem Zweig.
»Du rechnest sie zu dem Teil des Lebens, das der Bank gehört. Deshalb verläßt du auch sie.«
»Und du willst mir vermutlich sagen, das Geschäftsfeld Ehe sei ein

Sanierungsfall, für den wie für alle anderen Sanierungsfälle auch die goldene Regel gilt: Fix it, sell it or kill it.«
»Ein klarer Kopf hat tatsächlich noch nie geschadet.«
»Was ein klarer Kopf ist, definierst du, wie es dir gerade paßt.«
»Es ist nicht verkehrt, mit minimalem Aufwand ein maximales Ergebnis zu erzielen. Es spart Nerven, schenkt Freude.«
Robert sagte: »Ich weiß nicht, wer von uns beiden der größere Spinner ist.«
Das wußte Jacqueline auch nicht immer. Aber es war nicht wichtig, ob einer ein Spinner war oder nicht, sondern ob einer den großen Kampf bestand oder scheiterte. Ob einer konsequent war oder nicht. Robert war nicht einmal konsequent.
»Statt dich auf die Sabotage des Krollschen Lebenswerks zu konzentrieren, läßt du dich mit dieser Schlampe ein«, tadelte Jacqueline. »Ich zweifle wirklich an deinem Verstand.«
»Nicht alles, was du nicht verstehst, ist ohne Sinn. Mein Leben war tot. Ich habe es wieder zum Experiment gemacht.«
»Du hast also mit Karla bloß experimentiert. Amelie kann sich wirklich glücklich schätzen, daß sie dich los ist.«
Jacqueline hakte sich bei Robert ein. »Du solltest aber ruhig noch ein wenig weiter experimentieren, Roberto!«
Obwohl sie die alte Ölmühle noch nicht erreicht hatten, kehrten sie um. Auf dem Weg hinauf zum Hof hielten sie sich an den Händen und kamen ins Schwitzen. Die Zeit ließ sich nicht zurückdrehen. Nicht um jene vierzehn Tage, die Roberts Leben, wie er glaubte, vom Kopf auf die Füße gestellt hatten, und nicht die knapp drei Jahre, seit sie ihr Wochenende auf Castelloste verbracht hatten.
Wer jagte eigentlich wen? Die Frage war noch offen. Sie würden es auch nicht herausbekommen an einem Ort, an dem die Erinnerungen im Weg standen. Darin waren sie sich einig. Deshalb verließen sie das gastliche Haus, zur großen Enttäuschung Emilianos und Giulias. In ihren Leihwagen fuhren sie hintereinander her, aus den Hügeln, auf denen Ausrufezeichen wuchsen, hinaus ins Schwemmland. Auf der Autostrada waren es keine hundert Kilometer nach Lucca.

Überhaupt schien Jacqueline das Leben am reichhaltigsten, wenn sie unterwegs war von einem Ort zum anderen. Noch nicht dort und nicht mehr hier zu sein bedeutete, hier und dort zugleich zu sein. Es war, als triebe die doppelte Menge Informationen ihren Kopf an. Informationen waren Treibstoff. Und was waren die Eindrücke, die ihre Sinne aufsaugten, anderes als Informationen? Nur wer sich permanent bewegte, nahm Kontraste wahr, sah die Muster im Chaos.
In dieser Stimmung fühlte sich Jacqueline Robert näher, als sie es hätte zugeben mögen. Robert war das beste Beispiel dafür, daß es selbst einem Hochbegabten leichter fallen konnte, einen Konzern zu lenken als sich selbst. Im Grunde ging es ihr nicht anders. Sie konnte es nur besser überspielen. Mit ihrem Wahnsinnstempo, mit dem sie durchs Leben jagte. Robert hatte den Fuß vom Gaspedal genommen. Das war sein Fehler gewesen.
Dafür hatte er nun sie. Sie würde ihm schon noch klarmachen, wer er eigentlich war. Offenbar wußte er es nicht mehr. Der Firma Sulzer fehlte eine Corporate Identity. Sein Kerngeschäft war ihm weggebrochen. Sie würde ihn mit neuen Geschäftsideen überschütten. Sie war sein Spindoctor.
Wie wäre es zum Beispiel mit einem Festival? Keines, wie es sie zu Dutzenden gab. Sondern: das Festival der Grenzgänger. Das Global Change Festival. Das Festival der Fusionen zwischen allen Kunstgattungen, Stilen, Traditionen, Ausdrucksformen. Aber nicht einfach Meltingpot-Gemansche, sondern Bausteine für das dritte Jahrtausend. Er das Programmgenie, sie das Marketinggenie. Ein Festival an Plätzen, an denen sich vor Jahrhunderten schon die exzellentesten Fusionen von Ideen ereignet hatten. Toledo, Prag, New York: wo immer Menschen verschiedenster Herkunft es nicht bloß nebeneinander ausgehalten, sondern Grandioses in Bewegung gesetzt hatten. Natürlich ohne eine einzige müde Mark Subvention. Sie würden mehr bieten als erstklassige Gagen. Sie würden die Rechte aller Aufführungen und aller für das Festival geschaffenen Werke vermarkten, sie würden als Imageagentur den Künstlern neue Dimensionen öffnen. Die meisten Künstler wußten doch noch gar nicht, wer sie waren. Jacqueline würde es herausbekommen und

der ganzen Welt weitererzählen. Also Gage plus Dienstleistung bieten. Jacqueline würde Mythen produzieren, Mythen einer neuen Zeit. *Myths for One World.* Guter Slogan! Identität auf eine Formel zu bringen – darauf kam es an. Darauf verstand sie sich. Das war ihr Genie. Später kämen Symposien hinzu: Künstliche Intelligenz, Medizin der Unsterblichkeit, Global Government etc. Das Ganze also und nicht weniger als das Ganze. Jedes Jahr an einem anderen Ort. Mit dem Festival ginge das Publikum auf Tournee. Aus allem, was mit Reisen zu tun hätte, könnte man ein eigenes Geschäftsfeld machen. Pauschalarrangements, Tickets im Package mit Flug und Hotel. Profitstabilisierung, Quersubventionierung. In drei Jahren wären sie an der Börse. An *den* wichtigsten Börsen.
Sie waren viel zu schnell in Lucca.
Tonio würde gar nicht merken, daß Jacqueline sich nicht bloß für die Weltkultur verzehrte.
Das Restaurant hieß *Puccini*, und sie aßen Meeresfrüchte auf kleinen weißen Bohnen. Und wie immer, wenn sie vom Himmel Früchte pflückte, wurde Jacqueline jetzt unüberbietbar pragmatisch. »Du mußt die Geschichte beenden, dich stellen, Robert! Der Polizei, der Öffentlichkeit, wem auch immer. Danach erst hast du den Kopf frei.«
Wie denn das geschehen solle?
Herrgott, mußte sie ihm alles vorkauen!
»Du gibst eine Pressekonferenz. Du entschuldigst dich öffentlich bei Kroll, allen lieben Kollegen und überhaupt allen Menschen, die guten Willens sind, und Amelie solltest du nicht vergessen. Es tut dir furchtbar leid. Aber nicht zu sehr. Was du getan hast, war unangemessen, aber nicht ohne Sinn. Du erklärst deine vorübergehende Abwesenheit. *Vorübergehende* Abwesenheit, hörst du! Überlastung hört sich nicht gut an. Sprich ja nicht von Krise! Laß dich bloß nicht auf so etwas ein! Sie werden dich zum Fall für die Klapsmühle stempeln. Wenn es unbedingt eine Krise sein muß, dann ist es eine *kreative* Krise gewesen. Wenn du weißt, was das ist. Ein überwältigender Drang nach Klarheit. Dein Versuch, die Zeit aufzuhalten. Neue Zeiten verlangen nach neuen Lösungen. Flow, Spontaneität, Radikalität.«

»Niemand wird mir eine Art außerplanmäßigen Urlaub abnehmen.«
»Kein Urlaub! Ein One-man-Workshop. Ein existentielles Brainstorming.«
»Hältst du den Rest der Menschheit für beschränkt? Sie werden mich in die Mangel nehmen.«
»Du wirst nicht allen Fragen ausweichen und sie auch nicht alle beantworten. Hauptsache, du kneifst nicht.«
»Und das Lincoln-Invest- beziehungsweise Highland-Debakel? Zählt das auch zur kreativen Krise?«
»Ein Fehler. Sorry. Kommt in den besten Familien vor. Gib den Fehler ruhig zu: In Marshall hast du dich einfach getäuscht, geradezu täuschen lassen. Vergiß nicht, daß Marshall das Schwein ist. Gut, du hast dazugelernt. Das genau ist Fehlerkultur.«
»Toll. Das kleine Wörtchen Kultur veredelt alles.«
»Du sagst es. Es geht auch Philosophie. Firmenphilosophie. Fehlerphilosophie. Fusionsphilosophie. Den Lincoln-Invest-Merger hast du zum Schein angestrengt, heimlich auf die First Europe hingearbeitet. Hätte Marshall dich nur nicht hereingelegt.«
»Hat er gar nicht«, sagte Robert. »Der Plan war höchst erfolgreich. Mein Ausstieg wird Kroll zerstören, genau wie geplant. Es war unser gemeinsamer Plan. Ich bin verschwunden, um Gerüchte zu erzeugen. Sie haben den Kurs gedrückt und Marshall die Übernahme leicht gemacht.«
»Es ist nicht dein Ernst!«
»Du traust es mir nur nicht zu.«
»Roberto, selbst wenn es so gewesen ist, geht das niemanden etwas an. Auch Marshall wird sich hüten, es herumzuposaunen. Du wirst wieder zur Arbeit gehen, als hättest du dir nichts vorzuwerfen.«
»Kroll wird mich feuern.«
»Natürlich wird er das. Aber du lieferst ihm keinen arbeitsrechtlichen Grund. Er muß dir eine Abfindung zahlen.«
Die Grundausstattung für das Festival, dachte Jacqueline.
Robert kaute endlos auf einem kleinen Tintenfisch herum. Sie mußte ihm Zeit lassen.

Am Abend würde sie ihn mit ihrem Festivalprojekt endgültig verzaubern. Robert hatte die nächste glänzende Karriere vor sich, dafür würde sie schon sorgen.
Nach dem Essen spazierten sie durch enge Straßen. Plötzlich standen sie in einem nur durch Torbögen zugänglichen weiten Oval. *Piazza dell Anfiteatro.* Großartige Idee: die Trümmer eines römischen Circus gar nicht erst wegzuräumen, sondern sie an Ort und Stelle umzuschichten zu einem vollendeten Kranz von Wohnhäusern. Das war es, was Jacqueline unter Kreativität verstand. Sie würde diesen Platz zum Konzertsaal machen. Vielleicht konnte man ihn sogar überdachen. Sie würde es prüfen lassen.
Nur ein Hotel ganz großen Stils kam jetzt in Frage.
Die *Puccini*-Wirtin hatte Montecatini Terme empfohlen, den alten Badeort fast in Sichtweite von Lucca. Dort das Grand Hotel & La Pace.
»La Pace!« Schon des Namens wegen hatte Jacqueline keine andere Wahl, als mit Robert dort zu schlafen.
Ein selbst im Winter noch üppiger Garten. Zwischen Palmen dottergelbe Palastmauern, Neorenaissance. Unter dem vorkragenden Dach Fresken, Sandsteinbalkone mit gußeisernen Schnörkelgeländern. Die Halle groß genug für ein Springderby, mit voluminösem Mobiliar als Hindernissen. Unter Glas auf der Rezeptionstheke tout le monde in Schwarz-Weiß: Verdi, Orson Welles, Clark Gable, der persische Schah, Rose Kennedy. Und jetzt auch noch Jacqueline Gruber-Beretti mit Robert W. Sulzer. Sie verstummten schon auf dem Weg zum Aufzug, weniger aus Ehrfurcht als aus Beklemmung. Das Haus war menschenleer. Die Hallen tiefster Zauberberg. Nicht die Zeit war stehengeblieben, aber alles andere. Blindgewordene Spiegel säumten breiteste Flure. Die Fußböden schwangen von jedem Schritt. Die Türen verlangten nach großkalibrigen, pfundschweren Schlüsseln.
Normalerweise hätte Jacqueline so ein Zimmer auf der Stelle wieder verlassen. Senfgelbes Brokatgehänge vor silbergrauen Seidentapeten. Spiegel, Spiegel, Spiegel. Sie zählte neun. Der Raum war groß genug für ein Pistolenduell und hoch genug für eine Partie Tennis.

Zwei durch eine Schlucht getrennte Betten, die jede weitere Verteidigungsmaßnahme überflüssig machten. Kopfteile, bespannt mit geblümten Gobelins wie Gebinde auf einem frischen Grab.
Jacqueline: »In diesen Betten sind mir zu viele Leute gestorben.«
Robert spielte sofort den toten Erzherzog. Stocksteif, die Hände über der Brust gefaltet, das Kinn vom hart gestopften Nackenkissen auf die Brust gedrückt, damit die Kinnlade nicht aufklappte.
»Mal sehen, wie tot du bist.«
Robert wurde nicht wieder lebendig, was auch immer Jacqueline mit ihm anstellte. Sie öffnete ihm den Gürtel, zog an den Hosenbeinen, an den Socken. Roberts Fußsohlen waren absolut unempfindlich. Jacqueline knöpfte an seinem Hemd herum. Als sie ihm die Brusthaare mit schlanken Fingern kämmte, kam kein Wimpernzukken. Sie legte ihm ihr Ohr erst ans Herz, dann auf die Lippen. Nichts pochte, nichts hauchte. Man konnte die Leichname toter Erzherzöge schänden, aber nicht zur Erektion verpflichten. Sie grub ihre Zähne in die Nabelgegend. Nicht einmal auf Schmerz reagierte er. Sie hatte keine andere Wahl, als aufs Ganze zu gehen. Also schnappte Jacqueline nach des Erzherzogs linkem Ei und lutschte ein wenig daran herum. Jetzt sprangen die üblichen Reflexe tadellos an. Verglichen mit dem Leben in diesem Erzherzog, war der frisch reanimierte Lazarus ein toter Mann. Jacqueline spielte mit seinen Reichsinsignien. Damit brachte sie den Erzherzog nun allerdings in einen Zustand, der die Sorge rechtfertigte, er werde alsbald endgültig in die Kapuzinergruft müssen. Im Todeskampf hatten sich seine einst gefalteten Hände in Jacquelines Haar verkrallt.
»Jaaahh!«
Das Ericsson auf dem Nachttisch jaulte wie der Alarm einer Ambulanz.
»Ja«, japste Jacqueline.
Das knappste Ja der Fernsprechgeschichte.
»Duncan«, meldete sich die Stimme.
Wortlos reichte Jacqueline das Gerät Robert und sah, wie dessen Starre sich zügig legte. Minutenlang hörte er nur zu, stammelte schließlich: »I call. I call. Don't call me. I call you.«

Und das war es dann auch. Die Auferstehungsfeier war definitiv zu Ende.
Robert bestand darauf, ungestört mit Duncan zu telefonieren. Jacqueline hatte sogar dafür Verständnis. Sie zog sich an. Wenn er wolle, sagte sie, könne er ja nachkommen, in die Bar.
Die Frau an der Hammondorgel hatte womöglich Gary Cooper noch persönlich gekannt. Jacqueline war nicht neugierig darauf, es zu erfahren. Sie war der einzige Gast in der Halle. Der Barkeeper schien so viel Rummel nicht gewohnt. Er wirkte fahrig, aber wenigstens nicht neugierig. Jacqueline trank ein Fläschchen nach dem anderen. Dickflüssigen Aprikosennektar. Und aus Mitleid gab sie so viel Trinkgeld, daß das Hotel eine weitere Nacht lang seine Betriebskosten decken und sich der Ewigkeit zu nähern vermochte.
Als Robert nach einer dreiviertel Stunde noch nicht aufgetaucht war, beschloß Jacqueline, sein Gespräch zu stören. In den Aufzug wagte sie sich nicht mehr. Der Handlauf des Prachttreppengeländers wackelte, als sie sich an ihm nach oben zog. Aber schön war er, von Jahrhunderten geölt und poliert. Der Erzherzog schlief oder spielte überzeugend, daß er schlief.
Jacqueline sah noch lange hinaus zu Mond und Zypresse, bis sie endlich in dem wuchtigen Sessel einschlief.
Vogelschreie weckten sie, die durch die Lamellen der Fensterläden drangen. Robert war schon auf, aber nicht im Bad. Vielleicht in den Himmel aufgefahren? Auf seinem Laken das Bütten des Grand Hotel & La Pace.

Liebste Jacqueline,

danke, daß Du Dich erneut so sehr um meine »Wenigkeit« bemüht hast. Habe das nicht verdient. Wollte Dich nicht wecken. 7 Uhr 10 ab Bologna. Füge mich dem Unvermeidlichen.

Ciao, Bella!

Roberto

18

»Wo ich stecke? Wie immer zwischen Himmel und Hölle. Nein, Tonio, nicht mehr in Amsterdam.«
Der Kunde in Genf habe ihr keine Ruhe gelassen. Und jetzt sei sie schon wieder auf dem Sprung nach Frankfurt. Leider müsse sie die an Sulzer verschwendete Zeit hereinholen, könne voraussichtlich erst übermorgen daran denken, in Milano zu sein. Auch wenn sie allmählich fast vergehe vor Sehnsucht.
Geduldig hörte sie sich an, daß Laura als Ersatz für den verendeten Nager einen Kater bekommen habe, der grau sei, mit gelben Streifen, und Schecki heiße. Schecki wie Jackie. Daß die Taufe ein großes Fest gewesen sei, auf dem Cecilia drei Portionen Panna Cotta verdrückt habe. Von Claudio und Flavio war dringend zu berichten, daß sie Luisa beim Indianerspiel gefesselt und skalpiert hätten. »Du wirst bei ihr ein gutes Wort für uns einlegen müssen.«
»Wenn ihr mich nicht hättet«, stöhnte Jacqueline vergnügt. Es ging doch nichts über ein warmes Nest.
Jacqueline war sofort nach Florenz aufgebrochen. Aus dem Warteraum am Gate hatte sie sich in Mailand gemeldet.
In Frankfurt hatte sie sich unverzüglich zur Festhalle bringen lassen. Dunkle Limousinen hatten den Vorplatz bereits in Besitz genommen, beschützt von beträchtlichem Polizeiaufgebot. Junge Männer in schwarzen Anzügen, frisch geschnittenen Haaren und kleingemusterten Krawatten standen neben den roten Sandsteinsäulen am Eingang und verglichen die Angaben auf Jacquelines Einladung mit denen ihres Personalausweises.
Im Taxi hatte sie sich einen Packen Zeitungen vorgenommen.
Die »FAZ« meldete: *Chef der Union Bank in Amsterdam aufge-*

taucht. Daß tagelang von Entführung die Rede gewesen war, erwähnte das Blatt nur am Rande. Es zeigte Verständnis für die Nachrichtensperre zugunsten Sulzers. Aufregender fand es die Zukunft der Bank. Es laufe schnurstracks auf eine Fusion mit der Suisse Assecurance (SA) hinaus. Verkündung auf der 75-Jahr-Feier.
»Bild« titelte: *Entführter Top-Manager befreit.*
Das war auf hintergründige Weise nicht ganz falsch. Das Blatt blieb die Antwort schuldig, wovon er befreit worden war. Doch war die Story auf Fortsetzung angelegt und weckte Erwartungen auf spannenden Unterhaltungsstoff. Zu diesem Zweck wurde die Heldin aufgebaut, *schön, intelligent, reich. Jacqueline Gruber-Beretti schafft, woran selbst die Polizei nicht mehr glaubt.* Das Foto stammte aus der McKinley-Pressemappe. Die Firma wollte schließlich auch etwas von dem Rummel haben. Fakten, oder das, was man dafür hielt, waren sparsam im Text verteilt: *Amsterdam. Robert Sulzer und Jacqueline Gruber-Beretti fallen sich in einem Luxushotel in die Arme. Endlich, im dritten Anlauf, ist die Geldübergabe geglückt. Unter strengster Geheimhaltung. Noch einmal drei Millionen Mark. Die Frau, die für den Bankboß durch das Feuer ging, schweigt.* Ein Foto von Zeitler haben sie auch, sogar in Tauchausrüstung. *Der Gangster, der sich für einen Revolutionär hält.*
Schnabels Quelle dagegen war offensichtlich versiegt. Ein ironischer Seitenhieb war alles, was ihm noch eingefallen war: *Sulzer taucht auf und ab.* Kein Wort mehr über den Verdacht der Millionen-Unterschlagung, die er vergangene Woche in die Welt gesetzt hatte. Keine Zeile Zweifel an der Entführung, keine Silbe über den Weißen Ritter, die Suisse Assecurance.
Die »Süddeutsche« brachte ein Psychogramm Sulzers in einem Einspalter auf Seite drei. Die Entführung wurde als Hypothese der Polizei dargestellt, die vermutlich nicht haltbar sei. Der Verfasser hatte seine eigene Vermutung, wollte von einem Nervenzusammenbruch Sulzers auf dem World Economic Forum in Davos wissen. Der Fusionszirkus sei Sulzer über den Kopf gewachsen, er habe hingeschmissen. Ende einer Dienstfahrt, Ende einer Karriere. Zitiert wurden Lisa Berg (»... hat seine Gefühle ständig unterdrückt ...«)

und ein nicht genannt werden wollender Chauffeur (»... manchmal habe ich gedacht, er führt ein Doppelleben ...«).
Und der Kurs der UB stieg weiter gegen den Trend. Vielleicht war es der Kroll-Effekt, der den Sulzer-Effekt noch übertraf. Oder der Duncan-Effekt. So flüchtig war Nimbus in diesem Gewerbe: Niemand trauerte Sulzer nach. Und niemand atmete auf, weil er wieder da war. Weg vom Fenster war er allemal.
Die Kursentwicklung war nicht nur ein schöner Trost zum Fünfundsiebzigsten. Dahinter konnte auch Marshall stecken. Womöglich kaufte er weiter UB-Aktien. Auf jeden Fall waren die neuen Fusionsgerüchte hilfreich.
In Krolls Veranstaltungsbüro konnte Jacqueline die Nervosität mit Händen greifen. Der Alte bat sie herein.
Er habe spät abends noch einmal mit Moretti telefoniert, bekräftigte Kroll. Der Genfer stehe zu seinem Wort. Im Augenblick würden die Letters of intent von den Justitiaren der beiden Banken abgestimmt. Sie hätten vereinbart, während des Festakts ihre feierliche Unterzeichnung vorzunehmen. Aber man habe schon Pferde kotzen gesehen.
Es war also Zeit für die diplomatischen Details, für Gesten, wie Kroll sie liebte.
Er habe persönlich mit Klenze gesprochen. »Er muß den Wilhelm Tell machen. Erst hat er gar nicht gewollt. Bis ich sein Honorar um ein kleines Aktienpaket erhöht habe. Moretti werden Tränen in den Augen stehen.«
»Super«, lobte Jacqueline.
»Wenn nur nichts schiefgeht. Kein pfeifendes Mikrophon, kein Lapsus in der Tischordnung. Nichts darf passieren.«
Kroll hieb mit der Handkante gegen die Tischplatte.
»Wo, zum Teufel, steckt Phil?«
Zurmühl versuchte ihn zu beruhigen. Der übliche Stau. Duncan sei bestimmt auf dem Weg.
»Was tun wir, wenn Robert auftaucht?« sorgte sich Kroll. »Können ihn kaum daran hindern, das Jubiläum seiner eigenen Firma zu besuchen.«

»Wir haben das Programm geändert, die Rede des Vorstandssprechers gestrichen«, erinnerte Lisa Berg.
»Er wird seine Geschichte auch so herumerzählen«, sagte Zurmühl. »Er könnte uns bei der Presse die Schau stehlen.«
»Sie sollten ihn an die Leine nehmen, Jacqueline! Nichts darf passieren. Wozu sind Sie mit Sulzer befreundet?«
Die Handkante.
»Hat eigentlich Marshall abgesagt?«
Daß er darauf bestanden hatte, den besiegten Aggressor der Highland Credit einzuladen, fand Kroll köstlich.
Zurmühl verneinte. »Er hat zugesagt.«
»Und auch nicht wieder ab«, assistierte Lisa.
»Kriegt einen Platz an meinem Tisch«, donnerte Kroll.
Jacqueline war nicht ganz klar, ob das ein Scherz sein sollte. Sie entschied sich für Scherz und setzte einen darauf: »Warum nicht gleich neben Barkley?«
»Dann brauchen wir einen Trupp Blauhelme im Saal«, amüsierte sich Kroll und lachte grimmig mit der Handkante mit.
Es würde ein großer Tag werden, das stand jetzt schon fest.
»Wenn Phil nicht in fünf Minuten hier ist, suche ich mir einen anderen Vorsitzenden«, schnaubte Kroll.
Er sah dabei auf die Uhr.
Obwohl Duncan noch keine zwanzig Minuten vermißt wurde, bestand Grund zur Beunruhigung. Jeder Mensch konnte sich um zwanzig Minuten verspäten. Nur nicht an dem Tag, an dem er offiziell zum Vorstandsvorsitzenden einer der fünfzehn größten Allfinanz-Unternehmen der Welt bestellt wurde. Und auch nicht an einem Tag, an dem diese Aktiengesellschaft ihr fünfundsiebzigjähriges Bestehen festlich zu begehen gedachte. An einem Tag, der nicht allein glorreiche Vergangenheit beschwor, sondern selbst in die Firmengeschichte eingehen würde als Tag der heiligen Allianz zum Schutz und Trutz gegen die wilden Horden aus den Highlands.
Schon nach zwanzig Minuten Verspätung sagte deshalb Kroll, er habe ein ungutes Gefühl. Das Schicksal habe sich gegen ihn und seine Bank verschworen.

»Nur weil Sulzer den Verstand verloren hat, muß nicht auch gleich Duncan etwas zugestoßen sein«, beruhigte Jacqueline.
Festgäste trafen ein. Statt sich ihnen zu widmen, stand Kroll im Veranstaltungsbüro und bebte. Und je stärker es in Kroll bebte, desto mehr Menschen brauchte er um sich herum.
»Duncan soll der Teufel holen«, sagte Lisa Berg.
Sie sah übernächtigt aus. Gestern erst, beschwerte sie sich bei Jacqueline, habe sie erfahren, daß Sulzer lebe und vermutlich nicht in die Firma zurückkehren werde. Es bedeute für Lisa, daß Duncan ihr neuer Chef werde, wenn er nicht ohnehin die Merkel mitbrächte.
Jacqueline verstand. Entweder mußte Lisa sich vor Duncans Arroganz fürchten, oder sie landete im Vorzimmer irgendeines niedriger gestellten Managers.
Kroll tigerte auf und ab. Sein Gesicht machte jeden im Raum persönlich dafür verantwortlich, daß bei den Duncans niemand abhob und das Handy nicht eingeschaltet war.
»Wenn nicht einmal Sie wissen, wo er steckt!« fuhr er Lisa an. Als hätte sie ihn bei sich zu Hause unter dem Bett verstaut.
»Hodler!« befahl Kroll.
Gemeinsam mit der Polizei hatte Hodler eine Kompanie von Sicherheitskräften zu dirigieren. Zwei Dutzend Spitzenpolitiker und eine Hundertschaft Vorstände von Banken und Industriekonzernen wurden erwartet. Mit dem Jahresgehalt der Gäste hätte man den Haushalt Frankfurts sanieren können, einer Stadt, die praktisch bankrott war und der es gar nichts nützte, daß in ihren schimmernden Türmen täglich Milliarden um den Globus gepumpt wurden.
»Böckelmann! Neukomm!«
Jede Silbe ein Schritt. Jeder Schritt ein Stich in Jacquelines Ohren.
»Priel! Sofort!«
Sofort, was sonst? Lisa plärrte Krolls Befehle in den Telefonhörer. Sie war es, die schrie, die deshalb mitleidige Blicke der Kolleginnen erntete, die ihren Kopf neugierig zur Tür hereinsteckten.
Hodler salutierte fast.
»Sie haben in fünf Minuten Duncan. Tot oder lebendig«, sagte Kroll.

Es fehlte nur noch, daß er Jacqueline mit der Suche beauftragte. Hodler bellte sofort in sein Funksprechgerät.
»Moretti fährt vor!« krächzte es zurück.
»Kommen Sie«, forderte Kroll Jacqueline auf und kämpfte sich durch das Gewühl zum Eingang.
»Carlo! Welcome home in Frankfurt.«
Kroll umarmte Moretti von der Seite, damit die Fotografen ihre strahlenden Gesichter zu sehen bekamen.
Und dann schritten die Herren der Genf-Frankfurt-Connection Arm in Arm durch das Wetterleuchten der Fotografen wie Feldherren nach dem Sieg.
Sie betraten ein Raumschiff, das sie ins nächste Jahrtausend zu tragen versprach. Oskargewinner Hofmann (Galaxis I bis III) hatte es für fünf Millionen Mark gebaut. Junge, gut gebaute Frauen in hautengen silbernen Overalls und grüngeschminkten Gesichtern winkten mit Leuchtstäben, neonrot, neonblau, neongrün, lenkten damit die Gäste zu ihren Plätzen. Alle Namen der Geladenen huschten der Reihe nach in Leuchtschrift über die Wand wie Botschaften von Außerirdischen. Nur über der Bühne, am einen Ende des golden und nachtblau schimmernden Ovals, zeichneten Laserstrahlen die zuckende Parole: *VISIONEN WERDEN WIRKLICHKEIT. 75 JAHRE UNION BANK.* Dazu paßten dynamische Sphärenklänge, nicht ganz nach Krolls Geschmack, aber das zählte jetzt nicht.
Händeschütteln, Einanderzuwinken.
Kroll mußte noch einmal hinaus; Politiker kamen immer auf den letzten Drücker. Und Böckelmann brachte gerade die Nachricht, Rauschenberg sei eingetroffen.
»Er will Sie unter vier Augen sprechen. Sofort.«
»Bombendrohung oder was?«
Unsinn. Es hatte mit dem Fall zu tun, wußte Jacqueline. Wahrscheinlich hatte Deling das nächste Geständnis in der Tasche. Wer wußte schon, wer sich noch alles für das Geld interessiert hatte?
Dummerweise tauchte in diesem Moment Marshall auf. Feinstes Raubtierlächeln. Eine Pranke landete auf Krolls Schulter, die andere schnappte nach seiner rechten Hand.

»Sorry, Winston, the minister«, schüttelte Kroll ihn ab.
Dann trafen Marshalls Augen Jacqueline. Sie konnte ihnen nicht entgehen. Er riß sie auf, als erstaunte ihn ihre Anwesenheit unter den Lebenden. Jacqueline hob eine Hand mit gespreizten Fingern zum Gruß und fand nicht den Mut, Marshall einfach anzusprechen. Lieber machte sie eine flüchtige Bewegung des Bedauerns, die sagte, sie dürfe Kroll nicht von der Seite weichen.
Rauschenberg wartete in einer Ecke, in der keine Frauen mit Leuchtstäben störten.
»Horst?«
Horst sah Jacqueline in Krolls Schlepptau. Zwei Augen zuviel.
»Sie ist in alles eingeweiht«, sagte Kroll.
Der Minister starrte sie trotzdem an.
»Gruber«, stellte sich Jacqueline vor.
Horst Rauschenberg erwiderte den Gruß nicht. Aber er akzeptierte jetzt wenigstens das zusätzliche Paar Ohren. Trotzdem beugte er sich Kroll entgegen und flüsterte.
Duncan sei festgenommen worden.
»Wir hatten keine andere Wahl, Hans-Jacob.«
Kroll hatte sich noch immer in der Hand. »Weshalb nicht Sulzer?«
»Den haben wir auch. Kam von selbst. Alles heute morgen.«
»Behaltet ihn für Duncan!«
»Daß du den Humor nicht verlierst, ist noch das beste«, grinste der Minister.
Aber dann verging doch gleich wieder das Beste an Hans-Jacob.
»Achtzig Millionen hätte Duncan von der Highland kassiert, falls sie deinen Laden geschluckt hätte.«
»Mensch, Mensch, Mensch«, sagte Kroll.
»Stell dir vor, du krönst Duncan öffentlich zum König und das kommt hinterher heraus. Du könntest mir dankbar sein, daß wir ihn rechtzeitig aus dem Verkehr gezogen haben. Übrigens wußte Duncan von Anfang an, daß Sulzer nicht entführt worden war.«
Kroll überraschte jetzt praktisch nichts mehr. Er trat einen Schritt zurück, um die Hand auf seiner Schulter loszuwerden. Offensichtlich hatten sich alle gegen ihn verschworen.

»Aber deshalb haben wir ihn nicht festgenommen, Hans-Jacob.« Der Minister machte eine Kunstpause, die Jacqueline unanständig lang fand.
»Er hat den Amsterdamer Anschlag auf deine famose Geldbotin in Auftrag gegeben. Findest du es fair, Hans-Jacob, nach allem, was geschehen ist, daß wir auch diesmal wieder nichts davon erfahren haben?«
Kroll starrte ihn mit offenem Mund und einem Kopfschütteln in Slow motion an. Die famose Geldbotin hätte diesen Horst am liebsten stehen gelassen. Nur ihre Neugier hielt sie noch.
»Er ist geständig«, sagte Rauschenberg.
»Ich muß Sulzer sprechen. Unbedingt. Bitte, Horst!«
»O.k. Du weißt, was du mir schuldig bist.«
Schon wieder Böckelmann, der sich einmischte. »Der Bundeswirtschaftsminister!«
»Herrgott!« sagte Kroll.
Böckelmann bahnte ihm einen Weg durch die Menschenmenge zum Eingang. Jacqueline folgte.
Hodler drängte dazwischen.
Kroll winkte ab. »Bin im Bilde, Hodler.«
Nichts war Kroll weniger als das.
Und dann noch Priel, vermeintlich frohe Botschaft auf den Lippen. Jacqueline las es in seinem vor Anbiederung glänzenden Gesicht. Die Duncan-News laufe vorzüglich. Die Börse reagiere positiv.
Kroll sah Priel mit der Durchschlagskraft eines doppelläufigen Jagdgewehrs an. Viel fehlte nicht, und er würde tatsächlich Blut fließen lassen. Es sei denn, Priel zöge es vor, sich selbst aus dem Verkehr zu ziehen.
Kroll sagte ganz langsam und deutlich: »Duncan ist vom Aufsichtsrat noch nicht bestätigt.«
Priel: »Aber die Presseerklärung ist auf dem Markt.«
Er verstand noch immer nicht. Er war noch immer stolz darauf, daß er auf Krolls »Anregung« hin die Personalie voreilig, wenngleich pünktlich zum Festakt, hinausgepustet hatte. Jetzt erwartete er Anerkennung wie Krolls Dackel nach der Saujagd.

Kroll: »Ich wiederhole. Die Entscheidung über das Amt des Vorstandsvorsitzenden ist nicht gefallen.«
Priel schwieg. Tote reden nicht.
»Schaffen Sie Ihre Falschmeldung unverzüglich aus der Welt«, verlangte Kroll.
Genausogut hätte er sagen können: »Halten Sie den Rhein auf.«
Die grüngesichtigen Hostessen bildeten inzwischen ein Spalier. Der Wirtschaftsminister interessierte sich sehr für die Leuchtstäbe, fuchtelte selbst mit einem herum. Die Fotografen hatten ihren Spaß. Die jungen Damen nahmen den Wirtschaftsminister und Kroll in die Mitte. Jacqueline schloß sich der kleinen Prozession durch den Saal an. Am Tisch machte Kroll den Wirtschaftsminister besonders liebenswürdig mit Moretti bekannt. Alle anderen kannten sich, Versicherungsboß Schoeffel, Elektrokonzernvorstand Paeschke – beide saßen im Aufsichtsrat –, Neukomm, der Konzernbetriebsratsvorsitzende, der stinksauer werden würde, weil Kroll ihn nicht gleich über Duncans Festnahme informierte hatte. Jacqueline konnte es sich lebhaft vorstellen. Sie selbst saß nicht an Krolls Tisch, sondern weiter hinten neben Böckelmann.
Der Visionen-werden-Wirklichkeit-Slogan erlöschte nun, die goldblaue Wand tat sich auf, Klenze und dem in gelbes Licht getauchten Rundfunkorchester prasselte vergnügte Aufmerksamkeit entgegen. Während der hinreichend feurig gegebenen Leonoren-Ouvertüre schloß Jacqueline die Augen, und die Welt begann sich zu drehen. Kalter Schweiß trat ihr auf die Stirn. Sie hatte eindeutig eine Auszeit nötig. Sie durfte es nur nicht gleich so dramatisch anstellen wie Robert. Aber die Grenze der Zumutbarkeit war erreicht. Wozu das alles? Schließlich paßte kein Konzern ins letzte Hemd. Und am Ende wogen zehn Fusionen und hundert Sanierungsfälle nicht das Leben der vier Kinder auf, die sie in die Welt gesetzt hatte. Sie waren ihr Nachruhm.
»Wer nur zuschaut, wie die Welt sich schwindelig dreht, hat den Wettbewerb schon verloren«, begann Kroll seine Rede. »Wir wollen nicht den Mythos von gestern verwalten, sondern die Mythen von morgen gestalten.«

Sätze dieser Art fielen ihm vermutlich ganz von selbst ein. Darauf war er stolz.
Morettis Grußwort blieb kurz und von erfreulicher Unaufdringlichkeit. Sein Unternehmen sei keine Schweizer Versicherung mehr, sondern alsbald, gemeinsam mit der Union Bank, ein europäisches Allfinanz-Unternehmen der Weltliga.
Vor der anschließenden Zeremonie brausten zu wilder Musik, die furchtbar nach Zukunft klang, Europas Sterne aus der Tiefe des Alls um das Hallenrund.
Feierlich unterzeichneten Kroll und Moretti das Dokument, das nicht mehr war als eine Absichtserklärung der beiden Unternehmen, gegenseitig Aktien zum heutigen Börsenwert tauschen zu wollen. Danach ließ Klenze sein Rundfunkorchester die Wilhelm-Tell-Ouvertüre stürmen.
Sie war kaum verklungen, als Hodler mit der Nachricht kam, Sulzer habe die Festhalle betreten. Eine Hundertschaft Kellner in Raumanzügen marschierte gerade mit dem Essen ein.
Jacqueline sah Kroll aufstehen und aus dem Saal gehen. Sie folgte ihm.

Robert erhob sich, als Kroll und Jacqueline das Veranstaltungsbüro betraten. Eine blöde Floskel des Bedauerns erstarb ihm auf den Lippen. Kroll deutete auf die Sitzgruppe.
Schmal sehe er aus, sagte Kroll. Aber das wichtigste sei, ihn gesund wiederzuhaben. Körperlich gesund, meine er.
»Du mußt an meinem Verstand nicht zweifeln. Vielleicht kann ich es dir erklären.«
»Die Wahrheit muß jetzt heraus«, drängte Kroll. »Und zwar schnell.«
Er machte kurzen Prozeß. Wie immer. Alles, was ausführlich war, war auch langsam. Langsam und umständlich. Wer Umstände machte, hatte in Krolls Management nichts zu suchen. Die Welt war ein Tollhaus, aber am Ende ließ sie sich reduzieren auf eine einzige Zahl, die Rentabilität des investierten Kapitals. Es gab nur ein Maß aller Dinge. Die Unbeirrbarsten waren die Erfolgreichsten. Wer unbeirr-

bar war, konnte scheitern, aber sich niemals verirren, weil er immer wußte, wo sein Ziel war. An der Spitze des Konzerns kam es darauf an, das Unübersichtliche übersichtlich darzustellen, damit alle folgen konnten. Das war Leadership. Aber jetzt ließ sich nichts mehr vereinfachen. Wie maß man die Rendite eines Lebens? Wo anfangen, wo aufhören, wenn Kroll jetzt schon ungeduldig war? Er würde Robert nicht verstehen, ihn nicht verstehen wollen. Dafür hätte Robert erst selbst einiges klar werden müssen. Am liebsten hätte Jacqueline ihn anwaltschaftlich vertreten vor diesem Tribunal. Sie würde auf mildernde Umstände plädieren. Auf ein Burn out. Das mußte Kroll doch verstehen, einen Rest von Verständnis dafür aufbringen. Aber es war kein Burn out, das wußten alle in diesem Raum. Sollte Jacqueline anführen, daß Robert sich an seiner Vaterfigur gerächt hatte? Bloß nicht herumpsychologisieren!

»Ich habe dich enttäuscht. Tut mir leid«, sagte Robert endlich.

»Es sollte dir tatsächlich leid tun.«

»Ich hatte einen Traum. Den Traum von der Gründung der größten Bank der Welt: First Europe.«

»Warum bist du damit nicht auf der Stelle zu mir gekommen? Hätte gern mitgeträumt.«

»Du hättest mich für verrückt erklärt.«

»Du unterschätzt meine Phantasie. Für dich war ich immer nur die Bank. Das schmerzt.«

»Die Fusion mit der Highland Credit hätte das Ende deiner Herrschaft bedeutet.«

»Wie das klingt! Du hältst mich tatsächlich für beschränkt. Wer nicht bereit ist, seine Macht zu teilen, wird sie am Ende ganz verlieren. Das ist eine der Lehren der Globalisierung. Aber wie bist du auf die Idee gekommen, mit der Highland zu paktieren?«

»Spielt das eine Rolle? Du weißt, Winston Marshall und ich sind seit der Steinzeit befreundet.«

»Ich verstehe es trotzdem nicht. Wir waren kurz davor, die Lincoln Invest zu übernehmen. Damit wären wir nicht die Nummer eins geworden, aber Platz acht ist auch nicht schlecht. Und du wärst jetzt der unumschränkte König.«

»Vergiß nicht den Papst«, sagte Robert.
Der Papst lachte knapp und bündig. »Winston dagegen hätte dich bestenfalls zu seinem Stellvertreter gemacht.«
»Es war ihm klar, daß ich aussteige.«
»Wenn du aussteigen wolltest, hättest du nur zu mir kommen müssen. Niemand in dieser Bank wird zu seinem Glück gezwungen.«
»Ich brachte es nicht fertig.«
»Du hättest wenigstens an die Firma denken können. Das kränkt mich mehr als alles andere, Robert. Ich war zu dir wie zu einem Sohn.«
Er klang weinerlich. Jacqueline hatte es befürchtet. Immer wenn Kroll nicht weiter wußte, beschwor er herzzerreißend die Loyalität zur Firma. Loyalität war das Gesetz, das alle anderen Gesetze außer Kraft setzte. Loyalität zur Firma hieß für ihn ausschließlich Loyalität zu Kroll. Es gab eine Million Aktionäre – aber Kroll fand, er sei die Firma. Auch das hatte Robert ein für allemal beenden wollen. Sollte sie es ihm ins Gesicht sagen?
Robert sagte: »Sei nicht sentimental.«
»Du hast recht. Ich hätte dich rechtzeitig feuern sollen. Du warst schon längst nicht mehr mit dem Herzen dabei.« Kroll sah auf die Uhr. »Und Duncan? Welche Rolle spielte er?«
»Die Fusion mit der Lincoln Invest hätte ihm geschadet«, erklärte Robert. »Er wußte, daß Barkley Anspruch hatte, die Nummer zwei des Ganzen zu werden. Phil wäre zurückgestuft worden, hätte alle Hoffnungen fahren lassen müssen, einmal auf die erste Stelle nachzurücken. Deshalb tat auch er alles, die Verhandlungen scheitern zu lassen.«
»Hätte Marshall uns gefressen, wäre Duncan erst recht zerquetscht worden«, widersprach Kroll. Er wehrte sich. Es war schwer, schon wieder einen Ziehsohn zu verlieren.
»Aber Phil ist käuflich, und Marshall wußte das. Er bot Phil achtzig Millionen Dollar für den Fall, daß er die Union Bank bekäme. Phil hat ihn mit allen Informationen versorgt, die er brauchte. Er machte die UB für Marshall zum gläsernen Unternehmen. Damit waren wir wehrlos.«

»Das wußtest du?«
»Selbstverständlich.«
Das war mehr, als Kroll verkraften konnte. Ein Augenblick dröhnender Stille trat ein.
»Aber dann«, sagte Kroll, »dann bist du verschwunden, und Duncan sah doch wieder die Chance, dich zu beerben.«
»Nein. Er spekulierte auf die achtzig Millionen. Er rechnete nicht damit, daß du noch einen Weißen Ritter auftreiben könntest.«
»Es war, ist und bleibt ein Fehler, mich zu unterschätzen.«
Das war Krolls einziger tröstlicher Gedanke an diesem Tag.
»Jacqueline kam dahinter«, sagte Robert. »Sie hat erst mich verdächtigt, von Winston Geld zu nehmen.«
»Warum wollte dann Duncan sie umbringen lassen? Warum hast nicht du sie vermöbelt?«
»Phil fürchtete, daß Jacqueline alles ans Licht brachte.«
»Deshalb begeht man keinen Mord.«
»Es werden für weniger Geld Leute umgebracht«, sagte Robert. »Er hat nur versucht, sie einzuschüchtern. Seine Messerstecher gingen ein wenig zu weit.«
»Du warst zur selben Zeit in Amsterdam. Und jetzt behauptest du, damit nichts zu tun zu haben. Erzähl das, wem du willst!«
»Phil kannte die Tourneedaten Marthas. Wir hatten vereinbart, in Kontakt zu bleiben. Er wußte, daß Jacqueline hinter mir her war. Einer der beiden Amsterdamer Halsabschneider hat Duncan verpfiffen.«
»Bitte keine Details«, wehrte Kroll ab.
»Jacqueline ist sehr lebendig«, lächelte Robert. »Am liebsten würde sie jeden Tag eine neue Firma gründen. Wir hatten ein paar nette Tage zusammen in der Toskana.«
Was ging Kroll das an? Es war Jacqueline nicht recht.
»Warum seid ihr nicht beide dort geblieben?«
»Ich hatte genug von dem Versteckspiel und wollte mich den Anschuldigungen stellen. Zu meiner Überraschung war gerade Phil der Polizei ins Netz gegangen. Der Staatsanwalt wollte mir Beihilfe anhängen. Ich sah mich leider gezwungen, gegen Phil auszusagen.«

»Das war's dann, Robert, du weißt das.«
Kroll hielt Robert immerhin die Hand hin. Der nahm sie dankbar und behielt sie.
»Was willst du jetzt tun?« fragte Kroll. »Klavierspielen mit der Argentinierin? Oder eine Firma gründen mit Jacqueline?«
»Martha und ich hatten einen Sohn. Ich habe ihn nie gesehen. Er starb bei einem Verkehrsunfall im vergangenen Sommer. Seitdem weiß ich, daß ich so nicht weiterleben konnte.«
»Klassischer Burn out«, diagnostizierte Kroll. Es klang, als redete er von einer Blinddarmentzündung. »Und jetzt?«
»Zur Ruhe kommen.«
»Amelie wird dir helfen«, sagte Kroll und tätschelte Roberts Arm.
Er nickte Jacqueline zu. Er hatte sie schlecht behandelt. Und wenn er jetzt nicht aufpaßte, würde alles, was sie wußte, wie durch ein Wunder in den Magazinen landen, die sich in den kommenden Tagen ohnehin auf ihn stürzen würden.
»Wir müssen noch über das Honorar reden«, sagte Kroll, ehe er wieder hinauseilte zu seinen Festgästen.
Jacqueline folgte ihm nicht mehr. Der Auftrag war endgültig beendet.

»Haben Sie Sulzer gesehen?« fragte sie Minuten später einen jungen Mann, der das Signet der Union Bank am marineblauen Revers trug. Offensichtlich hielt er sie für eine Journalistin, denn er deutete ungnädig mit dem Daumen zur Treppe, setzte schon im Weggehen »Pressekonferenz oben« hinzu.
Jacqueline wartete besser draußen. Robert würde ein Statement geben und notgedrungen Fragen über sich ergehen lassen. Er würde Mühe haben, sich den Journalisten zu entziehen. Wie ein Schwarm Piranhas würden sie sich an ihm festbeißen.
Jacqueline gab ihm eine halbe Stunde. Sie winkte ein Taxi herbei und ließ es vor dem Eingang warten.
Als die Meute, Sulzer mit Salven knapper Fragen eindeckend, aus dem Eingang quoll, kam Jacqueline Robert zu Hilfe. Mit den Fäusten schlug sie ihm eine Bresche, packte ihn am Handgelenk, zerrte

und schob ihn auf den Beifahrersitz. Sie ahnte, welche Fotos während dieser zehn Sekunden geschossen wurden, aber sie hatte keine andere Wahl.

»Fahren Sie schon«, herrschte sie den Chauffeur an, noch ehe sie ihre Beine in den Wagen gezogen und die Tür hinter sich zugeknallt hatte.

»Sie hätten mich schon nicht gefressen«, sagte Robert.

Jacqueline war außer Atem.

»Jetzt sieht es aus wie Panik. Dazu bestand keinerlei Anlaß.«

»Entschuldige!« keuchte Jacqueline. »Du bist nicht ganz im Bilde. Erstens warst du angeblich entführt, und zweitens hast du deine Bank verspielt. Das ist es, was die da draußen denken. Was hast du ihnen erzählt?«

Richtig gute News habe er zu bieten gehabt, fand Robert. Duncans Verhaftung. Die Journalisten hätten den Mund nicht mehr zubekommen. Und sich dann natürlich mit ihren Fragen vorwiegend über Duncan hergemacht.

»Und wie hast du deine Entführung erklärt?«

»Ich war in Kur. Therapie in einer psychosomatischen Spezialklinik in den Schweizer Bergen im Anschluß an das Davoser World Economic Forum. Es habe aus verständlichen Gründen streng vertraulich bleiben müssen. Wäre die Bank nicht erpreßt worden, hätte niemand etwas gemerkt.«

»Wie kannst du so etwas in die Welt setzen? Du mußt verrückt sein.«

»Sag ich ja. Verrückt. Die ganze Geschichte ist verrückt.«

»Dein Verhältnis mit Karla hat Zeitler erst auf dumme Gedanken gebracht, mein Lieber.«

»Mein Fehler, zugegeben.«

»Und Amelie? Warum hast du sie nicht ins Vertrauen gezogen?«

»Du bist ja schlimmer als die Journalisten«, beschwerte sich Robert.

Jacquelines Finger suchten Roberts Ohrläppchen, fuhren über den Hals in den offenen Kragen des Hemdes, krochen weiter zur Schulter. Dort gab es eine Menge zu tun. Der Mann war völlig verspannt. Die Fahrt dauerte sechs Minuten.

»Amelie?« rief Robert, als er die Tür aufstieß. Er rief es noch mehrmals, während er mit Jacqueline durch die Wohnung ging. Amelie war fort, obwohl er ihr seine Heimkehr auf dem Anrufbeantworter angekündigt hatte. Jacqueline warf einen Blick in den begehbaren Schrank, der die beiden Schlafzimmer trennte. Ein Teil der Garderobe fehlte.
»Sie macht ernst«, stellte sie fest.
Es schien Robert nicht weiter zu beunruhigen. »Zeit für eine Happy Hour«, sagte er.
»Und für ein Happy-End«, schnurrte Jacqueline.
Er holte etwas zu trinken, sie ihr Handy aus der Tasche. Sie rief Kornsettel an, den geschäftsführenden McKinley-Vice President im Münchner Büro, ließ ihm, der sich erwartungsgemäß in einem Meeting befand, ihre Krankmeldung ausrichten. Vor nächsten Montag sei nicht mit ihr zu rechnen.
Spätestens Anfang nächster Woche wollte sie ihre Kündigung schreiben, was sie jetzt aber für sich behielt. Nachdem alles in der Zeitung stehen würde, war es besser, ein paar Tage abzutauchen. So, wie es auch für Robert besser war, den Wegelagerern in nächster Zeit aus dem Weg zu gehen.
»Roberto! Was hältst du von meiner Festival-Idee?«
Er kam mit der geöffneten Vinsanto-Flasche, die er sich von Emiliano hatte aufdrängen lassen, aus der Küche. Er goß ein, nahm einen Schluck, beugte sich hinab zu Jacqueline und gab ihr einen Zungenkuß.
Sie verdrehte die Augen.
»Es geht nicht bloß mit Mandelkeksen«, sagte Robert.
Das Spiel fesselte eine Weile ihre Aufmerksamkeit. Abwechselnd schlotzten und schlürften und schleckten sie und salbten sich mit Wein und fielen selig besäuselt übereinander her.

Als Jacqueline erwachte, dunkelte es. Sie befreite sich aus Roberts Umklammerung und entzündete die vieldochtige Tellerkerze auf dem Tisch. Dann kroch sie zurück in die Dunstglocke seines weinschweren Atems.

»Roberto«, hauchte sie, »ich habe gerade geträumt, du spielst mir auf dem Flügel vor. As time goes by.«
Sie sah ihm in die klein gewordenen Augen.
»Ein viel zu trauriges Happy-End«, murmelte er.
Zur Strafe biß ihn Jacqueline ins Ohrläppchen.
»Was nun, Herr Sulzer?«
»Wir haben alle Zeit der Welt.«
»Ja, laß uns jetzt vernünftig sein. Nur nichts überstürzen.«
»Morgen bin ich erst einmal in New York«, verkündete Robert.
Jacqueline hielt es für einen Scherz.
»Ich werde dich vorher entführen«, drohte sie.
»Du wirst keinen Pfennig Lösegeld für mich bekommen.«
»Warum denn unbedingt New York?«
»Ein paar Tage aus der Schußlinie tun mir gut. Außerdem brauchen wir Investoren, Sponsoren. Kunst ist Big Business, Darling!«
»Dachte, du wolltest aussteigen aus der Tretmühle!«
»Es ist dir also nicht ernst mit dem Festival?«
»Schon. Aber warum arbeiten wir nicht erst in aller Ruhe an der Strategie, am Geschäftsplan?«
»Es ist ein beinhartes Geschäft. Vielleicht hat morgen schon ein anderer die Idee.«
»Du fährst nicht! Erst regelst du deine Angelegenheiten. Mit Kroll, mit Amelie.«
»Komm doch einfach mit!«
»Ich komme nicht mit«, schrie Jacqueline. »Wozu diese gottverdammte Dramatik? Roberto, wir gründen eine Firma, was willst du denn noch mehr?«
»Nur mit dir nach New York.«
»Es geht nicht. Beim besten Willen.«
»Wenn irgendein Kunde käme, würdest du keine Minute zögern.«
»Du bist nicht irgendein Kunde. Außerdem ...«
Sie stockte plötzlich, sah Robert zärtlich an.
»Außerdem ...?«
»... muß ich dringend nach Milano. Es muß sein. Die Kinder, du weißt schon.«

Robert wußte.

Es entstand eine merkwürdige Pause, ein Loch zwischen ihnen. Ihre Augen verfehlten sich jetzt.

Jacqueline sah auf den Boden, als sie endlich fragte: »Bist du dir sicher, daß du dich von Amelie scheiden lassen willst?«

»Niemals«, sagte Robert. »Wir haben es oft genug durchgekaut. Und sind uns einig. Der Aufwand steht in keiner vernünftigen Relation zum Gewinn. Amelie wird ein paar Tage lang verschwinden, bis ihr Zorn verraucht ist. Würdest du dich denn so einfach von Tonio trennen?«

»Weshalb?« Jacqueline verstand die Frage nicht.

»Weil wir beide jetzt zusammen sind.«

»Na und?« antwortete sie. »Ist das ein Grund, alles umzuschmeißen?«

So schlossen sie beide ihren Bund. Vernünftig, pragmatisch, nach allen Regeln des gehobenen Managements. Es sollte eine strategische Allianz werden. Zu gegebener Zeit konnten sie daraus immer noch eine Fusion machen.

Jacqueline meinte, sie wolle die nächsten Tage mit Tonio in Portofino verbringen. Dort könne sie auch noch einmal in Ruhe über die Kündigung bei McKinley nachdenken.

»Und was treibst du so heute abend?«

»Vielleicht gehe ich in ein Konzert. Eine tolle Pianistin in der Alten Oper.«

»O nein!«

»O doch!«

»Warum eigentlich nicht«, fand Jacqueline. »Aber wenn ich dir einen Rat geben darf: Nimm Sophie mit. Es würde euch beiden guttun.«

Michael Ridpath

DER MARKTMACHER

Roman

448 Seiten, gebunden

Als finanzschwacher Akademiker heuert Nick Elliot – fasziniert von der charismatischen Figur des Börsengurus Ricardo Ross, genannt »Der Marktmacher« – in den Londoner Docks als Analyst für Osteuropa an. Als er zufällig über die Hinterlassenschaft seines ermordeten Vorgängers stolpert, wird für ihn – ins Fadenkreuz des organisierten Verbrechens geraten – aus dem vermeintlichen Spiel blutiger Ernst. Ein großer Wirtschafts-Thriller beginnt... Nick erlebt, wie den Gesetzen des Marktes Ideen und Menschen rücksichtslos geopfert werden und daß Ross, wenn es ums Geschäft geht, keine Sentimentalität kennt. Wieviel Habgier verträgt das Gewissen? Nick nimmt den gefährlichen Kampf gegen den Marktmacher auf.

Hoffmann und Campe